博雅撷英

杜牧诗选（补改本） 杜牧传 杜牧年谱

缪钺 著

北京大学出版社
PEKING UNIVERSITY PRESS

图书在版编目（CIP）数据

杜牧诗选（补改本） 杜牧传 杜牧年谱 / 缪钺著. — 北京：北京大学出版社，2021.7

（博雅撷英）

ISBN 978-7-301-32097-6

Ⅰ. ①杜… Ⅱ. ①缪… Ⅲ. ①唐诗–诗集 ②杜牧（803–852）–传记 ③杜牧（803–852）–年谱 Ⅳ. ①I222.742 ②K825.6

中国版本图书馆CIP数据核字（2021）第055272号

书　　　名	杜牧诗选（补改本） 杜牧传 杜牧年谱 DUMU SHIXUAN（BU GAI BEN） DUMU ZHUAN DUMU NIANPU
著作责任者	缪 钺 著
责 任 编 辑	徐 迈
标 准 书 号	ISBN 978-7-301-32097-6
出 版 发 行	北京大学出版社
地　　　址	北京市海淀区成府路205号　100871
网　　　址	http://www.pup.cn　　　新浪微博：@北京大学出版社
电 子 信 箱	pkuwsz@126.com
电　　　话	邮购部010-62752015　发行部010-62750672　编辑部010-62752022
印 刷 者	北京中科印刷有限公司
经 销 者	新华书店
	650毫米×980毫米　A5　插页2　12.75印张　279千字 2021年7月第1版　2021年7月第1次印刷
定　　　价	79.00元

未经许可，不得以任何方式复制或抄袭本书之部分或全部内容。
版权所有，侵权必究
举报电话：010-62752024　电子信箱：fd@pup.pku.edu.cn
图书如有印装质量问题，请与出版部联系，电话：010-62756370

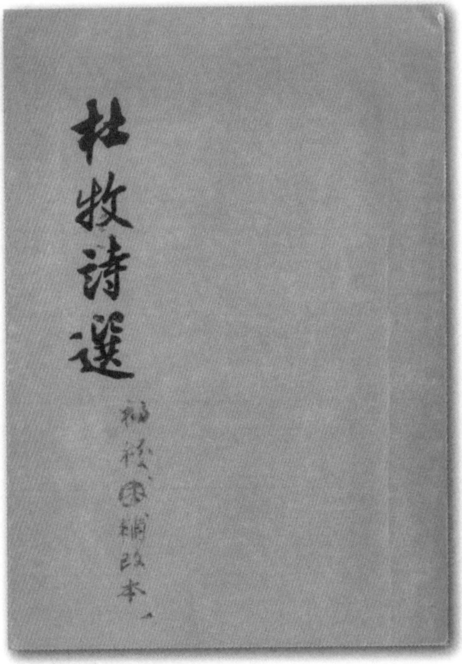

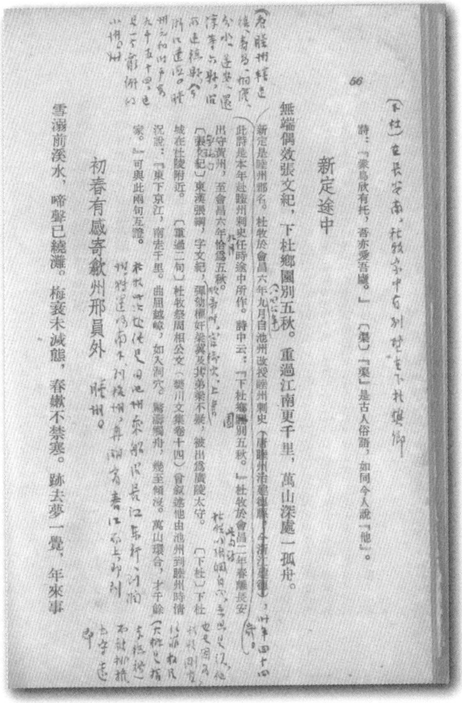
56

詩：「衆鳥欣有托，吾亦愛吾廬。」〔渠〕「渠」是古人俗語，如同今人說「他」。

新定途中

無端偶效張文紀，下杜鄉園別五秋。重過江南更千里，萬山深處一孤舟。

新定是睦州郡名。杜牧於會昌六年九月自池州改授睦州刺史（唐睦州治建德縣，今浙江建德），此詩是本年赴睦州刺史任時途中所作。詩中云：「下杜鄉園別五秋。」杜牧於會昌二年春離長安出守黄州，至會昌六年恰爲五秋。〔張文紀〕東漢張綱，字文紀，彈劾權奸梁冀及其弟梁不疑，被出爲廣陵太守。〔下杜〕下杜城在杜陵附近。〔重過二句〕杜牧祭周相公文（樊川文集卷十四）曾敘述他由池州到睦州時情況說：「東下京江，南走千里。曲屈越嶺，如入洞穴。驚湍觸舟，幾至傾沒。萬山環合，才千餘家。」可與此兩句互證。

初春有感寄歙州邢員外

雪涵前溪水，啼聲已繞灘。梅衰未減態，春嫩不禁寒。跡去夢一覺，年來事

缪钺先生《杜牧诗选（补改本）》原稿

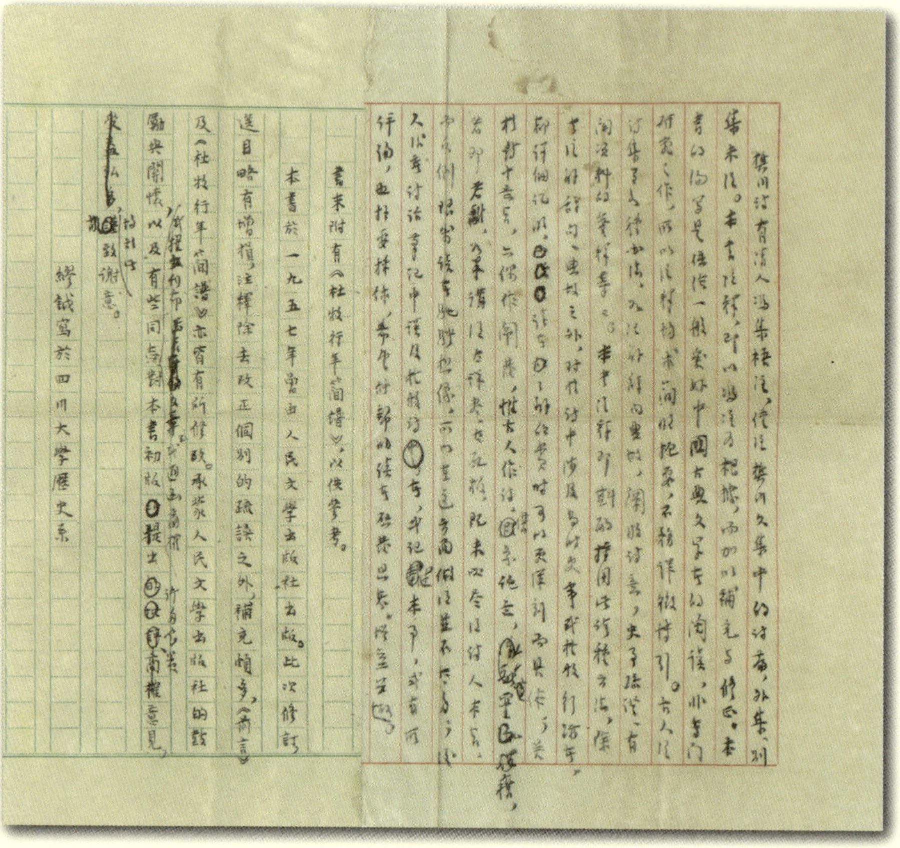

書末附有《杜牧行年簡譜》，以供參考。

本書於一九五七年曾由人民文學出版社出版。此次修訂選目略有增損，注釋除去改正個別的疏誤之外，補充頗多，《前言》及《杜牧行年簡譜》亦皆有所修改。承蒙人民文學出版社的鼓勵與關懷，以及有些同志對本書初版提出寶貴意見，

致謝意。

繆鉞寫於四川大學歷史系

缪钺先生《杜牧诗选（补改本）后记》手迹

编校说明

  本册是缪钺先生有关杜牧研究的三本专书的合集。《杜牧诗选》是一本普及读物,于1957年由人民文学出版社出版。先生于20世纪50年代末至60年代前期陆续在两本《杜牧诗选》上做了补充修改,又另纸写就了新增的诗注。其后,这些内容均未及出版。此次编校,即据此加以整理。先生在改写前言的一条注释时说:"关于杜牧卒年,有不同的说法,详本书末拙撰《杜牧卒年考》。"为此,特将《杜牧卒年考》作为"附录二"收入此书,尽管先生的补改本后记中未曾提及。(《杜牧卒年考》乃1962年中华书局上海编辑所出版《樊川诗集注》时先生为其撰写的附录。先生还为此书撰写了前言,落款时间是"一九六二年三月",附录的写就时间应该与之相近。)《杜牧传》和《杜牧年谱》,前者在1977年由人民文学出版社出版;后者初稿完成于1940年,曾以《杜牧之年谱》之名,分上、下卷,发表于1941年和1942年出版的《浙江大学文学院集刊》第一集和第二集。以后先生又旁稽群籍,校订疏误,弥补缺漏,于1964年重新写定,至1980年由人民文学出版社出版刊行。此次编校,除核对两书的引文和订正明显的误字外,未做任何修改。此外,三本书中所涉及的中外地名一仍其旧。凡此种种,均为保持其在杜牧研究史上的原貌。

目 录

杜牧诗选（补改本） …… 001

前 言 …… 003

第一部分　编年选录 …… 025

感怀诗一首 …… 026
及第后寄长安故人 …… 033
赠终南兰若僧 …… 034
杜秋娘诗 并序 …… 035
扬州三首（选一） …… 044
送杜颛赴润州幕 …… 045
赠别二首 …… 046
张好好诗 并序 …… 048
洛阳长句二首（选一） …… 051
东都送郑处诲校书归上都 …… 052
题敬爱寺楼 …… 053
金谷园 …… 053
兵部尚书席上作 …… 054
题扬州禅智寺 …… 056
将赴宣州留题扬州禅智寺 …… 056
题宣州开元寺 …… 057
题宣州开元寺水阁阁下宛溪夹溪居人 …… 058
宣州开元寺南楼 …… 059
送沈处士赴苏州李中丞招以诗赠行 …… 059

赠宣州元处士 ··· 061

题元处士高亭 ··· 062

有　　感 ··· 062

自宣城赴官上京 ·· 062

初春雨中舟次和州横江裴使君见迎李赵二秀才同来因书
四韵兼寄江南许浑先辈 ·· 063

题横江馆 ··· 064

汉　　江 ··· 065

途中作 ·· 066

村　　行 ··· 066

商山富水驿 ·· 067

商山麻涧 ··· 068

郡斋独酌 ··· 069

自　　遣 ··· 074

早　　雁 ··· 075

雪中书怀 ··· 076

雨中作 ·· 078

齐安郡晚秋 ·· 078

齐安郡中偶题二首 ··· 079

齐安郡后池绝句 ·· 080

题齐安城楼 ·· 080

兰　　溪 ··· 080

题木兰庙 ··· 081

即事黄州作 ·· 082

寄浙东韩乂评事 ·· 084

皇　　风 ··· 085

酬张祜处士见寄长句四韵 ··· 086

登池州九峰楼寄张祜……089
九日齐山登高……090
池州春送前进士蒯希逸……091
秋浦途中……091
池州清溪……091
春末题池州弄水亭……092
新定途中……093
初春有感寄歙州邢员外……094
睦州四韵……094
朱坡绝句三首（选一）……095
忆游朱坡四韵……096
秋晚早发新定……097
江南怀古……098
今皇帝陛下一诏征兵不日功集河湟诸郡次第归降臣获睹圣功辄献歌咏……099
长安杂题长句六首（选四）……100
新转南曹未叙朝散初秋暑退出守吴兴书此篇以自见志……104
将赴吴兴登乐游原一绝……106
将赴湖州留题亭菊……107
湖南正初招李郢秀才……108
入茶山下题水口草市绝句……109
沈下贤……110
八月十二日得替后移居霅溪馆因题长句四韵……110
隋堤柳……111
途中一绝……112
秋晚与沈十七舍人期游樊川不至……112

第二部分　未编年 … 115

长安送友人游湖南 … 116

独　酌 … 116

惜　春 … 117

题安州浮云寺楼寄湖州张郎中 … 117

过骊山作 … 118

史将军二首 … 119

河　湟 … 120

李给事二首 … 121

过勤政楼 … 124

题魏文贞 … 124

念昔游（选二） … 126

过华清宫绝句三首 … 126

登乐游原 … 128

读韩杜集 … 129

送国棋王逢 … 129

自　贻 … 130

长安秋望 … 131

独　酌 … 131

润州二首（选一） … 131

江南春绝句 … 132

初冬夜饮 … 132

柳绝句 … 133

题禅院 … 133

哭李给事中敏 … 134

赤　壁 … 135

泊秦淮 … 136

题桃花夫人庙……………………………………………136
书怀寄中朝往还…………………………………………137
寄扬州韩绰判官…………………………………………138
郑瑾协律…………………………………………………138
题村舍……………………………………………………139
江上偶见绝句……………………………………………139
送隐者一绝………………………………………………140
寄　远……………………………………………………140
有　寄……………………………………………………140
遣　怀……………………………………………………141
赠渔父……………………………………………………141
叹　花……………………………………………………142
早春题真上人院…………………………………………143
山　行……………………………………………………143
寓　言……………………………………………………144

附录一　杜牧行年简谱…………………………………145
附录二　杜牧卒年考……………………………………157

补改本后记…………………………………………………159

杜牧传……………………………………………………161

第一章　家世与幼年………………………………………163
第二章　少年科第…………………………………………175
　一　关心时政……………………………………………175

二 "两枝仙桂一时芳" ……………………………………… 184

第三章 "十年为幕府吏" ……………………………………… 189
　　一 江西与宣州幕中 ……………………………………… 189
　　二 "扬州梦"与《罪言》 ………………………………… 198
　　三 监察御史分司东都 …………………………………… 204
　　四 再到宣州 ……………………………………………… 215

第四章 "三守僻左，七换星霜" ……………………………… 222
　　一 短期的京官 …………………………………………… 222
　　二 出守黄州 ……………………………………………… 229
　　三 "继来池阳" …………………………………………… 247
　　四 "更迁桐庐" …………………………………………… 260

第五章 晚年 …………………………………………………… 268
　　一 "人间惟有杜司勋" …………………………………… 268
　　二 "出守吴兴" …………………………………………… 278
　　三 终于中书舍人 ………………………………………… 284

后　记 ………………………………………………………… 292

杜牧年谱 ……………………………………………………… 295
　后　记 ……………………………………………………… 399

杜牧诗选(补改本)

前　言

一

　　杜牧，字牧之，唐京兆万年（陕西西安）人，京兆杜氏是魏晋以来数百年的高门世族，杜牧的祖父杜佑在唐德宗、顺宗、宪宗三朝做宰相，煊赫一时。

　　杜牧虽家世显贵，但是一生仕宦并不很得意。文宗大和[①]二年（828年），杜牧进士及第，制策登科，为弘文馆校书郎、试左武卫兵曹参军。不久即出为江西、宣歙、淮南诸使府幕僚，一度内擢监察御史，旋即移疾，分司东都，后又供职宣歙使府，所谓"十年为幕府吏，每促束于簿书宴游间"（《樊川文集》卷十六《上刑部崔尚书状》）。开成三年（838年），内擢为左补阙，史馆修撰，转膳部、比部员外郎。武宗会昌二年（842年），又外放为黄州刺史。据杜牧《祭周相公文》（《樊川文集》卷十四）所说："会昌之

[①] 唐文宗年号，或作"太和"或作"大和"，应以"大和"为是。《潜研堂金石文跋尾》卷八《李渤留别南溪诗》跋语中已辨之。杨氏景苏园影宋刊本《樊川文集》、《四部丛刊》影明刊本《樊川文集》，均作"大和"。

政①,柄者为谁?忿忍阴污②,多逐良善。牧实忝幸,亦在遣中,黄冈大泽,葭苇之场。"可见,这次外放是受当时宰相李德裕的排挤。其后又转池州、睦州,"三守僻左,七换星霜,拘挛莫伸,抑郁谁诉"(《樊川文集》卷十六《上吏部高尚书状》)。宣宗大中初,李德裕失势,杜牧官位稍升,曾为司勋员外郎,史馆修撰,转吏部员外郎,出为湖州刺史,又内擢考功郎中,知制诰,转中书舍人,不久即死去。杜牧性情耿介,不屑于逢迎权贵。《新唐书》卷一百六十六《杜牧传》说:"牧刚直有奇节。"又说:"牧亦以疏直,时无右援者。从兄悰更历将相,而牧回踬不自振,颇怏怏不平。"杜牧与牛僧孺私交虽好,而与牛党并无多少牵涉;李德裕之父李吉甫曾做过杜佑的僚属(《樊川文集》卷八《唐故岐阳公主墓志铭》),杜李两家是世交,但是杜牧不肯敷衍李德裕,因此为李德裕所不喜。当牛李两党更迭执政之时,杜牧都不能得志。

杜牧生于唐德宗贞元十九年,卒于宣宗大中六年,年五十(803—852年)③。他所生的时代,正是晚唐多事之秋。当时庄田制发展,土地大量集中,两税法日久弊生,征敛加繁,民生益窘,而藩镇跋扈,宦官擅权,朋党倾轧,统治阶级内部各种矛盾错综复杂,也都加重了人民的痛苦,使阶级矛盾日趋尖锐,西、北两方的边境上又常受到吐蕃奴隶主与南诏、回鹘可汗的侵扰,甚至于威胁长安,当时的唐朝,正是处在内忧外患之中。

---

① "政"字原作"改",从《全唐文》校改。
② "污"字原作"汗",从《全唐文》校改。
③ 关于杜牧卒年,有不同的说法,详本书末拙撰《杜牧卒年考》。

杜牧少读经史，接受了儒家学说中的积极部分，又承继了他祖父杜佑作《通典》的经世致用之学，很注意研究"治乱兴亡之迹，财赋兵甲之事，地形之险易远近，古人之长短得失"(《樊川文集》卷十二《上李中丞书》)。有忧国忧民的热情、济世经邦的抱负，最喜论政论兵。以杜牧的眼光看来，当时国计民生中最重要的问题有两个，就是藩镇跋扈与外族侵陵。他主张削平藩镇，加强统一，收复河陇，巩固边防，然后可以发展生产，使人民安居乐业。他反对代宗、德宗以来对藩镇的姑息政策，尤其痛心的是，当宪宗一度振作，削平抗命的藩镇之后，而穆宗时君相措置乖方，再失河朔。于是作《罪言》，发抒自己的意见，认为国内不断的战争使人民陷于水深火热，所以说"若欲悉使生人无事，其要在于去兵"，然而"不得山东①兵不可去"，因此主张讨平藩镇，消弭兵端，而不当姑息，听其割据。藩镇跋扈固然是统治阶级内部矛盾，但是就人民利益来说，统一总比割据好，就唐朝具体历史情况来看，藩镇割据加深了人民的痛苦。因为藩镇割据，中央政府辖区缩小，譬如宪宗初李吉甫所上《元和国计簿》，当时供赋税者只有八道四十九州，一百四十四万户，当天宝时四分之一(《资治通鉴·唐纪五十三》，《资治通鉴》以下简称《通鉴》)，人民负担自然加重；加以朝廷讨伐藩镇，藩镇抵抗朝廷，藩镇与藩镇之间又互相攻击，兵连祸结，荼毒生灵；而在藩镇辖区内的人民，由于征兵重敛，以及种种防禁，尤其痛苦。

---

① 所谓"山东"，指太行山以东，即今河北省，唐卢龙、成德、魏博三镇所在。

譬如魏博节度使田承嗣"重加税率，修缮兵甲"，数年之中，有兵十万（《旧唐书》卷一百四十一《田承嗣传》）；昭义节度使李抱真"籍户丁男，三选其一"（《旧唐书》卷一百三十二《李抱真传》）；昭义节度使卢从史"日具三百人膳，以饷牙兵"，而他的节度使私厨月费六千石、羊千首、酒数十斛，"潞人甚困"（《新唐书》卷一百四十三《郗士美传》）；更厉害的是淮西节度使吴少阳、吴元济父子统治下的蔡州，"途无偶语，夜不燃烛，人或以酒食相过从者，以军法论"，裴度平淮西后，取消这些苛禁，于是"蔡之遗黎始知有生人之乐"（《旧唐书》卷一百七十《裴度传》）。所以唐代藩镇割据，加重人民的痛苦，阻碍其辖区内经济文化的发展，而杜牧反对姑息政策，主张削平藩镇，加强统一，是符合当时人民利益的。并且杜牧认为朝廷对付藩镇，并不能只靠用兵，而最要紧的还是修明政治。他在《罪言》中说：朝廷对付藩镇，"上策莫如自治，中策才是取魏，下策是浪战；朝廷必须自己检查，"法令制度，品式条章，果自治乎？贤才奸恶，搜选置舍，果自治乎？障戍镇守，干戈车马，果自治乎？井间阡陌，仓廪财赋，果自治乎？如不果自治，是助虏为虏"。朝廷如果不能自己修明政治，是助藩镇为虐。

关于边防，杜牧首先注意收复河西陇右。自肃宗以后，河西陇右逐渐为吐蕃统治者所侵占，边防前线西止于邠州（陕西邠县）、陇州（陕西陇县），距京都长安仅数百里，代宗时，吐蕃就曾一度侵入长安，这对于唐政府是很大的威胁，而陇右河西一带人民受吐蕃统治者的压迫奴役，也无日不盼望收复失地，重归唐朝。沈亚之到过西方边界，耳闻目击，他说：这一带汉人"为戎奴婢，田牧种作……及霜露既降，以为岁时，必东望啼嘘，其感故国之思如此"(《沈下贤文集》卷十《贤良方正能直言极谏策》)。杜牧为巩固边防，拯救沦陷区的人民，所以很关心河西陇右的收复，武宗会昌初，又有回鹘乌介可汗侵扰北边，虽然被唐朝打败，但是馀部散居漠南，仍能为患。杜牧上书宰相李德裕，建议乘仲夏回鹘无备，发兵攻击，可得胜利而绝后患。(《樊川文集》卷十六《上李太尉论北边事启》)杜牧喜论兵，曾作《守论》《战论》《原十六卫》，又注《孙子》，但并非纸上空谈，而是行之有效。除了此次对回鹘用兵的建议以外，当会昌中讨伐抗命的藩镇泽潞刘稹时，杜牧也曾上书李德裕，陈述用兵策略，李德裕采纳他的意见，获得胜利。(《樊川文集》卷十一《上李司徒相公论用兵书》、《新唐书·杜牧传》)

一个忧国忧民的士大夫，必然要反对统治者的荒淫而想减轻人民的疾苦，杜牧也是这样。唐敬宗沉溺声色，大治宫室，杜牧作《阿房宫赋》，假借秦朝，讽刺当世。(《樊川文集》卷十六《上知己文章启》："宝历大起宫室，广声色，故作《阿房宫赋》。")他说："嗟乎，一人之心，千万人之心也。秦爱纷奢，人亦念其家，奈何取之尽锱铢，用之如泥沙！"结果"使天下之人不敢言而敢怒"，于是"戍卒叫，函谷举，楚人一炬，可怜焦土"。秦朝灭亡是咎由自取，"族秦者秦也，非天下也"。杜牧因为阶级性的局限，当然要维持封建统治，不会主张农民起义，但是当统治者荒淫贪暴、民不聊生之时，他认为"戍卒叫，函谷举"是应该的，秦朝灭亡也是自取的，严厉地谴责封建统治者。会昌初，杜牧为黄州刺史，是他第一次做地方官。他在到任以后的十六个月中，做了下列诸事：

> 伏腊节序，牲醪杂须，吏仅①百辈，公取于民，里胥因缘，侵窃十倍，简料民费，半于公租，刺史知之，悉皆除去。乡正村长，强为之名，豪者尸之，得纵强取，三万户多五百人，刺史知之，亦悉除去。茧丝之租，两耗其二铢，税谷之赋，斗耗其一升②，刺史知之，亦悉除去。吏顽者笞而出之，吏良者勉而进之。民物吏钱，交手为市，小大之狱，面尽其词。

（《樊川文集》卷十四《祭城隍神祈雨第二文》）

杜牧经常在汴河中乘船，他看到"汴州境内，最弊最苦，是牵船夫。大寒虐暑，穷人奔走，毙踣不少"。他记得有一次路过襄邑（河南睢县）看到县令李式"条疏牵夫，甚有道理"。李式的办法是先做好簿籍，由县令自己掌握，按籍点派，富豪者不能逃避，黠吏也不能作弊。杜牧做刺史时，对于差遣役夫，也仿此法，并且将此办法写信告知汴州从事，请他采用。（《樊川文集》卷十三《与汴州从事书》）以上的事例，都可说明杜牧关心人民的疾苦，并且在他力所能及的范围之内加以解除。

---

① 唐朝人用"仅"字，有"庶几"之义，没有"只"的意义。（段玉裁说）
② "升"字原作"斗"，从《全唐文》校改。

杜牧进步思想的另一表现，在于他对佛教的意见。自东晋南北朝以来，统治阶级利用佛教麻醉人民，同时也欺骗自己。统治者剥削者做了许多损害人民的事情，抚心自问，不免内愧，于是信奉佛教，以为这样一来，就可以减去罪恶，求得福祐，因此他们更"心安理得"地加强作恶，这也就是唐代许多社会上层的人都喜欢信佛的缘故。杜牧对于这种隐微而卑鄙的心理加以深刻而尖锐的揭发，指出他们舍财信佛是要"买福卖罪"。同时，因为佛教盛行，为僧者多在社会上寄生，增加劳动人民的负担，所以杜牧赞成武宗禁止佛教，使僧尼还俗，寺庙奴婢与还俗僧尼都编入农籍，充两税户，寺院所占土地也收归国有，这样就增加农业生产，减轻每个农民平均的担负。(《樊川文集》卷十《杭州新造南亭子记》)在唐代士大夫好佛的风气中，杜牧此种见解，是难能而可贵的。

杜牧性情刚直，自称"褊狷"(《长安送友人游湖南》诗)，他有抱负，有主张，对事对人，有自己的看法，不肯随时俯仰，苟合取容。他的志同道合的朋友如李甘、李中敏等，也都是能反抗权奸、不畏强御的。杜牧自己说："邪柔利己，偷苟谀诡，可以进取。知之而不能行之，非不能行之，抑复见恶之，不能忍一同坐与之交语。"(《樊川文集》卷十三《上池州李使君书》)当时正是牛李党争剧烈的时候，杜牧虽受牛僧孺知遇之恩，而并不同意牛僧孺姑息藩镇的政策，他虽然受到李德裕的排挤，而当李德裕在会昌中做宰相时，讨伐泽潞，抵抗回鹘，是杜牧所赞同的，于是他上书李德裕陈述作战策略，李德裕采纳他的意见，得到胜利。这些都说明杜牧不以私废公，是比较光明磊落的。

在封建社会不合理的制度之下，尤其是在像晚唐那样浊乱的政治之中，一个有气节有抱负的人，自然是常会受到挫折，不能得志，所以杜牧思想中也有矛盾与苦闷。他本是性情刚直的，但是多年周旋于当时腐败的官场中，自己也慨叹有些变了，他说："平生自许少尘埃，为吏尘中势自回。"（《书怀寄中朝往还》）他看到自己的好友李甘、李中敏都曾因为反抗权奸与宦官，遭受贬谪，而自己也受到排挤，由京官外放为黄州刺史，于是作《自遣诗》说："闻流宁叹咤，待俗不亲疏。遇事知裁剪，操心识卷舒。"表示灰心消极，想要敷衍世俗，当然这里还是寓有愤懑不平之意。后来"三守僻左，七换星霜"，虽然更牢骚不得志，而因为家庭经济负担，又不得不做官以取得俸禄，到四十六岁由睦州刺史内擢为司勋员外郎、史馆修撰时，作《除官归京睦州雨霁》诗又说："姹女真虚语，饥儿欲一行。浅深须揭厉，休更学张纲。"这些都是杜牧思想中的苦闷，也就是封建社会中有正义感的士大夫的苦闷，容易使他们晚年趋向于消极。还有，杜牧是贵公子出身，生活豪华，加以政治上的失意，抑郁之怀无所发泄，于是纵情声色，还流传一些所谓"风流韵事"，这也是应当批判的。

总之，中国封建社会士大夫中有这样一种类型，他们接受古代儒家或道家思想中的进步成分，他们有正义感，有比较开明的思想，主观上虽是要维持当时的封建统治，保护本阶级的利益，但是他们反对恶浊的政治，同情人民的疾苦，爱护国家民族，要巩固边防，抵抗外侮，对于当时的政治，常提出许多改善的意见。自战国时屈原以及西汉贾谊、晁错以来,各时代都有这样的人,当然数目是并不多的。杜牧也应当是属于这一类型,所以杜牧在二十五岁时作《感怀诗一首》,陈述自己的抱负之后,结句说:"聊书感怀韵,焚之遗贾生。"可见他是以贾生作为千古知己,也就是说,以贾生自比。[1]这是杜牧思想中进步的方面,也就是他的诗歌所以能反映现实而具有人民性的根据。

二

杜牧有抱负,有气节,忧国忧民,同时他在文学方面又有高超的天才与深厚的修养,他的与人民相通的思想感情,用高度艺术形式的诗歌表现出来,遂使他成为晚唐杰出的诗人。

正如上文所提到的,杜牧对于时事中最注意的问题,就是藩镇跋扈与外族侵陵,他认为此二事密切关系国家人民的利害,必须除此二患,国家才能安宁,人民才能安居乐业。他的许多诗篇中都表示过这种政治抱负与忧国忧民的情怀。他在《郡斋独酌》诗中说:"平生五色线,愿补舜衣裳。弦歌教燕赵,兰芷浴河湟。腥膻一扫洒,凶狠皆披攘。生人但眠食,寿域富农桑。孤吟志在此,自亦笑荒唐。"这几句诗很明显地表白自己的志愿,想辅佐君主,施展才能,削平燕赵藩镇,收复河湟失地,使人民安居乐业,发展生产,与杜甫"致君尧舜上,再使风俗淳""穷年

---

[1] 关于杜牧类似贾谊这一点,古人也曾论到。全祖望《鲒埼亭集外编》卷三十七《杜牧之论》:"杜牧之才气,其唐长庆以后第一人耶?读其诗古文词,感时愤世,殆与汉长沙太傅相上下。"

忧黎元,叹息肠内热"的热情宏愿相似。当文宗大和初,朝廷讨沧州抗命的藩镇李同捷,杜牧作《感怀诗一首》,慨叹安史乱后数十年中藩镇跋扈之祸,使得国衰民困,"夷狄日开张,黎元愈憔悴"。武宗会昌二年,回鹘南侵,朝廷征调大兵防边,杜牧作《雪中书怀》诗,关心边防,说"北虏坏亭障,闻屯千里师",顾虑到"牵连久不解,他盗恐旁窥"。并且在这两首诗中杜牧表示自己有策略,有办法,只是慨叹朝廷不能用自己,他说:"关西贱男子,誓肉房杯羹。请数系虏事,谁其为我听?"又说:"臣实有长策,彼可徐鞭笞。如蒙一召议,食肉寝其皮。"对于吐蕃侵占河西陇右之事,杜牧一直是极关心的。他作《河湟》诗,关怀河西陇右沦陷区的人民,"牧羊驱马虽戎服,白发丹心尽汉臣"。又想到河湟沦陷数十年,但是朝廷并不积极图谋收复,慨叹"唯有凉州歌舞曲,流传天下乐闲人"。武宗会昌四年(844年),议复河湟,命刘濛为筹边使(《通鉴·唐纪六十三》),杜牧很高兴,于是作《皇风》诗,歌颂武宗,希望"何当提笔待巡狩,前驱白旆吊河湟"!后来到宣宗时,陇右三州七关人民乘吐蕃衰乱,驱逐吐蕃统治者,复归唐朝,大中三年(849年),河陇老幼千馀人来到长安,宣宗在延喜门楼上接见他们,他们脱去胡服,换上汉服,欢呼舞跃,观者皆呼万岁。(《通鉴·唐纪六十四》)杜牧此时正在京都为司勋员外郎,亲见此种盛况,所以作诗赞叹,有"听取满城歌舞曲,凉州声韵喜参差"之句。(《今皇帝陛下一诏征兵不日功集河湟诸郡次第归降臣获睹圣功辄献歌咏》)杜牧这些伤时感事之作,都是直抒胸臆,忧深而志壮,其中《感怀诗一首》与

《郡斋独酌》两篇五言古诗，长达五百字左右，尤为沉郁顿挫，笔势健举。此外，杜牧也用比兴之法，如《早雁》诗："金河秋半虏弦开，云外惊飞四散哀。仙掌月明孤影过，长门灯暗数声来。须知胡骑纷纷在，岂逐春风一一回？莫厌潇湘少人处，水多菰米岸莓苔。"借咏雁以怀念北方边塞人民受回鹘侵扰之苦，能以高妙的艺术表达深厚的同情，尤其耐人寻味。

对于本朝昏聩荒淫的君主，如晚年的唐玄宗，杜牧加以讽刺，如《过华清宫绝句三首》："一骑红尘妃子笑，无人知是荔枝来。""霓裳一曲千峰上，舞破中原始下来。""云中乱拍禄山舞，风过重峦下笑声。"又如《华清宫三十韵》："雨露偏金穴，乾坤入醉乡。玩兵师汉武，回手倒干将。"唐玄宗晚年昏聩荒淫，宠幸杨妃，任用奸佞，穷奢极欲，虐用民力，纵容禄山，养虎遗患，是唐朝由盛而衰的关键，也为人民带来了严重灾难，所以杜牧对唐玄宗一再加以讽刺。同时，对于较好的君主如唐太宗，杜牧则加以怀念，如《将赴吴兴登乐游原一绝》诗："欲把一麾江海去，乐游原上望昭陵。"（昭陵是唐太宗的坟墓）当晚唐政衰民困之时，而怀念唐太宗的贞观之治，也就是对于当时政治的不满。① 杜牧所以常用绝句体作讽刺诗，是因为在当时封建社会君主专制政体之下，这种不满意本朝君主与当时政治的情

---

① 《苕溪渔隐丛话前集》卷二十三引《石林诗话》云："杜牧诗：'清时有味是无能，闲爱孤云静爱僧。欲把一麾江海去，乐游原上望昭陵。'此盖不满于当时，故末有昭陵之句。江辅之谪官累年，后知虔州，谢表有云：'清时有味，白首无能。'蔡持正为御史，引牧诗为证，以为怨望，遂复罢。"

绪，不便明言，也不便多言，故用绝句体，以含蓄的笔法，寓深刻的讽刺，取得艺术上的高度成就。杜牧描写劳动人民生活的，如《村行》诗："蓑唱牧牛儿，篱窥蒨裙女。半湿解征衫，主人馈鸡黍。"写出劳动人民的和蔼朴厚。又如《题村舍》诗："三树稚桑春未到，扶床乳女午啼饥。潜销暗铄归何处？万指侯家自不知。"写出农民生活的困苦，而又说到这种困苦绝不是王侯富贵人家所能了解，为封建社会地主与农民两个对立阶级的经济生活作明显的写照，而同情自然是在农民方面。

杜牧是一个心地善良而富于感情的人，从大处说，他对于国家人民极为关怀，从小处说，他对于志同道合的朋友有真挚的友谊，而又常同情社会上地位低下、遭遇不幸的人。李甘、李中敏都是杜牧的好友，《旧唐书》卷一百七十一《李中敏传》说：中敏"性刚褊敢言，与进士杜牧、李甘相善，文章趣向，大率相类"。李甘因为反对郑注做宰相，被贬为封州司马，卒于贬所；李中敏也因为上疏请斩郑注，后来又反对宦官仇士良，两次遭到贬谪。杜牧作《李甘诗》《李给事二首》《哭李给事中敏》等诗，赞扬李甘、李中敏刚直的气节，也表示深厚的友谊。杜牧作《杜秋娘诗》，对于一个受封建统治者玩弄的民家女子在统治阶级内部矛盾中所受到的升沉波折及晚年穷困景况表示悯惜；又作《张好好诗》，对于一个妓女哀乐由人、不能自主的生活寄予同情。在《杜秋娘诗》中，因杜秋的遭遇而慨叹到历史上一切女子或男子一生命运升沉变化的不定，归结到"己身不自晓，此外何思惟"。这也充分说明了在封建社会不合理的制度之下，一个人不能自己掌握自己的命运。杜牧固然不能了解到这种现象的社会本质，但是他已经注意并点明这一现象而提出疑问。

言情写景的小诗也是杜牧所擅长的。他经常喜欢用四句一首的绝句体，描写景物，发抒情感，能够含蓄精练，情景交融，往往在短短的两句或四句中，写出一个完整而优美的景象，宛如一幅画图，或者表达深曲而蕴藉的情思，使人玩味无尽。正如乔治·汤姆逊（George Thomson）在他所著的《马克思主义与诗歌》（*Marxism and Poetry*）一书中论诗人灵感时所说的："他具有高度的发现事物本质的能力，以及把他所见到的用形象表现出来的能力。这些形象受到人们的热烈的欢迎，因为它们表达了同伴们的感受。这些感受原为他们所共有，只是他们自己不能表达罢了。"①所以前人论到唐代擅长绝句的诗人，总有杜牧在内，而后人选本中选杜牧的诗，也往往以绝句为多。现在举例如下：

  两竿落日溪桥上，半缕轻烟柳影中。
  多少绿荷相倚恨，一时回首背西风！
        （《齐安郡中偶题二首》其一）

  菱透浮萍绿锦池，夏莺千啭弄蔷薇。
  尽日无人看微雨，鸳鸯相对浴红衣。
        （《齐安郡后池绝句》）

---

① 袁水拍译本，改名《论诗歌源流》，作家出版社。

烟笼寒水月笼沙,夜泊秦淮近酒家。
商女不知亡国恨,隔江犹唱后庭花。

(《泊秦淮》)

青山隐隐水遥遥,秋尽江南草木凋。
二十四桥明月夜,玉人何处教吹箫?

(《寄扬州韩绰判官》)

千里莺啼绿映红,水村山郭酒旗风。
南朝四百八十寺,多少楼台烟雨中!

(《江南春绝句》)

  杜牧在诗中发抒自己的感情,除去上面所举出的那种忧国忧民激昂悲愤之作以外,其馀的诗,有时豪放旷达,如:"江涵秋影雁初飞,与客携壶上翠微。尘世难逢开口笑,菊花须插满头归。但将酩酊酬佳节,不用登临恨落晖。古往今来只如此,牛山何必独沾衣!"(《九日齐山登高》)但是有时也表现忧伤凄惋,如:"淮阳多病偶求欢,客袖侵霜与烛盘。砌下梨花一堆雪,明年谁此凭栏干?"(《初冬夜饮》)这两种情感也可以说是一种情感的两方面,因为杜牧有忧国忧民的情怀与经邦济世的抱负,但是当时党争剧烈,政治混浊,自己不但没有施展才能的机会,而且还受到排挤,经常是"愤悱欲谁语,忧愠不能持"(《雪中书怀》)。在京都做官时,甚至于是"每虑号无告,长忧骇不存。随行唯局蹐,出语但寒暄"(《昔事文皇帝三十二韵》)。所以有时表现为忧伤，而有时反过来，看破一切，又表现为旷达。凡是在阶级对立的社会中不合理的制度下有正义感有才干而受到抑制不得发舒的人，读到这类的诗，都会引起同情，这也自然与当时人民的思想感情有相通之处。

杜牧是一位天才的诗人，他生于晚唐时，唐代是诗的盛世，在他以前的二百年中，已经出现了许多杰出的诗人，姹紫嫣红，百花齐放，创造了不同的风格，但是杜牧仍然能于前贤之外，独树一帜。晚唐诗人，杜牧与李商隐齐名，但两人诗的风格不同。刘熙载说："杜樊川诗雄姿英发，李樊南诗深情绵邈。"(《艺概》卷二)这个评语简明扼要。风格是"贯穿于作家的所有作品中的思想和艺术的基本特征的统一性"[①]，杜牧诗风格的特点所以能成为"雄姿英发"，就是因为他有忧国忧民之心，有抱负，有策略，积极有为，虽然有时忧伤抑郁，但是又能以豪放旷达出之，所以我们读杜牧的诗，感觉到一种爽朗、峭拔、俊伟。他的长篇五古如《感怀诗一首》《郡斋独酌》等，固然是慷慨豪健，而他的七言律诗与绝句，也是在"拗峭"之中而有"远韵远神"(沈德潜评语，见所著《唐诗别裁》)。

杜牧诗集中也有一些无聊的酬应之作，如《送容州中丞赴镇》《奉和门下相公送西川相公兼领相印出镇全蜀诗十八韵》之类。也偶尔表现庸俗思想，如《冬至日寄小侄阿宜诗》，勉励他

[①] 季摩菲耶夫《文学发展过程》，查良铮译，平明出版社。

的侄子阿宜：“朝廷用文治，大开官职场。愿尔出门去，取官如驱羊。”但是这些白璧微瑕，并不妨害杜牧诗的高度成就。

杜牧在文学上的成就，主要的是诗歌。此外，他评论文学也很有见解。他对于唐代作家，最推尊李、杜、韩、柳，他说：“李杜泛浩浩，韩柳摩苍苍。近者四君子，与古争强梁。”（《冬至日寄小侄阿宜诗》）他论文主张：“凡为文以意为主，气为辅，以辞彩章句为之兵卫。”（《樊川文集》卷十三《答庄充书》）他自述作诗的态度是，"某苦心为诗，本求高绝，不务奇丽，不涉习俗，不今不古，处于中间"（《樊川文集》卷十六《献诗启》），就是不模仿古人，不追求时尚，不重辞句的华丽，而以思想内容为主。这些意见都是正确的。杜牧作文章用古文体裁。唐代承魏晋南北朝之后，公私文函，多用骈体。中唐时，韩愈等反对骈文，创为"古文"。所谓"古文"，也就是一种朴素清畅接近人民语言的新散文，是比较进步的。但是中晚唐一般文人作文，仍是保守旧习，多用骈体，而杜牧则采用这种有进步性的新文体。唐代燕乐盛行，有一种配合燕乐的歌词，最初在民间歌唱[①]，中晚唐时，文人仿作。这种新体裁，当时人称之为"曲子词"（《花间集序》），后人简称为"词"。与杜牧同时的温庭筠就是文人中第一个专力作词的人。唐代民间词有许多调子，其中有短调，一首数十字，这一类很多，但也有长调，一首百字左右，如《云谣集杂曲子》中的《倾杯乐》《内家娇》《拜新月》《凤归云》等。唐代文人作词

---

① 如现存的敦煌曲子词。

多是用短调，即所谓小令，一直到北宋仁宗时，柳永才大量采用长调作词，即所谓慢词。一般的说法，都认为柳永是第一个作慢词的人，也就是说，他是第一个采用民间曲子词中长调的人，但是实际上，晚唐时杜牧已作《八六子》词，全首九十字，所以杜牧应当是第一个采用民间曲子词中长调作词的人。就杜牧的作古文与作《八六子》词，都可以看出，他在文学创作上，是能够不拘守传统而接受新东西与民间东西的。

总之，杜牧诗的思想性与艺术性都有独到之处。他的诗歌中经常表现对于国计民生的关怀，如削平藩镇、收复河湟、抵御回鹘等，而最终的目的是希望"生人但眠食，寿域富农桑"。他的诗中对于唐玄宗晚年的荒淫昏聩一再讽刺，对于晚唐时政也表示不满，而对于劳动人民生活的困苦则寄与同情。这些诗都反映唐代历史现实，也符合当时人民的要求与愿望。他的诗中对于能反抗权奸而遭受贬谪的朋友表示赞扬与真挚的友谊，对于社会地位低下的人寄与同情。他又善于用七言绝句体作抒情写景的小诗，这些诗虽未接触较大的社会问题，但是写景真切而言情深婉，能丰富读者的内心世界，所以也为千古所传诵。他的忧愤的情怀、宏伟的抱负与英发的天才，使他的诗歌表现出俊爽峭健的风格，而又有流美的韵致。所有这一切，都是杜牧诗的优点，而所欠缺的则是他并未多作陈诉民生疾苦的诗，如杜甫的"三吏""三别"与白居易的《秦中吟》《新乐府》之类。但是我们评价古典文学时，如果"只把人民性看做人民生活的描写是不够的，有缺陷的"①。描写民生疾苦之作固然有明显的人民性，但是所谓人民性，是有丰富内容的，不能只限于此，而杜甫、白居易之所以伟大，也不专在于他们曾作过"三吏""三别"《秦中吟》《新乐府》等诗篇。杜牧尽管没有作过这一类的诗，我们还是应该承认他的诗是有人民性的，他不愧为晚唐一位杰出的诗人。所以，将杜牧诗歌中的佳作选出来，加以简明的注释，介绍给一般爱好中国古典文学的读者，也还是有必要的。

三

下边要谈一谈这本《杜牧诗选》选录的标准与注释的体例。

今所传杜牧《樊川文集》二十卷，《外集》一卷，《别集》一卷，最早者有宋刊本。其中《樊川文集》二十卷，是杜牧外甥裴延翰所编次的。据裴延翰的序中说，杜牧于大中六年冬得病时，"尽搜文章阅千百纸掷焚之，才属留者十二三"。而裴延翰平日保存了杜牧许多手稿，"比校焚外，十多七八"，因此编为二十卷，诗文合为四百五十首。这些作品当然是可靠的。至于《外集》《别集》，都是宋人所编②，因为别择不严，所以不尽可靠。据《全唐

---

① 季摩菲耶夫《文学概论》，查良铮译，平明出版社。
② 《樊川别集》是北宋田概编次的，有熙宁六年序，《外集》大约也是北宋人所搜集。南宋刘克庄《后村诗话》还提到《樊川续别集》三卷，并说其中十之八九是许浑诗。《四库全书总目提要》集部别集类四"樊川文集"条，以今所传本《别集》只一卷，较刘克庄所见者少二卷，遂疑为后人删定。杨守敬作景苏园影宋刊本《樊川文集序》，对此问题加以解释，他认为："《别集》有熙宁六年田概序，明云五十九首，编为一卷，此本一一相合，安得有删削之事？则知后村所见《续别集》更为后人所辑，反不如此本之古。《全唐诗》编牧诗为八卷，其第七、八两卷皆此本所无，而与许《丁卯集》复者五首，当即后村所见之《续别集》中诗。"

诗》与冯集梧樊川诗注所指出的,《别集》中《蛮中醉》是张籍诗,《子规》又见李白集,《外集》中《归家》是赵嘏诗,《怀吴中冯秀才》是张祜作,《秋夕》亦见王建集,《龙邱途中二首》《隋苑》亦见李商隐集,《走笔送杜十三归京》是旁人送杜牧的诗。此外,《别集》中如《边上晚秋》《青冢》《边上闻胡笳三首》《并州道中》诸诗,也都可疑。我以前作《杜牧之年谱》,考订杜牧生平事迹,每年行踪,历历可考,他未尝到过并州与边塞,这些诗可能也是他人作品混入者。因此,这个选本多是从《樊川文集》中选取,至于《外集》《别集》,则选录较少,以昭慎重。

杜牧《樊川文集》以及《外集》《别集》,共存诗四百馀首,这里选录了一百一十三首。选择的标准,根据杜牧诗歌思想性艺术性的种种特点而选其代表作,同时也相当照顾到杜牧传记的史料价值,希望通过这一百多首诗,可以大略欣赏杜牧诗的特长,并了解他的为人。编次方法,最好是全用编年,不但对于每一首诗,因为知道它是作者在哪时哪地作的,了解可以更深刻,并且总起来看,也可以寻绎作者情思的变化与艺术的发展。我以前作《杜牧之年谱》时,曾将《樊川文集》以及《外集》《别集》中许多作品都考明它们的撰作年月或时期,但是仍有些是无法考定的。所以这本诗选分两部分,第一部分是编年的,而不能编年的则归入第二部分。

这本诗选的字句,依据杨氏景苏园影印日本枫山官库藏宋刊本《樊川文集》，也参考了《四部丛刊》影明刊本《樊川文集》①，以及《全唐诗》、冯集梧《樊川诗集注》等。宋刊本中偶有显然的错字，都加以改正；此外，校勘上有问题者，亦在注中说明。另外，有少数几首诗，如《及第后寄长安故人》《赠终南兰若僧》《兵部尚书席上作》《叹花》等，都不见于裴延翰所编的《樊川文集》，仅见于宋人所编的《外集》《别集》中，而最早则见于晚唐或五代人所著的《唐摭言》《本事诗》《唐阙史》诸书，所以选录这几首诗时，字句都依据最早见的书。

樊川诗有清人冯集梧注，仅注《樊川文集》中诸诗，《外集》《别集》未注。本书注释，即以冯注为根据，而加以补充与修正。本书的编写是供给一般爱好中国古典文学者阅读，非专门研究之作，所以注释均求简明扼要。一般说来，不引古书原文，不注出处，不作考证，但是在必要时也偶有例外。古人注诗集有各种办法，如注释典故辞句、阐明诗意、史事疏证、有关资料的笺证等等。本书注释即拟适当地斟酌采用这一些办法，除去解释难解词句、注明典故、申述诗意以外，对于每一首诗涉及当时史事或杜牧行迹者，也都注明，如有问题，则加考证。晚唐、五代、两宋人所著的杂史、笔记、诗话中谈及杜牧诗者，或关于本事，或有所评论，也择要引用或提到，希望能帮助读者增加古典文学的常识而培养阅读的兴趣。

---

① 此本行款字数以及字体均与宋刊本同，只有极少数字不同，殆即覆宋本者。

另外，附有《杜牧行年简谱》，以供参考。

编者学识浅薄，这本《杜牧诗选》中的选目、注释、前言以及杜牧行年简谱，有错误疏漏之处，极望读者指正。

缪钺　写于成都四川大学　1956年9月

第一部分　编年选录

　　第一部分的诗是编年选录的。杜牧《樊川文集》中诗的编次不是编年的，冯集梧注樊川诗集还是"仍其编次，不加更定"。我以前撰写《杜牧之年谱》，对于《樊川文集》以及《外集》《别集》中大部分诗文均考明其撰作年月或大致考明其撰作时期。现在又略作修订，将这一部分诗中的佳作编年选录于此，考订之说，附注于后，并略说明杜牧当时事迹及思想感情。

感怀诗一首①

高文会隋季,提剑徇天意。扶持万代人,步骤三皇地。
圣云继之神,神仍用文治。德泽酌生灵,沉酣熏骨髓。
旄头骑箕尾,风尘蓟门起。胡兵杀汉兵,尸满咸阳市。
宣皇走豪杰,谭笑开中否。蟠联两河间,烬萌终不弭。
号为精兵处,齐蔡燕赵魏。合环千里疆,争为一家事。
逆子嫁虏孙,西邻聘东里。急热同手足,唱和如宫徵。
法制自作为,礼文争僭拟。壁阶螭斗角,画屋龙交尾。
署纸日替名,分财赏称赐。刳隍歂②万寻,缭垣叠千雉。
誓将付孱孙,血绝然方已。九庙仗神灵,四海为输委。
如何七十年,汗赩含羞耻?韩彭不再生,英卫皆为鬼。
凶门爪牙辈,穰穰如儿戏。累圣但日吁,阃外将谁寄?
屯田数十万,堤防常慑惴。急征赴军须,厚赋资凶器。
因隳画一法,且逐随时利。流品极蒙茏,网罗渐离弛。
夷狄日开张,黎元愈憔悴。邈矣远太平,萧然尽烦费。
至于贞元末,风流恣绮靡。艰极泰循来,元和圣天子。
元和圣天子,英明汤武上。茅茨覆宫殿,封章绽帷帐。
伍旅拔雄儿,梦卜庸真相。勃云走轰霆,河南一平荡。
继于长庆初,燕赵终舁襁。携妻负子来,北阙争顿颡。
故老抚儿孙:"尔生今有望。"茹鲠喉尚隘,负重力未壮。
坐帷无奇兵,吞舟漏疏网。骨添蓟垣沙,血涨滹沱浪。
只云徒有征,安能问无状。一日五诸侯,奔亡如鸟往。

取之难梯天,失之易反掌。苍然太行路,翦翦还榛莽。
关西贱男子,誓肉虏杯羹。请数系虏事,谁其为我听?
荡荡乾坤大,瞳瞳日月明。叱起文武业,可以豁洪溟。
安得封域内,长有扈苗征!七十里百里,彼亦何常争。
往往念所至,得醉愁苏醒。韬舌辱壮心,叫阍无助声。
聊书感怀韵,焚之遗贾生。

① 原注:"时沧州用兵。"
② 原注:"呼恬切。"

  杜牧作此诗在文宗大和元年(827年)八月以后,时年二十五岁。樊川集中诗歌撰作年月可考者以此诗为最早,从此诗中,可以看出杜牧少年真挚的抱负与创作的才华。敬宗宝历二年(826年)四月,横海节度使(治沧州,今河北沧县东南)李全略死,其子李同捷擅领留后,朝廷不能问。次年是文宗大和元年,五月,以天平节度使乌重胤为横海节度使,以李同捷为兖海节度使,李同捷不受命。八月,朝廷下诏讨李同捷。大和三年四月,官兵攻下沧州,斩李同捷。杜牧《感怀诗一首》自注所谓"时沧州用兵",即指讨李同捷事,故此诗的写作,在大和元年八月以后大和三年四月以前均有可能,而所以断定是大和元年的作品者,因为诗中杜牧自称"贱男子",应是未考中进士未做官以前的口气,而大和二年春杜牧即举进士及第,接连制策登科,做了官,就不会再自称"贱男子"了。杜牧对于藩镇问题是一向关心的。此诗因讨李同捷事而深慨唐代自安史乱后,藩镇跋扈,朝廷软弱，不能制裁，用兵费财，横征暴敛，法度废弛，人民憔悴，宪宗从事征讨，虽暂时能够控制，但不久，朝廷失策，河北藩镇叛乱又起，兵连祸结，迄无宁日，自己虽然有抱负，有策略，而无从施展。

〔**高文句**〕"高文"指李渊与李世民，李渊庙号是高祖，李世民庙号是太宗，谥法是文皇帝。"会"是适当其时的意思。〔**提剑句**〕汉高祖曾说："吾以布衣提三尺剑取天下，此非天命乎？"此句借用汉高祖之事颂扬唐高祖父子顺天意以兵力取得天下。〔**旄头句**〕二十八宿中的昴七星，又名"旄头"。古人迷信，以为天上星象下应人事，如果旄头星光闪耀，则即将有兵事大起。"箕"与"尾"也都是二十八宿的星名，箕四星，尾九星。我国从春秋战国以来，天文学上有所谓分野之说，以天上星宿下应各地区，秦汉统一之后，分野说又有所更改，据汉人的说法："尾、箕，燕。"（《淮南子·天文训》）所以诗中用"箕尾"二字指燕地。此句是说唐玄宗天宝末年安禄山自幽燕（今北京一带）起兵叛乱。〔**蓟门**〕西周与春秋战国时燕国建都于蓟，又称蓟丘，或称蓟门，即今北京。或谓古所谓蓟丘或蓟门在今北京德胜门外，乃是附会之说，并无根据。〔**咸阳**〕指唐代京都长安。咸阳本是秦朝京都，在渭水北，而汉唐京都长安则在渭水之南，虽隔一条渭水而相距颇近，故后人作诗，有时因趁韵之故，常以咸阳代长安。曹操《蒿里行》："初期会盟津，乃心在咸阳。"亦是指的长安。〔**宣皇句**〕"宣皇"指唐肃宗，肃宗谥法是"文明武德大圣大宣孝皇帝"。"走"是驱使驾御之义。〔**开中否**〕"否"是《易经》的卦名，读作鄙，是否塞不通之意。"开中否"是指唐肃宗平安史之乱，收复两京，将唐代中衰之运转过来了。　〔蟠联二句〕"两河"指黄河南黄河北。"烬萌"是说火的馀烬与草的萌芽。"弭"，止也。此二句是说唐代宗时虽平安史之乱，但是对于安史军中的降将如李宝臣、李怀仙、田承嗣等，仍任命他们为河北诸镇的节度使，遂养成馀患。　〔齐蔡燕赵魏〕此句指五个藩镇。齐指淄青节度，治青州（山东益都）；蔡指彰义节度，治蔡州（河南汝南）；燕指卢龙节度，治幽州（北京城西南部分）；赵指成德节度，治镇州（河北正定）；魏指魏博节度，治魏州（河北大名东）。此五个藩镇是当时兵力最强、最跋扈的。　〔唱和句〕"和"读去声。宫、商、角、徵、羽，是中国古代音乐中的五声。"徵"在此处读作纸字的音。　〔法制八句〕此八句是说当时河北藩镇往往南面称王，僭拟天子制度，如卢龙节度使朱滔称冀王，魏博节度使田悦称魏王，成德节度使王武俊称赵王。朱滔称孤，田悦、王武俊称寡人，居室皆曰殿，妻曰妃，子为国公，下皆称臣。"墆阶螭斗角"，墆即"压"，天子殿阶以螭（无角曰螭龙）头装饰。"署纸日替名"，替，废也。官吏应当在公文后签署自己的姓名，君主下诏则不签名，只用玺。"刳隍"就是挖掘城墙下的壕沟。"猷"，欲也。八尺为寻。"雉"，周代建筑的量法，方丈为堵，三堵为雉。一雉之墙，长三丈，高一丈。周时侯伯之城方五里，径三百雉。此处说"缭垣叠千雉"，言其城之大超过古侯伯之制度。　〔孱〕弱也。　〔九庙〕指唐代皇帝的祖先，天子太庙九室。　〔四海句〕是说四海的财物全输送到京都。　〔如何七十年〕自唐玄宗天宝十四载（755年）安禄山反至文宗大和元年（827年）杜牧作此诗时首尾共七十三年。　〔汗赧〕"赧"读如阪，大红色。汗赧是说人因惭愧出汗而面发红。　〔韩彭〕指韩信、彭越，汉高祖时名将。　〔英卫〕李靖封卫国公,李勣封英国公,唐太宗时名将。　〔凶门句〕古时将军受命出征,凿凶门而出,所以"凶门爪牙辈"指的是武将。　〔穰穰句〕"穰穰",众多也。汉文帝称赞周亚夫治军严整,说:"嗟乎,此真将军矣,曩者霸上、棘门军(指刘礼、徐厉的军队),若儿戏耳。"(《史记·绛侯周勃世家》)本句"如儿戏"意本此。　〔累圣〕唐朝历代的皇帝。　〔吁〕疑怪叹气。　〔阃外〕"阃"是门限。古时君主命将出征,说:"阃以外者,将军制之。""阃"指的是城门限,就是交付他军事全权的意思。　〔军须〕凡行军资粮器械所必须用的物品总名曰军须。　〔凶器〕古人谓军械为"凶器"。"兵"字的本义是军械,《说文》:"兵,械也。"引申为执军械的人。此处"兵"字用本义。《国语·越语》:"范蠡进谏曰:'……兵者,凶器也。'"　〔因骥句〕西汉初萧何为相,定各种制度,后来曹参为相,一切遵守,当时百姓唱歌云:"萧何为法,讲若画一。曹参代之,守而勿失。载其清静,民以宁壹。"所以"画一法"是说一定的制度。骥,毁坏也。　〔流品句〕是说做官的流品极杂乱。　〔网罗句〕是说法制渐渐离散松弛。　〔黎元〕百姓。　〔邈〕远也。　〔贞元〕唐德宗年号(785—805年)。　〔泰〕《周易》卦名,与否相反,是通顺之义。　〔元和圣天子〕指唐宪宗。元和,宪宗年号(806—820年)。　〔茅茨二句〕相传尧住的是茅草顶的房子,而汉文帝节俭,集上书囊做殿帷。此二句是用两个古代帝王节俭的故事颂扬唐宪宗,实际上唐宪宗并非如此节俭。　〔伍旅句〕此句是说唐宪宗能在小军官中提拔出勇将来。譬如高崇文就是一个例子。宪宗初即位,刘辟据西川抗命。宪宗要讨伐他,宰相杜黄裳推荐高崇文,那时高崇文官职并不大,宪宗就提升他为检校工部尚书、右神策行营节度使,将兵讨刘辟。诏命初下，许多老将都很惊讶，出乎意外，后来高崇文终能讨平刘辟。〔**梦卜句**〕殷王武丁夜梦得圣人，于是求得傅说，举以为相。周文王将出猎，卜之，曰："所获霸王之辅。"于是在渭水滨遇到钓鱼的太公望，载与俱归，立为师。"庸"是举用的意思。此句借殷武丁、周文王之事，说宪宗能任用贤相，如杜黄裳、武元衡、裴度等。〔**河南句**〕宪宗元和十二年（817年）平淮西吴元济，十四年二月平淄青李师道，七月，宣武节度使（治汴州，今河南开封）韩弘以汴、宋、亳、颍诸州归顺朝廷，于是黄河以南之地都归中央控制。〔**长庆**〕唐穆宗年号（821—824年）。〔**燕赵句**〕燕指卢龙军，赵指成德军。元和十五年（820年）十月，成德军观察支使王承元以镇、赵、深、冀四州归顺朝廷；长庆元年（821年）二月，卢龙军节度使刘总以卢龙军八州归顺朝廷。"襁"是一种带子，以约束小儿于背者。《史记·卫青传》正义："襁，长尺二寸，阔八寸，以约小儿于背。褓，小儿被也。""舁襁"是说人民将小孩包在包袱中，背在背上，准备来归顺朝廷。〔**北阙**〕阙是宫门前的望楼。〔**顿颡**〕磕头。〔**茹鲠四句**〕此四句承上文，言宪宗削平抗命的藩镇，人民有太平之望，但宪宗死后，穆宗即位，当时君相，能力薄弱，措置不当，如喉隘不能茹（吞）鲠（鱼骨），如力弱不能负重，在帷幄中计划时，无有良策，因此又失去河北三镇，如同网疏漏掉吞舟的大鱼一样。具体的事实是这样：元和十五年，宪宗死，穆宗初即位，萧俛、段文昌为相，以为时已太平，请密诏天下军镇有兵处，每年百人之中，限八人逃散，谓之"销兵"。穆宗诏天下如其策而行之。各藩镇的兵逃散之后无处可归，藏于山林。第二年即是长庆元年，河北卢龙与成德两镇都有军官起了乱事，许多藏在山林中的逃兵出来依附他们，势力甚盛，朝廷用兵征讨，指挥无方,不能取胜。长庆二年,魏博军官又起乱,朝廷不得已承认诸镇叛乱的军官为节度使,于是再失河北。　〔骨添句〕指长庆元年七月幽州卢龙军都知兵马使朱克融囚其节度使张弘靖以反,纵兵掠易、蔚、定诸州之事。　〔血涨句〕指长庆元年七月成德军大将王廷凑杀其节度使田弘正以反之事。嘑沲(亦可写作滹沱)河,源出山西繁峙县大戏山,东南流入河北境,经正定,东北流,注于沽河入海。成德军治所镇州在今正定,故用"嘑沲浪"之词。　〔有征〕古人说:"天子之兵,有征而无战。"是说天子之兵,征讨哪里,不必交战,一定成功。　〔五诸侯〕长庆元年八月十四日丁丑,魏博、横海、昭义、河东、义武五节度使带兵讨王廷凑。"五诸侯"即指以上五节度使,因为唐朝节度使专制一方,如同古诸侯一样。　〔苍然二句〕卢龙、成德、魏博等河北三镇,都在太行山以东。三镇背叛朝廷,所以说太行路又被榛莽充塞了。　〔关西句〕此句是杜牧自称。　〔誓肉句〕"虏"指跋扈的藩镇,"肉虏杯羹",是说痛恨他们,要吃他们的肉,喝他们的肉做的汤。"肉"字作动词用。普通五言诗的句法多是上二下三,此句是上一下四,这种特殊构造的五言句法,可能是受韩愈的影响。　〔荡荡〕大也。　〔瞳瞳〕明也。　〔文武业〕《孙子·行军篇》:"故令之以文,齐之以武,是谓必取。"杜牧注:"文武既行,必也取胜。"所以"文武业"即是指用兵取胜的事业。或谓"文武业"兼指修明政治与整饬军备而言,义亦可通。　〔长有句〕夏禹征有苗,夏后启征有扈。此句是希望唐天子能削平藩镇,如禹与启之征有苗、有扈。　〔七十句〕古人传说,汤以七十里,文王以百里,皆兼天下,统一海内。　〔韬〕藏也。　〔叫阍〕"阍"是宫门,凡人民有冤枉或意见到皇帝宫门前陈诉,谓之叩阍或叫阍。　〔贾生〕指西汉的贾谊。

贾谊少年高才，对于政治有抱负，有见解，在汉文帝时，屡次上书论政，都切中当时弊害。杜牧此处引贾谊为千古知己，亦有以贾谊自比之意。

及第后寄长安故人

东都放榜未花开，三十三人走马回。
秦地少年多酿酒，已将春色入关来。

此诗《樊川文集》不载，见于《外集》，而最早则见于五代人王定保所作的《唐摭言》中，所以选录此诗时，字句即依照《唐摭言》。《唐摭言》卷三"慈恩寺题名游赏赋咏杂纪"条，说此诗是杜牧大和二年在洛阳应进士举，"东都放榜，西都过堂"时所作。时杜牧二十六岁。唐代考进士本在京都长安，而这一年在东都，是变例。文宗大和元年七月"敕今年权于东都置举"（《旧唐书》卷十七上《文宗纪》），所以大和二年春考进士在东都。唐代考进士照例在正月，二月放榜，及第后，必须过关试，亦即所谓"过堂"，才算成进士。杜牧于榜发及第后将赴长安过关试，故诗中"未花开"有双关之意。此外，"春色""入关"亦皆双关之词。唐人诗往往谓过关试为春色。韩仪有一位朋友过关试，韩仪送他一首诗，有"今日便称前进士，好留春色与明年"之句（《唐摭言》卷一《述进士下篇》小注），可以证明。诗中所谓"三十三人"，是本科及第人数。《登科记》说大和二年进士三十七人，与杜牧诗中所记人数不同，徐松《登科记考》认为应当以杜牧诗为准,《登科记》可能是记载错了。

赠终南兰若僧

家在城南杜曲傍,两枝仙桂一时芳。
禅师都未知名姓,始觉空门意味长。

此诗《樊川文集》不载,见于《外集》,而最早则见于晚唐人孟棨所作的《本事诗》中,所以选录此诗时,字句即依照《本事诗》。《本事诗·高逸第三》记载,杜牧"制策登科,名振京邑",曾与一二同年到城南游玩,至文公寺。有一僧人,"拥褐独坐",杜牧同他谈话,"其玄言妙旨,咸出意表"。他问杜牧姓名,杜牧告诉给他。又问:"修何业?"旁人告诉他说,杜牧考中进士,又制策登科。僧人笑着说:"我都不知道。"杜牧叹讶,因题诗云云。按杜牧应制策考试在大和二年闰三月,此诗是本年制策登第后所作。

〔**终南**〕山名,在陕西西安之南。 〔**兰若**〕梵语"阿兰若"的省略,就是寺庙之意。 〔**杜曲**〕在唐代长安南,当时杜氏世居于此。 〔**两枝仙桂句**〕唐人谓登科为折桂。杜牧在一年之中,进士及第,又制策登科,所以说"两枝仙桂一时芳"。

杜秋娘诗 并序

杜秋，金陵女也。年十五，为李锜妾。后锜叛灭，籍之入宫，有宠于景陵。穆宗即位，命秋为皇子傅姆。皇子壮，封漳王。郑注用事，诬丞相欲去己者，指王为根。王被罪废削，秋因赐归故乡。予过金陵，感其穷且老，为之赋诗。

京江水清滑，生女白如脂。其间杜秋者，不劳朱粉施。
老濞即山铸，后庭千双眉。秋持玉斝醉，与唱金缕衣①。
濞既白首叛，秋亦红泪滋。吴江落日渡，灞岸绿杨垂。
联裾见天子，盼②眄③独依依。椒壁悬锦幕，镜奁蟠蛟螭。
低鬟认新宠，窈袅复融怡。月上白璧门，桂影凉参差。
金阶露新重，闲捻紫箫吹④。莓苔夹城路，南苑雁初飞。
红粉羽林仗，独赐辟邪旗。归来煮豹胎，餍饫不能饴。
咸池升日庆，铜雀分香悲。雷音后车远，事往落花时。
燕禖得皇子，壮发绿䰄䰄。画堂授傅姆，天人亲捧持。
虎睛珠络褓，金盘犀镇帷。长杨射熊黑，武帐弄哑咿。
渐抛竹马剧，稍出舞鸡奇。崭崭整冠佩，侍宴坐瑶池。
眉宇俨图画，神秀射朝辉。一尺桐偶人，江充知自欺。
王幽茅土削，秋放故乡归。觚棱拂斗极，回首尚迟迟。
四朝三十载，似梦复疑非。潼关识旧吏，吏发已如丝。
却唤吴江渡，舟人那得知？归来四邻改，茂苑草菲菲。
清血洒不尽，仰天知问谁？寒衣一匹素，夜借邻人机。

我昨金陵过，闻之为歔欷。自古皆一贯，变化安能推？
夏姬灭两国，逃作巫臣姬。西子下姑苏，一舸逐鸱夷。
织室魏豹俘，作汉太平基。误置代籍中，两朝尊母仪。
光武绍高祖，本系生唐儿。珊瑚破高齐，作婢春黄糜。
萧后去扬州，突厥为阏氏。女子固不定，士林亦难期。
射钩后呼父，钓翁王者师。无国要孟子，有人毁仲尼。
秦因逐客令，柄归丞相斯。安知魏齐首，见断箦中尸？
给丧蹙张辈，廊庙冠峨危。珥貂七叶贵，何妨戎房支？
苏武却生返，邓通终死饥。主张既难测，翻覆亦其宜。
地尽有何物？天外复何之？指何为而捉？足何为而驰？
耳何为而听？目何为而窥？己身不自晓，此外何思惟？
因倾一樽酒，题作杜秋诗。愁来独长咏，聊可以自贻。

① 原注："劝君莫惜金缕衣，劝君须惜少年时。花开堪折直须折，莫待无花空折枝。"李锜长唱此辞。
② 原注："普觅切。"
③ 原注："莫见切。"
④ 原注："《晋书》：盗开凉州张骏冢，得紫玉箫。"

杜秋以一个民间善良的弱女子，为封建统治者所玩弄，并因封建统治者内部矛盾的牵连而受到牺牲，以至于穷老无依，杜牧很同情她不幸的遭遇，故作此诗。诗中上半篇叙杜秋身世，于绚烂描写之中时用唱叹之笔，下半篇大发议论，因杜秋事而联想到古代历史中许多女子，甚至于男子，都不能掌握自己的命运。杜牧不可能认识到封建社会不合理制度的本质，但是他已能提出这样的一个问题。此诗是杜牧得意之作，经常拿出来给朋友看，张祜有《读池州杜员外杜秋娘诗》的绝句，李商隐也读到过这篇诗，李商隐《赠司勋杜十三员外》诗也说："杜牧司勋字牧之，清秋一首杜秋诗。"此诗是文宗大和七年（833年）春间所作，时杜牧三十一岁。诗序说："予过金陵，感其穷且老，为之赋诗。"普通说金陵，指今南京，但此处所说的金陵，则是指今江苏镇江。今镇江在唐代为润州，唐人称润州亦曰金陵，冯集梧《樊川诗集注》引《至大金陵志》曰："唐润州亦曰金陵。"可以证明。何以知道杜牧过金陵见到杜秋是在大和七年春日呢？因为《樊川文集》卷八《唐故歙州刺史邢君墓志铭》中这样说："后六年，牧于宣州事吏部沈公，涣思（即邢君）于京口事王并州，俱为幕府吏。……某奉沈公命北渡扬州，聘丞相牛公，往来留京口。"吏部沈公指沈传师，丞相牛公指牛僧孺，京口即唐润州，亦即金陵。按牛僧孺于大和六年十二月为淮南节度使（治所在扬州），而沈传师于大和七年四月自宣歙观察使内召为吏部侍郎（俱见《旧唐书·文宗纪》），所以杜牧奉沈传师命北渡扬州，聘牛僧孺，往来京口，亦即杜秋诗序所谓"过金陵"，必在大和七年春天。诗序说杜秋做漳王傅姆，漳王得罪，杜秋放归。考漳王得罪在大和五年（《旧唐书·文宗纪》），杜秋放归应在同时，两年后即大和七年，杜牧过金陵见到杜秋，时间也正合适。所以断定杜牧过金陵遇杜秋是在大和七年春。根据诗序中所说，杜秋的事迹大概是这样：杜秋，金陵人，为李锜妾。李锜为镇海军节度使（治所在润州），元和二年（807年）反，不久即失败，被杀。杜秋入宫，有宠于宪宗。（序中"景陵"即指宪宗，宪宗的坟称为景陵。）宪宗死，穆宗立，命杜秋为皇子凑保姆。皇子壮，封漳王。文宗恨宦官王守澄专政，想去掉他，同宰相宋申锡暗中谋划。王守澄的客郑注侦探出这件事情，告诉王守澄。于是王守澄、郑注等先发制人，诬蔑宋申锡图谋不轨，想拥立漳王为皇帝，因此宋申锡与漳王都得了罪。诗序中所谓"郑注用事"四句，即指此事。漳王得罪，杜秋遂被放归故乡。

〔京江〕长江经京口城北，谓之京江。　〔老濞句〕西汉初，宗室刘濞封为吴王，都广陵（江苏扬州）。吴国境内有铜山，刘濞采铜铸钱，国用富饶。汉景帝三年（前154年），吴王濞联合楚王等共七国举兵反抗中央，后来为汉兵所败，吴王濞逃走于丹徒，被杀。此句以刘濞借喻李锜，二人都是宗室，都是以谋反被杀，其根据地又都在长江下游今江苏境内。　〔斝〕音贾。斝是商周时的一种饮器，用来盛酒，形状似爵，圆口、平底，下面有三足。此处"玉斝"就是指玉杯。　〔吴江二句〕唐润州与扬州隔江相对，这一段江称为吴江。唐京都长安东二十里有灞水。此二句是说杜秋离开润州，来到长安。　〔椒壁〕古时皇帝的后妃所住的房子，以椒和泥涂壁，取其温暖而芳香，所以古人诗文中用"椒壁"或"椒房"都是指后妃的住所。　〔镜奁句〕"奁"音廉，镜奁是镜匣。蟠蛟螭是说镜奁上有蛟螭花纹的装饰。　〔窈袅句〕形容杜秋姿态美妙而神情愉快。　〔月上十句〕叙述杜秋在宫中的生活及侍奉皇帝到南苑游玩。　〔夹城、南苑〕唐长安城东南角有曲江，曲江西南有芙蓉苑，谓之南苑,是皇帝游赏之地。玄宗开元中,从兴庆宫(在兴庆坊,靠长安东城墙)筑夹城向南通到南苑。 〔**羽林仗**〕羽林是皇帝的禁卫军,仗是仪仗。 〔**辟邪旗**〕唐代皇帝出行,大驾卤簿卫马队左右厢各二十四队,从十二旗,第一队辟邪旗。辟邪是兽名,旗上画辟邪,故名辟邪旗。 〔**归来二句**〕古人以豹胎为精美的肴馔。"餍饫",饱也。"饴"本义是麦芽糖,此处用作动词,是吃着好吃的意思。 〔**咸池二句**〕古时神话说咸池是天池,太阳初升时要在咸池中沐浴。铜雀台是曹操所筑,在邺(河北临漳)。曹操临死时,嘱咐他的诸妾,在他死后,要在铜雀台上祭祀他的魂灵,并且时时登台望他的坟墓,馀香可分与诸夫人。按上下文意,此两句是说宪宗忽然死了。"铜雀分香悲"句,用曹操临死挂念诸妾的故事,更切合杜秋。只是"咸池升日庆"句,表面上看来有些费解,因为"升日庆"不能象征死去。按唐宪宗的生日是二月十四日,死日是正月二十七日(《唐会要》卷一《帝号上》),杜牧以"升日庆"指宪宗过生日,此两句意思是说,正在宪宗将要庆祝生日的时候,忽然死去了。宪宗是被宦官陈弘志害死的,这里或者也暗寓变生不测之意。"咸池升日庆"句也可以有另外一种讲法,就是象征穆宗即帝位,下句"铜雀分香悲"再追述宪宗死去。这样讲法也可备一说。 〔**雷音**〕司马相如《长门赋》:"雷隐隐而响起兮,声象君之车音。"以雷音比况君主的车声。 〔**燕禖**〕上古时求子所祭祀的神叫作"高禖",传说古帝高辛的妃简狄以燕至之日祈于高禖,吞燕卵而生契。 〔**皇子**〕指漳王凑,穆宗第六子。 〔**緌緌**〕下垂貌。"緌"音蕤。 〔**画堂**〕汉成帝生于甲馆画堂。此处用画堂指漳王凑所生的地方。 〔**傅姆**〕保姆。 〔**天人**〕邯郸淳曾称赞曹植为"天人"。曹植是曹操之子。曹操自己虽未做皇帝,但是其子曹丕代汉称帝后,追尊曹操,谥为武帝,故此处用"天人"指漳王凑。 〔褓〕小儿被。 〔**长杨二句**〕汉长杨宫在盩厔县(陕西周至)。汉成帝曾派人捕捉熊罴虎豹等野兽,送到长杨射熊馆,他亲自来此射猎。武帐是古时皇帝坐息之所,帐中置兵器卫护,故名"武帐"。哑咿是小儿学语声。此二句是说漳王凑在幼儿时得到穆宗的喜爱,穆宗出外游猎常携带他,在武帐中常戏弄他。 〔**竹马剧**〕小儿骑竹作马的游戏。 〔**舞鸡**〕即是斗鸡之戏。唐时诸王好斗鸡戏。 〔**崭崭**〕高貌。 〔**侍宴句**〕古时神话说西王母居瑶池。此句是说漳王凑常参与太后或皇后的宴会。 〔**眉宇句**〕面之有眉犹屋之有宇,故称眉宇。古书中描写人的眉目清秀,常说"眉目如画"。"眉宇俨图画"就是说眉目清秀如画之意。 〔**一尺二句**〕江充是汉武帝时的佞臣,他想害武帝的太子刘据,于是诬告太子作巫蛊诅咒武帝,武帝派人到太子宫中掘蛊,得桐木偶人,此桐木偶实际上是江充使人暗地里埋在太子宫中以陷害太子的。此两句借用江充事说郑注诬害漳王。 〔**王幽句**〕"幽"是幽囚。周代天子大社以五色土为坛,封诸侯时,取其所封国方面之土,苴以白茅授之。"茅土削"是说取消封爵。 〔**觚棱**〕班固《两都赋》:"设璧门之凤阙,上觚棱而栖金爵。"据程大昌的解释,觚者,削木为之,或六面,或八面,金爵(同"雀")是金凤凰,建章宫之外阙,其上立有棱之觚,觚上立金铸之凤(《演繁露》卷七)。 〔**斗极**〕"斗"是北斗星,"极"是北极星。 〔**四朝句**〕杜秋于宪宗元和二年李锜谋反失败后入宫,经穆宗、敬宗、文宗,至大和七年被放归,历四朝,首尾二十七年(807—833年)。 〔**潼关**〕唐潼关在华州华阴县东北,今陕西潼关县。 〔**茂苑**〕左思《吴都赋》:"佩长洲之茂苑。"长洲之茂苑是西汉吴王濞的苑囿,此处借用,指李锜当年的苑囿。〔一匹素〕一匹白绢。〔夏姬二句〕夏姬是春秋时郑穆公之女,嫁给陈大夫御叔,生夏徵舒(徵舒之祖少西,字子夏,故徵舒以夏为氏)。御叔早死,夏姬寡居,与陈灵公私通。夏徵舒杀陈灵公。楚庄王伐陈,杀夏徵舒,遂灭陈,以为楚县。后来楚王听申叔时的规谏,又恢复了陈国。楚王将夏姬赐给连尹襄老。楚与晋战于邲,襄老战死。楚大夫巫臣想娶夏姬,派人对夏姬说:"你回郑国去,我聘你。"夏姬以求襄老尸体为借口,得到楚王允许,回到郑国。巫臣向郑国聘夏姬,郑伯允许。后来巫臣奉楚王命出使于齐,到了郑国,他就放弃了他的外交使命,携带夏姬,投奔晋国。夏姬的事迹如此。只有陈国因夏姬之故曾一度被楚所灭,并无灭两国之事。杜牧此处大概是疏忽了。〔西子二句〕西子即西施,春秋时越国的美女。越为吴所败,越王句践忍辱求和,将西施献给吴王夫差,迷惑吴王,后来越终于灭吴。姑苏是吴国都城,在今江苏苏州。越王有臣范蠡,佐越王灭吴之后,即乘扁舟浮于江湖,自号鸱夷子皮(鸱夷是皮口袋),但是并没有带了西施同去。据杨慎的考证,此处是杜牧弄错了。因为《修文御览》引《吴越春秋》逸篇:"吴亡后,越浮西施于江,令随鸱夷以终。"这是说越国将西施盛在大皮口袋内沉于江,杜牧误会以为是随鸱夷子皮范蠡去了(《升庵全集》卷六十八"范蠡西施"条)。〔织室二句〕此二句是说汉薄姬之事。薄姬原是魏王豹的妾,汉高祖刘邦打败魏王豹,薄姬变成俘虏,送到织室做纺织女工。汉高祖到织室,看中了薄姬,纳入后宫,生一子,即是后来的汉文帝。汉文帝在位二十馀年,执行黄老清静无为的政策,使人民得到休养生息,社会经济得以恢复与发展,为汉帝国的富强奠定基础。〔误置二句〕此二句是说汉窦姬之事。窦姬原是吕太后宫中的宫人。吕太后遣散宫人,赐诸王,窦姬也在遣散之中。她家在清河郡，靠近赵国，所以她对主管的宦者说，希望把她放在赵国的名簿中。主管的宦者忘掉她的嘱咐，错把她放在代国的名簿中。到了代国，代王很喜欢窦姬，生了一个儿子。后来代王做了皇帝，即是汉文帝，而窦姬所生之子立为太子，窦姬也立为皇后。文帝死后，太子即位，即是汉景帝，窦皇后为窦太后。景帝卒，子刘彻立，是为汉武帝，尊窦太后为太皇太后。〔光武二句〕东汉光武帝刘秀是汉高祖九世孙，是景帝子长沙定王刘发之后。长沙定王的母亲唐姬是景帝妃程姬的侍婢。有一次，景帝召程姬侍寝，程姬有月事，不愿意去，于是就将唐姬妆扮起来在夜间送去了。景帝吃醉了酒，不知道，以为是程姬，于是同睡一夜，唐姬就怀了孕，生长沙定王发。〔珊瑚二句〕此二句指北齐后主的冯淑妃小怜事。北齐后主高纬宠爱冯小怜，荒淫不恤国事。北周灭北齐，后主被虏至长安，遇害。北周武帝以冯小怜赐代王达，代王达也很宠爱她，冯小怜谗毁代王妃，几致于死。隋文帝又将冯小怜赐给代王妃的哥哥李询，令冯小怜穿布裙舂米，后来李询的母亲逼令她自杀。珊瑚或即冯小怜之名，今所见史书中无可考，不知杜牧有何根据。有人认为史书中只说李询母令小怜衣青衣而舂，无"黄糜"字，杜牧趁韵撰造，非事实。（魏泰《临汉隐居诗话》卷一、胡震亨《唐音癸签》卷二十四）按作诗不同于作考据，不必这样拘看。〔萧后二句〕萧后是隋炀帝的皇后，炀帝在江都被杀，萧后随宇文化及的军队到聊城。窦建德攻破宇文化及，突厥处罗可汗的妻是隋义城公主，所以遣使迎萧后，萧后遂入于突厥。"阏氏"音烟支，汉代匈奴单于之妻称"阏氏"，后世文人常借用"阏氏"指游牧部族君主之妻。不过据史书记载，萧后并未做突厥可汗之妻。古人作诗用典，不同于做考据，对于历史故事常灵活运用，有时也不免疏误。　〔射钩句〕春秋时管仲本从齐公子纠，公子纠与公子小白争国，管仲射小白，中带钩。小白后立为齐君，即齐桓公，尊敬管仲，委以国政，称呼他为"仲父"。　〔钓翁句〕指周文王与太公望事，见前《感怀诗一首》注。　〔无国句〕"要"读作平声，要，请也。孟子游说齐梁，皆不遇。　〔有人句〕《论语·子张》篇："叔孙武叔毁仲尼。"叔孙武叔是鲁大夫，孔子字仲尼。　〔秦因二句〕李斯，楚人，在秦国做官，为客卿。后来秦王认为六国之人来到秦国做官的多是"为其主游间于秦"，于是下令逐客。李斯上书谏止，秦王乃除逐客之令。此后李斯很得到秦王的信任，秦王并天下，为始皇帝，任李斯为丞相。　〔安知二句〕战国时魏人范雎事中大夫须贾。魏相魏齐听信须贾的谗言，痛打范雎。范雎假装死去，魏齐命以箦（竹席）裹范雎的尸体，放在厕所中。后来范雎得救，到了秦国，为秦相，要魏国杀魏齐。魏齐逃走藏匿，终于自杀。诗中"见断箦中尸"，影宋刊本《樊川文集》作"簀中尸"，影明刊本同。按《史记·范雎传》："雎佯死，即卷以箦，置厕中。"索隐："箦谓苇荻之薄也。"可见宋本《樊川文集》中"簀"字是"箦"字之误，《全唐诗》校改为"箦"，今从之。　〔给丧二句〕周勃少时做吹鼓手，给丧事，后来从刘邦起兵，申屠嘉以材官蹶张（能以脚蹋强弩张之，故曰蹶张）。从刘邦作战，两人都立了战功。刘邦建立汉王朝，周勃、申屠嘉都做丞相，封侯。"廊庙"即是朝廷。"峨危"，高貌。　〔珥貂二句〕此指汉金日䃅（"䃅"音低）事。金日䃅本匈奴休屠（"屠"读作储）王太子。匈奴昆邪（"昆"读作浑）王杀休屠王，并将其众降汉，金日䃅没入官，为奴隶，养马。他后来得到汉武帝的赏识，做官至车骑将军，封侯。金日䃅之弟金伦，子孙历世贵显，所以晋左思《咏史诗》说："金张藉旧业，七叶珥汉貂。""七叶"指自汉武帝至平帝,共七朝。"珥",插也。汉代侍中帽子上插貂尾为饰,金氏子孙多为侍中,故曰:"七叶珥汉貂。" 〔**苏武句**〕汉苏武出使匈奴,被匈奴扣留,幽置大窖中,啮雪吞旃,后来被放于北海(今俄罗斯西伯利亚贝加尔湖)上牧羊。凡居匈奴十九年,终于回到汉朝。 〔**邓通句**〕邓通是汉文帝的幸臣,文帝赐以铜山,得自铸钱,邓氏钱布天下,其富如此。后来文帝死,景帝立,治邓通罪,没收他的家产,邓通不名一钱,寄死人家。 〔**自贻**〕"贻",赠也。影宋刊本《樊川文集》作"自贻",影明本同,《太平广记》卷二百七十五"李锜婢"条引杜牧《杜秋娘诗》,亦作"自贻",《唐诗纪事》卷五十六引此诗作"自怡",《全唐诗》与冯注樊川诗校改为"自怡"。按"自贻"义亦可通,似不必改字。杜牧此诗慨叹杜秋一生命运的升沉变化,推及历史上许多人,无论女子或男子,也多是如此,所谓:"己身不自晓,此外何思惟?"因而慨叹自己也不能免,所以说"聊可以自贻"。《樊川文集》卷二有《自贻》诗,也是自赠之意。

扬州三首(选一)

炀帝雷塘土,迷藏有旧楼。谁家唱水调?明月满扬州①。
骏马宜闲出,千金好暗游。喧阗醉年少,半脱紫茸裘。

① 原注:"炀凿汴河,自造水调。"

大和七年四月沈传师由宣歙观察使内升吏部侍郎之后,杜牧即应淮南节度使牛僧孺之辟,来到扬州,为淮南节度府掌书记,大和九年（835年）始离扬州。此诗大概是大和七八年中的作品。

唐代商业发达，出现了许多繁荣的都市。扬州位于江淮富庶之区，当长江与运河交会之处，所以在当时商业都市中是首屈一指的，谚称"扬一益二"。杜牧此诗就是描写扬州的繁华。此外，唐人张祜诗："十里长街市井连，月明桥上看神仙。人生只合扬州死，禅智山光好墓田。"王建诗："夜市千灯照碧云，高楼红袖客纷纷。如今不似时平日，犹自笙歌彻晓闻。"徐凝诗："天下三分明月夜，二分无赖是扬州。"都足以想见扬州的盛况。（洪迈《容斋随笔》卷九"唐扬州之盛"条）

〔雷塘〕雷塘亦名雷陂，在扬州西北十五里。唐武德五年（622年），改葬隋炀帝于雷陂南平冈上。　〔迷藏句〕隋炀帝在扬州造迷楼，幽房曲室，千门万牖，人误入者，终日不能出。炀帝与嫔妃宫女在其中淫乐。　〔喧阗〕喧哗。　〔紫茸裘〕茸是兽毛之柔细者。

送杜颛赴润州幕

少年才俊赴知音，丞相门栏不觉深。
直道事人男子业，异乡加饭弟兄心。
还须整理韦弦佩，莫独矜夸玳瑁簪。
若去上元怀古去，谢安坟下与沉吟。

杜颛（音蚁）是杜牧之弟，少杜牧四岁，大和六年举进士及第，年二十六。大和八年（834年）十一月，李德裕自兵部尚书出为镇海节度使，引杜颛为巡官，此诗乃杜牧送杜颛赴任之作。镇海节度使治润州，故称"润州幕"。"润州"已见《杜秋娘诗》注。

〔知音〕古代伯牙善鼓琴，锺子期善听，能从伯牙的琴声知道他心中所想的东西，或是志在高山，或是志在流水，后人遂称知己的朋友为"知音"。 〔丞相〕指李德裕，李德裕在大和七年曾做宰相。 〔韦弦佩〕《韩非子·观行篇》："西门豹之性急，故佩韦以自缓；董安于之心缓，故佩弦以自急。""韦"，皮绳，喻缓也。"弦"，弓弦，喻急也。佩带韦弦，所以警惕自己天性之所短，杜牧用此语是劝他的弟弟要时常检查自己。 〔若去二句〕唐上元县在今南京。上元县东南十里石子冈北有谢安墓（《元和郡县志》）。谢安，东晋人，少有重名，孝武帝时，为尚书仆射，领中书令（就是宰相）。这时氐族苻氏所建立的前秦王国已经统一北方，其君主苻坚野心很大，率兵百万南侵，想灭掉东晋。当时东晋政府中人都很害怕，而谢安能持以镇静，派遣谢石、谢玄等率北府兵八万人北上抗战，淝水一战，打败苻坚，保卫了江南。

赠别二首

娉娉袅袅十三馀，豆蔻梢头二月初。
春风十里扬州路，卷上珠帘总不如。

多情却似总无情,唯觉樽前笑不成。

蜡烛有心还惜别,替人垂泪到天明。

此是大和九年杜牧由淮南节度府掌书记升监察御史,离扬州,赴长安,与妓女赠别的作品,时杜牧三十三岁。唐人小说记载,杜牧做淮南节度府掌书记的时候,"供职之外,惟以宴游为事"。扬州繁华,每到夜晚,娼楼妓馆,有绛纱灯照耀,"九里三十步街中,珠翠填咽,邈若仙境"。杜牧夜间常在这一带游玩,牛僧孺派遣兵卒三十人,换了便装,暗地保护他。及杜牧升了御史,牛僧孺替他钱行,在席上规劝他生活不要过于放荡。杜牧还为自己辩护,牛僧孺笑了笑,命丫鬟取出一个小书簏,当面打开,全是街卒的密报,共有几百件,上面都写着:"某夕,杜书记过某家,无恙。""某夕,宴某家,无恙。"杜牧很惭愧,泣拜致谢,而终身感激牛僧孺(《太平广记》卷二百七十三)。

〔豆蔻句〕豆蔻花,淡红鲜妍。姚宽《西溪丛语》:"阅《本草》,豆蔻花作穗,嫩叶卷之而生,初如芙蓉,穗头深红色,叶渐展,花渐出,而色微淡。……南人取其未大开者,谓之含胎花。"豆蔻春末夏初开花,二月初尚未大开,借比十三四岁的女子。 〔蜡烛二句〕陈叔达《自君之出矣》:"思君如夜烛,煎泪几千行。"蜡烛燃烧时滴下的油谓之烛泪。此二句有双关之意。

张好好诗 并序

牧大和三年,佐故吏部沈公江西幕,好好年十三,始以善歌舞来乐籍中。后一岁,公镇宣城,复置好好于宣城籍中。后二年,沈著作述师以双鬟纳之。又二岁,余于洛阳东城重睹好好,感旧伤怀,故题诗赠之。

君为豫章姝,十三才有馀。翠茁凤生尾,丹脸莲含跗。
高阁倚天半,晴江联碧虚。此地试君唱,特使华筵铺。
主公顾四座,始讶来踟蹰。吴娃起引赞,低徊映长裾。
双鬟可高下,才过青罗襦。盼盼下垂袖,一声离凤呼。
繁弦迸关纽,塞管引圆芦。众音不能逐,袅袅穿云衢。
主公再三叹,谓言天下殊。赠之天马锦,副以水犀梳。
龙沙看秋浪,明月游东湖。自此每相见,三日以为疏。
玉质随月满,艳态逐春舒。绛唇渐轻巧,云步转虚徐。
旌旆忽东下,笙歌随舳舻。霜凋谢楼树,沙暖句溪蒲。
身外任尘土,樽前且欢娱。飘然集仙客①,讽赋期相如。
聘之碧玉佩,载以紫云车。洞闲水声远,月高蟾影孤。
尔来未几岁,散尽高阳徒。洛阳重相见,绰绰为当垆。
怪我苦何事,少年生白须。朋游今在否,落拓更能无?
门馆恸哭后,水云愁景初。斜日挂衰柳,凉风生座隅。
洒尽满襟泪,短章聊一书。

① 原注:著作尝任集贤校理。

大和九年，杜牧内升为监察御史，是年秋，移疾，分司东都。（唐代在洛阳设东都留台，有御史中丞、侍御史、殿中侍御史、监察御史等官。）到洛阳，重见张好好，作此诗。据诗序所记，杜牧于大和三年佐吏部沈公（沈传师）江西幕时初见好好，后一岁，至宣城（唐宣歙观察使治宣州宣城，今安徽宣城），后二岁，沈著作述师纳张好好，又后二岁，在洛阳重睹张好好。自大和三年向后数五年应是大和八年，然是年杜牧在扬州，并未到洛阳，并且诗中"门馆恸哭后"是说沈传师已死，所以诗序中称"故吏部沈公"，据《旧唐书·文宗纪》，沈传师卒于大和九年四月（《旧唐书》卷一四九《沈传师传》说传师卒于大和元年，误），也足以证明此诗应是大和九年作，而不会是大和八年。诗序中所计算的年数大概有疏误，"又二岁"应是"又三岁"。

〔豫章〕唐洪州，亦称豫章郡，沿古豫章郡之名，治所南昌县，在今江西南昌。沈传师为江西观察使，即住洪州。　〔姝〕美女。　〔茁〕音札，生长也。　〔跗〕音扶，花萼。　〔高阁〕指滕王阁。唐高宗时，滕王元婴都督洪州时所建，故址在今南昌赣江滨。　〔踟蹰〕不前也。　〔引赞〕引进张好好而告知座客。　〔襦〕短袄。　〔晴江〕江，指赣江。南昌即在赣江之滨。　〔离凤〕《西京杂记》卷二："庆安世年十五，为成帝侍郎，善鼓琴，能为双凤离鸾之曲。""离凤"盖借用此。　〔繁弦四句〕描写张好好善于歌唱。杜牧在《赠沈学士张歌人》诗中也曾描写张好好声乐的艺术："拖袖事当年，郎教唱客前。断时轻裂玉，收处远缭烟。孤直缥云定，光明滴水圆。泥（去声）情迟急管，流恨咽长弦。""塞管"指一种胡人乐器，即是芦管。截芦为之。"圆芦"，影宋本及影明本《樊川文集》均作"圆卢"，"卢"字误，《全唐诗》及冯注樊川诗校改为"芦"。杜牧手书《张好好诗》真迹正作"芦"，今校改。〔殊〕秀逸出众也。〔龙沙〕在南昌城北一带，甚白而高峻。〔东湖〕在南昌城东。〔旌旆句〕旌旆是旗，"旌旆忽东下"是说沈传师由江西观察使调任宣歙观察使，顺长江东下，到宣城去。〔舳舻〕船尾为舳（音逐），船头为舻，"舳舻"是言其船多，前后相衔。"笙歌随舳舻"是说将张好好用船载了去。〔谢楼〕宣城城北有谢楼，是南齐诗人谢朓做宣城太守时所建筑的，李白曾登此楼作诗。〔句溪〕在宣城东三里，溪流回曲，形如句字。〔集仙客〕原注："著作尝任集贤校理。"集贤殿原名集仙殿，开元十三年改名集贤。"集仙客"即指诗序中所谓"沈著作述师"。杜牧《李贺集序》中所谓"集贤学士沈公子明"，亦即是此人。他是沈传师之弟（《元和姓纂》卷七《吴兴沈氏》），亦随沈传师在江西、宣歙幕中。〔相如〕司马相如，西汉著名赋家。〔洞闲二句〕言张好好为沈述师纳为妾后，与其他相熟识的沈传师的幕僚们不再接近。洞闲句似暗用刘晨、阮肇故事。《太平广记》卷六十一引《神仙记》，叙述刘阮二人入天台山采药，在大溪边遇二仙女，被邀还家，共处甚乐，后来离别仙女，回到尘世。〔高阳徒〕郦食其（读作异基），陈留郡圉县（今河南杞县）高阳乡人。刘邦自沛起兵反秦，过陈留，郦食其往见刘邦，说："吾高阳酒徒也。"此处用"高阳徒"指吃酒的朋友。〔绰绰〕与绰约义同，美貌。〔当垆〕古时卖酒店中，累土为垆，以盛酒瓮，卖酒的坐在垆旁边,叫作"当垆"。汉朝司马相如与卓文君夫妇两人在临邛开酒店,卓文君当垆卖酒。 〔**朋游二句**〕在古书中用"落拓",或作"落魄",又转为"潦倒",非必尽谓遭际不偶,每指人之性行而言,即倜傥不羁之义。"朋游今在否,落拓更能无?"即谓尚能如当日与酒朋花侣作放荡行迹之游也。(周汝昌说)"无"字用于句末,相当于"否"或"么",白居易《问刘十九》诗就作"晚来天欲雪,能饮一杯无?"

洛阳长句二首(选一)

草色人心相与闲,是非名利有无间。
桥横落照虹堪画,树锁千门鸟自还。
芝盖不来云杳杳,仙舟何处水潺潺?
君王谦让泥金事,苍翠空高万岁山。

杜牧于大和九年秋以监察御史分司东都到洛阳,开成二年(837年)初即请假离洛阳赴扬州,探视他弟弟杜𫖮的病,居洛阳仅一年半。此诗盖开成元年(836年)作,杜牧三十四岁。方回《瀛奎律髓》说:"唐自天宝以后,不复驾车东都,此诗有望幸之意。"《两京城坊考》记洛阳城内小桥甚多,最著名者有洛水上端门南的三座桥,洛水流至此,分为三道,所以建三座桥。"南枝曰星津桥,中枝曰天津桥,北枝曰黄道桥。"玄宗开元二十年(732年)改造天津桥,毁星津桥,合而为一。杜牧此诗中所咏之桥或即指此。唐人谓七言诗为"长句"。杜甫《薛端薛复筵简薛华醉歌》:"近来海内为长句,汝与山东李白好。"即指七言诗。

〔**芝盖二句**〕据方回《瀛奎律髓》的说法,此二句是用王子乔及李膺、郭泰的故事,都是与洛阳有关的。古代神话说,王子乔是周灵王太子,在嵩山修炼三十馀年,在缑氏山顶乘白鹤仙去。李膺是东汉人,为河南尹,名望很高。游洛阳,后归乡,很多人都去送他,李膺与郭泰同舟而济,众人望之,以为神仙。 〔**泥金事**〕古时天子行封禅典礼,所用玉牒、玉检、玉册等,盛在金匮中,缠以金绳,封以金泥,所以"泥金事"即是指行封禅。 〔**万岁山**〕汉武帝亲登嵩山,随从的人听到呼"万岁"者三。

东都送郑处诲校书归上都

悠悠渠水清,雨霁洛阳城。
槿堕初开艳,蝉闻第一声。
故人容易去,白发等闲生。
此别无多语,期君晦盛名。

此诗是开成元年五月中所作。郑处诲,字延美,荥阳人。祖郑馀庆曾为宰相。父郑瀚,亦历显仕。处诲大和八年登进士第,为校书郎,后官至宣武军节度使。处诲勤于著述,撰集甚多,为校书郎时,撰次《明皇杂录》三篇。"上都"即是长安,肃宗宝应元年(762年),以京兆府为上都,河南府为东都。

〔渠水〕唐洛阳城内外渠水甚多,有洛渠、通济渠、通津渠、运渠、漕渠、榖渠、瀍渠等。 〔槿〕木槿花如小葵,五月始开,或白,或粉红,朝开暮落。 〔此别二句〕郑处诲家世显贵,早登科第,很容易得虚名,所以杜牧此两句诗寓规劝之意。

题敬爱寺楼

暮景千山雪,春寒百尺楼。
独登还独下,谁会我悠悠?

唐敬爱寺在洛阳怀仁坊。此诗盖开成元年或二年初春作。

〔独登二句〕陈子昂《登幽州台歌》:"念天地之悠悠,独怆然而涕下。"此处似用其意。(周汝昌说)

金谷园

繁华事散逐香尘,流水无情草自春。
日暮东风怨啼鸟,落花犹似堕楼人。

金谷园是西晋石崇的别墅,故址在唐洛阳城的东北,金谷溪流经其地。石崇富于资财,生活豪奢,"后房百数,皆曳纨绣,珥金翠。丝竹尽当时之选,庖膳穷水陆之珍"(《晋书·石苞传附石崇传》)。此诗亦是杜牧居洛阳时所作,大概在开成元年或二年的春间。

〔**堕楼人**〕指绿珠。绿珠是西晋石崇的爱妾。石崇住在金谷园(洛阳附近)中,生活豪侈,歌妓很多。西晋惠帝永康元年赵王司马伦杀贾后,专擅朝政,他的亲信孙秀派人来向石崇要绿珠,石崇说:"绿珠是我所爱,不能送人。"孙秀生气,于是矫诏逮捕石崇。石崇被捕时,对绿珠说:"我现在为你得罪。"绿珠哭泣说:"我就死在你面前以报答你。"因自投楼下而死。

兵部尚书席上作

华堂今日绮筵开,谁唤分司御史来?
忽发狂言惊满座,两行红粉一时回。

此诗《樊川文集》不载,见于《别集》,而最早则见于晚唐人孟棨所作的《本事诗》中,所以选录此诗时,字句即依照《本事诗》。《本事诗·高逸第三》记载:杜牧为御史,分司洛阳。时李司徒罢镇闲居,声伎豪华,为当时第一,洛中名士都去拜访他。有一次,李司徒大开筵席,遍请洛阳的官僚及名士,因为杜牧是监察御史,所以不敢邀请他。杜牧听说此事,派人转告李司徒说,自己愿意参加这个宴会,李司徒即补送一份请帖。杜牧正在对花独酌,接请帖后,立刻来到。这时客人们已经饮酒,歌妓一百多人,皆绝艺殊色。杜牧独坐在南边一行,瞪眼注视,喝完三杯,问李司徒:"听说有一位名叫紫云的,是谁?"李指示给他。杜牧注视了很久,说:"名不虚传,应当赠送给我。"李俯首而笑,许多歌妓也都回头而笑。杜牧自饮三杯,朗诵了这首诗,"意气闲逸,傍若无人"。据《本事诗》所记,此诗是杜牧为监察御史分司东都时的作品,至于在哪一年,并未说明。《本事诗》中所谓李司徒,未言何名。《太平广记》卷二百七十三"杜牧"条引《唐阙文》(按《唐阙文》疑是《唐阙史》之误,但今本《唐阙史》中又无此段文)及《唐诗纪事》卷五十六,均记此事,则作李司徒愿。考李愿卒于宝历元年(《旧唐书》卷一百三十三《李愿传》),在杜牧以监察御史分司东都之前十年,则所谓李司徒者绝非李愿。李愿之弟李听,大和初曾为检校司徒、邠宁节度使,"(大和)九年,改陈许节度,未至镇,复除太子太保分司。开成元年,出为河中尹、河中晋慈隰节度使",卒后赠司徒。(《旧唐书》卷一百三十三《李听传》)李听曾为检校司徒,卒后又赠司徒,而其罢镇闲居,以太子太保分司东都,又正在大和九年开成元年两年中,即是杜牧以御史分司东都之时,则李司徒盖是李听,而杜牧此诗也应是作于大和九年或开成元年之时。至于诗题"兵部尚书席上作",乃宋人编《樊川别集》时所加,按《本事诗》所记,似应题为"李司徒席上作"。

题扬州禅智寺

雨过一蝉噪,飘萧松桂秋。青苔满阶砌,白鸟故迟留。
暮霭生深树,斜阳下小楼。谁知竹西路,歌吹是扬州?

此诗是开成二年的作品,时杜牧三十五岁。这一年,杜牧的弟弟杜颛患眼病,看不见东西,居扬州禅智寺,杜牧告假,自洛阳带了医生石生来看他弟弟(《樊川文集》卷十六《上宰相求湖州第二启》),大概也住在寺中。这时他心境不好,不似数年前做淮南节度府掌书记时的豪兴,所以前六句写寺中清寂之境,末二句说,似这样寂静,谁知道是歌吹繁华的扬州呢?

〔**禅智寺**〕禅智寺在扬州城东,寺前有桥,跨旧官河。 〔**竹西路**〕指的是禅智寺前官河北岸的路。 〔**歌吹**〕"吹"读去声,作名词用。乐之用竽笙箫管者谓之吹。歌吹即是以乐器配合而歌唱之义。鲍照《芜城赋》:"歌吹沸天。"《芜城赋》写当时的广陵,即是唐代的扬州,此处用"歌吹"二字更切合。

将赴宣州留题扬州禅智寺

故里溪头松柏双,来时尽日倚松窗。
杜陵隋苑已绝国,秋晚南游更渡江。

此诗即是离扬州赴宣州时所作。诗中记自己从故乡来扬州时，曾"尽日倚松窗"，有留念不舍之意，来到扬州，离故乡已经很远，现在又要渡江南赴宣州了。杜牧的故乡是京兆万年县，就是京都长安，他家住在城西安仁坊，而在城南三十馀里下杜樊乡还有别墅。《樊川文集》卷十六《上宰相求湖州第二启》中说，开成三年，杜患眼病，韦楚老向杜牧推荐同州眼医石公集，"某迎石生至洛"，与石生同赴扬州。按唐同州治所在今陕西大荔县，离长安较近，杜牧可能是先由洛阳回到长安，然后迎石生同到洛阳转至扬州。所以诗中说"故里"云云。

〔杜陵〕汉宣帝坟陵，在长安南，汉曾设县，唐时杜陵地区属万年县。杜牧的祖坟即在杜陵附近的少陵，所以杜牧用杜陵代表自己的故乡。 〔隋苑〕隋炀帝时所建的园林，故址在今江苏扬州西北。

题宣州开元寺①

南朝谢朓城，东吴最深处。亡国去如鸿，遗寺藏烟坞。
楼飞九十尺，廊环四百柱。高高下下中，风绕松桂树。
青苔照朱阁，白鸟两相语。溪声入僧梦，月色晖粉堵。
阅景无旦夕，凭栏有今古。留我酒一樽，前山看春雨。

① 原注："寺置于东晋时。"

杜牧于开成二年自监察御史分司东都任所请假到扬州,探视弟弟杜顗的眼病。唐朝制度,职事官假满百日,即须停职(《唐会要》卷八十二),所以杜牧假满百日后,不能再回洛阳任监察御史,于是于此年秋末接受宣歙观察使崔郸的辟召,到宣州为团练判官,将他弟弟杜顗也带到宣州。杜牧于开成二年秋来到宣州,开成三年冬,迁左补阙、史馆修撰,开成四年春初,即离开宣州,赴京供职。此诗中有"前山看春雨"句,盖春日所作,应在开成三年,时杜牧三十六岁。宣州开元寺建于东晋时,初名永安,唐开元中改名为开元寺。杜牧此次在宣州,常到开元寺游玩,《樊川文集》卷一《大雨行》自注:"开成三年宣州开元寺作。"可以证明。

〔谢朓城〕南齐谢朓曾做宣城太守,留有谢公楼、谢公亭等古迹,所以用"谢朓城"指宣州。

题宣州开元寺水阁阁下宛溪夹溪居人

六朝文物草连空,天澹云闲今古同。
鸟去鸟来山色里,人歌人哭水声中。
深秋帘幕千家雨,落日楼台一笛风。
惆怅无因见范蠡,参差烟树五湖东。

此诗及下二首大概都是开成三年的作品。清朝著名诗人赵执信很欣赏这首诗,《瀛奎律髓》纪昀批语谓:"赵饴山极赏此诗,然亦只风调可观耳,推之未免太过。"按饴山谓赵执信。

〔**人歌句**〕《礼记·檀弓》:"晋献文子成室,(郑玄注:'文子,赵武也,作室成,晋君献之,谓贺也。')晋大夫发焉(亦发礼往贺)。张老曰:'美哉轮(高大)焉,美哉奂(众多)焉,歌于斯,哭于斯,聚国族于斯。'"此处"人歌人哭"皆用成语,谓宛溪旁的人家生活于水云乡。此条采用马茂元《唐诗选》中的注解。 〔**宛溪**〕源出宣城东南峄山,流绕城东,为宛溪,至城东北,与句溪合。 〔**六朝**〕吴、东晋、宋、齐、梁、陈,六个朝代,均都建康,故后人总称为六朝。 〔**惆怅二句**〕春秋时,范蠡佐越王句践灭吴后,乘扁舟,游五湖。"五湖"的说法不一,大概是泛指太湖流域所有的湖泊。"参差"读 cēn cī。

宣州开元寺南楼

小楼才受一床横,终日看山酒满倾。
可惜和风夜来雨,醉中虚度打窗声。

送沈处士赴苏州李中丞招以诗赠行

山城树叶红,下有碧溪水。溪桥向吴路,酒旗夸酒美。
下马此送君,高歌为君醉。念君苞材能,百工在城垒。

空山三十年,鹿裘挂窗睡。自言陇西公,飘然我知己。
举酒属无门,今朝为君起。悬弓三百斤,囊书数万纸。
战贼即战贼,为吏即为吏。尽我所有无,惟公之指使。
予曰陇西公,滔滔大君子。常思抡群材,一为国家治。
譬如匠见木,碍眼皆不弃。大者麾十围,小者细一指。
榱桷与栋梁,施之皆有位。忽然竖明堂,一挥立能致。
予亦何为者,亦受公恩纪。处士有常言,残虏为犬豕。
常恨两手空,不得一马箠。今依陇西公,如虎傅两翅。
公非刺史材,当坐岩廊地。处士魁奇姿,必展平生志。
东吴饶风光,翠巘多名寺。疏烟亹亹秋,独酌平生思。
因书问故人,能忘批纸尾。公或忆姓名,为说都憔悴。

沈处士生平不详。苏州李中丞指李款。李款事迹附见《旧唐书·李甘传》,他在文宗大和中为侍御史,曾弹劾郑注:"内通敕使,外结朝官,两地往来,卜射财货。"及郑注得势,李款被放逐。开成中,李款官至谏议大夫,出为苏州刺史,开成四年九月,迁江西观察使。杜牧与李甘、李中敏是很要好的朋友,他们都是崇尚气节、反对宦官及权奸的,李款大概也是同气类的人。

〔**酒旗**〕卖酒店前所悬挂的酒帘。 〔**鹿裘**〕东晋时隐士瞿硎先生居宣城文脊山中,桓温曾去访他,看见他披鹿裘坐在石室中。沈处士也是在宣城隐居的,所以用瞿硎先生事以比况他,很切合。 〔**陇西公**〕陇西是李氏郡望,唐朝人喜欢称郡望,"陇西公"即指李款。 〔**抡群材**〕"抡",

选择也。 〔麤〕同"粗"。 〔捆橛〕"捆"应作"梱",音屑。门限也。"橛",音厥,门中竖立以为限隔的短木。 〔明堂〕古代帝王宣明政教之所,凡朝会、祭祀、庆赏、选士、养老、教学等大典都在明堂中举行。 〔残虏〕指跋扈的藩镇。 〔箠〕音捶,上声。马鞭子。 〔傅两翅〕"傅"与"附"同。 〔岩廊〕《汉书·董仲舒传》:"制曰:'盖闻虞舜之时,游于岩郎之上,垂拱无为,而天下太平。'""岩郎"即"岩廊",高峻之廊也。此处用"岩廊"借指朝廷。 〔亹亹〕"亹",音尾。亹亹是形容秋日清疏气象。 〔平生思〕"思"读去声。

赠宣州元处士

陵阳北郭隐,身世两忘者。蓬蒿三亩居,宽于一天下。
樽酒对不酌,默与玄相话。人生自不足,爱叹遭逢寡。

此首及以下两首都是在宣州所作。杜牧平生凡两次居宣州,第一次是在沈传师幕中,第二次即是在崔郸幕中。此三首诗是第一次在宣州时所作,抑或第二次在宣州时所作,无从确定,姑附于此。元处士名与字无可考。与杜牧同时的诗人许浑也有数首赠元处士的诗,可能是一个人。

〔陵阳〕陵阳山在宣州。《宣城县志》:"(陵阳山)冈峦盘曲,为郡之镇。自敬亭而南,隐起为三峰,环绕县治。……郡地四出皆卑,即阜为垣,郡治盖据此山之冈麓也。"(陈友琴说) 〔玄〕汉扬雄仿《周易》作《太玄》。

题元处士高亭①

水接西江天外声,小斋松影拂云平。
何人教我吹长笛,与倚春风弄月明!

① 原注:"宣州。"

元处士生平不详,他是隐居在宣州的,杜牧有《赠宣州元处士》诗,说他"陵阳北郭隐,身世两忘者。蓬蒿三亩居,宽于一天下"。

〔与倚句〕接上句吹长笛言,故用"倚""弄"等音乐术语。(周汝昌说)

有 感

宛溪垂柳最长枝,曾被春风尽日吹。
不堪攀折犹堪看,陌上少年来自迟。

自宣城赴官上京

萧洒江湖十过秋,酒杯无日不迟留。
谢公城畔溪惊梦,苏小门前柳拂头。
千里云山何处好?几人襟韵一生休?
尘冠挂却知闲事,终把蹉跎访旧游。

杜牧于开成三年冬，内升左补阙、史馆修撰，次年（即开成四年）春初，赴京供职，离宣州时作此诗。时年三十七岁。"上京"即是长安。

〔**萧洒句**〕杜牧自大和二年十月随沈传师到江西幕中，转宣城，又应牛僧孺之辟到扬州，一度内升为监察御史，移疾，分司东都，不久，又来扬州，又到宣州崔郸幕中，至开成四年离宣州，首尾共历十二年（828—839年），所以诗中有"萧洒江湖十过秋"之句。　〔**谢公城**〕指宣州，见前《题宣州开元寺》诗注。　〔**苏小**〕苏小小，钱塘名妓，南齐时人。〔**襟韵**〕指人的襟怀气韵。　〔**尘冠句**〕西汉末年，王莽擅政，逢萌时在长安，愤恨王莽的暴行，解冠挂东都门（长安城东出北头第一门）而去。后人用"挂冠"指解官。

初春雨中舟次和州横江裴使君见迎李赵二秀才同来因书四韵兼寄江南许浑先辈

　　芳草渡头微雨时，万株杨柳拂波垂。
　　蒲根水暖雁初浴，梅径香寒蜂未知。
　　辞客倚风吟暗淡，使君回马湿旌旗。
　　江南仲蔚多情调，怅望春阴几首诗。

　　此诗亦是开成四年（839年）作。这一年初春，杜牧将自宣州赴长安就职，将他害眼病的弟弟杜顗送到浔阳（江西九江），依靠堂兄江州刺史杜慥（《樊川文集》卷十六《上宰相求湖州第二启》）。此诗是杜牧溯长江而上赴浔阳，经过和州（安徽和县）时所作。

〔**横江**〕横江渡在和州东南（今安徽和县东南二十五里），正对江南的采石。　〔**裴使君**〕古时称州郡长官为使君，此裴使君指的是当时和州姓裴的刺史。他的生平不详。　〔**秀才、先辈**〕唐人极重进士举，"通称谓之秀才，投刺谓之乡贡，得第谓之前进士，互相推敬谓之先辈"（李肇《唐国史补》卷下）。　〔**许浑**〕许浑也是晚唐诗人，字用晦，润州丹阳（今江苏丹阳）人。大和六年进士，曾官当涂与太平县令，以病免，后来做官到睦州与郢州刺史。他的诗集名《丁卯集》，因为许浑有别墅在润州丁卯桥，因以名集。韦庄称赞许浑的诗"字字清新句句奇"。许浑《丁卯集》卷上有《酬杜补阙初春雨中泛舟次横江喜裴郎中相迎见寄》诗："江馆维舟为庾公，暖波微渌雨蒙蒙。红櫩迤逦春岩下，朱旆联翩晓树中。柳滴圆波生细浪，梅含香艳吐轻风。郢歌莫问青山吏，鱼在深池鸟在笼。"即是和杜牧此诗。许浑此时大概正在做当涂县令，所以诗中有"青山吏""鸟在笼"诸语。当涂（今安徽当涂）离和州不远，隔江相对，杜牧寄诗给他也很方便。　〔**仲蔚**〕汉张仲蔚善属文，好诗赋，闭门养性，不治荣名。此处用仲蔚比许浑。

题横江馆

孙家兄弟晋龙骧，驰骋功名业帝王。
至竟江山谁是主，苔矶空属钓鱼郎。

横江馆即在和州，此诗亦是杜牧过和州时所作。孙策与王濬当年用兵时都曾经过横江，所以杜牧经横江时联想到他们。

〔孙家兄弟句〕"孙家兄弟"指孙策、孙权。汉献帝兴平中，刘繇为扬州刺史，据江南。孙策时在袁术部下，请兵讨刘繇，攻下横江、当利（在和县东），遂渡江平定江东。孙策死，弟孙权继之，在江东建立政权，即是三国的吴国。 〔晋龙骧〕指王濬，晋武帝时，王濬为益州刺史、龙骧将军，晋武帝兴兵数道伐吴，王濬率水师自益州沿江而下，攻无不克，经横江渡当利浦，直至三山（南京西南），吴主孙皓迎降。 〔至竟〕犹言到底。

汉　江

溶溶漾漾白鸥飞，绿净春深好染衣。
南去北来人自老，夕阳长送钓船归。

开成四年春，杜牧由宣州到浔阳，再赴京都，盖溯长江、汉水，经南阳、武关、商山而至长安，《樊川文集》卷四有《商山麻涧》《商山富水驿》《丹水》《题武关》《除官赴阙商山道中绝句》《汉江》《途中作》（有"绿树南阳道"句），卷一有《村行》（有"春半南阳西"句）诸诗，都是此年路中所作。所以知者，杜牧生平自外郡迁官赴京凡四次，大和九年由扬州节度掌书记迁监察御史，大中二年（848年）八月，由睦州刺史迁司勋员外郎，大中五年秋,由湖州刺史迁考功郎中,皆取道运河,经扬州、宋州(河南商丘)、汴州(河南开封)入京(大中二年十一月曾作《宋州宁陵县记》,大中五年有《隋堤柳》诗,皆可证),惟开成四年二月由浔阳赴京,可以溯江、汉而上,经丹水、南阳、武关、商山,故知所谓"除官赴阙商山道中"定指此次,并且此诸首诗中所写全是春景,与本年情事也正相合。所以《汉江》诗及以下所选的《途中作》等四首诗,都是开成四年赴京途中所作。

〔溶溶〕水广大貌。　　〔漾漾〕水摇动貌。

途中作

绿树南阳道,千峰势远随。碧溪风澹态,芳树雨馀姿。
野渡云初暖,征人袖半垂。残花不一醉,行乐是何时?

〔南阳〕唐邓州南阳县在今河南南阳。

村　行

春半南阳西,柔桑过村坞。娉娉垂柳风,点点回塘雨。
蓑唱牧牛儿,篱窥蒨裙女。半湿解征衫,主人馈鸡黍。

〔柔桑〕稚桑也。　〔坞〕围绕村子的土墙,是为保卫之用的。　〔蒨〕音倩,同"茜",是一种草名,其根可以做染料,染成绛(杏黄)色。

商山富水驿①

益戆犹来未觉贤,终须南去吊湘川。
当时物议朱云小,后代声华白日悬。
邪佞每思当面唾,清贫长欠一杯钱。
驿名不合轻移改,留警朝天者惕然。

① 原注:驿本名与阳谏议同姓名,因此改为富水驿。

〔商山〕在陕西商县东,是终南山的支脉,林壑幽邃,有七盘十二峰。〔富水驿〕唐富水驿在今陕西商南县东二十余里。阳谏议即阳城,隐于中条山,德宗召拜为谏议大夫。元稹元和五年贬官为江陵士曹时,在此地过,作《阳城驿》诗云:"商有阳城驿,名同阳道州。……我愿避公讳,名为避贤邮。"可见那时还没有改名。后人改为富水驿,大概也是与元稹一样的意思,尊敬阳城,不愿犯他的名讳。但是杜牧的意见不同,他认为阳城是一位清廉正直反对权奸的人,正应当保留阳城驿的原名,使得凡是到长安做官路过此处的人都可以闻风而警惕。　〔益戆二句〕此二句是用汉汲黯与贾谊的故事,说阳城以直谏被贬。汲黯,汉武帝时人,好直谏,常当面指责汉武帝的短处,汉武帝说:"甚矣,汲黯之戆也。"(戆,音壮,愚笨也。)又说:"人果不可以无学,观汲黯之言,日益甚矣。"贾谊在汉文帝时因数论时政,为周勃等大臣所排挤,贬官为长沙王太傅,经过湘中汨罗江,作赋吊屈原,借屈原以伤叹自己的正直而不见容。阳城在德宗朝为谏议大夫,当时奸佞裴延龄很得德宗的信任,诬谮大臣陆贽等,加以贬黜,没有人敢救他们,阳城乃上书论裴延龄奸邪,陆贽等无罪,德宗大怒,将加阳城以罪,赖太子解说得免。但是德宗仍然恨阳城,后来有薛约者,以言事得罪,薛约尝受学于阳城,又曾住在阳城家中,德宗借此说阳城是罪人之党,将他贬官为道州刺史。唐道州治所营道县,在今湖南道县,与长沙都是湘中的地方,所以杜牧用贾谊贬长沙来作比况,更显得切合。 〔**朱云**〕汉成帝时,大臣张禹行为诡佞,朱云对成帝说,愿请尚方斩马剑断佞臣张禹头。此句是用朱云比阳城的刚直。 〔**邪佞句**〕此句指阳城反对裴延龄为相事。德宗想用裴延龄为宰相,阳城公开对人说:"如果朝廷用裴延龄为相,我要取白麻毁坏了它。"(唐代诏书用麻纸誊写,有黄白麻之分,任命宰相的诏书用白麻。)并且在朝廷上恸哭以表示反对。 〔**清贫句**〕阳城每月得到俸禄,计算一月中必须用的柴、米、菜、盐等费之外,其馀的钱都送给酒家。 〔**不合**〕"合"是应该之义。 〔**留警句**〕七言诗句中通常都是上四下三,如果作上三下四,或是上五下二,则是很特殊的。杜牧这句诗"留警朝天者惕然",作上五下二,是很特殊的句法。杜甫《赠别郑鍊赴襄阳》诗"把君诗过日,念此别惊神",用上三下二句法,打破五言诗句的常例。后来韩愈以散文句法为诗,此种变例为多。杜牧多少受了一点韩愈的影响,这也是一个例证。

商山麻涧

云光岚彩四面合,柔柔垂柳十馀家。
雉飞鹿过芳草远,牛巷鸡埘春日斜。

秀眉老父对樽酒，蒨袖女儿簪野花。

征车自念尘土计，惆怅溪边书细沙。

〔麻涧〕唐德宗贞元七年（791年），商州刺史李西华开辟新道，自蓝田到内乡，七百馀里，回山取路，人不病涉，叫作偏路。偏路要经过麻涧，杜牧大概是顺着偏路走的，所以从麻涧过。　〔堁〕古人在墙上挖洞，使鸡栖宿其中，叫作堁。　〔秀眉〕人年老者，眉有毫毛秀出，"秀眉"是老寿的征象，所以古人称人老寿者为"眉寿"。

郡斋独酌①

前年鬓生雪，今年须带霜。时节序鳞次，古今同雁行。甘英穷西海，四万到洛阳。东南我所见，北可计幽荒。中画一万国，角角棋布方。地顽压不穴，天回老不僵。屈指百万世，过如霹雳忙。人生落其内，何者为彭殇？促束自系缚，儒衣宽且长。旗亭雪中过，敢问当垆娘？我爱李侍中，摽摽七尺强。白羽八札弓，胜压绿檀枪。风前略横阵，紫髯分两傍。淮西万虎士，怒目不敢当。功成赐宴麟德殿，猿超鹘掠广球场。三千宫女侧头看，相排踏碎双明珰。旌竿嫖嫖旗燀燀，意气横鞭归故乡。我爱朱处士，三吴当中央。罢亚②百顷稻，西风吹半黄。尚可活乡里，岂惟满囷仓？后岭翠扑扑，前溪碧决决。雾晓起凫雁，日晚下牛羊。叔舅欲饮我，社瓮尔来尝。伯姊子欲归，彼亦有壶浆。西阡下柳坞，东陌绕荷塘。姻亲骨肉舍，烟火遥相望。太守政如水，长官贪似狼。征输一云毕，任尔自存亡。我昔造其室，羽仪鸾鹤翔。交横碧流上，竹映琴书床。出语无近俗，尧舜禹武汤。问"今天子少，谁人为栋梁？"我曰"天子圣，晋公提纪纲。联兵数十万，附海正诛沧。谓言大义小不义，取易卷席如探囊。犀甲吴兵斗弓弩，蛇矛燕骑驰锋铓。岂知三载几百战，钩车不得望其墙！"答云"此山外，有事同胡羌。谁将国伐叛，话与钓鱼郎？"溪南重回首，一径出修篁。尔来十三岁，斯人未曾忘。往往自抚己，泪下神苍茫。御史诏分洛，举趾何猖狂！阙下谏官业，拜疏无文章。寻僧解幽梦，乞酒缓愁肠。岂为妻子计，未去山林藏？平生五色线，愿补舜衣裳。弦歌教燕赵，兰芷浴河湟。腥膻一扫洒，凶狠皆披攘。生人但眠食，寿域富农桑。孤吟志在此，自亦笑荒唐。江郡雨初霁，刀好截秋光。池边成独酌，拥鼻菊枝香。醺酣更唱太平曲，仁圣天子寿无疆。

① 原注："黄州作。"
② 原注："稻名。"

杜牧于开成四年到京都任左补阙、史馆修撰。次年，转膳部、比部员外郎。是年文宗卒，武宗即位。武宗会昌二年春，出为黄州刺史（唐黄州治所黄冈县，在今湖北黄冈），盖受宰相李德裕的排挤（《樊川文集》卷十四《祭周相公文》）。此诗是本年秋在黄州所作，杜牧四十岁。杜牧自少即有忧国忧民之心，济世经邦之志,二十六岁进士及第,制策登科,其后"十年为幕府吏",在外飘荡,中间在大和九年虽一度升迁为监察御史,而正值郑注专权乱政,杜牧的好朋友侍御史李甘因为反对郑注被贬,杜牧于是也移疾分司东都。等到开成四年,又由宣州幕僚调到京都做官,才两年多,因为受到宰相李德裕的排挤,又被放为"僻左"的黄州刺史。这时杜牧已经四十岁了,鬓发已有些白了,始终还没有施展才能的机会,他想到河北藩镇依然跋扈割据,而河湟一带久陷于吐蕃,内乱外患同时存在,人民不能安居乐业,这是他非常忧念的,所以他作此诗陈述志向,发抒感慨。

〔郡斋〕刺史衙署中刺史办公读书的房子。 〔甘英二句〕东汉和帝时,班超平定西域,声威远震,"条支、安息诸国至于海濒四万里外,皆重译贡献"(《后汉书》卷八十八《西域传》)。班超派遣甘英西通大秦(罗马),临西海(今波斯湾)而还。 〔幽荒〕指幽州一带,今河北省北部。 〔霹雳〕雷音急激者谓之霹雳。 〔彭殇〕彭指彭祖,据古代传说,彭祖是一位长寿的人,活到七八百岁。殇是未成人而早死者。 〔旗亭〕指酒楼。 〔敢问句〕"当垆"已见前《张好好诗》注。曹魏时,阮籍放荡不羁,邻家少妇有美色,当垆卖酒,阮籍曾到她座中饮酒,醉,便卧其侧。此句暗用其事,言穿儒服,即当守礼教,岂敢如阮籍那样放荡呢。 〔李侍中〕指李光颜,是唐宪宗时的名将。宪宗用兵讨淮西吴元济时,李光颜为忠武军节度使,宪宗命他进兵征讨,独当一面。李光颜作战很勇敢,屡次打败淮西的军队。后来淮西平,宪宗嘉奖李光颜,命宦官宴光颜于居第，宪宗又在麟德殿（在大明宫）召对李光颜，赏赐他金带锦彩。敬宗时，李光颜受册为司徒兼侍中，故称李侍中。唐代中央政府机关最高者是中书、门下、尚书三省，三省长官即是宰相，侍中是门下省的长官，职位很尊，唐中叶以后，奖赏立功武将或羁縻藩镇，常以这类高官的虚衔加给他。 〔摽摽〕高貌，音飘。 〔七尺强〕七尺多的意思。汉代一尺约当今营造尺七寸二分，所以古人常言七尺之躯，实则为今日五尺。 〔八札弓〕"札"是甲叶。《左传》记载楚国潘尪的儿子潘党与养由基聚甲而射，射透七札，此处八札弓也是说弓力之劲可以射透八札，也许是杜牧要用《左传》上的典故而误将七札记作八札了。 〔胜〕音陛，义未详。 〔绿檀枪〕杜甫《重过何氏》诗有"苔卧绿沈枪"句。以绿色调漆，漆在枪上，作深绿色，叫作绿沈枪。绿檀枪大概也就是绿沈枪的意思。 〔略横阵〕略阵即是到阵前巡视。 〔猿超句〕唐人喜欢作马上击球之戏，此句是说唐朝皇帝嘉奖李光颜，在麟德殿赐宴之后，即在大明宫内球场中作击球之戏，"猿超鹘掠"是形容击球时的姿态矫健。〔珰〕女子的耳环，常以珠玉为之。 〔嫖嫖〕高貌，音标。 〔爝爝〕字书无"爝"字，有"曤"，音霍，明也。 〔朱处士〕名与字均无可考。 〔三吴〕所谓"三吴"，说法不一。郦道元说，世谓吴郡、吴兴、会稽为三吴。杜佑说，晋宋之间以吴郡、吴兴、丹阳为三吴。总之，在今江苏南部、浙江北部一带地区。 〔罢亚〕原注为稻名，按应是稻多貌。 〔囷〕圆的仓叫作囷。 〔社瓮〕社是土地神，古人春秋两季都要祭祀社神，祭社神之日谓之社日，社瓮大概是指祭社神的酒。 〔壶浆〕壶中的酒。 〔遥相望〕"望"，读平声。 〔西阡、东陌〕阡陌是田地中的道路。 〔太守四句〕此四句是说朱处士隐居自乐，不问世事，当时地方官有清廉的，也有贪污的，朱处士将租税缴纳之后，就一切不管了。〔问今四句〕杜牧此诗是会昌二年所作，篇中追述以前访朱处士会面谈话，有"尔来十三岁，斯人未曾忘"句，自会昌二年上溯十三年，应是文宗大和三年，所以诗中所记访朱处士是大和三年事。文宗于宝历二年十二月即位，年十八，大和三年时年二十一，所以说"问今天子少"。晋公指裴度，裴度封号是晋国公。裴度于宝历二年二月为相，一直到大和四年九月才罢相（《新唐书》卷六十三《宰相表》），大和三年时，裴度正做宰相，所以说"晋公提纪纲"。〔联兵八句〕此指讨伐沧州李同捷事，已见前《感怀诗一首》注。文宗于大和元年八月讨李同捷，大和三年四月才讨平，杜牧与朱处士会面谈话大概在此年四月以前，还没有攻下沧州。"谓言"二句是说朝廷讨伐沧州叛乱，以大攻小，以义攻不义，本来应该很快的成功，如卷席探囊那样容易。"燕骑"之"骑"读去声，作名词用，指骑兵。"钩车"是攻城的车。"三载凡百战"，影宋本及影明本《樊川文集》均作"几百战"，"几"是误字，《全唐诗》校改为"幾百战"，冯注樊川诗校改为"凡百战"，都可以讲得通，今从《全唐诗》。"幾"读平声，"幾百战"即是几乎有一百次战役。〔答云四句〕朱处士隐居不问世事，所以连当时宰相是谁都不知道。杜牧对他说了朝廷正在讨伐沧州李同捷，朱处士回答："原来我所隐居的青山之外，中国内地，居然有藩镇抗命，如同胡羌敌国，假若不是你告诉我，谁将这种朝廷讨伐叛逆的事情说与我这隐居钓鱼的人呢？"〔御史句〕指大和九年为监察御史分司东都。〔阙下句〕指开成四年到京为左补阙。补阙的职务是指陈朝政得失，对皇帝进行规谏。〔平生二句〕此二句是用比喻方法，说自己有政治上的才能与抱负，愿意努力辅佐皇帝改善政治。〔弦歌句〕燕赵指河北三镇。此句意思是说，想削平跋扈的河北藩镇，用文教教化此地的人民，消除胡将统治下的坏风气。〔兰芷句〕湟水源出今青海省东部海晏县包呼图山，东南流经西宁市，入甘肃境，流入黄河。"河湟"就是指河西陇右地区，今甘肃省。唐代自肃宗以来，河西陇右逐渐被吐蕃侵占，一直到宣宗大中三年才收复。杜牧此句诗说要用兰芷香草煮汤洗浴河湟，就是说要收复河湟，使当地人民再回到唐朝的版图之内，清除外族统治者留下来的落后风习。〔披攘〕排除也。〔生人〕就是生民。唐太宗名世民，唐人避太宗讳，用"人"字代"民"字。〔寿域〕《汉书·礼乐志》："驱一世之民，济之仁寿之域。""寿域"是说太平之世。〔江郡〕黄州临长江，所以称江郡。

自 遣

四十已云老，况逢忧窘馀。且抽持板手，却展小年书。
嗜酒狂嫌阮，知非晚笑蘧。闻流宁叹咤？待俗不亲疏。
遇事知裁剪，操心识卷舒。还称二千石，于我意何如？

诗中有"四十已云老"及"还称二千石"句，故知是会昌二年为黄州刺史时作。

〔持板〕古时做官的都要持笏，亦名手板。 〔小年书〕"小年书"意稍费解。冯集梧《樊川诗集注》引《庄子》"小年不及大年"（此句见《庄子·逍遥游》篇）解释"小年"二字。"小年书"可能是说内容浅近的书。小年或是少年变语，犹谓四十云老之际，展少年曾读之书，如暂返流光于昔日也。（周汝昌说）　〔**嗜酒句**〕阮指阮籍。阮籍生于魏晋之际，那时司马氏正在阴谋夺取曹魏政权，笼络党羽，铲除异己，所谓"天下多故，名士少有全者"，所以阮籍嗜酒放荡，以逃世难。　〔**知非句**〕"蘧"指蘧伯玉。蘧伯玉是春秋时卫国的大夫，他行年五十而知四十九年之非。　〔**闻流句**〕"闻流"是"闻流言"的省略，《礼记·儒行》："闻流言而不信。"　〔**二千石**〕汉代一郡的长官是太守，年俸二千石，所以汉人常用二千石称太守。唐代一州的长官是刺史，其职位相当于汉代的太守，天宝元年曾改州为郡，刺史亦曾改名为太守，所以杜牧借用二千石指刺史的职位。

早　雁

金河秋半虏弦开，云外惊飞四散哀。
仙掌月明孤影过，长门灯暗数声来。
须知胡骑纷纷在，岂逐春风一一回？
莫厌潇湘少人处，水多菰米岸莓苔。

会昌二年八月，回鹘统治者率众南侵，驱掠人口。这时正是北雁南飞的季节，杜牧忧念北方边塞居民受回鹘侵扰，流离逃散，所以借雁以寄慨，通体都是用比兴的方法。诗中"虏弦""胡骑"等词中的"虏""胡"都是指回鹘。

〔金河〕在今内蒙古自治区呼和浩特市南二十里，今名里河。　〔仙掌〕西汉长安建章宫承露盘上有仙人掌，为的是承接仙露。　〔长门〕西汉长安有长门宫，汉武帝陈皇后失宠，退居长门宫。　〔胡骑〕"骑"读去声，音寄。作名词用，是骑兵的意思。　〔潇湘〕湘水源出广西壮族自治区兴安县海阳山，东北流，至湖南零陵县，潇水流入湘水，北流入洞庭湖。　〔菰米〕多年生草本植物，生浅水中，新结实为菰米，亦称雕胡米。　〔苺〕音枚，苔也。

雪中书怀

腊雪一尺厚，云冻寒顽痴。孤城大泽畔，人疏烟火微。
愤悱欲谁语，忧愠不能持。天子号仁圣，任贤如事师。
凡称曰治具，小大无不施。明庭开广敞，才俊受羁维。
如日月缒①升，若鸾凤葳蕤。人才自朽下，弃去亦其宜。
北虏坏亭障，闻屯千里师。牵连久不解，他盗恐旁窥。
臣实有长策，彼可徐鞭笞。如蒙一召议，食肉寝其皮。
斯乃庙堂事，尔微非尔知。向来蹑等语，长作陷身机。
行当腊欲破，酒齐②不可迟。且想春候暖，瓮间倾一卮。

① 原注："公曾切。"
② 原注："去声。"

　　会昌二年八月，回鹘乌介可汗率众侵扰北边，突入大同川，驱掠人口与牛马，攻云州（山西大同）城门，朝廷下诏发陈、许、徐、汝、襄阳诸处兵屯太原（山西太原市西南旧晋源县）及振武（唐振武军治所在今内蒙古自治区和林格尔）、天德（唐天德军治所在今内蒙古自治区乌喇特旗西北）以防御回鹘。此诗中有"北虏坏亭障，闻屯千里师"句，即指此事，而"孤城大泽畔，人疏烟火微"则是说守黄州，所以知道此诗是会昌二年作。此诗也可以看出杜牧忧念边防及怀才不得施展之意，《唐音癸签》卷十一就指出"北虏坏亭障"以下十馀句，"以排调语抒孤愤"，与韩愈《赠张道士》诗"意象如一"。

〔**孤城句**〕黄州城附近湖泊很多，有樟松湖、团风湖、竹根潭、零残湖、鲍湖等，所以说"大泽畔"。　〔**愤悱**〕忧郁不舒。　〔**如日月句**〕《诗经·小雅·天保》："如月之恒，如日之升。"恒，弦也。意思是说如月上弦，如日初升。此处用"緪"，与"恒"通。　〔**葳蕤**〕垂下貌。此处是形容鸾凤羽毛的盛美。　〔**人才二句**〕这两句是杜牧愤慨之词，上文说君主圣明，才俊进用，此处接着说自己才能朽下则弃去不用，远守僻郡，是应当的。　〔**亭障**〕古时防边筑亭，置戍卒守望，谓之"亭障"。　〔**臣实句**〕杜牧有抵御回鹘的具体方策，见于他后来所作的《上李太尉论北边事启》(《樊川文集》卷十六)。　〔**庙堂**〕朝廷。　〔**躐等**〕"躐"音猎，不按次序谓之躐等。　〔**行当句**〕"行"，将也。"腊欲破"即是说腊月将要过去了。　〔**酒齐**〕"齐"读作剂。古时造酒有所谓"五齐"，就是造酒法分清浊五等。　〔**卮**〕音支，酒杯。

雨中作

贱子本幽慵,多为俊贤侮。得州荒僻中,更值连江雨。
一褐拥秋寒,小窗侵竹坞。浊醪气色严,皤腹瓶罂古。
酣酣天地宽,恍恍嵇刘伍。但为适性情,岂是藏鳞羽?
一世一万朝,朝朝醉中去。

杜牧于会昌二年春出守黄州,到会昌四年九月迁池州刺史,在黄州约两年半。此首及以下《齐安郡晚秋》等五首都是在黄州时所作,不能确定为何年。

〔**贱子**〕古人自谦之称。杜甫《奉赠韦左丞丈二十二韵》诗:"丈人试静听,贱子请具陈。" 〔**慵**〕懒也。 〔**皤腹**〕"皤"音婆,大肚子。 〔**罂**〕瓶也。 〔**嵇刘**〕嵇康与刘伶,魏晋间竹林七贤中的人物,都喜好饮酒,刘伶曾作《酒德颂》。

齐安郡晚秋

柳岸风来影渐疏,使君家似野人居。
云容水态还堪赏,啸志歌怀亦自如。
雨暗残灯棋欲散,酒醒孤枕雁来初。
可怜赤壁争雄渡,唯有蓑翁坐钓鱼。

〔齐安郡〕即是黄州。隋代政治区划，自炀帝时，改州为郡，唐高祖武德元年改郡为州，玄宗天宝元年又改州为郡，肃宗时又改郡为州，所以唐代每州都还有一个郡名。黄州的郡名是齐安。　　〔赤壁〕湖北省长江沿岸有两个赤壁，一在嘉鱼县东北长江南岸，一在黄冈县西北长江滨，下有赤鼻矶。孙权、刘备联合打败曹操的地方是嘉鱼县的赤壁，在武汉西南，因为当时曹操自巴丘（岳阳）顺江东下，周瑜、刘备自夏口（今汉口）迎击，所以在嘉鱼县的赤壁交战。至于武汉以东黄冈县城外的赤壁，则与赤壁之战无关。不过后人不察，往往弄错。杜牧在黄州作此诗有"赤壁争雄"之语，他大概是将黄冈的赤壁误认为是孙刘与曹操作战的赤壁了。宋朝苏轼谪居黄州时，作《赤壁赋》，也联想到曹操赤壁之战，是与杜牧犯了同样的疏误。　　〔可怜二句〕谓历史上的封建统治者称雄争霸，烜赫一时，世易时移，化为乌有，而劳动人民反倒能长据江山胜迹，与前边所选《题横江馆》诗同意相得。

齐安郡中偶题二首

两竿落日溪桥上，半缕轻烟柳影中。
多少绿荷相倚恨，一时回首背西风！

秋声无不搅离心，梦泽蒹葭楚雨深。
自滴阶前大梧叶，干君何事动哀吟？

〔梦泽〕即云梦泽，在先秦时，云梦泽地区甚广，方八九百里，西起今湖北松滋、荆门，东至今黄冈、麻城，北抵安陆，南逾大江。汉以后，云梦泽范围渐缩小,此处用"梦泽",大概是指黄冈附近诸湖泊,是古云梦泽的遗迹。

齐安郡后池绝句

菱透浮萍绿锦池,夏莺千啭弄蔷薇。
尽日无人看微雨,鸳鸯相对浴红衣。

题齐安城楼

鸣轧江楼角一声,微阳潋潋落寒汀。
不用凭栏苦回首,故乡七十五长亭。

〔角〕古时军中的一种乐器。 〔汀〕水际平地也。小洲亦曰汀。 〔故乡句〕古时三十里一驿,驿有亭,供人休息。杜牧故乡是京都长安,据唐代里数计算,黄州离长安二千二百五十五里(《通典》卷一百八十三《州郡》),正是七十五驿,所以说"故乡七十五长亭"。

兰 溪①

兰溪春尽碧泱泱,映水兰花雨发香。
楚国大夫憔悴日,应寻此路去潇湘。

① 原注:"在蕲州西。"

吴曾《能改斋漫录》卷九"两兰溪县"条:"兰溪在唐,为两县名。一属蕲州,一属婺州。杜牧之诗'兰溪春尽水泱泱',盖蕲州之兰溪也。杜守黄州作此诗,黄承兰溪下流故耳。"冯集梧《樊川诗集注》引《古今诗话》:"兰溪自黄州麻城出,东南流入大江。"二十年前,我在浙江大学讲授唐诗,并发表我所作的《杜牧之年谱》,当时中国文学系同学徐扶明君(湖北浠水人)作《杜牧之〈兰溪〉诗考》,他认为唐代的兰溪即是今日的浠水,源出英山县,西南流至兰溪镇入长江,并不经麻城,也不是向东南流,《古今诗话》的说法是错的。杜牧所游的兰溪即在兰溪镇,镇东一里多路,有竹林磴,为箬竹山群峰之一,其处多兰,杜牧来游,盖在此地。兰溪镇在黄州城东南七十里,沿江而下,也极方便。徐君的意见是正确的,可以帮助我们对于《兰溪》诗的了解。

〔**楚国二句**〕楚国大夫指屈原,因为屈原做过三闾大夫。《史记·屈原列传》说:"屈原至于江滨,披发行吟泽畔,颜色憔悴,形容枯槁。"杜牧大概是因为看到兰花,而兰溪又是古楚国的地方,所以联想到屈原。屈原有改善楚国政治的抱负,但是忠而得谤,信而见疑,被楚王流放到江南,而杜牧怀才不遇,远贬江郡,于是也不免有同情屈原借以自慨之意。

题木兰庙

弯弓征战作男儿,梦里曾经与画眉。
几度思归还把酒,拂云堆上祝明妃。

黄州黄冈县西北百五十里有木兰山，南齐时在此设县，名木兰县，梁朝改名为梁安县，隋又改梁安县为木兰县，唐朝省入黄冈县。北朝有一首民间故事诗名《木兰诗》，写木兰女扮男装，代父从军，在塞外征战十二年胜利归来的英勇故事。木兰是北方人，本与黄冈无关，大概在木兰故事流传之后，有好事者因木兰山、木兰县之名与木兰相同，于是加以附会，立庙于此，以祀木兰。

〔拂云堆〕拂云堆在今内蒙古自治区乌喇特旗西北。堆上有祠，名拂云祠，为塞外少数民族祭祀求福之所。　〔明妃〕即王昭君，西汉元帝宫人，出嫁于匈奴呼韩邪单于。晋人避司马昭讳，改称明君，亦称明妃。

即事黄州作

因思上党三年战，闲咏周公《七月》诗。
竹帛未闻书死节，丹青空见画灵旗。
萧条井邑如鱼尾，早晚干戈识虎皮。
莫笑一麾东下计，满江秋浪碧参差。

杜牧会昌四年九月由黄州刺史迁为池州刺史，这首诗大概是其本年将要离开黄州，赴池州新任时所作。

〔因思句〕会昌三年（843年）四月，昭义节度使刘从谏卒，其侄刘稹自为留后,抗拒朝命。八月,朝廷发河中、河阳、太原等五道兵讨伐,会昌四年八月,昭义军将郭谊杀刘稹降。所谓"上党三年战"即指此事。昭义节度使治所在潞州(山西长治市),古上党地,战事只打了两年,诗中所谓"三年事",不必拘看。杜牧作这首诗时,可能讨平昭义的消息还没有传到黄州。

〔闲咏句〕《七月》,《诗经·豳风》篇名,《诗经》小序说:"《七月》,陈王业也。周公遭变,故陈后稷先公风化之所由,致王业之艰难也。"这句诗意思是说,经过讨伐昭义叛镇这次战乱,朝廷也应当像周公那样遇变故而思王业艰难,自己省察一下。 〔竹帛二句〕竹与帛是西汉以前人写书的工具(那时还没有纸),后人用"竹帛"指书籍。"丹青"是绘画的颜色。《汉书·礼乐志》录《郊祀歌·惟泰元》"招摇灵旗",颜师古注:"画招摇(星名)于旗以征伐,故称灵旗。"这两句诗是说朝廷讨伐刘稹,虽然发了许多兵,但是诸将作战不力,没有听说因战死而写在史册中的。 〔萧条句〕《周易·井卦》卦辞:"改邑不改井。"古代人民聚居之处叫作"邑",小的只有十家左右,所以《论语》记"十室之邑"。此处用"井邑"指乡村。《诗经·周南·汝坟》:"鲂鱼赪尾,王室如毁。"《毛传》:"赪,赤也。鱼劳则尾赤。"言王政酷烈,人民徭役繁重,如鱼劳而尾赤。杜牧这句诗是说当时内战发生,征调频繁,人民劳苦,农村萧条。 〔早晚句〕《礼记·乐记》:"武王克殷……倒载干戈,包之以虎皮,……然后天下知武王之不复用兵也。"这句诗是希望战争不久即可以结束。 〔一麾〕刘宋诗人颜延之作《五君咏》,其中一首咏阮始平(咸),有两句云:"屡荐不入官,一麾乃出守。"唐代的刺史相当于魏晋的郡守,所以杜牧此处用颜诗中的"一麾",说自己将赴池州刺史新任,不过颜诗中的"麾"是动词,指麾之义,是说阮咸为荀勖所排挤而出为始平太守,杜牧此句诗中"一麾"的"麾"

字似乎是用作名词,作"旌麾"解。这个问题以后在《将赴吴兴登乐游原一绝》的注释中还要谈到。

寄浙东韩乂评事

一笑五云溪上舟,跳丸日月十经秋。
鬓衰酒减欲谁泥?迹辱魂惭好自尤。
梦寐几回迷蛱蝶?文章应广《畔牢愁》。
无穷尘土无聊事,不得清言解不休。

大和八年杜牧在扬州做淮南节度掌书记时,曾有事到越州,会见韩乂(《樊川文集》卷十六《荐韩乂启》)。此诗说:"一笑五云溪上舟,跳丸日月十经秋。"自大和八年下数十年,应是会昌四年。但是诗中所谓"十经秋",是约略之词,不一定恰是十年,所以此首诗亦不敢断定即是会昌四年所作,姑且附在此处。

〔**浙东韩乂评事**〕唐浙东观察使治越州(浙江绍兴)。韩乂是越州人,这时大概正在浙东观察使府为幕僚,唐代幕职,常带京官衔,评事即大理评事,是韩乂的京衔。杜牧在沈传师宣州幕时曾与韩乂同事,很佩服韩乂为人廉慎高洁,大和八年到浙东,看到韩乂家居研究《周易》,不交接官府,于是更认识了他的恬淡的志操。后来曾推荐他做御史。 〔**五云溪**〕即是若邪溪,在今浙江绍兴东南。唐徐浩来游,说:"曾子不居胜母之间，吾岂游若邪之溪？"遂改为五云溪。〔**跳**〕读平声。〔**泥**〕读作去声，软缠之义，沾滞也。〔**自尤**〕自己怨恨自己。〔**梦寐句**〕《庄子·齐物论》："昔者庄周梦为胡蝶，栩栩然胡蝶也。"〔**畔牢愁**〕汉扬雄作文模仿屈原《惜诵》以下至《怀沙》为一卷，名曰《畔牢愁》。"畔"，反也。"牢愁"即是忧愁之义。

皇　风

仁圣天子神且武，内兴文教外披攘。
以德化人汉文帝，侧身修道周宣王。
远①蹊巢穴尽窒塞，礼乐刑政皆弛张。
何当提笔待巡狩，前驱白旆吊河湟！

① 原注："音刚。"

唐武宗在晚唐皇帝中是比较能振作的，外御回鹘，内平泽潞，并有收复河湟之意。《通鉴·唐纪六十三》会昌四年三月："朝廷以回鹘衰微，吐蕃内乱，议复河湟四镇十八州，乃以给事中刘濛为巡边使，使之备器械糗粮及诇吐蕃守兵众寡。"杜牧这首诗大概是听到这个消息以后所写的。收复河湟，本来是杜牧平生所最关心的一件大事，武宗现在命刘濛为巡边使，规划收复河湟，所以杜牧作这首诗加以歌颂，希望这个事业能够成功。

〔**仁圣天子**〕指唐武宗。会昌二年四月，宰相李德裕等上尊号曰仁圣文武至神大孝皇帝。〔披攘〕讨伐。〔以德二句〕此二句是以汉文帝、周宣王作比况,颂扬唐武宗。《汉书·文帝纪赞》说文帝"专务以德化民"。《诗经·大雅·云汉》,《序》说宣王"遇灾而惧,侧身修行"。〔迒〕兽迹。〔蹊〕道路。〔巡狩〕古时天子出行称为巡狩。〔白旆〕"旆"是旗尾。《诗经·小雅·六月》:"白旆央央。"《六月》是叙述周宣王北伐猃狁的诗,杜牧此处用白旆,是希望唐武宗能征伐吐蕃,收复河湟失地,如周宣王之征伐猃狁。〔河湟〕见前《郡斋独酌》诗注。

酬张祜处士见寄长句四韵

七子论诗谁似公?曹刘须在指挥中。
荐衡昔日知文举①,乞火无人作蒯通。
北极楼台长挂梦,西江波浪远吞空。
可怜"故国三千里",虚唱歌辞满六宫②。

① 原注:"令狐相公曾表荐处士。"
② 原注:"处士诗曰:'故国三千里,深宫二十年。一声河满子,双泪落君前。'"

  杜牧于会昌四年九月由黄州刺史迁池州刺史(唐池州治所秋浦县,今安徽贵池),会昌六年九月又迁睦州刺史,在池州整两年。此首及以下《登池州九峰楼寄张祜》等五首,都是在池州所作,但不能确定为哪一年。

张祜,字承吉,清河(河北清河)人,为处士,宣宗大中时卒,有诗一卷。张祜在宪宗元和时,就以作乐府诗及宫词得名,到会昌中,他已经相当老了。张祜与杜牧以前并不相识,但是彼此闻名,杜牧做池州刺史时,张祜从长江下游乘船到池州来访杜牧,途中先作了一首《江上旅泊呈杜员外》诗寄来:"牛渚南来沙岸长,远吟佳句望池阳。野人未必非毛遂,太守还须是孟尝。"(同文书局石印本《全唐诗》卷十九。按张祜寓居丹阳(江苏丹阳),他这次来访杜牧,可能是自润州(镇江)乘船,溯江而西,所以经过牛渚,牛渚在今安徽当涂县。杜牧接到张祜诗之后,很高兴,就作了这首诗酬答他。这首诗气势矫健,音节高亮,是杜牧精心结撰的作品,其中充满了对张祜的称赞与同情。

〔七子〕在汉献帝建安时,亦即曹操执政时期,曹氏父子喜好文学,他们周围有许多文人,其中著名的有七个,就是孔融、陈琳、王粲、徐幹、阮瑀、应玚、刘桢,后世称为"建安七子"。 〔曹刘〕指曹植、刘桢,都是建安时五言诗人中的杰出者。 〔荐衡二句〕"荐衡"是孔融的故事。孔融,字文举,深爱祢衡之才,曾上书于汉献帝,推荐祢衡。"乞火"是蒯通的故事。蒯通是秦汉间的辩士,汉初曹参为齐相,请蒯通为客。齐处士东郭先生、梁石君,当楚汉战争时,曾为齐王田荣强劫出来做事,后来田荣失败,东郭先生、梁石君以曾从田荣为羞耻,隐居深山。有人对蒯通说:"先生很能向曹相国面前推荐贤人,为什么不推荐东郭先生与梁石君呢?"蒯通说:"好,我村中有一位妇人,与同村一位老婆婆相好。这位妇人家中晚间丢失了一块肉,她的婆母以为是她偷吃了,于是生气,将她赶出去。妇人临走时,到她所相好的老婆婆处去辞行,并且对她说明缘故。老婆婆说:'你慢些走,我可以使你婆母追你回来。'于是这位老婆婆就捆了一捆乱麻到丢肉的这家去乞火,并且说:'昨夜我家的狗偷了一块肉来,互相争肉,咬死了一只狗,所以我乞火回去煮狗肉吃。'丢肉的这家婆母一听,就明白了,她家所丢的肉原来是狗偷去的,冤枉了她的儿媳,于是立刻派人把她的儿媳追回。老婆婆并非谈说之士,捆了麻去乞火也并非为被赶走的儿媳讲情,但是恰好能感动她的婆母。我现在也要乞火于曹相国。"于是蒯通见曹相国说:"妇人有丈夫死了三天就改嫁的,有幽居守寡不出门的,你如果娶妻,选哪一个?"曹相国说:"要守寡不嫁的。"蒯通说:"求臣也是这样。东郭先生、梁石君都是齐国的才俊之士,隐居不出,未尝钻营求官,你应当延揽他们。"曹相国说:"好。"于是都请他们做上宾。当时令狐楚曾推荐张祜于唐穆宗,穆宗问元稹:"张祜怎样?"元稹说:"张祜雕虫小巧,如果皇帝奖励他,恐怕风教变坏。"于是穆宗遂不用张祜。(《唐摭言》卷十一"荐举不捷"条)所以杜牧此二句诗,借用孔融与蒯通的故事,慨叹张祜怀才不遇,虽然有人上表推荐,但是可惜没有人再在皇帝面前替他说好话的。这两个典故用得都很恰切。张祜自己的诗中也曾发过同样的感慨,他在《寓怀寄苏州刘郎中》诗中说:"天子好文才自薄,诸侯力荐命犹奇。贺知章口徒劳说,孟浩然身更不疑。"(《唐诗纪事》卷五十二)　〔北极句〕北极星也叫北辰。孔子曾说:北辰"居其所而众星共(拱)之"。所以后人常以"北极"代表朝廷。代宗时,吐蕃统治者侵入长安,后来被郭子仪的兵驱逐出去,杜甫作诗有"北极朝廷终不改,西山寇盗莫相侵"之句。此处"北极楼台长挂梦",是说张祜虽然摈斥不用,但是心中还是常常思念朝廷。　〔西江句〕张祜自长江下游溯江来池州，自东向西行，所以"西江波浪远吞空"句是形容他在乘舟途中所见的景象。

登池州九峰楼寄张祜

百感衷来不自由，角声孤起夕阳楼。
碧山终日思无尽，芳草何年恨即休？
睫在眼前长不见，道非身外更何求？
谁人得似张公子，千首诗轻万户侯！

穆宗长庆时，白居易做杭州刺史，张祜与徐凝都来到杭州，希望白居易贡举他们赴京应进士举。白居易试以诗赋，试毕，以徐凝为解元，张祜很不服气。这次来到池州，大概对杜牧谈起此事，杜牧对白居易一向存有偏见，因此在这件事上也同情张祜，这首诗中后四句，都是不满白居易而慰藉张祜的（范摅《云溪友议》卷中及《唐诗纪事》卷五十二）。对此，皮日休《论白居易荐徐凝屈张祜》则谓："杜牧之刺池州，祜且老矣，诗益高，名益重，然牧之少年所为，亦近于祜，为祜恨白，理亦有之。"（《全唐文》卷七九七）

〔九峰楼〕冯注说，《唐诗鼓吹》作"九华楼"，又引《清一统志》说，池州九华楼在贵池县九华门上，唐朝建筑的。　〔睫在句〕睫是目旁毛。古人说："吾不贵其用智之如目，见豪毛而不见其睫也。"（《史记·越世家》)比喻人有所蔽,观察他人或远方都很清楚,但是看不见自己近旁的东西。杜牧这句诗是借喻白居易不免有所蔽,因此不能欣赏张祜诗的好处。

九日齐山登高

江涵秋影雁初飞,与客携壶上翠微。
尘世难逢开口笑,菊花须插满头归。
但将酩酊酬佳节,不用登临恨落晖。
古往今来只如此,牛山何必独沾衣!

〔九日〕就是夏历九月初九日,所谓重阳节,古人在这一天要登高,饮菊花酒。 〔齐山〕在今贵池县南三里,有十馀峰,其高齐等,故名齐山。 〔翠微〕远山的青色,此处即代表山。 〔开口笑〕宋张淏《云谷杂记》卷二"开口笑"条:"杜牧之九日登齐山诗云'尘世难逢开口笑,菊花须插满头归。'开口笑字似若俗语,然却有所据,《庄子》:'人上寿百岁,中寿八十,下寿六十。除病瘦死丧忧患,其中开口而笑者,一月之中不过四五日而已矣'。于此益见牧之于诗不苟如此。" 〔酩酊〕喝酒醉了谓之酩酊。 〔牛山句〕春秋时,齐景公登牛山(在齐国都城临淄南),北望齐国说:"美哉国乎!……使古而无死者,则寡人将去此而何之?"于是伤感,泣下沾襟。

《唐诗纪事》卷五十二载张祜《和杜牧之齐山登高》诗:"秋

溪南岸菊霏霏，急管繁弦对落晖。红叶树深山径断，碧云江净浦帆稀。不堪孙盛嘲时笑，愿送王弘醉夜归。流落正怜芳意在，砧声徒促授寒衣。"宋魏泰《临汉隐居诗话》："池州齐山石壁有刺史杜牧、处士张祜题名。"可见杜牧此次是与张祜同游齐山，所谓"与客携壶上翠微"的客，即指张祜。二人均有怀才不遇之感，所以这首诗以旷达之辞发抒愤慨。

池州春送前进士蒯希逸

芳草复芳草，断肠还断肠。自然堪下泪，何必更残阳？
楚岸千万里，燕鸿三两行。有家归不得，况举别君觞！

〔**蒯希逸**〕字大隐，会昌三年登进士第。

秋浦途中

萧萧山路穷秋雨，淅淅溪风一岸蒲。
为问寒沙新到雁："来时还下杜陵无？"

池州清溪

弄溪终日到黄昏，照数秋来白发根。
何物赖君千遍洗？笔头尘土渐无痕。

春末题池州弄水亭

使君四十四,两佩左铜鱼。为吏非循吏,论书读底书?
晚花红艳静,高树绿阴初。亭宇清无比,溪山画不如。
嘉宾能啸咏,官妓巧妆梳。逐日愁皆碎,随时醉有馀。
偃须求五鼎,陶只爱吾庐。趣向人皆异,贤豪莫笑渠。

诗中有"使君四十四"句,应是会昌六年(846年)作,杜牧四十四岁。

〔弄水亭〕冯注引《大清一统志》:"弄水亭在贵池县(即唐池州治所秋浦县)南通远门外,唐杜牧建,取李白'饮弄水中月'之句为名。"〔两佩句〕唐代制度,新任刺史受命后,要领鱼符。鱼符是一种鱼形的符,是铜做的,中分为二。刺史受命后,执左鱼至州,与留存在州库的右鱼合契,以为凭信(程大昌《演繁露》卷一)。所以"两佩左铜鱼"就是两次做刺史的意思。 〔底书〕"底"是东晋到唐宋时人的俗语,如同今人说"什么"。 〔官妓〕影宋本、影明本《樊川文集》均作"宫妓","宫"是误字,今从冯注樊川诗校改为"官妓"。官妓是公家所养的妓女,唐宋时各州都有官妓。 〔偃须句〕西汉主父偃是一个热衷富贵的人,他曾说:"丈夫生不五鼎食,死则五鼎亨(即是烹字)耳。" 〔陶只句〕陶潜安于贫贱,隐居不仕,躬耕自给,他所作《读山海经》诗:"众鸟欣有托,吾亦爱吾庐。" 〔渠〕古人俗语,如同今人说"他"。

新定途中

无端偶效张文纪,下杜乡园别五秋。

重过江南更千里,万山深处一孤舟。

新定是睦州郡名。杜牧于会昌六年九月自池州改授睦州刺史,时年四十四岁。唐睦州辖建德、寿昌、桐庐、分水、遂安、还淳等六县,治所建德县(今浙江建德)。睦州元和时户数九千五十四,也是一个穷僻的小州。此诗是本年赴睦州刺史任时途中所作。诗中云:"下杜乡园别五秋。"杜牧于会昌二年春离长安出守黄州,至会昌六年九月恰为五秋。

〔无端句〕东汉张纲,字文纪,顺帝时,官御史,上书弹劾权奸梁冀及其弟梁不疑,被出为广陵太守。杜牧此句诗以张纲自比,意思是说,他也是因为性情刚直,得罪权臣(大概是指李德裕),而被排挤,出守远郡。〔下杜〕在长安南,杜牧家中有别墅在下杜樊乡。 〔重过二句〕杜牧此次赴任是由池州乘船沿长江东行,到润州,转运河南下,到杭州,再溯富春江而上,即到睦州。杜牧《祭周相公文》(《樊川文集》卷十四)曾叙述他由池州到睦州时的情况说:"东下京江,南走千里。曲屈越嶂,如入洞穴。惊涛触舟,几至倾没。万山环合,才千馀家。"可与此两句互证。

初春有感寄歙州邢员外

雪溺前溪水,啼声已绕滩。梅衰未减态,春嫩不禁寒。迹去梦一觉,年来事百般。闻君亦多感,何处倚栏干?

邢员外即邢群,字涣思。《樊川文集》卷八《唐故歙州刺史邢君墓志铭》:"会昌五年,涣思由户部员外郎出为处州,时某守黄州岁满转池州。……涣思罢处州,授歙州,某自池转睦,歙州相去直西东三百里。"此诗是杜牧为睦州刺史时作,时邢群正做歙州刺史(唐歙州治所歙县,今安徽歙县)。杜牧于会昌六年冬到睦州刺史任,宣宗大中二年八月内调为司勋员外郎、史馆修撰,居睦州约两年。此诗及以下所选的《睦州四韵》等三首,大概都作于大中元年或二年。

〔前溪〕在睦州分水县(今浙江分水)南,出柳柏乡,会于天目溪。

睦州四韵

州在钓台边,溪山实可怜。有家皆掩映,无处不潺湲。好树鸣幽鸟,晴楼入野烟。残春杜陵客,中酒落花前。

〔钓台〕睦州桐庐县(今浙江桐庐)西三十里富春江北有严子陵钓台。 〔可怜〕六朝及唐人诗中用"可怜",有时作"可爱"之义,不一定都是如今人所说的可怜悯。　〔中酒〕"中"读去声,中酒即是喝醉了酒。

《瀛奎律髓》原批:"轻快俊逸。"纪昀批语谓:"风致宜人。三四今已成套,然初出自佳,六句不自然,结得浅淡有情。"

朱坡绝句三首(选一)

故国池塘倚御渠,江城三诏换鱼书。
贾生辞赋恨流落,只向长沙住岁馀①。

① 原注:"文帝岁馀思贾生。"

杜牧自黄州刺史迁池州,又迁睦州,三州的州城都临江,故曰"江城",此诗中有"江城三诏换鱼书"之句,当是在睦州所作。

〔故国句〕"故国"即是故乡之义,"故国池塘"即指朱坡的别墅,因在长安城外,所以说"倚御渠"。　〔朱坡〕在长安城南约四十里,杜牧的祖父杜佑在此地有别墅。　〔鱼书〕"鱼"是鱼符,唐代新受任命的刺史都要领左鱼符以为凭信,已见前《春末题池州弄水亭》诗注。除左鱼之外,又有敕牒,故总名"鱼书"(《演繁露》卷一)。　〔贾生二句〕贾生是贾谊。贾谊当汉文帝时被贬为长沙王太傅,长沙地方卑湿,贾谊心中牢骚,曾作《鵩鸟赋》,自伤贬谪,后来文帝将他召还。此处说"只向长沙住岁馀",并自注"文帝岁馀思贾生",是根据《史记·屈原贾生列传》。传中叙述贾谊作《鵩鸟赋》,又说:"后岁馀,贾生征见。"所谓"后岁馀",

是说在作《鵩鸟赋》后岁馀，并不是说贾生谪居长沙只有岁馀，而实际上贾谊谪居长沙是四年多（汪中《述学·贾谊年表》），杜牧此诗说贾谊"只向长沙住岁馀"，是不大确切的。不过古人作诗用典故与做考据不同，诗人常是灵活运用，读者应当心知其意而不可以拘泥。杜牧此诗之意，是借贾谊作衬托，伤感自己"三守僻左，七换星霜"，久不得召还，不如贾谊那样在长沙住了没多久就被征召入京了。

忆游朱坡四韵

秋草樊川路，斜阳覆盎门。猎逢韩嫣骑，树识馆陶园。
带雨经荷沼，盘烟下竹村。如今归不得，自戴望天盆。

此诗也是杜牧想念朱坡的作品，可能是与《朱坡绝句》同时作。

〔樊川〕是一条小河，在唐长安城南三十馀里，流入潏水。它所经流的这一带地方也叫樊川。朱坡就在樊川，杜佑有别墅在此。杜牧的外甥裴延翰所作杜牧《樊川文集序》说："长安南下杜樊乡，郦元注《水经》，实樊川也。延翰外曾祖司徒岐公（即杜佑）之别墅在焉。"杜牧少时常在此处游玩，晚年从湖州刺史调入京都为考功郎中，知制诰，又出俸钱将樊川别墅修治，自己说愿意老为樊川翁，所以他的诗文著作也起名为《樊川文集》。　　〔覆盎门〕汉长安城南出东头第一门曰覆盎门，一曰杜门。此处是借用，指唐长安城南面的城门。　　〔猎逢二句〕韩嫣（音偃）是汉武帝的幸臣。江都王入朝，有诏允许他跟随皇帝到上林苑去打猎。汉武帝先使韩嫣乘皇帝的副车，数百骑兵跟随着，驰入上林苑视兽，江都王看见，以为是汉武帝来了，伏谒道旁。"骑"读去声，指骑兵。馆陶公主是汉武帝之姑，曾将她的长门园献给汉武帝，长门园在汉长安城东南。此二句是说樊川朱坡一带常有权贵游玩，并多有贵人园亭。 〔**自戴句**〕司马迁《报任安书》："仆以为戴盆何以望天。"这是汉人的谚语，意思是说，头戴盆则不能望天，望天则不能戴盆，这两件事在性质上是不能同时并作的。杜牧此句诗是说，自己在外做官，因此不能回到故乡朱坡的别墅游玩，如同戴盆则不能望天一样。

秋晚早发新定

解印书千轴，重阳酒百缸。凉风满红树，晓月下秋江。
岩壑会归去，尘埃终不降。悬缨未敢濯，严濑碧淙淙。

大中二年八月，杜牧由睦州刺史内升为司勋员外郎、史馆修撰，九月即离睦州赴京。此诗是离睦州时作，是年杜牧四十六岁。

〔**书千轴**〕唐朝时候的书，其形式都是卷子。把若干张纸粘连起来，成一横幅，用一根细木棒做中心，从左向右，围绕木棒卷起来，成为一卷，这根细木棒叫作轴，与今日的画卷相似。所以"书千轴"就是书千卷。 〔**悬缨二句**〕《孟子·离娄篇》引《孺子歌》："沧浪之水清兮，可以濯我缨。沧浪之水浊兮，可以濯我足。"缨是冠系，以二组系于冠，结于颐下。"严濑"即是严陵濑，桐庐县有桐溪，自桐溪至於潜有九十六濑，第二即严陵濑。"淙淙"，水声。淙，士江切，读双。此二句意思是说，严陵濑的水虽然碧绿清澈，但是自己仍然为官职所羁，尘埃奔走，所以不敢濯缨。

江南怀古

车书混一业无穷，井邑山川今古同。
戊辰年向金陵过，惆怅闲吟忆庾公。

　　诗中有"戊辰年向金陵过"之句，知是大中二年戊辰所作，杜牧是年由睦州赴京，路过金陵（今南京），联想到梁末侯景举兵反，围攻建康（南京），恰是在太清二年戊辰（548年），所谓"怀古"，即指此事，并且联想到庾信。庾信是南北朝末年杰出的文学家，擅长诗赋与骈文，梁武帝末年，他在朝廷做官，遭遇侯景之乱，梁元帝时他奉使至西魏，这时西魏灭梁，他就留居北朝。他伤感梁朝末年的丧乱以至于灭亡，曾作《哀江南赋》。《哀江南赋序》开头即说："粤以戊辰之年，建亥之月，大盗移国，金陵瓦解。"诗中"车书混一"，也是用《哀江南赋序》："混一车书，无救平阳之祸。""混一车书"是用《礼记·中庸》："车同轨，书同文。"

〔井邑〕《周易·井卦》卦辞："改邑不改井。"此处用"井邑"即指土地村落。

今皇帝陛下一诏征兵不日功集河湟诸郡次第归降臣获睹圣功辄献歌咏

捷书皆应睿谋期，十万曾无一镞遗。
汉武惭夸朔方地，宣王休道太原师。
威加塞外寒来早，恩入河源冻合迟。
听取满城歌舞曲，凉州声韵喜参差。

此诗是大中三年所作，是年杜牧在长安，为司勋员外郎、史馆修撰，四十七岁。"河湟"见前《郡斋独酌》诗注。河湟一带地方，自唐肃宗以来，即逐渐为吐蕃统治者所侵占。大中三年二月，吐蕃内乱，陷于吐蕃的秦、原、安乐三州及石门等七关的人民起义归唐。（唐秦州治所上邽县，在今甘肃天水东北；原州治所平高县，在今宁夏固原；安乐州治所在今宁夏中卫。石门等七关即是石门、驿藏、制胜、石峡、木靖、木峡、六盘七关，都在原州境。）宣宗以太仆卿陆耽为宣谕使，诏泾原、灵武、凤翔、邠宁、振武，皆出兵应接。六月，唐泾原节度使康季荣等取原州及石门等六关。七月，灵武节度使朱叔明取安乐州，邠宁节度使张君绪取萧关，凤翔节度使李玭取秦州。八月，河陇老幼一千馀人来到长安，宣宗登延喜门楼接见他们，他们欢呼跳舞，脱去胡服，换上汉服，观看的人都呼"万岁"。此年杜牧在京做官，可能亲眼看到这种盛况。

〔睿谋〕"睿",音锐,圣智也。在中国古代封建社会中,常用"睿"字恭维皇帝,所以"睿谋"就是说宣宗的谋划策略。 〔十万句〕"镞"是箭头。此句是说兴十万大兵,但是没有遗失一个箭头,就是说很容易地收复了失地。 〔汉武句〕汉武帝收复了匈奴所侵占的河套地方,设立朔方郡。 〔宣王句〕《诗经·小雅·六月》写周宣王北伐,其中有"薄伐玁狁,至于大原"句("大"音泰)。此处所谓"大原"在今宁夏固原。 〔河源〕黄河之源在今青海境,唐鄯州鄯城有河源军,在湟水东。 〔听取二句〕此二句是说收复河湟之后,河湟人民多来到长安,于是凉州(治所在今甘肃武威)音乐也在长安盛行起来了。"参差",见《杜秋娘诗》注。

长安杂题长句六首(选四)

觚棱金碧照山高,万国珪璋捧赭袍。
舐笔和铅欺贾马,赞功论道鄙萧曹。
东南楼日珠帘卷,西北天宛玉厄豪[①]。
四海一家无一事,将军携镜泣霜毛。

晴云似絮惹低空,紫陌微微弄袖风。
韩嫣金丸莎覆绿,许公鞯汗杏粘红。
烟生窈窕深东第,轮撼流苏下北宫。
自笑苦无楼护智,可怜铅椠竟何功。

雨晴九陌铺江练，岚嫩千峰叠海涛。
南苑草芳眠锦雉，夹城云暖下霓旄。
少年羁络青纹玉，游女花簪紫蒂桃。
江碧柳深人尽醉，一瓢颜巷日空高。

束带谬趋文石陛，有章曾拜皂囊封。
期严无奈睡留癖，势窘犹为酒泥慵。
偷钓侯家池上雨，醉吟隋寺日沉钟。
九原可作吾谁与？师友琅琊邴曼容。

① 原注："《诗》曰：'鞗革金厄。'盖小环。"

此诗共六首，第六首中有"谁识大君谦让德"句（此首未选），原注："圣上不受徽号。"冯集梧《樊川诗集注》："《唐会要》，文宗太和七年十二月，宰臣王涯等请册徽号，不许。开成二年二月，宰相郑覃等频表请，上固谦抑，不允。宣宗大中三年十二月，群臣以河湟既复，请加尊号，上深执谦让，三表不许。此云不受徽号，未知是文是宣，然六诗以'四海一家无一事'起，而以'一豪（毫）名利斗蛙蟆'结之，其为收复河湟后作与？"按冯说是。大和七年、开成二年杜牧均不在京，大中三四年间在京，四年秋始出守湖州，此六首诗盖大中四年（850年）春间作，时杜牧四十八岁。

此几首诗写当时长安城中，朝廷粉饰太平，权贵争为豪侈，士女耽于游赏，而自己避远权势，淡泊自守。

〔觚棱〕见前《杜秋娘诗》注。 〔万国句〕此句是说万国都来向唐政府朝贡。周代诸侯朝周王用圭（玉器，上圆），朝王后用璋（半圭）。唐代制度，皇帝穿赭袍。 〔舐笔〕《庄子·田子方》："宋元君将画图，众史皆至，受揖而立，舐笔和墨。""舐"，音士，以舌接物也。"铅"，铅粉笔也，可以涂改误字。"舐笔和铅"即指写文章，"贾马"指贾谊与司马相如，都是西汉朝臣中擅长文学者。此句意思是说，当时朝廷中文学侍从之臣才气都胜过贾马。 〔赞功句〕此句是说当时宰相政治之才也都超过西汉的萧何与曹参，萧曹都是西汉的名相。此句与上句都是表面的颂扬，并非杜牧真实的意见。 〔西北句〕"宛"指大宛（音鸳），汉西域国名，在今苏联中亚费尔干地区。大宛国产好马，称为天马。汉武帝曾派兵征大宛，取得良马而还。原注引《诗》"鞗革金厄"见《大雅·韩奕》，鞗（音条）革，马辔首也。金厄，以金为环，缠扼辔首。

〔紫陌〕京都的道路。 〔韩嫣句〕韩嫣是汉武帝的幸臣，见前《忆游朱坡四韵》诗注，他好弹射，以金为弹丸。 〔许公句〕北周宇文述封许国公，性好奇，喜炫耀，制马鞯（马鞍，音笺），于后角上缺方三寸，以露白色，时人仿效，称为许公缺势。 〔窈窕〕幽深貌。 〔东第〕《史记·司马相如列传》："位为通侯，居列东第。"《索隐》："列甲第在帝城东，故云东第也。"此处用"东第"是指王侯的住宅。 〔流苏〕古时以五彩羽为垂饰，叫作"流苏"，贵人车上也有这种装饰。 〔北宫〕汉长安城中有北宫，即桂宫，因为在未央宫北，故名北宫。 〔自笑二句〕楼护是西汉末年人，善谈论，能交结贵人，为外戚王氏五侯的上客。同时扬雄也在长安做官，他不善于逢迎奔走，许多年不迁官，惟喜研究学问，常怀铅提椠（铅是铅粉笔，椠是木牍），从各郡国的上计吏访问殊方绝域的语言，后来作成《方言》一书。此二句是杜牧说他自己不屑于像楼护那样结交权贵，而是像扬雄一样，虽有学问而做官并不得意。

〔九陌〕汉代长安有八街九陌。此处借用指唐代长安城中的大街。 〔江练〕南齐谢朓诗："澄江静如练。""练"是洁白的熟绢。此处是借用，说长安大街街道的平静。 〔岚嫩句〕此句是说长安城南的终南山峰峦起伏，如同海涛一样。 〔南苑〕〔夹城〕均见前《杜秋娘诗》注。 〔霓旌〕即是霓旌，皇帝仪仗的一种，析羽毛，染以五彩，缀以缕为旌，有似虹霓。 〔江碧柳深〕江指的是长安城东南的曲江池，池畔多柳树。 〔一瓢句〕孔子弟子颜回很穷，居住在陋巷，一箪食，一瓢饮。杜牧此句是以颜回自比。

〔文石陛〕陛是皇帝宫殿的台阶，经常是用玉或文石砌成。 〔皂囊封〕汉代制度，群臣上章表，通常是启封，如果说秘密的事，则封在皂囊中。皂是黑色。 〔泥〕读去声，见前《寄浙东韩乂评事》诗注。 〔九原句〕九原，春秋晋国卿大夫墓地，在今山西绛县北境。《礼记·檀弓》："赵文子与叔誉（即叔向）观乎九原，文子曰：'死者如可作也，吾谁与归？'"意思是说：死去的人，如果可以复生，我同谁在一起呢？我赞同谁呢？ 〔邴曼容〕西汉琅琊人，养志自修，做官不肯过六百石（汉代官年俸以米计，俸米的多少定官职的高低，六百石还是相当低的职位），辄自免去。

新转南曹未叙朝散初秋暑退出守吴兴书此篇以自见志

捧诏汀洲去,全家羽翼飞。喜抛新锦帐,荣借旧朱衣。
且免材为累,何妨拙有机?宋株聊自守,鲁酒怕旁围。
清尚宁无素?光阴亦未晞。一杯宽幕席,五字弄珠玑。
越浦黄甘嫩,吴溪紫蟹肥。平生江海志,佩得左鱼归。

此诗是大中四年所作。因为杜牧做官多年,并未多置产业,主要是靠官俸生活,并且他的经济负担相当重,他的弟弟杜颛害眼病多年,还有他的李氏寡妹,都住在扬州,靠他供养,他的堂兄杜慥罢官闲居,也要他接济,而刺史官俸厚,所以当他任刺史七年之中,可以供给弟弟、妹妹及堂兄,"一家骨肉,四处安活"。自从大中二年调为京官以后,京官俸薄,于是"一家骨肉,四处皆困",所以杜牧在大中三年闰十一月曾上书宰相请求外放为杭州刺史,大中四年夏又三次上书宰相请求外放为湖州刺史(均见《樊川文集》卷十六)。唐朝士大夫做官,重内轻外,一般说来,都愿意做京官,杜牧自请外放,是很特殊的。他在几次上宰相书中,都是提出经济的原因,京官俸薄,不能维持,所以希望外放,刺史官俸厚,可以供养弟妹等。杜牧请求外放,可能还另有隐衷,就是不满意当时朝政,觉得在朝也不能有所作为,参看上面所选的《长安杂题长句六首》及下面所选的《将赴吴兴登乐游原一绝》诸诗,可以参悟其中消息。这年秋天,宰相允其所请，外放他为湖州刺史（唐湖州治所乌程县，在今浙江吴兴）。湖州又名吴兴郡，所以诗题上说"出守吴兴"。至于所谓"新转南曹，未叙朝散"者，杜牧本年由司勋员外郎新转吏部员外郎，唐代官制，吏部员外郎二人，一人判南曹，杜牧大概是吏部员外郎判南曹，唐人做官，除官职外，尚有官阶，朝散大夫是官阶名，从五品下，吏部员外郎是从六品上，但是叙官阶时可以加朝散大夫，杜牧这时新转吏部员外郎，还未叙官阶，所以说"新转南曹，未叙朝散"。

〔锦帐〕汉代制度，尚书郎入直台中，政府供给锦被帷帐。杜牧此处用"锦帐"代表他的吏部员外郎的官职。　〔朱衣〕唐代制度，三品以上服紫，四品五品服绯，六品七品以绿，八品九品以青，后改为碧。凡授都督刺史，未及五品者，并听着绯佩鱼，离任则停之。(《唐会要》卷三十一）杜牧以前做刺史时，服绯，后来调进京为员外郎，改服绿色，现在外放为刺史，又可以服绯了，所以说"荣借旧朱衣"，绯是红色，故称朱衣。官吏公服的颜色以官品的高下而有所区别，服色视散官不视职官。《野客丛书》"唐阶官之制"条："唐制服色不视职事官，而视阶官之品，至朝散大夫，方换五品服色，衣银绯。"《西清诗话》："唐借服色，皆并鱼假之。……《唐书》载牛丛为睦州刺史，赐金紫，辞曰：'臣今衣刺史所假绯，即赐紫为越等。'乃赐银绯。"　〔材为累〕《庄子·山木》篇："材与不材之间，似之而非也，故未免乎累。"　〔宋株二句〕"宋株"是《韩非子》中讲的一个故事：宋国有一个农人耕田，他田中有一株树，有一只兔子碰在树上死了。农人拾了这只死兔,得了便宜,于是放下农具,不耕地,在树下守着,希望再有兔子来碰死。《庄子·胠箧》谓"鲁酒薄而邯郸围",故事是这样的:战国时,楚国大会诸侯,鲁国与赵国都向楚王献酒,鲁酒薄而赵酒醇。楚王管酒的官向赵国使者求酒,赵使者不给他,管酒官生气,于是将赵国的酒与鲁国的酒对换了,献给楚王。楚王不满意赵国的酒薄,派兵攻赵,围了赵国的都城邯郸。此二句的意思是说,自己愿安分守拙,但是常怕遇到意外的灾难。 〔幕席〕晋刘伶旷达好饮酒,他作《酒德颂》说:"幕天席地,纵意所如。"就是以天为帐幕、以地为席子的意思。 〔黄甘〕即黄柑。 〔左鱼〕见前《春末题池州弄水亭》诗注。

将赴吴兴登乐游原一绝

清时有味是无能,闲爱孤云静爱僧。
欲把一麾江海去,乐游原上望昭陵。

此首与下一首都是大中四年秋杜牧将离长安赴湖州刺史任时作。

〔乐游原〕在长安城内升平坊(即今大雁塔东北之高地),地势甚高,四望宽敞。每正月晦日、三月三日、九月九日,京都士女多来此地登临游赏。
〔一麾〕刘宋诗人颜延之作《五君咏》诗,其中一首咏阮始平(咸),有两句云:"屡荐不入官,一麾乃出守。"麾是动词,指麾之义,说阮咸为荀勖所排挤而出为始平太守。杜牧将出守湖州,所以用颜延之诗"一麾"的字面,不过杜牧此句"欲把一麾"的"麾"字是名词,乃旌麾之意,与颜诗句意不合,宋人潘子美、沈括、朱弁等都指出这一点,认为是不精审。但是用"麾"字作名词,指郡守,并非自杜牧始,明胡震亨说:"'一麾',《笔谈》谓今人守郡用颜延年'一麾乃出守',误自杜牧始,此说亦未为是。观《三国志》'拥麾守郡',《文选》'建麾作牧',此语在牧之前久矣。汉制,太守车两幡,所谓'麾'也。唐人如杜子美、柳子厚、刘梦得皆用之。谓之误不可。"(《唐音癸签》卷十七)　〔昭陵〕唐太宗的坟墓,在今陕西旧醴泉县九嵕山。宋叶梦得《石林诗话》卷中说:"此盖不满于当时,故末有'望昭陵'之句。"马永卿《嬾真子》卷四则谓:"盖乐游原者,汉宣帝之寝庙在焉;昭陵即唐太宗之陵也。牧之之意,盖自伤不遇宣帝、太宗之时,而远为郡守也。"

将赴湖州留题亭菊

陶菊手自种,楚兰心有期。
遥知渡江日,正是撷芳时。

〔陶菊〕晋陶潜爱菊,他的住宅旁边常种许多菊花,他的诗中也常咏菊花,如"采菊东篱下,悠然见南山""秋菊有佳色,裛露掇其英"等。

湖南正初招李郢秀才

行乐及时时已晚,对酒当歌歌不成。
千里暮山重叠翠,一溪寒水浅深清。
高人以饮为忙事,浮世除诗尽强名。
看着白蘋芽欲吐,雪舟相访胜闲行。

冯集梧《樊川诗集注》:"李郢有《和湖州杜员外冬至日白蘋洲见忆》诗云:'白蘋亭上一阳生,谢朓新裁锦绣成。千嶂雪消溪影绿,几家梅绽海波清。已知鸥鸟长来狎,可许汀洲独有名。多愧龙门重招引,即抛田舍棹舟行。'与牧之此诗用韵并同……知此题湖南当是湖州之误。"按冯说甚是,诗题中"湖南"的"南"字应是"州"字之误。至于题中"正初",可以解释为正月初,但李郢和诗明说《和湖州杜员外冬至日白蘋洲见忆》,而杜牧诗中用"寒水""雪舟",也是冬天的口气,"白蘋芽欲吐",可能是因冬至阳生而言,所以"正初"二字疑亦有误。此诗应是大中四年冬至日作,时杜牧已到湖州刺史任,大中五年七八月间杜牧内擢考功郎中、知制诰,不久即离湖州赴京,不会在冬至日还在湖州作诗了。

〔李郢秀才〕李郢,字楚望,住在馀杭(今浙江馀杭),大中十年举进士及第,官至侍御史。他的诗清丽,善于写景抒情。秀才本是唐代科举名目之一,在唐初,秀才科名甚高,"贞观中,有举而不第者坐其州长,由是废绝"(《通典·选举典》)。后来凡是投考进士的人都通称"秀才"(李肇《唐国史补》卷下)。这时李郢还未中进士,所以杜牧称他为"秀才"。〔尽强名〕"强"读上声,勉强之义。 〔白蘋〕是一种水草,梁柳恽为吴兴太守,作《江南曲》,有"汀州采白蘋"之句,所以白蘋遂成为与湖州有关的故事。 〔雪舟〕晋王徽之(子猷)居山阴,一夜大雪,他忽然想起好友戴安道,于是就在夜间乘小船去看他。

入茶山下题水口草市绝句

倚溪侵岭多高树,夸酒书旗有小楼。
惊起鸳鸯岂无恨?一双飞去却回头。

唐湖州属县长城(今浙江长兴)四十里有顾渚山,产紫笋茶,很名贵,德宗贞元以后每年要将此茶入贡于皇帝,当春天采茶时,湖州刺史要亲自来监督。此诗是大中五年(851年)春间杜牧为湖州刺史来顾渚茶山监督采茶时所作。

〔水口草市〕水口镇即在顾渚,唐朝在此处设置贡茶院。草市是唐代商品交换的一种场所。唐代商业发达,所以各地多有草市。(据《通鉴》胡注,草市是盖草房以成市里,取其价廉功省。)杜牧《上李太尉论江贼书》(《樊川文集》卷十一)就提到"凡江淮草市,尽近水际,富商大户,多居其间"。 〔夸酒句〕唐长城县有箬溪,箬是竹之一种,因为夹溪箬竹丛生,故名。本地居人取箬下溪水酿酒,其味很美,俗称箬下酒。

沈下贤

斯人清唱何人和？草径苔芜不可寻。

一夕小敷山下梦，水如环佩月如襟。

沈下贤，名亚之，吴兴人。元和十年（815年）登进士第。曾为栎阳令、福建团练副使，累迁殿中侍御史。大和三年，柏耆宣慰德州，辟为判官。柏耆得罪贬官，沈亚之受到连累，贬南康尉。后终郢州掾。沈亚之工诗，能作古文，他喜作传奇小说，在当时很有名气，李贺称赞他工为情语，有窈窕之思。小敷山在湖州乌程县西南二十里，沈亚之在这里住过。沈亚之与杜牧的堂兄杜憻熟识，在长安时，常在一起，交情很好。（《沈下贤文集》卷九《送杜憻序》）那时大概杜牧还小，所以未与沈下贤相识，杜牧来湖州做刺史时，沈亚之已死去多年矣。杜牧平日钦佩沈下贤的才名，所以特地到小敷山来凭吊他。此诗是杜牧任湖州刺史时凭吊沈下贤之作，应在大中四年或五年。

〔和〕读去声。

八月十二日得替后移居霅溪馆因题长句四韵

万家相庆喜秋成，处处楼台歌板声。

千岁鹤归犹有恨，一年人住岂无情？

夜凉溪馆留僧话，风定苏潭看月生。

景物登临闲始见，愿为闲客此闲行。

此诗是大中五年杜牧内擢为考功郎中、知制诰时所作。唐代做官的，新旧交代，叫作为"替"。杜牧这时已将湖州刺史交代，暂时在湖州闲居，准备赴京就新职。

〔霅溪〕在唐湖州治所乌程县东南一里，凡四水合为一溪。自浮玉山曰苕溪，自铜岘山曰前溪，自天目山曰馀不溪，自德清县前北流至湖州治所南曰霅溪，四水合流，东北入于太湖。"霅"音洽，其意义是四水激射之声，四水总聚，霅然有声，故名"霅溪"。　〔千岁句〕古时神话说，辽东人丁令威随师学仙，暂归，化为白鹤，集华表柱头说："有鸟有鸟丁令威，去家千年今始归，城郭如故人民非，何不学仙冢累累。"　〔一年句〕杜牧于大中四年秋出守湖州，至大中五年八月去职，恰是一年。似暗用浮屠不三宿桑下之意（周汝昌说）。　〔苏潭〕在唐湖州乌程县，潭水甚深。唐苏颋少时做乌程尉，曾误落于潭水中，后来苏颋在玄宗时做宰相，乌程人纪念他，将此潭取名为苏公潭。

隋堤柳

夹岸垂杨三百里，只应图画最相宜。

自嫌流落西归疾，不见东风二月时。

据《太平广记》卷一百四十四《征应》十引《感定录》说，杜牧自湖州刺史拜中书舍人题汴河云："自怜流落西归疾，不见春风二月时。"所以知道此诗是大中五年秋杜牧由湖州赴京途中所作。隋炀帝开运河，夹岸多种柳树，所谓"隋柳堤"者指此。

途中一绝

镜中丝发悲来惯，衣上尘痕拂渐难。
惆怅江湖钓竿手，却遮西日向长安。

杜牧这时已经四十九岁，将近五十了，头发白了许多，仕宦多年，抱负未能施展，而一官羁身，常是奔走尘埃之中，他对于宣宗大中朝政颇不满意（参看前面所选诸诗可见）。他由京官自请外放，为湖州刺史，山中清幽，可以聊充吏隐，哪知刚刚一年，又要调进京去，所以说"惆怅江湖钓竿手，却遮西日向长安"，表示寥落的情怀。

秋晚与沈十七舍人期游樊川不至

邀侣以官解，泛然成独游。川光初媚日，山色正矜秋。
野竹疏还密，岩泉咽复流。杜村连滴水，晚步见垂钓。

杜牧于大中五年秋自湖州刺史归京为考功郎中、知制诰,大中六年拜中书舍人。杜牧到京后,曾出湖州俸钱修治樊川别墅,下直后常邀友人往游其地(裴延翰《樊川文集序》)。此诗应是大中六年所作。

〔潏水〕发源于今陕西西安南秦岭大义谷,西北流,分为二,一注于渭水,一注于沣水。潏水流经杜曲与韦曲间,约三十里,为一带形河谷盆地,即是樊川。

第二部分　未编年

　　第二部分所选录的诗,都是不能考明其撰作年月或时期者,目次前后依照《樊川文集》《外集》《别集》中原来的编次。

长安送友人游湖南

子性剧弘和,愚衷深褊狷。相舍嚣诜中,吾过何由鲜?
楚南饶风烟,湘岸苦萦宛。山密夕阳多,人稀芳草远。
青梅繁枝低,斑笋新梢短。莫哭葬鱼人,酒醒且眠饭。

〔湖南〕唐湖南观察使管辖潭、衡、郴、永、连、道、邵等七州,大致相当于今湖南省。 〔褊狷〕褊急狷介。 〔嚣诜〕烦嚣喧闹。 〔鲜〕读上声,少也。 〔斑笋〕斑竹的笋。斑竹是一种竹子,竹皮上生有斑点。古代神话说,舜南巡而死于苍梧之野(湖南宁远),舜的两个妃子哭舜,眼泪滴在竹子上,竹遂生斑点,所以斑竹亦名湘妃竹。 〔葬鱼人〕指屈原。屈原自沉于汨罗江(源出湖南平江县东与江西交界之黄洞岭,西流入湘水)。《史记·屈原贾生列传》记载屈原被放逐后沉江之前曾对渔父说:"宁赴常流(就是长流)而葬乎江鱼腹中耳,又安能以皓皓之白而蒙世俗之温蠖(惛愦)乎?"

独 酌

长空碧杳杳,万古一飞鸟。生前酒伴闲,愁醉闲多少?
烟深隋家寺,殷叶暗相照。独佩一壶游,秋豪泰山小。

〔杳杳〕音咬,深远貌。 〔隋家寺〕隋代所建的寺,在唐代留存者很多,此诗中所谓"隋家寺"究竟指哪一个寺,不可考。冯集梧《樊川诗集注》推测说,可能指的是长安靖善坊大兴善寺。　〔**殷**〕音烟,红黑色。　〔**秋豪句**〕"豪"同毫毛之"毫"。秋时兽生毫毛,其末至小而难见也。《庄子·齐物论》:"天下莫大于秋豪之末,而大山为小。"意思是说:大小是相对的,秋毫虽然小,但是比秋毫小的东西还有很多,这样一比,秋毫又算大了;泰山虽大,但是比泰山大的东西还有很多,这样一比,泰山又算小了。

惜　春

春半年已除,其馀强为有。即此醉残花,便同尝腊酒。
怅望送春杯,殷勤扫花帚。谁为驻东流,年年长在手!

题安州浮云寺楼寄湖州张郎中

去夏疏雨馀,同倚朱栏语。当时楼下水,今日到何处?
恨如春草多,事与孤鸿去。楚岸柳何穷?别愁纷若絮。

〔**安州**〕唐安州治所安陆县,今湖北安陆。　〔**湖州张郎中**〕张郎中不详何人,此人盖以郎中出为湖州刺史,故称"湖州张郎中",正如前所选《初春有感寄歙州邢员外》诗,邢群以户部员外郎出为歙州刺史,所以杜牧称他为"歙州邢员外"。　〔**同倚朱栏语**〕"语"读去声。

过骊山作

始皇东游出周鼎,刘项纵观皆引颈。
削平天下实辛勤,却为道旁穷百姓。
黔首不愚尔益愚,千里函关囚独夫。
牧童火入九泉底,烧作灰时犹未枯。

〔骊山〕在今陕西临潼县东南,秦始皇的坟墓在此。秦始皇生时,曾征发七十万人修治骊山坟陵,极为奢侈,周围有五里长,五十丈高,在陵墓中,顶上雕刻着天空的星座,地下依照地形布置江河大海,里面灌满水银当作水,陵墓中"珍宝之藏,机械之变,棺椁之丽,宫馆之盛,不可胜原"。　〔始皇句〕秦始皇二十八年东巡,过彭城,当时传说周鼎沉没于泗水中,始皇发动一千人在泗水中寻找周鼎,没有找到。　〔刘项句〕秦始皇游会稽,渡浙江,项羽同他叔父项梁在道旁看,项羽说:"彼可取而代也。"刘邦曾繇役到咸阳,秦始皇出游,刘邦在旁纵观,说:"嗟乎,大丈夫当如此也。"　〔削平二句〕此二句是说秦始皇虽然辛勤地削平天下,但是身后不久,秦朝灭亡,天下为当时道旁的穷百姓刘邦所得。　〔黔首句〕秦始皇统一天下后,将人民叫作"黔首"。黔是黑色,因为人的头发是黑的,所以叫"黔首"。此句是说,秦始皇当时"燔百家之言,以愚黔首"(贾谊《过秦论》语),但是黔首并没有愚而秦始皇才是真愚。　〔千里函关〕函关即函谷关,秦函谷关在今河南灵宝县西南,路在谷中,深险如函,故名函谷关。"千里函关",是说函谷关中地方千里。　〔独夫〕古时称贪暴无道的君主为"独夫",因为所有的人民都恨他,他是完全孤立的。 〔**牧童二句**〕项羽带兵入咸阳,曾将秦始皇坟墓发掘。后来牧童在骊山一带牧羊,羊跑入秦始皇陵墓的空穴中,牧童拿了火把进去寻找羊,失火,将秦始皇的棺椁烧掉。

史将军二首

长铍周都尉,闲如秋岭云。取蝥弧登垒,以骈邻翼军。
百战百胜价,河南河北闻。今遇太平日,老去谁怜君?

壮气盖燕赵,耽耽魁杰人。弯弧五百步,长戟八十斤。
河湟非内地,安史有遗尘。何日武台坐,兵符授虎臣!

〔**史将军**〕未详是何人,大概是曾立过战功而废弃不用者。 〔**长铍句**〕西汉周灶以长铍都尉(长铍都尉是官名,"铍"音丕,长铍是长刃的兵器)从刘邦击项羽军,立功,封侯。此句是用周灶比史将军。 〔**取蝥弧句**〕"蝥弧",旗名。春秋鲁隐公十一年,齐、鲁、郑诸国伐许,围许国都城,郑国颍考叔取郑伯之旗蝥弧首先登城。 〔**骈邻**〕《汉书·高惠高后文功臣表》:柏至靖侯许盎"以骈邻从,起昌邑"。颜师古注:"二马曰骈。骈邻,谓并两骑为军翼也。" 〔**弯弧句**〕言其勇力能弯弓射五百步之外。 〔**河湟二句**〕"河湟"句言河西陇右尚为吐蕃所占据,"安史"句言安史乱后留下的河北三镇割据局面仍然存在。这两件事是杜牧生平所最关心的。 〔**武台**〕汉未央宫有武台殿,汉武帝将征匈奴,曾召见李陵于武台。 〔**兵符**〕古时发兵,以符为凭据,所以称为兵符。

河 湟

元载相公曾借箸,宪宗皇帝亦留神。
旋见衣冠就东市,忽遗弓剑不西巡。
牧羊驱马虽戎服,白发丹心尽汉臣。
唯有凉州歌舞曲,流传天下乐闲人。

〔元载句〕元载是唐代宗时宰相。代宗时,吐蕃已经侵占河西、陇右,并且还常侵扰边境,元载曾做过西州刺史(唐西州治所在今新疆自治区吐鲁番),熟悉河西、陇右山川形势,大历八年,元载向代宗建议说:现在国家西境在潘原(甘肃平凉东四十里),而吐蕃戍摧沙堡,原州(唐原州治所高平县,在今宁夏固原)居其中间,其西草肥水美,平凉在其东,独耕一县,可以供给军粮。原州旧营垒尚存,吐蕃弃而不居,如果将它修筑起来,将京西军移戍原州,将郭子仪的军队移戍泾州(唐泾州治所安定县,在今甘肃泾川),分兵守石门、木峡两关(都在原州境内),渐开陇右,进达安西,据吐蕃腹心,朝廷可以高枕无忧。并且图画地形献于代宗。但是后来没有实行。"借箸"是张良的故事。刘邦有一次正在吃饭,与张良商议事情,张良说:"请借前箸(筷子)以筹之。"后人用"借箸",代表计划事情。 〔宪宗句〕宪宗看天下地图,看到河西陇右一带陷于吐蕃,常想恢复。 〔旋见句〕此句是指元载于大历十二年因罪下狱,诏赐自尽。"衣冠就东市"用汉晁错故事。晁错在景帝时为御史大夫,建议削弱诸王国,后吴楚七国反,以诛错为名,景帝令晁错衣朝衣,斩东市。 〔忽遗句〕此句是说宪宗死去。古时神话传说,黄帝仙去,只留下了弓剑。　　〔**牧羊二句**〕此二句是说,河西陇右陷于吐蕃的人民,虽然牧羊牧马,受吐蕃统治者的奴役,并且穿着胡服,但是他们心里常是思念故国。据唐代文人沈亚之的叙述说:"臣尝仕于边,又尝与戎降人言,自轮海已东,神鸟、敦煌、张掖、酒泉,东至于金城、会宁,东南至于上邽、清水,凡五十郡、六镇、十五军,皆唐人子孙,生为戎奴婢,田牧种作,或丛居城落之间,或散处野泽之中,及霜露既降,以为岁时,必东望啼嘘,其感故国之思如此。"(《沈下贤文集》卷十《贤良方正能直言极谏策》)可与杜牧此两句诗相印证。　　〔**凉州歌舞曲**〕凉州俗好音乐,制凉州新曲,开元中献于朝廷。

吴可《藏海诗话》:"杜牧之《河湟》诗云:'元载相公曾借箸,宪宗皇帝亦留神。'一联甚陋。唐人多如此。……子苍云……小杜《河湟》一篇第二联'旋见衣冠就东市,忽遗弓剑不西巡',极佳,为'借箸'一联累耳。"

李给事二首

一章缄拜皂囊中,栗栗朝廷有古风。
元礼去归缑氏学①,江充来见犬台宫②。
纷纭白昼惊千古,铁锁朱殷几一空。
曲突徙薪人不会,海边今作钓鱼翁。

晚发闷还梳，忆君秋醉馀。可怜刘校尉，曾讼石中书③。

消长虽殊事，仁贤每见如。因看鲁褒论，何处是吾庐？

① 原注："李膺退罢，归缑氏，教授生徒。给事论郑注，告满，归颍阳。"

② 原注："郑注对于浴室。"

③ 原注："给事因忤仇军容，弃官东归。"

〔李给事〕李给事指李中敏，元和时进士及第，性刚直敢言，与杜牧、李甘交好，志趣相同。曾在江西观察使沈传师幕中做判官，与杜牧同僚，后来做侍御史。文宗大和时，郑注勾结宦官王守澄诬陷宰相宋申锡，大家都怕他。大和六年，大旱，李中敏这时做司门员外郎，上书给文宗，请斩郑注而雪宋申锡之冤，文宗不听。李中敏请病假归颍阳。后来郑注被杀，朝廷又召李中敏为司勋员外郎，迁给事中。宦官仇士良以开府阶荫其子，李中敏说："开府阶诚宜荫子，谒者监（仇士良的官名）何由有儿？"仇士良惭愧而愤怒，于是李中敏又被贬为婺州刺史。　〔皂囊〕见前《长安杂题长句六首》诗注。　〔元礼二句〕东汉李膺，字元礼，颍川襄城人，为乌桓校尉，以公事免官，还居纶氏，教授常千人。李膺后来以反对宦官著称。冯集梧《樊川诗集注》："缑氏，《英华》作纶氏。彭叔夏《辩证》云：'李膺本颍川人，纶氏属颍川，膺免官归颍川（按《文苑英华辩证》作"归纶氏"，冯氏引文误），教授常千人，而集误作缑氏。'"此处是以李膺比李中敏。江充，汉武帝时人，为人奸险，曾诬陷汉武帝的太子刘据。汉武帝曾在犬台宫召见江充。此处是以江充比郑注。胡震亨《唐音癸签》卷四引杨仲弘说:"用事不可着迹,只使影子可也,虽死事亦当活用。"注云:"如杜牧赠李中敏'元礼退归纶氏学,江充来见犬台宫',中敏尝论郑注,以注比江充。以中敏之归颍阳,比李膺之归纶氏教授,可谓极切。"〔纷纭二句〕此二句指文宗大和九年十一月的"甘露之变"。李训、郑注得到文宗的信任,谋划除掉宦官。大和九年十一月壬戌日早朝时,埋伏军队,诈称左金吾厅事后有甘露,想骗宦官们去看,因而将他们杀掉。当时宦官仇士良等看破了这个计划用意,立刻将文宗拥进宫去。仇士良命令他所统率的神策兵从宫中乱杀出来,将朝官、兵士以及长安城中的人民杀死千馀人,后来又逮捕宰相王涯、贾𬗟及李训、郑注等,诬以谋反之罪,全都杀掉,亲属不问亲疏皆处死。"铁锧",铁是斧子,锧是腰斩之具,如今铡刀。"殷",见前《郡斋独酌》诗注。〔曲突徙薪〕《汉书·霍光传》记载有人上书于汉宣帝,谈到这样一个故事:"客有过主人者,见其灶直突(烟囱),傍有积薪。客谓主人更为曲突,远徙其薪,不者且有火患。主人默然不应,俄而家果失火。"后人用"曲突徙薪",表示能思患预防之意。此处指能预知郑注之奸而加以弹劾之事。〔可怜二句〕刘校尉指西汉刘向,他曾做过中垒校尉。汉元帝信任宦官弘恭、石显,石显为中书令,专权乱政,刘向上书于元帝,请罢黜弘恭、石显,因而被弘恭、石显诬陷下狱。此处是以刘向比李中敏,以石显比仇士良。〔鲁褒论〕西晋政治腐化,官吏贪污,贿赂公行,鲁褒作《钱神论》以讽刺当世。

过勤政楼

千秋令节名空在,承露丝囊世已无。
唯有紫苔偏称意,年年因雨上金铺。

〔勤政楼〕在兴庆宫内。宣宗未即帝位时,住在兴庆里,即位后,以兴庆里旧邸为兴庆宫,后来在西南修楼,西面题曰"花萼相辉之楼",南面题曰"勤政务本之楼"。(《唐会要》卷三十) 〔千秋二句〕唐玄宗生于八月初五日,以是日为千秋节。《唐会要》卷二十九《节日》:"开元十七年八月五日,左丞相源乾曜、右丞相张说等上表,请以是日为千秋节,著之甲令,布于天下,咸令休假,群臣当以是日进万寿酒,王公戚里进金镜绶带,士庶以丝结承露囊,更相遗问,村社作寿酒宴乐,名赛白帝,报田神。制曰:'可。'" 〔金铺〕是铜制的铺首,作龟蛇之形,附着门上,用以衔环者。

《新唐书》卷二十二《礼乐志》:"千秋节者,玄宗以八月五日生,因以其日名节,而君臣共为荒乐,当时流俗多传其事以为盛。其后巨盗起,陷两京,自此天下用兵不息,而离宫苑囿遂以荒堙。"参看这段记载可以领悟杜牧此诗托讽之意。

题魏文贞

蟪蛄宁与雪霜期,贤哲难教俗士知。
可怜贞观太平后,天且不留封德彝。

魏文贞即是魏徵，"文贞"是他死后的谥号。《新唐书》卷九十七《魏徵传》："于是帝（指唐太宗）即位四年，岁断死二十九，几至刑措，米斗三钱。先是，帝尝叹曰：'今大乱之后，其难治乎？'徵曰：'大乱之易治，譬饥人之易食也。'帝曰：'古不云善人为邦百年，然后胜残去杀邪？'答曰：'此不为圣哲论也。圣哲之治，其应如响，期月而可，盖不其难。'封德彝曰：'不然。三代之后，浇诡日滋。秦任法律，汉杂霸道，皆欲治不能，非能治不欲。徵书生，好虚论，徒乱国家，不可听。'徵曰：'五帝、三王不易民以教，行帝道而帝，行王道而王，顾所行何如尔。……若人渐浇诡，不复返朴，今当为鬼为魅，尚安得而化哉？'德彝不能对。……帝纳之不疑。至是天下大治。……东薄海，南逾岭，户阖不闭，行旅不赍粮，取给于道。帝谓群臣曰：'此徵劝我行仁义，既效矣。惜不令封德彝见之！'"此诗即是就这件事而发的慨叹。封德彝认为三代以后，民情浇诡所以无法治好，将世乱之过归于人民，而封建统治者反倒不负任何责任，这完全是很反动的论调。魏徵认为人民是古今一样，并不浇诡，只看君王是不是好，是不是肯励精图治。他鼓励唐太宗效法古时圣哲的君主，修明政治，减轻剥削，终于出现了"贞观之治"。杜牧称赞魏徵而斥责封德彝，说他识见短浅，如同蟪蛄之不知霜雪，蟪蛄是蝉的一种，它的寿命很短，只生活在夏季，所以《庄子·逍遥游》说："蟪蛄不知春秋。"

念昔游（选二）

十载飘然绳检外，樽前自献自为酬。
秋山春雨闲吟处，倚遍江南寺寺楼。

李白题诗水西寺①，古木回岩楼阁风。
半醒半醉游三日，红白花开山雨中。

① 原注："宣州泾县。"

周紫芝《竹坡诗话》："杜牧之尝为宣城幕，游泾溪水西寺，……"按杜牧凡两度为宣州幕，一在沈传师幕中，二在崔郸幕中，游泾县水西寺在何时不可考。

〔献酬〕古时行饮酒礼，主人酌宾为献；宾既酌主人，主人又自饮酌宾为酬。　〔水西寺〕唐泾县（今安徽泾县）有水西山，下临泾溪，林壑幽邃，有南齐永明中崇庆寺，俗名水西寺。

过华清宫绝句三首

长安回望绣成堆，山顶千门次第开。
一骑红尘妃子笑，无人知是荔枝来。

新丰绿树起黄埃,数骑渔阳探使回①。
霓裳一曲千峰上,舞破中原始下来。

万国笙歌醉太平,倚天楼殿月分明。
云中乱拍禄山舞,风过重峦下笑声。

① 原注:"帝使中使辅璆琳探禄山反否,璆琳受禄山金,言禄山不反。"

唐长安东二十里有骊山,上有温泉,唐玄宗在骊山之上修华清宫,天宝年中,他常携带杨贵妃及亲贵宠臣来此游乐。杜牧有《华清宫三十韵》诗,其中有"雨露偏金穴,乾坤入醉乡。玩兵师汉武,回手倒干将"诸句,也是讽刺唐玄宗的。温飞卿《华清宫和杜舍人》诗,即是和杜牧此诗的,故知此诗是大中五六年间杜牧为中书舍人时所作。至于《过华清宫绝句》是否同时所作,不能确定。

〔一骑二句〕李肇《唐国史补》卷上:"杨贵妃生于蜀,好食荔枝。南海所生,尤胜蜀者,故每岁飞驰以进。然方暑而熟,经宿则败,后人皆不知之。"杜甫《病橘》诗:"忆昔南海使,奔腾献荔支。百马死山谷,到今耆旧悲。"但是据宋人苏轼等的意见,当时进献于杨贵妃的荔枝是蜀南涪州所产的,不是岭南的。《说郛》卷二十四,宋彭乘《墨客挥犀》:"杜牧华清宫诗云'长安西望绣成堆,……'尤脍炙人口,据唐记,明皇帝以十月幸骊山,至春即还宫,是未尝六月在骊山也,然荔枝盛暑方熟。词意虽美而失事实。"按杜牧此诗是过华清宫时想到唐玄宗晚年的荒淫,而加以讽刺,这两句诗的用意正如谢枋得所说:"明皇天宝间,涪州贡荔枝,到长安,色香不变,贵妃乃喜。州县以邮传疾走称上意,人马僵毙,相望于道。'一骑红尘妃子笑,无人知是荔枝来。'形容走传之神速如飞,人不见其为何物也。又见明皇致远物以悦妇人,穷人之力,绝人之命,有所不顾,如之何不亡?"(《注解选唐诗》卷三)至于玄宗携贵妃游华清宫与远道供荔枝是否在同时,并无多大关系,因为作诗不是写历史,不是作考据,读诗时贵悉知其意,无须沾滞于这些地方。　〔新丰〕汉新丰故城在唐昭应县(陕西临潼)东十八里,骊山即在昭应县境。〔渔阳〕秦汉渔阳郡在今北京东北一带,此处借用渔阳指安禄山所镇守的幽州。〔霓裳〕《霓裳羽衣曲》,唐玄宗开元时所造。　〔禄山舞〕安禄山身体极肥,仍能在唐玄宗面前作胡旋舞。

登乐游原

长空澹澹孤鸟没,万古销沉向此中。
看取汉家何似业?五陵无树起秋风。

〔乐游原〕见前《将赴吴兴登乐游原一绝》诗注。　〔何似业〕就是什么样的事业之意。有的本子作"何事业",也讲得通。　〔五陵〕汉时人常说"长安五陵",指西汉五个皇帝的坟墓,即是长陵(高帝坟)、安陵(惠帝坟)、阳陵(景帝坟)、茂陵(武帝坟)、平陵(昭帝坟)。西汉皇帝的坟陵,经汉末三国兵乱,都被发掘。

读韩杜集

杜诗韩集愁来读，似倩麻姑痒处抓。
天外凤凰谁得髓？无人解合续弦胶。

〔**杜诗韩集**〕宋人引杜牧此句，常作"杜诗韩笔"，或当是所见本如此。南朝人谓文为笔，常以诗与笔对言，杜牧盖本此。"杜"指杜甫，是唐代最伟大的诗人，他的诗的思想性与艺术性都达到最高峰，后人称他为"诗史"或"诗圣"。"韩"指韩愈，是唐代古文家，也善于作诗。他创为古文，也就是一种朴素明畅接近人民语言的散文体，以矫正魏晋南北朝以来骈文的流弊。 〔**似倩句**〕《太平广记》卷六十引《神仙传》说，仙人麻姑的手爪长如鸟爪，蔡经心中想：如果脊背痒时，能得麻姑的手爪爬背，应当是很舒服。句中"抓"字，读如爪的平声，搔也。有的本子即作"搔"字。〔**天外二句**〕《十洲记》中记载，凤麟洲在西海中，洲上有凤凰麒麟数万，以凤嘴与麟角合煮成胶，可以接续已断的弓弦。此二句是说，无人能继续杜甫、韩愈在诗文上的高度成就。何薳指出，杜牧此处用"髓"字是错误的，煎胶用的是凤嘴，不是凤髓。(《春渚纪闻》卷七）不过，读诗时也不必这样拘看，就修辞而论，如果说"天外凤凰谁得嘴"，反倒不好。

送国棋王逢

玉子纹楸一路饶，最宜檐雨竹萧萧。
赢形暗去春泉长，拔势横来野火烧。

守道还如周伏柱,鏖兵不美霍嫖姚。

　　得年七十更万日,与子期于局上销。

〔**国棋王逢**〕国棋即是棋中的国手。王逢,生平不详。　〔**玉子纹楸**〕玉做的围棋子,楸木做的围棋局。　〔**赢形二句**〕此二句形容王逢棋术之妙,譬如有一块棋,最初看来形势似乎是单弱的,但是他可以使它渐渐壮大起来,如春泉之暗长,等到他的棋得手以后,着着占先,如野火之横烧,对方难以应付。　〔**守道二句**〕此二句称赞王逢围棋战略的高明。"周伏柱"指老聃,他曾为周柱下史。"霍嫖姚"指霍去病,汉武帝时名将,作战敢于深入杀敌,他曾为票姚校尉,故称"霍嫖姚"。汉武帝称道他的战绩,说他"鏖皋兰下","鏖"音敖,苦战多杀之义。王逢下棋者不是短兵相接,像霍去病那样,硬杀硬打,而是运用老子道家之术,如欲取先予、以退为进、以柔克刚等等策略制服对方。以上四句诗是称颂王逢,也是杜牧自道下棋的心得。　〔**得年句**〕马永卿《嬾真子》卷五:"'七十更万日'者,牧之是时年四十二三,得至七十,犹有万日。"

自　贻

　　杜陵萧次君,迁少去官频。寂寞怜吾道,依稀似古人。

　　饰心无彩缋,到骨是风尘。自嫌如匹素,刀尺不由身。

〔**杜陵二句**〕西汉萧育,字次君,他原是东海郡兰陵县(山东旧峄县东五十里)人,他父亲萧望之迁居杜陵(汉宣帝坟墓所在,在长安南),所以就成为杜陵人。萧育为人严猛刚直,做官常常免去,很少升迁。杜牧是以萧次君自比。 〔匹素〕见《杜秋娘诗》注。

长安秋望

楼倚霜树外,镜天无一毫。
南山与秋色,气势两相高。

〔**南山**〕即终南山。

独 酌

窗外正风雪,拥炉开酒缸。
何如钓船雨,蓬底睡秋江!

润州二首(选一)

向吴亭东千里秋,放歌曾作昔年游。
青苔寺里无马迹,绿水桥边多酒楼。
大抵南朝皆旷达,可怜东晋最风流。
月明更想桓伊在,一笛闻吹出塞愁。

〔**润州**〕见前《杜秋娘诗》注。 〔**向吴亭**〕影宋本及影明本《樊川文集》均作"句吴亭","句"字误,兹据冯集梧《樊川诗集注》校改。冯注引《孔氏杂记》:"向吴亭在润州官舍。杜牧之《润州》诗:'向吴亭东千里秋。'陆龟蒙诗:'秋来懒上向吴亭。'今刻牧之集者改为'句吴亭',失之矣。" 〔**大抵二句**〕魏晋之时,清谈盛行。清谈名士崇尚老庄,行为旷达,这种风气一直流传到东晋南朝。 〔**桓伊**〕东晋时人,善吹笛。王徽之(子猷)出都,遇桓伊于岸上,王徽之派人对桓伊说:听说你善吹笛,请你吹一回我听听。桓素闻王名,即下车吹了三调,吹毕,上车而去。 〔**出塞**〕汉横吹曲名,李延年造。

江南春绝句

千里莺啼绿映红,水村山郭酒旗风。
南朝四百八十寺,多少楼台烟雨中!

〔**南朝句**〕南朝皇帝诸王及高门世族多好佛,梁武帝尤甚,所以建康佛寺很多,梁郭祖深曾说:"都下佛寺,五百馀所。"

初冬夜饮

淮阳多病偶求欢,客袖侵霜与烛盘。
砌下梨花一堆雪,明年谁此凭栏干?

杜牧自会昌二年春出为黄州刺史，会昌四年九月迁池州刺史，会昌六年九月又迁睦州刺史，首尾五年中，换了三个地方，此诗可能是为睦州刺史时所作，末句有不知明年又在何处之意。

〔淮阳多病〕西汉汲黯因为刚直敢言，数切谏，不得久留于朝廷，出为东海太守，汲黯多病卧，不治事。有一次被任命为淮阳太守，汲黯对武帝说："臣常有狗马病，力不能任郡事。"杜牧此诗用"淮阳多病"，是以汲黯自比，说自己出守外郡抑郁不得志的心情。 〔砌下句〕苏东坡"惆怅东栏一株雪"从此出。 〔凭〕读去声。

柳绝句

数树新开翠影齐，倚风情态被春迷。
依依故国樊川恨，半掩村桥半拂溪。

〔樊川〕见前《忆游朱坡四韵》诗注。

题禅院

觥船一棹百分空，十岁青春不负公。
今日鬓丝禅榻畔，茶烟轻扬落花风。

〔觥船句〕"觥"音公，古时酒器，以兕角制成，也有用铜制的。觥船就是载有酒的船。《三国志·吴主传》裴注引《吴书》:"郑泉……性嗜酒,其闲居每曰:'愿得美酒满五百斛船,以四时甘脆置两头,反覆没饮之,惫即住而啖肴膳。酒有斗升减,随即益之,不亦快乎!'"杜牧此句诗是暗用郑泉语意。

哭李给事中敏

阳陵郭门外,坡陁丈五坟。
九泉如结友,兹地好埋君①。

① 原注:"朱云葬阳陵郭外。"

李给事是李中敏,见前《李给事二首》诗注。阳陵是汉景帝坟墓,附近一带地方在汉代即为阳陵县,在今陕西咸阳县东。诗中原注:"朱云葬阳陵郭外。"汉朱云正直敢言,曾上书于汉成帝,请斩佞臣张禹头,因为李中敏也是正直敢言,曾上书请斩郑注,所以杜牧说李中敏最好也埋在这里,在九泉中可与朱云结友。但是据《汉书·朱云传》,他死后葬于平陵东郭外,并未葬于阳陵,杜牧可能是记错了。

〔坡陁〕或作"陂陁",音颇驼。高下不平也。

赤　壁

折戟沉沙铁未销，自将磨洗认前朝。

东风不与周郎便，铜雀春深锁二乔。

〔赤壁〕在今湖北嘉鱼县东北长江南岸。东汉献帝建安十三年（208年），曹操即得荆州，沿江南下，欲一举而取江东，孙权、刘备联军抗曹，由周瑜率领，击败曹军于赤壁，曹操退回北方，孙权遂保有江南。　〔东风句〕周郎指周瑜。周瑜随孙策来吴将兵，时年二十四，吴中呼为"周郎"。周瑜迎击曹操于赤壁，用黄盖之计，由黄盖诈降曹操，率战船数十艘，其中装满燥荻枯柴，灌以鱼膏，扬帆开向曹军，同时举火，风盛火猛，烧尽曹军战船，延及岸上，曹军大败。　〔铜雀台〕铜雀台，曹操所筑，在邺，台高十丈，有屋百一间。曹操常在台上听诸妓妾作乐。二乔即大乔、小乔，皖县乔公（《三国志》作"桥"）之二女，周瑜从孙策攻皖，得二乔，孙策自娶大乔，周瑜娶小乔。

冯集梧《樊川诗集注》："《许彦周诗话》：杜牧之《赤壁》诗，折戟沉沙云云，意谓赤壁不能纵火，为曹公夺二乔置之铜雀台上也。孙氏霸业，系此一战，社稷存亡，生灵涂炭都不问，只恐捉了二乔，可见措大不识好恶。按：诗不当如此论，此直村学究读史见识，岂足与语诗人言近指远之故乎。"冯集梧的意见是对的，读任何诗时，都不应当有这种村学究式的见识。

泊秦淮

烟笼寒水月笼沙,夜泊秦淮近酒家。

商女不知亡国恨,隔江犹唱后庭花。

〔秦淮〕秦淮水源出江苏溧水县东北,西北流,横贯南京城,流入长江。此水是秦时所开凿的,故名秦淮。 〔后庭花〕陈后主荒淫好声色,作《玉树后庭花》曲,终日在后宫与妃嫔宫女以及狎客等,饮酒赋诗,歌舞作乐,不理政事,终至亡国。

陈寅恪先生说:"牧之此诗所谓隔江者,指金陵与扬州二地而言。此商女当即扬州之歌女,而在秦淮商人舟中者。夫金陵,陈之国都也。《玉树后庭花》,陈后主亡国之音也。此来自江北扬州之歌女,不解陈亡之恨,在其江南故都之地,尚唱靡靡遗音。牧之闻其歌声,因为诗以咏之耳。"(《元白诗笺证稿》第五章)

题桃花夫人庙[1]

细腰宫里露桃新,脉脉无言度几春?

至竟息亡缘底事,可怜金谷堕楼人。

① 原注:"即息夫人。"

〔桃花夫人庙〕湖北黄陂东三十里有桃花夫人庙,祭祀息夫人。息夫人是春秋时陈侯之女,姓妫,嫁给息国的君主,故称息妫。楚文王听说她生得很美,于是灭掉息国,将她抢了回来,做自己的夫人。息夫人在楚宫生了两个儿子,但是始终没有开口说过话。楚文王问她,她说:"吾以妇人而事奉两个丈夫,纵然不能死,我又有什么可说的呢?" 〔细腰宫〕古时楚灵王好细腰,所以"细腰宫"就是指楚宫。 〔脉脉〕《古诗十九首》中"迢迢牵牛星"一首:"盈盈一水间,脉脉不得语。""脉脉"是相视貌。 〔至竟〕到底。《说郛》卷十七,《希通录》:"杜牧之息夫人庙诗:'至竟息亡缘底事,可怜金谷坠楼人。'至竟,毕竟也。" 〔底事〕何事。"底"字作"何"字用,开始于南北朝,唐宋人诗文中多用之。(王力《汉语史稿》中册) 〔金谷堕楼人〕见前《金谷园》诗注。

书怀寄中朝往还

平生自许少尘埃,为吏尘中势自回。
朱绂久惭官借与,白头还叹老将来。
须知世路难轻进,岂是君门不大开?
霄汉几多同学伴,可怜头角尽卿材。

〔中朝〕指朝廷。 〔朱绂〕"绂"音弗,通韨。古时士大夫祭服中的蔽膝。此处用"朱绂"指绯衣,唐代官刺史者可以借绯,已详《新转南曹未叙朝散初秋暑退出守吴兴书此篇以自见志》诗注。杜牧作此诗大概是在做外州刺史时。 〔将来〕将是动词,将来是带来或送来之义。 〔霄汉〕

"霄"是云霄,"汉"是天河。"霄汉"比方做官居高位如同在天上云汉间。

寄扬州韩绰判官

青山隐隐水遥遥,秋尽江南草木凋。
二十四桥明月夜,玉人何处教吹箫?

〔**韩绰判官**〕韩绰事迹不详。《樊川文集》卷三有《哭韩绰》诗。唐代观察使节度使属下都有判官,韩绰在扬州,大概是做淮南节度使判官。 〔**草木凋**〕影宋本及影明本《樊川文集》均作"草木凋",其他本子中有作"草未凋"者。段玉裁认为应作"草未凋",他说:"杜牧之'秋尽江南草木凋',本作'草未凋',坊本尚有不误者,作'草木凋'尚何意味哉?"(《经韵楼集》卷八《与阮芸台书》)专就一句论,固然是"草未凋"意味较好,但是据全首意思来看,杜牧这首诗是"厌江南之寂寞,思扬州之欢娱,情虽切而辞不露"(谢枋得《注解章泉涧泉二先生选唐诗》卷三),而"秋尽江南草木凋",正是说明寂寞,似不必改为"草未凋"。 〔**二十四桥**〕唐时扬州繁盛,城南北十五里一百一十步,东西七里三十步,共有二十四个桥,沈括《补笔谈》记其桥名。

郑瑾协律

广文遗韵留樗散,鸡犬图书共一船。
自说江湖不归事,阻风中酒过年年。

〔郑瓘协律〕郑瓘（音贯）事迹不详。《新唐书》卷七十五上《宰相世系表》荥阳郑氏北祖房有郑瓘，官登州户曹参军，不知即是杜牧赠诗之郑瓘否？协律郎是官名，属太常寺，正八品。　〔广文句〕广文指郑虔，唐玄宗时人，曾做广文馆博士。郑虔在文学艺术上成就很高，唐玄宗称赞他"诗书画三绝"。他与杜甫交情极好，杜甫赠他的诗有"郑公樗散鬓成丝"句。"樗"音抒，是一种树，也名臭椿，木材不好，所以"樗散"就是说樗木散材不中绳墨的意思。　〔中酒〕见前《睦州四韵》诗注。

题村舍

三树稚桑春未到，扶床乳女午啼饥。
潜销暗铄归何处？万指侯家自不知。

〔万指侯家〕"万指"是一万个手指，也就是一千人。"万指侯家"是说有一千个奴婢的侯家。

江上偶见绝句

楚乡寒食橘花时，野渡临风驻彩旗。
草色连云人去住，水纹如縠燕差池。

〔寒食〕寒食是一个节。《荆楚岁时记》："冬至后一百五日，谓之寒食，禁火三日。"　〔彩旗〕古时寒食清明设秋千戏，插彩旗为饰。（周汝昌说）〔縠〕是一种有绉纹的绸子。 〔差池〕《诗经·邶风·燕燕》："燕燕于飞，差池其羽。"燕飞时必差池其羽，即是张舒其尾翼参差不齐。

送隐者一绝

无媒径路草萧萧，自古云林远市朝。

公道世间唯白发，贵人头上不曾饶。

寄 远

前山极远碧云合，清夜一声《白雪》微。

欲寄相思千里月，溪边残照雨霏霏。

〔白雪〕古乐曲名。 〔欲寄二句〕谢庄《月赋》："美人迈兮音尘阙，隔千里兮共明月。"杜牧此两句诗暗用谢庄赋语，意思是说，本来想因明月而寄相思，无奈天不作美，又下起雨来。

有 寄

云阔烟深树，江澄水浴秋。

美人何处在？明月万山头。

遣　怀

落魄江南载酒行，楚腰肠断掌中轻。
十年一觉扬州梦，占得青楼薄倖名。

〔**落魄**〕倒霉不得志的意思。　〔**楚腰**〕古时楚灵王好细腰，所以"楚腰"就是指女子的细腰。　〔**掌中轻**〕汉成帝的皇后赵飞燕身轻，能在掌上舞。　〔**扬州梦**〕唐代扬州繁华，妓馆甚多，杜牧三十一二岁时，在扬州为牛僧孺淮南节度使府掌书记，纵情声色，经常流连于妓馆中，所谓"扬州梦"即指此事。参看前《赠别二首》诗注。　〔**青楼**〕汉魏六朝人作品中用"青楼"指华美精致的楼房，因此歌咏美人，常用"青楼"，如曹植《美女篇》："青楼临大路，高门结重关。"杜牧此处用"青楼"指扬州妓女住所，于是后人用"青楼"遂专指妓院。

赠渔父

芦花深泽静垂纶，月夕烟朝几十春。
自说孤舟寒水畔，不曾逢着独醒人。

〔**纶**〕钓鱼的绳子。　〔**独醒人**〕《史记·屈原贾生列传》说，楚顷襄王放逐屈原，屈原至于江滨，渔父见而问之曰："子非三闾大夫欤？何故而至此？"屈原曰："举世混浊而我独清，众人皆醉而我独醒，是以见放。"

叹 花

自是寻春去校迟,不须惆怅怨芳时。
狂风落尽深红色,绿叶成阴子满枝。

此诗不见于《樊川文集》而见于《外集》,最早则见于晚唐人高彦休《唐阙史》中。(《太平广记》卷二百七十三"杜牧"条引《唐阙文》载此诗及其故事。《唐阙文》疑即《唐阙史》之误,其中词句与今本《唐阙史》颇有出入。)今选录此诗,字句即依《太平广记》所引《唐阙史》。《唐阙史》记这首诗有一个故事。故事的大概是这样:杜牧佐沈传师江西、宣州幕时,曾游湖州,见一民间女子,年十馀岁,生得极美,杜牧遂与她母亲约定说:"等我十年,不来然后嫁。"并以重币结之。此后杜牧时时以湖州为念。"会(周)墀为相,乃并以三笺干墀,乞守湖州,意以弟颛目疾,冀于江外疗之。大中三年,始授湖州刺史,比至郡,则已十四年矣。"所约的女子已嫁人三年而生三子。杜牧叫了她的母亲来问,说:"你已经把女儿许我,为何失信?"她的母亲回答说:"你定约十年,等你十年不来而后嫁,嫁已三年了。"杜牧想了一想:"她的话有道理,不可勉强。"于是又送了她许多礼物,放她去了,因赋此诗以自伤。如果就杜牧平生风流倜傥喜好声色的行为看来,这种事情的可能性是有的,但是《唐阙史》所记这个故事是否全是事实,很可怀疑,因为有些地方与杜牧行迹及史事不合。杜牧出守湖州,在大中四年,非三年,其时周墀已罢相,杜牧当然不是以三笺干墀。又杜牧佐沈传师江西及宣州幕，在大和二年十月至七年四月（828—833年），下距大中四年为湖州刺史时，在十七年以上，也不止十四年。所以此段故事的真实性很可怀疑，因此不将这首诗选在大中四年的编年诗中而选录于此。

〔校〕同"较"。

早春题真上人院①

清羸已近百年身，古寺风烟又一春。
寰海自成戎马地，唯师曾是太平人。

① 原注："生天宝初。"

程大昌《演繁露续集》卷六"唯师曾是太平人"条："唐天宝间，有真上人者，至杜牧之时，其人年已近百岁，故题其寺曰：'清羸已近百年身，古寺风烟又一春。寰海自成戎马地，唯师曾是太平人。'此意最远，不言其道行，独以其年多尝见天宝时事也。"

山　行

远上寒山石径斜，白云生处有人家。
停车坐爱枫林晚，霜叶红于二月花。

〔坐〕因为也。自汉以来"坐"字即有此用法,如《陌上桑》"来归相怨怒,但坐观罗敷"。 〔枫〕枫树的叶子经秋而红,很美丽。

寓 言

暖风迟日柳初含,顾影看身又自惭。
何事明朝独惆怅?杏花时节在江南。

附录一　杜牧行年简谱

我以前曾撰写《杜牧之年谱》，于1940年、1941年发表于《浙江大学文学院集刊》第一、二两集中，后继续研究，又颇有所修改补充。今根据旧稿，写一简谱，可以略见杜牧生平行迹，以供读杜牧诗时的参考。至于所根据的资料及考释辨订，均详原稿中，这里都略去。

唐德宗贞元十九年癸未（803年）

杜牧生。

三月，祖杜佑自淮南节度使拜检校司空，同中书门下平章事。是年孟郊五十三岁，韩愈三十六岁，刘禹锡、白居易皆三十二岁，柳宗元三十一岁，元稹、牛僧孺皆二十五岁，李德裕十七岁，贾岛十六岁，李贺十四岁。

贞元二十年甲申（804年）

杜牧二岁。

父杜从郁为太子司议郎。

贞元二十一年即顺宗永贞元年乙酉（805年）正月，德宗卒。

太子李诵立，是为顺宗。顺宗多病，王叔文执政，引用柳宗元、刘禹锡等，欲革新政治，裁抑宦官，数月之中，颇多善政，宦官俱文珍等恶之，强迫顺宗传位于太子李纯。

八月，李纯即帝位，是为宪宗，顺宗称太上皇。王叔文、柳宗元、刘禹锡等皆遭贬谪。　次年，王叔文赐死。

杜牧三岁。

顺宗即位后,祖杜佑摄冢宰,寻进检校司徒,兼度支盐铁等使,依前平章事。

宪宗元和元年丙戌(806 年)正月,太上皇顺宗卒。西川节度副使刘辟反,命高崇文讨之。　三月,夏绥留后杨惠琳拒命,讨斩之。　九月,高崇文入成都,擒刘辟,送京师斩之。

杜牧四岁。

祖杜佑拜司徒,同平章事,封岐国公。

父杜从郁拜左补阙,改授左拾遗,又改为秘书丞。

元和二年丁亥(807 年)十月,镇海节度使李锜反,朝廷遣将讨之,李锜为部将执送京师斩之。

杜牧五岁。

弟杜颛生。

元和三年戊子(808 年)

杜牧六岁。

元和四年己丑(809 年)

杜牧七岁。

元和五年庚寅(810 年)

杜牧八岁。

元和六年辛卯(811 年)

杜牧九岁。

元和七年壬辰（812年）

杜牧十岁。

六月，祖杜佑以太保致仕，十一月卒，年七十八，册赠太傅，谥曰安简。

李商隐生（据张尔田先生《玉谿生年谱会笺》）。

温庭筠生（据夏承焘先生《唐宋词人年谱·温飞卿系年》）。

元和八年癸巳（813年）

杜牧十一岁。

夏四月初三日乙酉，杜佑葬于长安城南少陵原祖墓。是时杜佑三子：师损官司农少卿，式方官昭应县令，从郁官驾部员外郎。

元和九年甲午（814年）

杜牧十二岁。

从兄杜悰娶宪宗女岐阳公主，加银青光禄大夫，殿中少监，驸马都尉。

孟郊卒，年六十四。

元和十年乙未（815年），彰义节度使吴少阳卒于上年，子吴元济反，诏讨之。

杜牧十三岁。

沈亚之（下贤）举进士及第。

元和十一年丙申（816年），正月，发六道兵讨成德节度使王承宗，以其助吴元济反抗朝廷也。

杜牧十四岁。

李长吉卒，年二十七。

元和十二年丁酉（817年）十月，李愬破蔡州，擒吴元济，淮西平。

　　杜牧十五岁。

元和十三年戊戌（818年）正月，平卢节度使李师道献沂、海、密三州。　四月，成德节度使王承宗献德、棣二州，诏赦其罪。　七月，李师道悔献三州，复反，诏发五道兵讨之。

　　杜牧十六岁。

元和十四年己亥（819年）二月，平卢都知兵马使刘悟斩李师道，淄、青等十二州皆平。"自广德以来，垂六十年，藩镇跋扈河南北三十馀州，自除官吏，不供贡赋，至是尽遵朝廷约束。"（《通鉴·唐纪五十七》）

　　杜牧十七岁。

　　柳宗元卒于柳州贬所，年四十七。

元和十五年庚子（820年）正月，宪宗为宦官所害。太子恒即位，是为穆宗。

　　杜牧十八岁。

　　李中敏进士及第。

穆宗长庆元年辛丑（821年）三月，翰林学士李德裕恶中书舍人李宗闵讥其父吉甫，借贡举事倾之，自是朋党相轧垂四十年。　七月，卢龙军乱，囚节度使张弘靖，立朱克融。成德兵马使王廷凑杀节度使田弘正，诏诸道讨之。十二月，赦朱克融，使为卢龙节度使。

杜牧十九岁。

长庆二年壬寅（822年），正月，魏博将史宪诚逼杀节度使田布，自称留后，朝廷不能讨，以史宪诚为魏博节度使。二月，诸军讨王廷凑，久无功，朝廷不得已，以王廷凑为成德节度使。"由是再失河朔，迄于唐亡，不能复取。"（《通鉴·唐纪五十八》）

杜牧二十岁。读《尚书》《毛诗》《左传》《国语》、十三代史书，深知国之兴亡系于兵者甚大。

三月，从父杜式方卒于桂管观察使任，赠礼部尚书。父杜从郁卒年无考，唯知卒于杜式方之前。

长庆三年癸卯（823年）

杜牧二十一岁。

长庆四年甲辰（824年）正月，穆宗卒。太子湛即位，是为敬宗。

杜牧二十二岁。

李甘举进士及第。

韩愈卒，年五十七。

敬宗宝历元年乙巳（825年）

杜牧二十三岁。作《阿房宫赋》，讽刺敬宗大起宫室、广声色。

宝历二年丙午（826年）十二月，敬宗为宦官刘克明等所杀。江王涵立，是为文宗。

杜牧二十四岁。

文宗大和元年丁未（827年），横海节度副使李同捷抗命，八月，诏讨之。

　　杜牧二十五岁。曾游涔阳（唐澧州，今湖南澧县）。因讨李同捷事，感安史以来藩镇割据之祸，作《感怀诗一首》。

大和二年戊申（828年）

　　杜牧二十六岁。春正月，在东都洛阳应进士举（唐代考进士在京都长安，是年在东都洛阳，是变例），以第五人及第，礼部侍郎崔郾主试。闰三月，在长安应制举，登科。解褐弘文馆校书郎，试左武卫兵曹参军。十月，应江西观察使沈传师之辟，为江西团练巡官，试大理评事，遂赴洪州（江西南昌）。

大和三年己酉（829年）四月，斩李同捷，沧、景平。

　　杜牧二十七岁。在洪州江西观察使幕中。

大和四年庚戌（830年）

　　杜牧二十八岁。在洪州江西观察使幕中。九月，沈传师迁宣歙观察使，从至宣州（安徽宣城）。曾奉使至京师，见王易简，问造刻漏法。

大和五年辛亥（831年）三月，文宗与宰相宋申锡，谋诛宦官，事泄，宦官王守澄诬奏宋申锡谋立漳王李凑，欲杀之，群臣力争，贬宋申锡为开州司马，降漳王为巢县公，漳王傅姆杜秋娘放归故乡润州。

　　杜牧二十九岁。在宣州宣歙观察使幕中。作《李贺集序》。

　　元稹卒，年五十三。

大和六年壬子（832年）

杜牧三十岁。在宣州宣歙观察使幕中。

弟杜颛二十六岁，举进士及第。

许浑举进士及第。

大和七年癸丑（833年）

杜牧三十一岁。在宣州宣歙观察使幕中。春，奉沈传师命至扬州，聘淮南节度使牛僧孺，往来于润州（江苏镇江），闻杜秋娘流落事，作《杜秋娘诗》。四月，沈传师内召为吏部侍郎，杜牧应牛僧孺之辟，为淮南节度推官，监察御史里行，转掌书记。

罗隐生。

大和八年甲寅（834年）

杜牧三十二岁。在扬州淮南节度使幕中，为掌书记。曾有事至越州（浙江绍兴），见韩乂。杜牧愤河北三镇之桀骜，而朝廷议者专事姑息，乃作《罪言》。陈述削平河北三镇之策略，又有《原十二卫》《战论》《守论》诸文，皆论兵事，与《罪言》相表里，是否皆本年作，不能确定。

十一月，李德裕为镇海节度使，辟杜牧弟杜颛为巡官。杜牧有诗送之。

大和九年乙卯（835年）十一月，李训、郑注等谋诛宦官，不克，宦官仇士良诬宰相王涯、贾𬩾、舒元舆等与训、注谋反，皆杀之，自是宦官之权益大。

杜牧三十三岁。转真监察御史，赴长安供职。七月，侍御史李甘因反对郑注、李训，被贬为封州司马，杜牧即移疾，分司东都。在洛阳东城遇洪州歌女张好好，感旧伤怀，作《张好好诗》。

四月，沈传经卒。

六月，弟杜顗授咸阳尉，直史馆，以疾辞，居扬州。

开成元年丙辰（836年）

杜牧三十四岁。为监察御史，分司东都。

韦庄生。

开成二年丁巳（837年）

杜牧三十五岁。弟杜顗患眼疾，不能见物，居扬州禅智寺。是年春，杜牧迎同州眼医石生至洛阳，告假百日，与石生东赴扬州，看视弟病。唐制："职事官假满百日，即合停解。"（《唐会要》卷八十二）故杜牧假满百日后，即弃官。八月，应宣歙观察使崔郸之辟，为团练判官，殿中侍御史内供奉，携弟顗同往宣州。

子曹师生。后取名晦辞。

十一月，从嫂岐阳公主卒。

李商隐举进士及第。

司空图生。

开成三年戊午（838年）

杜牧三十六岁。在宣州宣歙观察使幕中。冬，迁左补阙，史馆修撰，但本年并未启程赴京，仍在宣州度岁。

开成四年己未（839 年）

杜牧三十七岁。将赴京供职，先于春初携弟杜颛至浔阳（江西九江），依从兄江州刺史杜慥。二月，自浔阳溯长江、汉水，经南阳、武关、商山而至长安，就左补阙、史馆修撰新职。

开成五年庚申（840 年）正月，文宗卒。颍王瀍立，是为武宗。九月，以李德裕为吏部尚书同中书门下平章事，寻兼门下侍郎。

杜牧三十八岁。在京，转膳部、比部员外郎，皆兼史职。冬，请假往浔阳视弟颛疾，仍取道汉上，曾经襄阳。至浔阳后，拟取弟颛西归，杜颛不肯，仍愿留浔阳随从兄慥。

武宗会昌元年辛酉（841 年）

杜牧三十九岁。在浔阳。四月，从兄慥自江州刺史迁蕲州刺史，杜牧与弟颛均随至蕲州（湖北蕲春）。七月，杜牧归长安。

次子梸梸生。

会昌二年壬戌（842 年）八月，回鹘乌介可汗侵扰北边，诏陈、许、徐、汝诸州兵往御之。

杜牧四十岁。春，出为黄州刺史。迎同州眼医周师达至蕲州为弟颛视疾，周不能治。秋，杜颛至扬州，依从兄杜悰，时悰为淮南节度使。

杜牧少负济世经邦之志，最喜论政论兵，乃自二十六岁入仕，迄今十餘年，抱负未得施展，年已四十，出守远郡，颇有愤慨不平之意，作《上李中丞书》及《郡斋独酌》《雪中书怀》诗，以发抒之。

刘禹锡卒，年七十一。

会昌三年癸亥（843年）正月，河东将石雄大破回鹘于杀胡山。　四月，昭义（亦称泽潞）节度使刘从谏卒，其侄稹自称留后，抗拒朝命。　五月，命各道讨刘稹。

杜牧四十一岁。为黄州刺史。上书宰相李德裕论讨伐泽潞用兵策略，李德裕制置泽潞，颇采其言。

贾岛卒，年五十六。

会昌四年甲子（844年）三月，朝廷以吐蕃内乱，议复河湟，以给事中刘濛为巡边使，使之备器械糗粮并诇吐蕃守兵众寡。　八月，昭义军将郭谊杀刘稹以降。

杜牧四十二岁。为黄州刺史。九月，迁池州（安徽贵池）刺史。

上书宰相李德裕论防御回鹘事，李德裕称善。

闰七月，从兄杜悰自淮南节度使入为尚书右仆射，兼中书侍郎，同中书门下平章事，诸道盐铁转运使。

会昌五年乙丑（845年）七月，诏毁天下佛寺，勒僧尼归俗。

杜牧四十三岁。为池州刺史。张祜来池州（安徽贵池）见杜牧盖在是年。

五月，从兄杜悰罢为尚书右仆射。

会昌六年丙寅（846年）三月，武宗卒。光王忱即位，是为宣宗。四月，李德裕罢相。五月，复度僧尼。

杜牧四十四岁。为池州刺史。九月，移睦州刺史。

自池州舟行赴任，十二月中经钱塘。

白居易卒，年七十五。

宣宗大中元年丁卯（847年）闰四月，令会昌五年所废寺听僧尼修复。

杜牧四十五岁。为睦州刺史。

大中二年戊辰（848年）

杜牧四十六岁。为睦州刺史。八月，内升为司勋员外郎，史馆修撰。九月，取道金陵、宋州赴京。十二月，至长安。

十月，牛僧孺卒，年六十九。

大中三年己巳（849年）二月，吐蕃内乱，陇西人民以秦、原、安乐三州及石门等七关来归。以太仆卿陆耽为宣谕使，诏泾原、灵武、凤翔、邠宁、振武皆出兵应接。 六月，康季荣取原州及石门等六关。七月，朱叔明取安乐州，张君绪取萧关，李玭取秦州。

杜牧四十七岁。为司勋员外郎、史馆修撰。正月，奉诏撰《唐故江西观察使武阳公韦公遗爱碑》，上书于宰相周墀并呈献所注《孙子》。李商隐时在长安，有赠杜牧诗两首。八月，河陇千馀人来长安，脱胡服易汉服，宣宗登延喜门楼见之，皆舞蹈呼万岁，杜牧亲睹其盛，作诗歌颂。闰十一月，上书宰相，求杭州刺史。因京官俸薄，不如刺史俸禄之厚，不能供养病弟和孀妹也。时宰相为白敏中、崔铉、魏扶。

闰十一月，李德裕卒于崖州贬所，年六十三。

大中四年庚午（850年）

杜牧四十八岁。转吏部员外郎。夏，三上宰相启，求湖州刺史。秋，出为湖州刺史。

大中五年辛未（851年）正月，沙州张义潮领导人民起义，驱逐吐蕃统治者，以瓜、沙等十一州来归，令为沙州防御使。

杜牧四十九岁。为湖州刺史。三月，曾至顾渚（湖州属县长城西北）茶山督采贡茶。秋，内升为考功郎中、知制诰。到京后，以湖州俸钱修治长安城南樊川别墅，下直后，即招亲友游赏其间。二月二十五日，弟杜顗卒，年四十五。

大中六年壬申（852年）

杜牧五十岁。拜中书舍人。十一月，患病，自撰墓铭。旋卒。杜牧病中，尽收平生诗文掷焚之，留者才十二三，其甥裴延翰藏杜牧手稿颇多，于杜牧卒后，编为《樊川文集》二十卷。

妻河东裴氏，朗州刺史裴偓之女，先杜牧卒。

据杜牧自撰墓铭（《樊川文集》卷十）："长男曰曹师，年十六，次曰柅柅，年十二；别生二男曰兰、曰兴，一女曰真，皆幼。"曹师名晦辞，后仕至淮南节度判官，柅柅名德祥，昭宗时为礼部侍郎。

附录二　杜牧卒年考

关于杜牧的年岁，新、旧《唐书》本传都说他卒年五十，而未言卒于何年。《樊川文集》中作品有数篇自记年岁者，推其生年，当在唐德宗贞元十九年，而《樊川文集》卷十杜牧《自撰墓铭》，乃得病将死前所作，亦云："年五十。"所以钱大昕《疑年录》谓杜牧年五十，生于德宗贞元十九年癸未（803年），卒于宣宗大中六年壬申（852年）。1940年，我作《杜牧之年谱》，发表于《浙江大学文学院集刊》第一、二两集中，关于杜牧生卒年，就是用以上的说法。

后来浙江大学中文系同学徐扶明君抄录岑仲勉先生《李德裕会昌伐叛集编证》（载中山大学《史学专刊》第二卷第一期）中的一段见示，其中考证杜牧卒年与旧说不同，认为《樊川文集》卷十七有《归融册赠左仆射制》《崔璪除刑部尚书苏涤除左丞崔玙除兵部侍郎等制》，而据《旧唐书·宣宗纪》，归融之卒在大中七年正月，崔璪诸人除官均在大中七年七月，因此推定杜牧之卒不得早于大中七年七月，如果卒于大中七年，则应当是五十一岁。1956年，我编写《杜牧诗选》，在写前言与《杜牧行年简谱》时，关于杜牧卒年，即改从岑说。

近来我又加以研究，觉得岑先生的说法仍有问题。照一般情况，《旧唐书》诸帝纪中所载各官除授年月，都是根据《实录》，应当是可信的；但是唐宣宗以后，没有《实录》，五代时人修

《旧唐书》,对于宣宗以后事迹,多方采获,补苴而成,其中难免疏舛(参看赵翼《廿二史札记》卷十六"旧唐书源委"条及"唐实录国史凡两次散失"条),所以我们考订杜牧卒年时,不能完全相信《旧唐书·宣宗纪》。

今举一例,可以说明此问题。

杜牧《樊川文集》卷十八有《李讷除浙东观察使兼御史大夫制》,而《旧唐书·宣宗纪》记李讷除浙东观察使在大中十年正月。如果完全相信《旧唐书·宣宗纪》,那么,杜牧卒年不但不应早于大中七年七月,而且到大中十年正月他还仍然健在,能够撰写除官制书。但是这是否是事实呢?不是的,因为《旧唐书·宣宗纪》中的记载是错误的。吴廷燮《唐方镇年表考证》引《绍兴志》,唐浙东观察使李讷,大中六年任;又引《嘉泰会稽志》,大中六年八月,李讷自华州刺史授浙东,九年九月贬潮州,而《通鉴》亦记大中九年七月浙东军乱,逐李讷。因此推断李讷除浙东观察使应在大中六年八月,而《旧唐书·宣宗纪》记载"大中十年正月",是错误的。按吴廷燮之说甚确,李讷除浙东观察使应在大中六年八月,这时杜牧正做中书舍人,所以可以撰写李讷除官制。

关于杜牧卒年,仍应根据新、旧《唐书》本传及杜牧《自撰墓铭》定为大中六年(十一月之后),年五十岁。至于《旧唐书·宣宗纪》所载归融之卒在大中七年正月,崔璪等三人除官在大中七年七月,盖均有错误,似不能据此以怀疑杜牧的卒年。

补改本后记

樊川诗有清人冯集梧注,仅注《樊川文集》中的诗篇,《外集》《别集》未注。本书注释,即以冯注为根据,而加以补充与修正,本书的编写是供给一般爱好中国古典文学者的阅读,非专门研究之作,所以注释均求简明扼要,不务详征博引。古人注诗集有各种办法,如注解辞句典故,阐明诗意,史事疏证,有关资料的笺释等等。本书注释即斟酌采用此诸种方法,除去注解辞句、典故外,对于诗中涉及当时史事或杜牧行迹者,都详细说明,读者了解欣赏时可以更深刻而具体。关于诗中意旨,亦偶作阐发,惟古人作诗,借象托意,灵活酝藉,若即若离,如果讲得太详尽、太死板,既未必尽得诗人本旨,而反倒限制读者驰骋想象,所以在这方面做得并不太多。后人后著诗话笔记中谈及杜牧诗者,或记述本事,或有所评论,也择要采录,希望能帮助读者启发思考,增益兴趣。

书末附有《杜牧行年简谱》,以供参考。

本书于1957年曾由人民文学出版社出版。此次修订,选目略有增损,注释除去改正个别的疏误之外,补充颇多,前言及《杜牧行年简谱》亦有所修改。承蒙人民文学出版社的鼓励与关怀,以及有些同志或撰文刊布,或通函商榷,对本书初版提出许多宝贵意见,均于此敬致谢意。

缪钺写于四川大学历史系

杜牧传

第一章　家世与幼年

　　杜牧字牧之,唐京兆府万年县(陕西西安市)人。万年与长安两县是唐代京兆府的首县,也就是京都所在。

　　京兆杜氏是魏、晋以来数百年的高门世族,在唐代尤其煊赫。唐朝人说:"城南韦杜,去天尺五。"他们一直是统治阶级的最上层。论到京兆杜氏这一家的世系,应当追溯到西汉御史大夫杜周。杜周本居南阳(河南南阳市),以豪族迁徙于茂陵(陕西兴平县东北),子延年,又迁于杜陵(西安市南)。他的子孙,在汉、魏、晋诸朝,世代为官,如东汉的杜笃、西晋的杜预。杜笃工为文章,曾作《论都赋》;而杜预在历史上尤其有名,他做官到镇南大将军、荆州刺史,封当阳侯。他不但通晓战术,建立事功,而且博学多能,精于刑律、历法、水利,能造河桥,又注《左传》,当时人称他为"杜武库",言其胸中无所不有。杜牧就是杜预的十六代孙。论起这一点来,他与杜甫同是杜预的后裔,不过支派相去很远了。杜甫是杜预的儿子杜耽之后,而杜牧这一支则出于杜预的少子杜尹。杜尹当西晋时为弘农太守。他的六世孙杜颙,在西魏、北周时,做雍州刺史,封安平公,死后葬在少陵。少陵是汉宣帝许皇后的坟墓,在宣帝杜陵的东南，比杜陵小，故名少陵，附近一带地区也叫作少陵。杜颛的子孙后来都埋葬在这里。杜颛的六世孙杜希望，唐玄宗时，做官到鸿胪卿、恒州刺史、西河郡太守。杜希望有八个儿子，而第六子杜佑最知名，做官到宰相，就是杜牧的祖父。他有三个儿子：杜师损、杜式方、杜从郁。杜从郁官至驾部员外郎，就是杜牧的父亲。

杜牧生平善于论兵，似乎颇有他十六世祖杜预的遗风，但是杜牧诗文中不大提到杜预，不像杜甫对于他十三世祖杜预那样地景仰深至，时常流露于作品中，而杜牧受他祖父杜佑的影响则相当大。

杜佑（735—812年）字君卿。他父亲杜希望做官时，曾因为不肯交欢宦官牛仙童而被贬黜；生平爱好文学，奖拔人才，所奖拔者如崔颢等，后来都很出名。杜佑以父荫补官，曾为容管经略使、水陆转运使、岭南淮南诸镇节度使，又曾以户部侍郎判度支，德宗末年，为宰相，历顺宗、宪宗两朝，相继在相位，拜司徒，封岐国公；宪宗元和七年六月，以太保致仕，十一月卒，年七十八，册赠太傅，谥曰安简。他做户部侍郎判度支时，国家财政很窘，他建议节用省官，朝廷没有采纳。他做淮南节度使时，决雷陂以推广灌溉，开垦海滨荒地，变为良田，积蓄米五十万斛。杜佑不但有政治才能，并且很好学，博通古今。唐玄宗时，刘秩仿《周官》的方法，搜采百家，分门诠次，作《政典》三十五卷。杜佑将这部书细加研究，认为条目未尽，于是补充它的缺漏，参以《开元新礼》，并博采《五经》、群史以及汉魏六朝人文集奏疏，撰成《通典》

二百卷，共分八门：《食货》《选举》《职官》《礼》《乐》《兵刑》《州郡》《边防》；上溯唐、虞，下至唐之天宝，而肃宗、代宗以后的变革，亦间或附载注中。杜佑自代宗大历初年（约766年）开始纂修《通典》，到德宗贞元十七年（801年），他在淮南节度使任上，才将这部书献于朝廷，一共用了三十多年的时间。所以杜佑《上通典表》中说："自顷缵修，年逾三纪。"可见其功力之深。《通典》这部书，搜采详实，组织完密，考辨精审，其中也颇有可取的见解。宋末元初时，马端临仿《通典》的体裁，离析门类，补充资料，论述到南宋末年，作《文献通考》三百四十八卷。这两部书都是中国典章制度史的名著，为后世治史者所必读的。

杜佑有三个儿子、十个孙子，其中如杜悰，后来也做到宰相；至于能够将杜佑的经世致用之学承继而发扬的，则只有杜牧。杜牧在《冬至日寄小侄阿宜诗》中说到他们自己的家："旧第开朱门，长安城中央。第中无一物，万卷书满堂。家集二百编，上下驰皇王。"他夸耀家中的万卷书，而特别提出"家集二百编，上下驰皇王"，就是指的他祖父杜佑撰著的《通典》二百卷，可见他是很珍视这种家学的。杜牧生平留心当世之务，论政谈兵，卓有见地，他在《上李中丞书》中说自己"世业儒学，自高、曾至于某身，家风不坠"，又说自己对于"治乱兴亡之迹，财赋兵甲之事，地形之险易远近，古人之长短得失"，颇有研究，这正是他祖父杜佑作《通典》考明历代典章制度以施诸实用的家学传统。当然，杜牧有时候也不免要夸耀"我家公相家，剑佩尝丁当"，而且勉励他侄子阿宜"仕宦至公相"（《冬至日寄小侄阿宜诗》）。这是他思想中庸俗的地方。同时，杜牧生活豪纵，喜好声色，这也是高门世族贵公子不良的习气。

杜牧生于唐德宗贞元十九年癸未（803年），月日无考。这一年，他的祖父杜佑六十九岁，二月间，自淮南节度使来朝，三月，拜检校司空，同中书门下平章事，就是宰相，此后十年中，杜佑一直高居相位。

杜牧降生之时，离开安禄山起兵之岁（755年）已经四十八年了。在这四十八年间，变故迭出，使唐朝由所谓"太平盛世"而陷于内忧外患之中。安史之乱闹了八年，到代宗广德元年（763年），才算勉强平定。当时朝廷安于苟且，就以史朝义的降将张忠志（后赐姓李，名宝臣）、薛嵩、田承嗣、李怀仙等为河北诸镇的节度使。这些藩镇后来称霸一方，不服从唐朝中央政令，而河南藩镇，如淄青节度使李纳及彰义（淮西）节度使李希烈，亦起而效尤，形成军阀割据局面。朝廷虽然用兵讨伐，而力量已弱，常是不能得胜，中途妥协，更失威信。经常的内战自然增加了人民的痛苦。同时，自安禄山乱起，唐朝将陇右、河西、朔方诸镇的精兵都调去平乱，所留下的兵很单弱，西北空虚，吐蕃统治者乘机东进，于是凤翔（陕西凤翔）以西，邠州（治所在今陕西邠县）以北，陇右、河西之地，都渐渐被吐蕃占领。唐朝和吐蕃的关系自从太宗时文成公主嫁与吐蕃赞普松赞干布之后，两族人民和睦相处，经济文化互相交流。但是中唐以后，吐蕃统治者乘唐朝衰弱，不断东进。当时吐蕃还处在奴隶社会阶段，所以陇右、河西的人民遂沦于吐蕃奴隶主的奴役之下，其势力达于邠、陇（治所在今陕西陇县）诸州，距离长安不及五百里①。代宗广德元年十月，吐蕃兵一度进入长安，代宗逃到陕州（治所在今河南旧陕县）。郭子仪等率兵收复长安，吐蕃退去，十二月，代宗才回京都。此后，吐蕃统治者的军队还经常到达邠、泾（治所在今甘肃泾川）、陇等州，长安戒严。

当时唐朝的内政方面也产生了毒瘤，就是宦官专权。肃宗、代宗时，宦官李辅国、程元振已经恃君之宠而干预国政，代宗命宦官鱼朝恩为观军容宣慰处置使，总领禁兵，又开宦官干涉军权之端。德宗初年，泾原兵在长安作乱，拥立朱泚为帝，德宗逃出，宦官窦文场、霍仙鸣随从保护。乱平之后，德宗猜忌诸将，不愿意武臣掌握重兵，于是设置护军中尉两员，分领神策禁军，即命宦官窦文场、霍仙鸣担任。从此神策禁兵归宦官掌管，他们权势更大，不但操纵朝政，甚至于可以废立君主了。

至于社会经济方面，唐玄宗以来，大庄园制日益发展，均田制遂彻底破坏。杜佑《通典·食货》中说："开元之季，天宝以来，法令弛坏，兼并之弊，有逾于汉成、哀之间。"农民多失去土地，而土地大量集中于地主的田庄之中。安史乱后，户口凋耗，科敛繁重，民多流亡，均田制既已破坏，与它相配合的租庸调制亦不能行，而临时规定的征收租税办法又相当紊乱，于是德宗建中元年（780年）颁行两税法，取消课户与不课户的区别，一律以产业的多少为收税标准，每年分夏秋两季征收，租、庸、杂徭，全都省去。两税法虽然是租税制度的整顿，但是施行之后，流弊仍多。初定两

---

① 参看《全唐文》卷七百六十一郑处诲《邠州节度使厅记》。

税法时，货重钱轻，以绫绢折钱输纳，成为定额，后来物价降低，农民仍照原额缴钱，负担遂加重。还有，两税法立法之初，本来规定："此外敛者，以枉法论。"但是在两税法颁布后没多久，于建中三年，淮南节度使陈少游请于本道两税钱每贯增加二百，朝廷因命各道都照样加征；贞元八年（792年），又从韦皋之奏，加税十分之二。此外，安史乱后，朝廷新增加的苛捐杂税也很多，如盐税、茶税、借商钱、间架税、除陌钱等，都直接或间接增加劳动人民的负担。至于土地兼并以及地主剥削佃农的情况也很严重，据德宗时陆贽所说，当时"富者兼地数万亩，贫者无容足之居"，贫民"依托强豪，以为私属……终年服劳，无日休息"，而"有田之家，坐食租税……每田一亩，官税五升，而私家收租殆有亩至一石者……降及中等，租犹半之"。（以上引文均见《陆宣公集》奏议卷六《均节赋税恤百姓六条》）由于以上所述种种情况，所以自代宗以后，阶级矛盾日趋尖锐，小规模的农民起义不断发生，如代宗宝应元年（762年），袁晁起义于浙东（《旧唐书·代宗纪》）；穆宗长庆三年（823年），和州饥，乌江（安徽和县东北）百姓杀县令以取官米（《旧唐书·穆宗纪》）；武宗会昌二年（842年），岚州（治所在今山西岚县）田满川起义（《旧唐书·武宗纪》）；宣宗大中五六年间（851—852年），衡州（治所在今湖南衡阳市）邓裴起义（《资治通鉴·唐纪六十五》大中六年，《资治通鉴》以下简称《通鉴》）。所有这些，正为后来唐末农民大起义作准备。

总括以上所提到的，唐代自安史乱后五十年中，藩镇跋扈，宦官专权，政治浊乱，农民失业，土地集中，赋敛繁重，民生艰窘。杜牧正是在这样一个时期中降生下来,而在他降生以后数十年中,这些坏情况依然继续存在与发展,并且在政治上又出现了新的纠纷,如牛李党争。所以说,杜牧所生的时代正是中、晚唐多事之秋,也就是阶级矛盾日趋尖锐,而统治阶级内部矛盾又错综复杂的时代。杜牧是一个怀有忧国的热情,而又在政治上有见解有抱负的人,这些内忧边患经常刺激他,使他有可能对当时国计民生上许多重要问题提出比较好的意见,而在诗中也有忧时感事的情怀。

谈到文学方面,在杜牧降生时,盛唐伟大的诗人李白与杜甫已经死去三四十年了,而中唐的重要作家都还健在。这一年韩愈三十六岁,白居易、刘禹锡都是三十二岁,柳宗元三十一岁,元稹二十五岁,李贺十四岁。中唐文学承盛唐之后继续在发展,如韩愈提倡古文,柳宗元和之,而白居易、韩愈、李贺等在诗方面也都有新建树。杜牧生平很佩服韩、柳,曾将他二人与李、杜并举,所谓"李杜泛浩浩,韩柳摩苍苍。近者四君子,与古争强梁"(《冬至日寄小侄阿宜诗》)。又说:"杜诗韩集愁来读,似倩麻姑痒处抓。"(《读韩杜集》)但是杜牧与韩、柳二人似乎并未相识。顺宗永贞元年(805年)柳宗元贬官离京时,杜牧才三岁,而杜牧十七岁时,柳宗元死于柳州刺史任上,他们两人自然不会认识。韩愈晚年在京做官,他死时,杜牧二十二岁,不知杜牧是否见过韩愈,而在两家诗文集中都看不到他们二人有往还的痕迹。不过,杜牧的古文与长篇五言古诗无疑地都是受了韩愈的影响。李贺死得早,杜牧也没有赶上与他交往,而对他的诗却很赞赏。至于白居易、元稹、刘禹锡等,与杜牧也没有什么往还,白居易诗名甚盛,但是杜牧不但未受他的影响,而且有些不赞同的意见。关于这些,下面将要谈到。

　　杜牧幼年的生活情况,他自己的作品中提到的不很多,而其他文献中更少记载,所以这里只能做一个简单的描述。

　　杜牧降生以后十年之中,他的祖父杜佑这时自淮南节度使入朝为相,资望很高,历相三帝,居位十年,而杜牧的伯父与父亲也都做官,一时贵盛无比。杜家的第宅在长安安仁里,即是安仁坊,在朱雀门街东第一街,从北第三坊,正居长安城的中心,杜牧《冬至日寄小侄阿宜诗》所谓:"旧第开朱门,长安城中央。"即指此宅。又有家庙在延福坊,延福坊在朱雀门街西第三街,从北第九坊。杜家在长安城南三十多里下杜樊乡还有别墅,"亭馆林池,为城南之最"(《旧唐书》卷一百四十七《杜佑传》附子《杜式方传》),杜佑常邀宾客到此游赏,置酒为乐。樊乡是因汉高祖赐樊哙食邑于此而得名,这里有一条小河,名樊川,流入潏水。这一带地方风景幽美,杜牧幼时常来游玩,后来他在外郡做刺史时,还时常思念樊乡。当他晚年自湖州刺史调回京都做考功郎中知制诰的时候,他用湖州刺史任上所积蓄的俸钱修治樊乡别墅,并且说,将来老了为"樊上翁",因此,为自己的诗文集取名《樊川集》,可见杜牧对于这个儿时旧游的故乡名胜之区是如何地终身眷念不忘了。

　　杜牧族兄弟行中,人数不少。杜牧为他堂兄杜诠所作的墓志铭中曾提到他祖父杜佑"贵富繁大,孙儿二十馀人,晨昏起居,同堂环侍"。但是根据《新唐书·宰相世系表》所记载的,杜牧的大伯父杜师损有三个儿子——杜诠、杜愉、杜羔;二伯父杜式方有五个儿子——杜恽、杜憳、杜悰、杜恂、杜慆，这些都是杜牧的堂兄弟，杜牧只有一个亲弟弟杜顗。三房子弟共只十人，与杜牧所谓"二十余人"者相差甚远，也许所谓"孙儿二十余人"中包括杜佑的侄孙在内。杜牧《樊川文集》中常提到堂兄杜慥，《新唐书·宰相世系表》中就没有，可能是杜牧同曾祖的堂兄。杜牧大排行是十三（李商隐赠杜牧的诗题即作《赠司勋杜十三员外》），大概是将同曾祖的族兄弟一起计算在内的①。杜牧的堂兄杜诠，善于经理家务，当杜佑在时，杜师损兄弟三房都住在一起，家事纷繁，都由杜诠经管。杜牧的亲弟弟杜顗，比杜牧小四岁，生于宪宗元和二年（807年）。

宪宗元和七年（812年），杜牧十岁。这年十一月十六日辛未，杜佑卒于长安安仁坊宅中，年七十八，次年夏四月初三，葬于长安城南少陵原祖墓。这时杜佑长子杜师损官司农少卿，次子杜式方官昭应县令，三子杜从郁官驾部员外郎。

自从杜佑死后，他三个儿子各房中的情况就发生变化。杜牧的父亲杜从郁少以父荫得官，德宗贞元末，再迁太子司议郎，宪宗元和初，转左补阙；谏官崔群、韦贯之、独孤郁等以为杜从郁是宰相之子，不宜于做谏官，乃转为左拾遗，崔群等仍然反对，认为拾遗与补阙虽然资品不同，而都是谏官，父为宰相，子为谏官，若朝政有得失，不可使子论父，于是乃改为秘书丞，后又迁驾部员外郎。

---

① 唐人经常以同曾祖的族兄弟合在一起计算行第，参看岑仲勉先生《唐人行第录》。

杜佑死时，杜从郁正居此职。杜从郁何时死去，已无可考。《旧唐书·杜佑传》附记杜从郁，说他"少多疾病"，又说他"夭丧"，而记载他的官职是"终驾部员外郎"，大概杜从郁之死是在杜佑死后不久，约当杜牧十馀岁时。

杜牧为吏部员外郎时，在《上宰相求湖州第二启》中曾自述十馀岁时的生活情况：

> 某幼孤贫，安仁旧第置于开元末，某有屋三十间而已①。去元和末，酬偿息钱，为他人有，因此移去。八年中凡十徙其居，奴婢寒饿，衰老者死，少壮者当面逃去，不能呵制，止②有一竖，恋恋悯叹，挈百卷书随而养之，奔走困苦无所容，归死延福私庙，支柱欹坏而处之。长兄以驴游丐于亲旧，某与弟颢食野蒿藿，寒无夜烛，默念③所记者，凡三周岁。

这一段话，我们初读时可能引起怀疑。杜牧是宰相之孙，何以会一贫至此？如果仔细寻思，却也可以理解。杜佑久居高位，虽然家财不少，但是他的三个儿子各房中经济情况不同。杜牧的父亲杜从郁是杜佑的小儿子，既未做过大官，而死得又早，遗产不多。杜牧文中说："安仁旧第置于开元末，某有屋三十间而已。"大概在安仁坊杜氏第宅中，杜牧这一房只有三十间，也就是他父亲在祖

---

① "而已"二字《樊川文集》无，据《全唐文》校增。
② "止"字据《全唐文》校增。
③ "念"字据《全唐文》校增。

宅中所承受的一部分。这三十间房,在元和末,大约是元和十三年至十五年中(元和十五年正月宪宗即死去),也正是杜从郁死后不久,当杜牧十六至十八岁时,因为还债而归于他人了。从此,杜牧、杜颛兄弟二人,以十馀岁的幼年,自然不善于管理家务,于是居无定处,奴婢或死或逃,甚至于有时要"食野蒿藿,寒无夜烛"。杜牧文章中所描写的虽不免有些形容过甚之词,不过,这时他这一房经济情况远不如前,大概是真的。杜牧文中所谓"长兄以驴游丐于亲旧",长兄不知指的是谁。据新旧《唐书·杜牧传》、《新唐书·宰相世系表》《元和姓纂》等书,杜牧并无亲哥哥,可能指的是某一位堂兄,但是他的两位伯父房中经济情况都并不坏,这位堂兄何以至于"以驴游丐于亲旧",详细情况还无从知道。杜牧是宰相之孙,当然是席丰履厚,不过,当他十馀岁丧父之后,也曾过了一个时期不大宽裕的生活。

杜牧这一房,自杜佑死后,景况不好,但是他二伯父杜式方那一房又获得新的荣宠。杜式方丁父忧服阕,迁司农少卿,又迁太仆卿。宪宗元和九年(814年),杜式方少子杜悰又选配宪宗长女岐阳公主。杜悰生于德宗贞元十年(794年),比杜牧大九岁,少以荫为太子司议郎,选配公主时年二十一岁,加银青光禄大夫、殿中少监、驸马都尉。当时皇帝为公主选婿,多在贵戚或武臣家中择取,而宪宗赏识宰相权德舆的女婿独孤郁文学很好,也想为自己的长女岐阳公主选一位后进文学之士做配偶,告知宰相,要他们在卿士之家留意物色。唐代公主大都骄纵,出嫁后往往弄得婆家家庭不安,因此当时卿士家中的子弟都辞疾不应,唯独杜悰表示愿意,他大概觉得娶了公主是将来求高官厚禄的阶梯，于是宰相李吉甫就以杜悰应选。岐阳公主乃郭皇后所生，是宪宗的嫡女，所以杜悰结婚之后，荣耀非凡。皇帝赐第于昌化里，"堂有四庑，缋橑藻栌，丹白其壁，派龙首水为沼"；郭皇后是郭子仪的孙女，公主外家又将郭子仪大通里的池沼园亭奉献给公主作为别馆，当时"隆贵显荣，莫与为比"（引文均见《樊川文集》卷八《唐故岐阳公主墓志铭》）。鲍溶《夏日怀杜悰驸马》诗："五月清凉萧史家，瑶池分水种菱花。回文地簟龙鳞浪，交锁天窗蝉翼纱。闲遣青琴飞小雪，自看碧玉破甘瓜。仍闻圣主知书癖，凤阁烧香对五车。"（同文书局缩印本《全唐诗》卷十八）可以想见杜悰娶公主后生活之豪侈华贵，与杜牧的"食野蒿藿，寒无夜烛"者比较起来，真是相去悬远了。杜悰选配公主之后，杜式方因为是皇家的亲戚，移病不视事。元和十五年（820年），宪宗卒。穆宗即位，杜式方为桂管观察使，长庆二年（822年），卒于任所。至于杜牧的大伯父杜师损，在杜佑死后情况如何，我们不清楚。《旧唐书·杜佑传》中仅说杜师损位终司农少卿，杜佑死时，杜师损已经是司农少卿了，大概以后他的官职也没有再升进，或者也许不久就死去了。

第二章　少年科第

一　关心时政

　　自杜牧降生到他十六七岁,这十几年中,唐朝政治又有许多变化,最重要的事情就是朝廷颇能裁抑藩镇,提高威权。

　　杜牧三岁那一年,就是贞元二十一年(805年),这年正月,德宗死去,太子李诵即位,是为顺宗。顺宗有病,听信其东宫旧僚王叔文,委以政权。王叔文出身于寒门庶族,是一位有政治抱负的人,他引用柳宗元、刘禹锡等少年新进而英发有为的士大夫,形成了一个有进步性的政治集团,很想把朝政整顿一番。他们首先废除德宗末年种种害民的弊政,又想制裁宦官,夺其兵权,因此深遭宦官们的忌恨。宦官俱文珍等利用顺宗久病不愈,强迫他传位于太子李纯,是为宪宗。是年八月,改元永贞。于是朝局大变,王叔文被贬为渝州司户,不久,朝廷就命他自杀,他所引用的人如柳宗元、刘禹锡等都被贬为远州司马,他们这一次改革朝政的事业是失败了。次年改元元和。

　　宪宗倒是一个稍能振作的君主,他不满意多年来朝廷对藩镇的姑息政策,很想制裁一下。当他初即位时,西川节度使韦皋死了,副使刘辟抗拒朝命,自为留后。宪宗因为当时还不便遽然加以讨伐,于是任命刘辟为西川节度副使,知节度事,暂且敷衍。哪知道刘辟得寸进尺,第二年,即元和元年(806年),他又要求兼领东川。于是宪宗命高崇文率兵讨伐,擒刘辟,斩之。同一年,夏绥节度使韩全义入朝,命他的外甥杨惠琳为留后,朝廷任命李演为夏绥节度使,杨惠琳抗拒,宪宗也派兵讨平。元和二年,镇海节度使李锜举兵反,宪宗下诏讨伐,李锜部下兵变,执李锜送京师,被杀。经过这几次事件之后,朝廷的威严稍振。十年之后,又讨平了久据淮西的跋扈藩镇吴氏。淮西节度使吴少阳于元和九年死去,其子吴元济自领军务,派兵四出侵掠,及于洛阳附近。宪宗本来早想讨平淮西,于是下诏宣武等十六镇进军讨吴元济。吴元济尽力抵抗,而成德节度使王承宗、淄青节度使李师道又与吴元济勾结,多方捣乱,所以朝廷一直用兵三年,不能平定。这时朝臣中有些人思想动摇,请求罢兵,而宪宗坚持讨伐,宰相裴度亲自督师,到元和十二年(817年)十月,唐兵终于攻入蔡州,擒吴元济。于是王承宗、李师道全都恐惧,王承宗献德、棣二州,李师道献沂、海、密三州。不久,李师道悔献三州,元和十三年(818年)七月,宪宗命宣武等五镇兵讨李师道。元和十四年(819年)二月,李师道部将刘悟举兵斩李师道,淄、青等十二州皆平。"自广德以来,垂六十年,藩镇跋扈,河南北三十馀州,自除官吏,不供贡赋,至是尽遵朝廷约束。"(《通鉴·唐纪五十七》元和十四年)

当宪宗用兵讨伐吴元济与李师道之时,杜牧年十三岁到十六

岁,正从事于读书,但是已经关心当时国家大事,透露出英俊之气。杜牧后来作《注孙子序》,说过这样一段话:

> 某幼读《礼》,至于"四郊多垒,卿大夫辱也",谓其书真不虚说。年十六时,见盗起圜二三千里,系戮将相,族诛刺史及其官属,尸塞城郭,山东崩坏,殷殷焉声震朝廷。当其时,使将兵行诛者,则必壮健善击刺者。卿大夫行列进退,一如常时,笑歌嬉游,辄不为辱。非当辱不辱,以为山东乱事非我辈所宜当知。某自此谓幼所读《礼》,真妄人之言,不足取信,不足为教。及年二十,始读《尚书》《毛诗》《左传》《国语》、十三代史书,见其树立其国,灭亡其国,未始不由兵也。主兵者圣贤材能多闻博识之士,则必树立其国也;壮健击刺不学之徒,则必败亡其国也。然后信知为国家者兵最为大,非贤卿大夫不可堪任其事,苟有败灭,真卿大夫之辱,信不虚也。

杜牧十六岁时,正是元和十三年,那时朝廷正派兵讨李师道。杜牧看到宪宗连年用兵讨伐藩镇,很感到用兵的重要,后来博读经史,更深信兵事关系国家兴亡,又根据《礼记》"四郊多垒,此卿大夫之辱也",认为士大夫应当知兵,而当时士大夫对于兵事漠不关心,完全仰赖壮健击刺之徒,杜牧对于这种情况很不满意。从此他就注意兵法,后来一直继续研究,曾注解《孙子》十三篇,并且对于当时军事问题提出意见。

宪宗改变代宗、德宗以来姑息藩镇的政策,削平抗命的藩镇,颇能振作一番。杜牧后来作《感怀诗一首》，曾称赞他为"元和圣天子"。但是这位所谓"元和圣天子"，晚年骄矜自满，大兴土木，好神仙，炼丹药，任用聚敛小人皇甫镈为相，政治败坏。元和十五年正月，宪宗被宦官陈弘志害死。当时宦官势力很大，所以事情遂秘密起来，无人敢追究。宦官梁守谦等立太子李恒为皇帝，是为穆宗，次年改元长庆。

穆宗初即位，就耽于逸乐，而所任宰相萧俛、段文昌又无远虑，以为藩镇已经削平，可以高枕无忧，应当消兵，于是建议命令天下军镇有兵处，每年在一百人中限八人或逃或死，除其兵籍，穆宗糊里糊涂地就听从了。落籍军士无所归，都藏在山泽中。长庆元年（821年）七月，幽州兵变，囚卢龙节度使张弘靖，推朱克融为留后，就在这一月，成德兵马使王廷凑又杀节度使田弘正。两镇同时发生事变，落籍逃亡山泽的兵士纷纷归附他们。朝廷下诏派诸道兵讨伐，诸道兵既少，又多半是临时召募的乌合之众，诸节度既有宦官监军，而领偏军者也有宦官监阵。宦官遇事掣肘，主将不得专号令，小胜则宦官奏报，自以为功，不胜则归罪于主将；强壮的兵士，宦官选以自卫，命怯弱者应战，每战多败，所以诸道兵合计虽然有十五万之多，而与朱克融、王廷凑作战数月之久，不能取胜。朝廷财竭力尽，无法支持，不得已，赦朱克融，任命他为卢龙节度使，而专讨王廷凑。长庆二年正月，魏博先锋兵马使史宪诚又逼杀节度使田布，自为留后，暗与朱克融、王廷凑勾结。河北三镇，连串一气，反抗朝廷，朝廷毫无办法，于是任命史宪诚为魏博节度使，赦王廷凑，任命他为成德节度使。"由是再失河朔，迄于唐亡，不能复取。"（《通鉴·唐纪五十八》穆宗长庆二年）这件事使杜牧非常痛心，所以他在《感怀诗一首》中对此事还深致慨叹。长庆二年这一年，杜牧正是二十岁。上文提到，他自己说在二十岁时读《尚书》《毛诗》《左传》《国语》、十三代史事，见其树立其国，灭亡其国，未尝不由兵，大概他一方面受到这些书中记载的历史事件启发，一方面也联系时事，更深刻地感到用兵的重要。他后来作《罪言》《战论》《守论》，屡次批评长庆中讨伐藩镇用兵的失策，一直到他晚年所作《上周相公书》中还提道："长庆兵起，自始至终，庙堂之上，指踪非其人，不可一二悉数。"

穆宗荒于酒色，好服金丹，在位四年，于长庆四年（824年）正月死去。太子李湛即位，是为敬宗，次年改元宝历。敬宗即位时才十六岁，是一个好游戏的顽童。他善击球，喜手搏，又好深夜自捕狐狸，常与宦官及击球、手搏的军将们一同嬉戏，并且大修宫室，贪好声色。杜牧作《阿房宫赋》，假借秦事以讽刺敬宗。赋中先描写阿房宫的壮丽，然后说：

> 嗟乎，一人之心，千万人之心也。秦爱纷奢，人亦念其家；奈何取之尽锱铢，用之如泥沙！……使天下之人不敢言而敢怒。独夫之心，日益骄固。戍卒叫，函谷举。楚人一炬，可怜焦土。灭六国者，六国也，非秦也；族秦者，秦也，非天下也。……秦人不暇自哀而后人哀之，后人哀之而不鉴之，亦使后人而复哀后人也。

杜牧是地主阶级的士大夫,他当然要维持封建统治,不会主张农民起义。但是他认为统治者剥削人民应有相当的限度,不可"取之尽锱铢,用之如泥沙"。假如统治者过于贪暴,民不聊生,像秦朝那样,那么,"戍卒叫,函谷举",是当然的,而秦朝灭亡,也是咎由自取的。杜牧作这一篇赋是危言讽刺,希望唐朝统治者接受秦朝灭亡的教训,不要只图自己的奢侈享乐,而过于虐用民力。

就在这时候,杜牧又作了一篇《上昭义刘司徒书》,是给昭义节度使刘悟的,那时他的空官衔是"检校司徒",所以称他为刘司徒。刘悟本来在淄青节度使李师道部下做都知兵马使,宪宗元和末讨李师道时,刘悟擒李师道,斩首以献。朝廷赏其功,任命他为义成节度使,后来又移镇昭义。穆宗长庆元年,幽州大将朱克融叛,朝廷调刘悟为幽州节度使,希望他带兵去平朱克融。但是刘悟这时候并不像以前斩李师道时那样归心朝廷,他说:"幽州方乱,未能进讨,请朝廷就任命朱克融为节度使,以后再慢慢想办法。"朝廷见他不肯去,只好仍然命他留在昭义节度使任上。刘悟看到长庆以来,朝廷力弱,也渐渐学河北三镇的跋扈抗命。杜牧这封书信,是劝刘悟发挥以前斩李师道时的忠于朝廷之心,讨伐河北三个叛镇,同时,也对于他的恃功骄恣作了深刻的规讽。

后来杜牧在《上知己文章启》中还提到他作这两篇文章的用意都是联系时事的,他说:"诸侯或恃功,不识古道,以至于反侧叛乱,故作《与刘司徒书》。……宝历大起宫室,广声色,故作《阿房宫赋》。"

敬宗这位顽童皇帝在位不到三整年,于宝历二年(826年)

十二月初八日夜间，被宦官刘克明、击球军将苏佐明所杀，年十八岁。刘克明要拥立宪宗的儿子绛王李悟，而其他宦官梁守谦、王守澄等却不赞成，以禁兵迎穆宗子江王李涵入宫，杀了绛王李悟与刘克明。李涵即位，改名昂，是为文宗，次年改元大和。

文宗初即位，又遇到藩镇的叛乱。先是敬宗宝历二年三月，横海节度使（治所在沧州，今河北沧县）李全略死，其子同捷擅领留后，朝廷经岁不问。文宗即位，李同捷希望新天子立，或能得到除命，于是在大和元年（827年）春，派掌书记崔从长奉表入见，请遵朝旨。五月，朝廷以天平节度使乌重胤为横海节度使，以李同捷为兖海节度使，李同捷不受诏。八月，朝廷命乌重胤等诸道兵进讨。

杜牧自十五六岁时，看到宪宗讨伐淮西吴元济、淄青李师道，穆宗长庆初，朝廷讨伐河北三镇，现在又对横海用兵了。他看到藩镇叛乱，有增无已，实在是当时的大患，于是作了一首长篇五言古诗，名曰《感怀诗》，以发抒他对于藩镇问题的意见。这首诗从安史之乱说起，说到安史乱后藩镇跋扈之祸，影响到边防空虚，急征厚敛，民生憔悴，所言极为痛切：

急征赴军须，厚赋资凶器。因瞻画一法，且逐随时利。
流品极蒙龙，网罗渐离弛。夷狄日开张，黎元愈憔悴。
邈矣远太平，萧然尽烦费。

接着叙述宪宗削平抗命的藩镇，天下人望治，"故老抚儿孙，尔生今有望"。哪知穆宗时君相昏庸，措置乖方，又失河北，真是"取之难梯天，失之易反掌"。于是"苍然太行路，翦翦还榛莽"。最后，杜牧发抒自己的感愤：

关西贱男子，誓肉虏杯羹。请数系虏事，谁其为我听？
…………
往往念所至，得醉愁苏醒。韬舌辱壮心，叫阍无助声。
聊书感怀韵，焚之遗贾生。

贾生就是西汉的贾谊，他对于政治有抱负，有远见，二十几岁时，上书于汉文帝，慷慨论天下事，很中肯綮，但是汉文帝并未采纳他的意见。杜牧这时才二十五岁，还未中进士，是一个"贱男子"，尽管他有忧国之心，对于削平藩镇有好的方策，但是谁肯听他的话呢？所以只好把这首《感怀诗》"焚之遗贾生"。杜牧是以贾生自比的。杜牧二十五岁时所作的这首《感怀诗》，是在《樊川文集》中有年月可考的最早的一首诗，这首诗不但发抒了政治上的抱负，同时也表现了诗歌创作的才华。这首长篇五古约五百字，夹叙夹议，用作古文的方法作诗，气势矫健，造句瘦劲，有时甚至于用散文的句法，都显然是受韩愈诗的影响。晚唐诗人，大都才力薄弱，喜作律诗、绝句，而不大作长篇古诗，杜牧二十五岁时就能作这种感愤国事、气骨遒劲的长篇五古，这是他诗才过人之处。

藩镇跋扈固然是统治阶级的内部矛盾，但是对人民的损害很大。一般地说来，统一总比割据好，因为封建割据的局面不利于经济与文化的发展，而就唐朝具体历史情况来看，藩镇割据更加深了人民的痛苦。由于藩镇割据，中央政府辖区缩小，譬如宪宗初年，宰相李吉甫所上《元和国计簿》，总计天下方镇四十八，州府二百九十五，县千四百五十三，其中有十五道七十一州不申户口。在这不申户口的十五道中，即有魏博、成德、卢龙、沧景、淮西、淄青等抗命的藩镇。当时供赋税者，只有浙江东西、宣歙、淮南等八道四十九州，一百四十四万户，比天宝税户四分减三。这样一来，中央辖区人民的负担自然加重。再加上朝廷讨伐藩镇，藩镇抵抗朝廷，藩镇与藩镇之间又有时互相攻击，兵连祸结，荼毒生灵。在藩镇辖区内，由于征兵重敛，以及种种防禁，人民尤其痛苦。譬如魏博节度使田承嗣"重加税率，修缮兵甲"，数年之中，有兵十万（《旧唐书》卷一百四十一《田承嗣传》）；昭义节度使李抱真"籍户丁男，三选其一"（《旧唐书》卷一百三十二《李抱真传》）；昭义节度使卢从史"日具三百人膳，以饷牙兵"，而他的节度使私厨月费米六千石、羊千头、酒数十斛，"潞人困甚"（《新唐书》卷一四三《郗士美传》）；更厉害的是淮西节度使吴少阳、吴元济父子统治下的蔡州，"途无偶语，夜不燃烛，人或以酒食相过从者以军法论"（《旧唐书》卷一百七十《裴度传》）。所以唐代藩镇割据，加重了人民的痛苦，阻碍其辖区内经济与文化的发展，而杜牧反对姑息政策，主张削平藩镇，加强统一，是符合当时人民利益的。

杜牧在二十五岁以前，家住长安，也有时出游，他曾经到过渭水北的同州澄城县（陕西旧澄城县），遇到谭宪，谭宪向杜牧谈起他哥哥谭忠的事迹。宪宗元和年间，谭忠在卢龙节度使刘济部下为将，当宪宗讨伐成德王承宗时，谭忠能劝说魏博节度使田季安不出兵反抗朝廷，又能劝说刘济讨伐王承宗，后来又劝说刘济之子刘总以幽燕之地归于朝廷。杜牧很欣赏谭忠这种能说服藩镇归向朝廷加强统一的行为,所以作了一篇《燕将录》,叙述谭忠的行事。同时,杜牧在澄城也很注意观察地方风土与民生疾苦。澄城县境,西北环山,地多砂石,最怕干旱,所以收获不丰,县中民户高下,大都差不多。但是每年全能缴纳租赋,不至于拖欠。杜牧向县中父老询问原因,父老们说:"澄城这一带地方,西去四十里,就是京都近郊。那里距离京都很近,所以神策禁军以及禽坊龙厩之徒常去骚扰搜刮。他们仗恃特殊的势力,地方官不敢惹。人民辛勤劳动所得的东西,都不敢自己吃,全奉送给他们,父亲、儿子都为他们服役奔走,还不能使他们满意,常常挨打。至于澄城,因为县西山径崎岖,车马不便,这些扰民者绝迹不能到,人民才能安居输赋税;不然,早就成为一片荒墟了。"杜牧听了这一段话,很有感慨。他想,国家设立法禁,本来为的是防止官吏害民,现在法禁堕地,人民只好恃险而不恃法,那些据有一方土地的将帅,就更可以以山河为墙堑而自守了,燕赵藩镇的割据,又何足为怪呢?于是他将这些见闻与感慨写了一篇《同州澄城县户工仓尉厅壁记》,"书其西壁,俟得言者览焉"。在大和元年,杜牧又做了一次南游,到澧州(治所在今湖南澧县)去看他的堂兄杜憬,这时杜憬正做澧州刺史。

二 "两枝仙桂一时芳"

杜牧自十五六岁以来,十年之中,博读经史,关心时政,有治国安民的抱负,能作很好的诗、赋与古文,发抒他忧时讽世的思想、情怀。他的作品流传,才名大噪,而杜牧是宰相家的子弟,又有政治上的抱负，当然也希望早些取得功名，所以他参加了进士的考试，在大和二年（828年）举进士及第，时年二十六岁。

唐代以科举取士，科目繁多，主要的是明经与进士两科，而进士科尤其为当时人之所重视。进士每年考一次，应考者有时多至千人或八九百人，只取录二三十人，最多四十多人。取中进士者非常荣耀，仕宦的前途希望很大，谓之"白衣公卿"。（《唐摭言》卷一"散序进士"条）不过，大官的子孙可以凭借门荫得官，并不一定由科举。杜牧的祖父杜佑，两位伯父杜师损、杜式方，父亲杜从郁以及堂兄杜诠、杜悰等，都是以门荫补官，但是杜牧与他弟弟杜颛却是参加进士考试的。唐代的风气，凡是应进士举的读书人，常常将自己的作品送给朝官中有文学声望的人去看，希望他们给自己宣扬名誉，甚至推荐于主考官。因为唐朝考试进士时，可以在事前公开推荐，谓之"通榜"（《唐摭言》卷八"通榜"条），往往发生效力，而这种奖励推荐者对于应进士举者的关系，谓之"知己"。杜牧系出名门，才华发越，所以当他应进士举时，朝廷中有政治地位、文学声望的人替他宣扬名誉、争为知己者，不下二十人，其中吴武陵尤其出力。吴武陵，信州人，元和初，举进士及第，长庆初，窦易直以户部侍郎判度支，任命吴武陵在北边主持盐务，后来又到长安做太学博士。杜牧在大和二年应考那一科的主试官是礼部侍郎崔郾。唐朝考进士经常是在京都长安，有时也在东都洛阳，而大和二年这一次考进士则是在洛阳举行。当崔郾由长安赴洛阳之时，许多朝官给他饯行，吴武陵也骑马而来。崔郾听说吴武陵来访，不知何事，起来迎接。吴武陵说："侍郎以峻德伟望，为天子选才俊，我岂敢不尽些力量？不久以前，看到太学生们扬眉抵掌，读一卷文书，我凑近一看，原来是进士①杜牧所作的《阿房宫赋》。其人真是王佐才，侍郎官高事忙，恐怕你还未暇披览。"说到这里，就取出《阿房宫赋》朗诵一遍。崔郾接过一读，也很惊奇欣赏。吴武陵说："请你在这次主考进士时取他为状元。"崔郾说："状元已经有人了。"吴武陵说："不得已，就是第五名吧。"崔郾还在迟疑。吴武陵说："如果不行，请你还我这篇赋。"崔郾立刻应声说："敬依所教。"于是转向在座诸位朝官说："方才吴太学博士推荐一位第五名进士。"有人问："是谁？"崔郾说："杜牧。"座中有人提出，杜牧不拘细行，似乎不便录取。崔郾说："我已经答应吴君，杜牧就是屠沽，我也不能改变了。"果然杜牧在洛阳应进士举，就中了第五名。

大和二年这次考进士，共取了三十三人，状元是韦筹，同举进士及第可考者尚有厉玄、锺辂、崔黯等（徐松《登科记考》卷二十），这些人后来都碌碌无所知名。

唐朝制度，进士及第后，还要到吏部去应关试，才能够得到官职。杜牧在洛阳中进士后，就准备到长安去，他的《及第后寄长安故人》诗曰：

> 东都放榜未花开，三十三人走马回。
> 秦地少年多酿酒，已将春色入关来。

---

① 按唐朝凡是参加进士考试者都称为"进士"，不一定是进士及第者。

唐代考进士照例在正月，二月放榜，所以说"放榜未花开"。至于"春色"与"入关"，都是双关之词。唐人诗往往谓过关试为春色，如韩仪有一位朋友过关试，韩仪送他一首诗，有"今日便称前进士，好留春色与明年"之句。（《唐摭言》卷一"述进士"下篇小注）

杜牧到长安后，又赶上参加制举的考试。制举是唐代一种特殊的科目，所以选拔非常之才不是经常举行的，考试时由皇帝亲自主持。制科有许多名目，杜牧应考的是贤良方正直言极谏科。大和二年三月二十五日，文宗到宣政殿亲试制策举人，考官是左散骑常侍冯宿、太常少卿贾𫗧、库部郎中庞严。闰三月初九日，下诏取中了裴休、裴素、李郃等十九人，杜牧也被录取，同榜中试的李甘，后来成为杜牧志同道合的好友。

在这次贤良方正直言极谏科应考者之中，倒真有一位名副其实的直言极谏之士，就是刘蕡。但是正因为他敢于直言极谏，反倒没有被录取，这件事也正是对于唐封建王朝制举选才制度的一个很大的讽刺。刘蕡虽然落第，但是他的对策弹劾时政，痛斥宦官，给这一次考试增加了生气。当时皇帝下诏录取的十九个人的对策文章全都不传了，而这位落第者刘蕡的对策倒是被保存于史书中，流传下来。刘蕡字去华，幽州昌平人，博学善属文，尤其精于《左传》，性耿介嫉恶，有澄清天下之志。这次他既然以直言得罪于宦官，因此就不能在朝廷仕宦，只好到节度使府中做幕僚。令狐楚镇兴元，牛僧孺镇襄阳，都辟刘蕡为从事，相待如师友。但是宦官还是饶不过他,终究诬以罪名,贬他为柳州司户参军,卒于贬所。①

杜牧在二十六岁这一年中,进士及第,制策登科,正如他自己诗中所说的那样,是"两枝仙桂一时芳"(《赠终南兰若僧》)。

---

① 《旧唐书·刘蕡传》谓蕡终使府御史,而《新唐书·刘蕡传》则谓"宦人深嫉蕡,诬以罪,贬柳州司户参军卒"。证以《李义山集》中《赠刘司户蕡》《哭刘司户蕡》诸诗,则《新唐书》所记为确,今从之。

第三章　"十年为幕府吏"

一　江西与宣州幕中

杜牧于大和二年闰三月制策登科以后，被任命为弘文馆校书郎、试左武卫兵曹参军。弘文馆属门下省，是撰著文史、鸠聚学徒之所，校书郎，官阶从九品上，掌校理典籍，刊正错误。左武卫是唐朝十六卫之一，左武卫大将军下有各种参军，兵曹参军正八品下，掌五府武官宿卫番第，受其名数，请大将军分配。

在京做官只有半年，大和二年十月，杜牧就跟随沈传师到江西观察使府做幕僚去了。沈传师字子言，苏州吴县人。他父亲沈既济，博通群书，尤工史笔，曾撰《建中实录》，论者称其"体裁精简"（赵璘《因话录》卷二"沈吏部传师"条），还撰作过传奇小说《枕中记》《任氏传》等，"文笔简练，又多规诲之意"（鲁迅《中国小说史略》第八篇《唐之传奇文》上）。沈传师承继家学，少有文名。杜牧的祖父杜佑本与沈既济友善，又赏识沈传师，将自己的表甥女嫁给他，所以沈、杜两家既是世交，又是亲戚。大和二年十月，沈传师以尚书右丞外放为江西观察使，他就辟召杜牧为江西团练巡官、试大理评事，同赴洪州（洪州治所南昌，今江西南昌市，唐江西观察使治所亦在此）。江西观察使的全衔是江西都团练观察处置等使，所以幕僚中有团练巡官。唐代幕职，都带京衔，譬如杜甫在成都为严武剑南节度使府的参谋，就带检校工部员外郎的京衔，后人称他为"杜工部"，实际上只是一个虚衔。杜牧这次做江西观察使府团练巡官，也带大理评事的京衔。大理评事，从八品下。按一般情况，唐朝士大夫都喜欢做京官，不愿外出，不知杜牧为什么要随沈传师到江西去任幕职。也许因为沈、杜两家一向关系密切，杜牧自己说他对于沈传师是"分实通家，义推先执"（《樊川文集》卷十四《吏部侍郎沈公行状》）。沈传师很喜欢汲引人才，他赴任时慎选僚属，宰相中有以亲戚朋友推荐给他的，他都不接受，而独欣赏杜牧少年英俊之才，所以一定要罗致他，而杜牧觉得情不可却，也就愿意去了。沈传师幕僚中其他的人如李景让、萧寘、韩乂、崔寿等，也全是一时之选。

　　杜牧于大和二年十月随沈传师到洪州，住了将近两年的时间，大和四年（830年）九月，沈传师调任宣歙观察使，杜牧又跟随到宣州（宣州治所宣城，今安徽宣城，唐宣歙观察使治所亦在此），一直到大和七年（833年）四月，沈传师内升吏部侍郎，杜牧才离开宣州，应淮南节度使牛僧孺之辟。合计起来，杜牧在沈传师江西、宣州两使府中任幕职约四年半，所以杜牧后来追叙自己这几年的事情时说："事故吏部沈公于钟陵①、宣城为幕吏，两府凡五年间。"

――――――

　　① 晋钟陵县在今江西进贤县西北，隋时废，唐肃宗时复置，寻又废入南昌，此处用钟陵，即指南昌。

(《樊川文集》卷九《唐故平卢军节度巡官陇西李府君墓志铭》）

　　观察使府幕僚的工作是处理公文，空闲的时候，就陪奉府主或者与同僚们游赏宴会，杜牧后来追忆这些年做幕僚的生活，曾说："十年为幕府吏，每促束于簿书宴游间。"（《樊川文集》卷十六《上刑部崔尚书状》）杜牧这时由书生初次出来做官，年少气锐，举止动作，无所依据，至于如何办理公事，如何与同僚们往还交接，更是东西南北摸不着方向。江西团练副使卢弘止对于杜牧很加照顾，凡是杜牧所应知而不知道的事情，他都口讲指画，一一诱教，丁宁纤悉，江西、宣州两府数年之中，一直如此。杜牧感觉到，自己少年初次出来做事，能够无有大过而粗知所守，都归功于卢弘止的殷勤诱导。他后来写信给卢弘止的哥哥浙西观察使卢简辞，还提到此事，表示感激。卢弘止是中唐著名诗人卢纶之子，卢弘止的哥哥简辞，弟弟简求，后来都同杜牧相熟。

　　杜牧虽然是一位关心国事有政治抱负的人，但是他私人的生活却有贵公子的放荡不羁、喜好声色歌舞的坏习气，所以他一生中流传一些所谓"风流韵事"。在唐朝，凡是观察、节度或刺史的治所，都有官妓。官妓名列乐籍，不能随便脱离，当官僚们举行宴会时，她们要来歌舞侑酒。以弱女子供官僚们取乐，这也是当时封建社会中一种极坏的制度。洪州南昌是江西观察使的治所，乐籍中当然有官妓。当杜牧到南昌的第二年，即是大和三年（829年），有一位幼小的歌女，名张好好，来到乐籍中，只有十三岁。张好好年岁虽小，但是歌唱得很出色。南昌城外有滕王阁，下临赣江，就是初唐诗人王勃所歌咏的"滕王高阁临江渚"，是南昌的名胜之地。

有一次，沈传师带了使府幕僚来此宴会，初次试听张好好的歌唱。听完之后，沈传师非常欣赏，称赞为天下独绝，于是送给她天马锦、犀角梳，作为奖品。从此以后，张好好成为江西观察使府幕僚们"特垂青眼"之人，他们无论是在南昌城北的龙沙或是城东的东湖游玩时，总要邀张好好来歌唱。大和四年九月，沈传师调任宣歙观察使，又将张好好带到宣城。每逢春秋佳日，杜牧常在酒宴间欣赏她的清歌妙舞。这时宣州幕僚中有一位沈述师，是沈传师之弟，曾任集贤校理，他也很喜欢张好好，于是纳她为妾。有时沈述师请客，还教张好好出来歌唱，杜牧还有诗赠给她。

关于沈述师的事迹，我们知道的不多，只知道他字子明，与李贺很熟识。大和五年（831年）十月某日夜间，他写了一封信给杜牧，信中大意说，李贺是我的好友，元和年间，我们起居饮食，常在一起，李贺将死时，将平生所著歌诗四编，凡一千首，都交给我。数年以来，我东西游走，几乎以为失去了。今夜醉醒不寐，整理箱箧，忽然发现李贺临死前所交给我的诗稿，立刻想到以前与李贺交游的情况，"一处所，一物候，一日夕，一觞一饭"，历历如在目前，感念亡友，不觉落泪。李贺没有家室子弟，也无从给养恤问，只能读读他的遗诗以想见其人。你和我交情很好，请你给《李贺集》作一篇序，以慰我怀念故友之意。杜牧最初还谦逊不遑，后来沈述师坚决请求，杜牧就答应下来，作了一篇《李贺集序》。

李贺字长吉，是中唐时一位异军特起的诗人。他是唐宗室郑王的后裔，七岁能诗，得到韩愈的赏识。他平生作诗极用心，奇警幽艳，喜用象征之法，能自创风格，在艺术性方面有独到之处。李贺卒于元和十一年（816年），二十七岁，这时杜牧才十四岁，年纪还小，所以并未能赶上与李贺交游。但是杜牧对李贺的诗很欣赏，他作《李贺集序》，用九种比况称赞他的诗，譬如说"云烟绵联，不足为其态也……时花美女，不足为其色也……牛鬼蛇神，不足为其虚荒诞幻也"等等。最后却说：李贺诗"盖《骚》之苗裔，理虽不及，辞或过之"。所谓"理"，是指诗的内容，就是说："《骚》有感怨刺怼，言及君臣理乱，时有以激发人意。"在这一方面，李贺诗不如《离骚》，尽管在辞采方面有其独到之处。晚唐人张为作《诗人主客图序》，将李贺与杜牧都归于"高古奥逸"一类（《全唐文》卷八百十七），这种看法不妥当。杜牧对李贺的诗并非完全满意，他的诗，无论在内容上或风格上，与李贺都不是同派。杜牧作诗，是很注重"感怨刺怼，言及君臣理乱，以激发人意"的，也就是说，要密切联系当时政治而有所讽刺。杜牧曾说明自己作诗的态度："某苦心为诗，本求高绝，不务奇丽，不涉习俗，不今不古，处于中间。"（《樊川文集》卷十六《献诗启》）所谓"不务奇丽"的"奇丽"，可能即是指李贺的诗风，而所谓"不涉习俗"的"习俗"，大概是指元稹、白居易风靡一时的"元和体"[①]。李贺与白居易两人的诗，在中、晚唐都成为时尚，而杜牧自认为并不受他们的影响。不过，杜牧对于李贺诗，还是给予相当高的称赞。晚唐另一位杰出的诗人李商隐也是很佩服李贺的，少时作诗学李贺，曾模仿他的体

[①] 所谓"元和体"，参看陈寅恪先生《元白诗笺证稿》附论（丁）"元和体诗"。关于杜牧对白居易诗的意见，在下文"监察御史分司东都"一节中还要论到。

裁,后来运用李贺古诗中象征之法作律诗,去其奇丽而变为凄美芳悱,遂在艺术方面为律诗开辟了一个新境界。李商隐作《李长吉小传》,也提到"京兆杜牧为《李长吉集序》,状长吉之奇甚尽"。

杜牧在江西、宣州两府任幕职的期间,曾到外边去过几次。大和四年,杜牧奉沈传师之命到长安去见王易简,访问作刻漏的方法。大和七年春间,杜牧又奉沈传师之命到扬州(江苏扬州市)聘问淮南节度使牛僧孺。牛僧孺是中、晚唐政治上一位重要的人物,是牛、李党争中牛党的党魁。牛僧孺自从进士及第,又登贤良方正制科,在穆宗长庆三年(823年),已经做到宰相。敬宗宝历中,牛僧孺出为武昌军节度使。在镇约五年,大和四年正月,以李宗闵之荐召还,守兵部尚书,同平章事。杜牧本与牛僧孺熟识,这时杜牧正在江西幕中,曾作七言绝句一首,寄与牛僧孺,有"六年仁政讴歌去,柳远春堤处处闻"(《寄牛相公》)之句。大和六年十二月,牛僧孺又出为淮南节度使。沈传师大概因为牛僧孺新出镇淮南,所以派杜牧去聘问。

杜牧由宣州到扬州去,往来都要从京口过。京口即是润州丹徒县(今江苏镇江市,唐浙西观察使治所)。杜牧路过京口,会见旧友邢群。邢群字涣思,大和二年,杜牧在洛阳考进士时,初次遇到邢群,就觉得他是一位可交的朋友。邢群于大和三年进士及第,后来在浙西观察使王璠府中任幕职。杜牧这次往来京口,了解到邢群很能尽职。王璠性情严峭,行事有不合理者,旁人不敢说,或者说了也没有用,而邢群则能规谏生效。杜牧想,以前认为邢群是一位可交的朋友,现在证实,果然不错。

在京口会到旧友邢群，固然是一件快慰之事，同时，又听到杜秋娘的故事，使杜牧发生了许多感慨，作了一首很有名的《杜秋娘诗》。关于杜秋娘的故事，说来话长。她是润州丹徒县的民家女子，自小就生得很美。那时李锜为镇海节度使，住在润州，杜秋娘十五岁时，被李锜纳为妾。杜秋娘能唱《金缕衣》曲："劝君莫惜金缕衣，劝君须惜少年时。花开堪折只须折，莫待无花空折枝。"李锜很喜欢这个曲子。宪宗元和初，李锜谋反，不久即失败，被杀。李锜的婢妾是罪犯的眷属，照例要没入宫禁，于是杜秋娘也来到宫中。因为她生得美，所以又得到宪宗的宠爱。后来宪宗死去，穆宗即位，派杜秋娘做皇子李凑的傅姆。李凑长大，封为漳王。文宗即位后因不满意宦官的专横，想除去他们，曾与翰林学士宋申锡秘密商议，觉得宋申锡这个人忠谨可靠，就任命他为宰相。宋申锡引吏部侍郎王璠为京兆尹，将文宗要除宦官之意告诉他，哪知王璠反倒将这个消息泄露于宦官王守澄及其门客郑注。于是王守澄、郑注先发制人，诬告宋申锡谋立漳王李凑。漳王李凑是文宗之弟，平日为人还好，颇有声望，正是文宗心中所忌，所以听到诬告，信以为真，立刻大怒，要治宋申锡重罪。宰相牛僧孺替宋申锡辩白说："人臣不过宰相，现在宋申锡已经做到宰相了，假设立漳王凑为皇帝，他还想要求什么呢？宋申锡大概不会做此事的。"这话虽然很明白，但是昏愦的文宗在盛怒之下，不能接受，遂贬宋申锡为开州司马，贬漳王李凑为巢县公。杜秋娘是漳王李凑的傅姆，也牵连得罪，被放还乡。这是大和五年发生的事情。杜秋娘还乡之后，生活困苦，想织一匹素绢，都要向邻人借机子。杜牧来到京口，听说杜秋娘的事情,"感其穷且老,为之赋诗"(《杜秋娘诗序》)。他想杜秋娘一生遭遇的变故实在太剧烈了,他对于这位因统治阶级内部倾轧而牺牲的弱女子表示同情,而因此联想道:

　　自古皆一贯,变化安能推?夏姬灭两国,逃作巫臣姬。
　　西子下姑苏,一舸逐鸱夷。织室魏豹俘,作汉太平基。
　　误置代籍中,两朝尊母仪。光武绍高祖,本系生唐儿。
　　珊瑚破高齐,作婢春黄糜。萧后去扬州,突厥为阏氏。

女子的命运固然是由人摆布,就是男子又何尝不是如此?

　　射钩后呼父,钓翁王者师。无国要孟子,有人毁仲尼。
　　秦因逐客令,柄归丞相斯。安知魏齐首,见断箦中尸?
　　给丧蹶张辈,廊庙冠峨危。珥貂七叶贵,何妨我房支?
　　苏武却生返,邓通终死饥。

遂总结为:"己身不自晓,此外何思惟?"在封建社会不合理的制度之下,无论男子或女子都不能自己掌握自己的命运。杜牧当然不可能由社会本质来解释这些问题,他注意到这些问题,但是最后却发出幻灭的慨叹,这种消极思想在杜牧后半生中还有所发展。

　　出使事毕,杜牧又回到宣州。这一年四月间,沈传师内召为吏部侍郎,而江西观察使裴谊调任宣歙。裴谊到宣州接任时,携带了他的旧幕僚同来。其中有一位李方玄,字景业,原是杜牧的旧友。当初他二人在京都相遇时,都还年轻,没有长胡须,见面一谈,气味相投,这一次又在宣州相遇,非常高兴。好朋友在一起,高谈放论,各持是非,有时争得面红耳赤,但是争论既罢,又复欢笑如故。

沈传师到长安做吏部侍郎去了,杜牧则应淮南节度使牛僧孺之辟要到扬州去,他在沈传师江西、宣州两府五年的幕僚生活从此结束。沈传师是杜牧的世交前辈,对杜牧是相当好的,杜牧也很尊敬感激他。沈传师入朝做吏部侍郎约两年,在大和九年(835年)四月死去。沈传师承继了他父亲沈既济的史学,曾与杜佑同修《宪宗实录》,未完,出镇湖南、江西,奉诏继续撰修。他"性不流不矫,待物以和,观察三方,皆脂膏之地,去镇无馀蓄。……所辟宾僚,无非名士"(《因话录》卷二"沈吏部传师"条)。死去之后,杜牧为他作了一篇行状,最后说:"牧分实通家,义推先执,复以屡昧,叨在宾席,幼熟懿行,长奉指教,泣涕撰记,以备遗阙。"(《樊川文集》卷十四《唐故尚书吏部侍郎赠吏部尚书沈公行状》)可见他们二人的情谊非同泛泛。杜牧后来还时常怀念沈传师以及在他幕府中的生活,而见之于诗篇:

> 一谒征南最少年,虞卿双璧截肪鲜。
> 歌谣千里春长暖,丝管高台月正圆。
> 玉帐军筹罗俊彦,绛帷环佩立神仙。
> 陆公馀德机云在,如我酬恩合执鞭。
>
> (《怀钟陵旧游四首》之一)

二 "扬州梦"与《罪言》

大和七年四月以后,杜牧从宣州来到扬州,在淮南节度使牛僧孺幕中做推官,后来转为掌书记,他的京衔是监察御史里行,这一年他三十一岁。唐代节度使府掌书记是一个相当重要的职位,因为节度使府公务殷繁,"凡文辞之事,皆出书记,非闳辩通敏兼人之才莫宜居之"(《昌黎先生文集》卷十三《徐泗濠三州节度掌书记厅石记》)。牛僧孺任命杜牧为掌书记,可见他对于杜牧才能的重视。

扬州是唐代第一个繁华的商业都市,因为它位居于淮南江北,正当运河与长江交错之点,江淮一带是唐朝财赋之区,稻米、鱼、盐、丝、茶、竹、木、铜、铁等,出产丰富,而纺织等手工业也极发达,扬州管毂水陆,交通方便,遂成为各地商品聚散之所;不但国内贸易,商贾云集,百货充斥,并且有国际贸易,波斯、大食商人来的也很多。既然商业繁盛,人口众多,因此饮食歌舞等娱乐享受也就甲于全国。唐人诗中描写扬州繁华盛况的很多,举其著者,如张祜诗云:"十里长街市井连,月明桥上看神仙。人生只合扬州死,禅智山光好墓田。"王建诗云:"夜市千灯照碧云,高楼红袖客纷纷。如今不似时平日,犹自笙歌彻晓闻。"

上文曾提到过,杜牧有贵公子的习气,喜好声色歌舞,此时来到扬州这样一个纸醉金迷的都市,正是投其所好。杜牧白天将公事办完,夜间常到十里长街一带地方游赏。扬州是一个五方杂处之区,声色歌舞场所容易有人闹事。杜牧每夜虽是私行出游,而牛僧孺已经知道，不便劝阻他，但是又不放心，恐怕他受人欺侮，于是密派兵卒三十人，换了便服，跟随杜牧，暗地保护，而杜牧始终没有觉察。等到大和九年，杜牧被任命为真监察御史，将往长安就职，牛僧孺摆酒席替他饯行，对他说："以你的气概豪迈，前程当然是很远大，我常担心你风情不节，或至有伤身体。"杜牧回答说："我平常自己很检点，不至于劳你忧念。"牛僧孺笑而不答，命令丫鬟取出一个小书匣，当面打开，都是街卒的密报，上面写着："某夜，杜书记过某家，无恙。"或是："某夜，杜书记宴某家，无恙。"杜牧看了很惭愧，又很感激，于是流泪下拜，表示谢意，而终身感念牛僧孺。

杜牧曾作《扬州》诗三首，描写扬州的繁华，其中第一、二两首是这样的：

炀帝雷塘土，迷藏有旧楼。谁家唱水调？明月满扬州[①]。
骏马宜闲出，千金好暗游。喧阗醉年少，半脱紫茸裘。

秋风放萤苑，春草斗鸡台。金络擎雕去，鸾环拾翠来。
蜀船红锦重，越橐水沈堆。处处皆华表，淮王奈却回。

杜牧在扬州，陶醉于清歌妙舞之中，后来杜牧追忆这一段时期的生活，有诗云："十年一觉扬州梦。"这是他生活中的一个消极方面；在另一个方面，他仍然很关心国家大事。他一直愤慨河北三镇

[①] 原注："炀凿汴河，自造水调。"

的割据跋扈,而朝廷执政者措置乖方,以致兵连祸结,人民受害,边防空虚。他在二十几岁时,作《感怀诗一首》,发抒对藩镇问题的意见,并自称有"系庐"之策,现在他把对付藩镇的具体方策写出,名曰《罪言》。这篇文章开头就说:"国家大事,牧不当言,言之实有罪,故作《罪言》。"《罪言》的大意是说,太行山以东,黄河以北,这一带自古以来就是很重要的地方,"王者不得,不可以王;霸者不得,不可以霸"。但是自从天宝末,安史乱起,河北百馀城,朝廷不能得其尺寸,人望之若回鹘、吐蕃,无敢窥者。黄河以南,齐、鲁、梁、蔡诸地藩镇,也受其影响,跋扈难制,未尝五年间不战,"生人日顿委,四夷日猖炽",闹了七十多年了。今上策莫如自治,朝廷应当自己检查:自元和以来,削平西川、镇海、淮西、淄青等四个抗命的藩镇,凡收郡县二百馀城。"法令制度,品式条章,果自治乎?贤才奸恶,搜选置舍,果自治乎?障戍镇守,干戈车马,果自治乎?井闾阡陌,仓廪财赋,果自治乎?如不果自治,是助虏为虐。"中策莫如取魏,因为魏地形势重要,"常操燕、赵之性命"。最下策是浪战,"不计地势,不审攻守是也"。杜牧主张削平藩镇,加强统一,但是并不专门强调用兵,而认为最好是朝廷能检查自己政治上的缺点,加以改善,如果朝廷在已收复的区域内,也并不能治理得很好,则是等于帮助藩镇为虐;其次才是讲求用兵的策略。杜牧作《罪言》,固然是为朝廷划策,希望能削平藩镇,以巩固唐王朝的统治,但是他也看出藩镇割据影响到"生人日顿委,四夷日猖炽",而想减少这些祸害。

除去《罪言》之外,杜牧还作了《原十六卫》《战论》《守论》等几篇文章，都是结合唐代形势发抒他论兵的意见。《原十六卫》认为府兵制是很好的制度，自从府兵制破坏，国家之兵居外则叛，居内则篡。《战论》指出唐朝用兵讨伐藩镇有五种错误，一是"不搜练"，二是"不责实料食"，三是"赏厚"，四是"轻罚"，五是"不专任责成"。《守论》则揭发大历、贞元时朝廷姑息藩镇之弊。杜牧所作《罪言》等四篇，论唐代藩镇问题及用兵方略，其中大部分切于事情，深中肯綮，所以司马光修《资治通鉴》时都摘要采录。

杜牧当十五六岁时，就深知用兵的重要，开始研究兵法，并考虑当时具体的问题。到这时意见成熟，所以写出这几篇文章。就在这一年，杜牧将《罪言》《原十六卫》两篇与旧作《燕将录》《与刘司徒书》《送薛处士序》《阿房宫赋》《故园赋》等，一共七篇文章，寄给沈传师看，还作了一篇《献知己文章启》，说明这几篇文章的用意，可见这些都是杜牧的得意之作。

杜牧的文章多采用古文的体裁。唐初承继六朝遗风，作文多用骈体，而自南北朝末年以来，骈文过于讲求辞藻、对偶、典故等等，以至于辞浮于意，流弊很多，不适于应用。所以常有人主张改变文风。到中唐时，这种改变的趋势已经酝酿成熟，韩愈创出一种朴素明畅而便于反映现实、表达思想的新文体，因为要反对魏、晋以来的骈文，所以他标榜先秦、西汉，自称所作为"古文"。名为"古文"，而实在是新创，韩愈友人柳宗元和之，弟子李翱、皇甫湜传之，古文的体裁遂成立。但是当时一般人还是不免拘守传统，所以晚唐时骈体仍然流行，而杜牧则愿意接受这种有进步性的新文体，从事于古文的创作。杜牧平日论文，注重思想内容而轻视辞采

章句。他说:

> 凡为文以意为主,气为辅,以辞彩章句为之兵卫。……苟意不先立,止以文彩辞句绕前捧后,是言愈多而理愈乱,如入阛阓,纷纷然莫知其谁,暮散而已。是以意全胜者,辞愈朴而文愈高,意不胜者,辞愈华而文愈鄙,是意能遣辞,辞不能成意。大抵为文之旨如此。
>
> (《樊川文集》卷十三《答庄充书》)

六朝骈文的流弊就是"意不胜者,辞愈华而文愈鄙"。杜牧主张:"凡为文以意为主……意全胜者,辞愈朴而文愈高。"所以他要作古文。杜牧对于韩愈是很尊崇的,他曾将韩、柳与李、杜并称,认为是唐代四位最卓绝的作家,又说:"杜诗韩集愁来读,似倩麻姑痒处抓。"(《读韩杜集》)杜牧作古文是受韩愈的影响。韩愈作文时好奇,他一方面主张"文从字顺",主张"妥帖",而另一方面又喜欢奇崛,要戛戛独造,自铸伟词,甚至于有时流于怪僻。正因为如此,所以晚唐人受韩愈影响作古文者,造句炼字有时艰涩不自然。杜牧的古文也正是这样,奥衍纵横,笔力健举,是其所长,而不免强造之句。举《罪言》中一段为例:

> 国家天宝末,燕盗徐起,出入成皋、函、潼间,若涉无人地。郭、李辈常以兵五十万不能过[①]邺。自尔一百馀城,

---

① 《樊川文集》作"遇",从《唐文粹》校改。

天下力尽，不得尺寸，人望之若回鹘、吐蕃，义无有敢窥者。国家因之畎河、修障戍、塞其街蹊。齐、鲁、梁、蔡，被其风流，因亦为寇。以里拓表，以表撑里，混澒回转，颠倒横斜，未尝五年间不战。生人日顿委，四夷日猖炽。天子因之幸陕、幸汉中，焦焦然七十馀年矣。

不过，就大体论，杜牧的古文在晚唐时还是相当杰出的。宋祁作《新唐书·藩镇传序》采入杜牧《守论》中一大段文章。欧阳修命他的儿子欧阳棐读《新唐书》列传，卧而听之，至《藩镇传序》，叹曰："若皆如此传叙，笔力亦不可及。"（费衮《梁溪漫志》卷六"唐藩镇传序"条）欧阳修对于古文是功力很深的，从他的称赞中，也可见杜牧古文之出色了。

杜牧的弟弟杜颛这时也举进士及第，并且做了官。杜颛字胜之，比杜牧小四岁。他从小就体弱多病，目力不好，母亲不许他上学。到十七岁，才读《尚书》《礼记》《汉书》等。到二十四岁，快要考进士的时候，杜颛写信给当时宰相裴度，指陈时事，洋洋数千言，不到半年，已经传诵于世。进士崔岐，自负才名，不轻易许可人，但是他很佩服杜颛，赠诗给他，有这样两句："贾马死来生杜颛，中间寥落一千年。"杜颛二十六岁，举进士及第，这时是大和六年。中进士后，他做试秘书正字、瓯使判官。大和八年十一月，李德裕由宰相出为镇海节度使，辟杜颛为巡官。杜牧作了一首诗送杜颛：

少年才俊赴知音，丞相门栏不觉深。

直道事人男子业，异乡加饭弟兄心。

还须整理韦弦佩，莫独矜夸玳瑁簪。

若去上元怀古去，谢安坟下与沉吟。

（《送杜颙赴润州幕》）

这首诗勉励杜颙应当时常检查自己的缺点，不可因为得到府主的重视优待而自满，而对于府主，要尽直道。后来杜颙对李德裕果然能直言规谏。李德裕被贬为袁州长史时，曾对人说："我听杜巡官的话晚了十年，所以有这次的贬谪。"

三　监察御史分司东都

大和九年，杜牧接受朝廷任命为真监察御史，由扬州赴长安供职。这一年杜牧三十三岁。

杜牧自二十六岁进士及第制策登科之后，在京都做官半年，就到外边任幕职，在外七年之久，这时又回到朝廷做官。监察御史的品级虽然不过正八品上，但是它的职权是分察百僚，巡按郡县，纠视刑狱，肃整朝仪，也是一个清要的官职。杜牧是有政治抱负的，这一次进京，可能是怀着明朗的心情，充满希望，哪知这时朝廷中正是密云不雨，景象黯淡，酝酿着一次大政变。

前面已经提到，唐文宗是不甘心受制于宦官的，总想除去他们。他曾经与宰相宋申锡暗中谋划，哪知事机不密，反倒被宦官王守澄及其门客探听出来，利用文宗畏忌他弟弟漳王李凑的隐衷，诬告宋申锡谋立漳王，文宗堕其计中，以至于宋申锡得罪贬死。这是大和五年的事。在这次事件之后，宦官越发专横，文宗虽然表面包容，而内心实在不能忍受，这时他又重用郑注、李训，再一次密谋诛除宦官。

郑注本是宦官王守澄的私人，发动诬告宋申锡的就是他，现在怎么又来帮助文宗谋诛宦官呢？这里面的变化是很曲折的。原来郑注是一个机诈难测的人，他通医术，性机警，专门会花言巧语，迎合人意，往往有讨厌他的人，同他一接触，一谈话，不但不讨厌他，反而很喜欢他。他的接近王守澄就是这样的。宦官王守澄在徐州做监军时，听说郑注在节度使李愬幕中专作威福，很生气，李愬命郑注往见王守澄。郑注谈话，机辩纵横，正中王守澄的心情，于是王守澄不但不厌恶他，而反倒恨相见之晚。从此郑注便投靠在王守澄的门下。王守澄入知枢密，郑注也跟随到长安，依仗王守澄，招权纳贿。宋申锡的事件发生过以后，文宗渐渐有些明白了，很恨郑注，甚至于想杀掉他。大和七年冬天，文宗得了中风的病，不能说话，王守澄推荐郑注能医。文宗吃了郑注的药，很有效验，郑注渐渐得到文宗的宠信。李训本名仲言，后来改名训。他在敬宗时，因罪流放于象州，遇赦得还。他与郑注本来相熟，这时也来到长安，带了李逢吉的财货百万作贿赂，来找郑注，想走王守澄的门路，替李逢吉图谋再入为宰相。郑注引李训见了王守澄，王守澄推荐李训于文宗，说他善于讲《易经》。李训仪状秀伟，俶傥尚气，工文辞，有口辩，文宗很喜欢他，以为"奇士"。从此郑注与李训都得到文宗的信任。他二人看出文宗的意思是想要除去宦官，以微言试探。文宗觉得李训很有才能，又因为李、郑二人都是王守澄推荐的，宦官不会猜疑，于是将自己的真意告诉他们。李训、郑注遂以诛除宦官为己任，于是文宗越发重视他们二人，几乎言无不从。宦官固然很坏，而郑注也不是好人，他与李训想诛除宦官，并无改善政治之心，而是迎合文宗之意，想事成之后，更能擅权得势，富贵无穷。

当大和九年初杜牧进京为监察御史时，李训正做国子《周易》博士，充翰林侍讲学士，郑注守太仆卿，兼御史大夫，二人声势煊赫。当时人都传说郑注早晚就要做宰相，侍御史李甘觉得郑注这种坏人不配做宰相，于是公开地在朝廷上说："宰相是辅佐天子治理天下的，郑注是什么样的人，他居然敢要做宰相。如果皇帝的白麻纸诏书下来①，我一定撕毁它。"第二天诏书下来，原来是任命赵儋为鄜坊节度使的。郑注因此恨李甘，遂加以"轻躁"的罪名，贬他为封州司马。李甘字和鼎，长庆末年进士及第。他与杜牧、李中敏气类相投，交情很好，都是刚直敢言。李中敏当大和六年（832年）为司门员外郎，曾上书为宋申锡诉冤，请斩郑注。当时人都替他捏一把汗，结果，所上书留中不下。第二年，李中敏就请病假回洛阳去了。现在李甘又因得罪郑注而远贬，不久即死在贬所。四年以后，当开成四年（839年），杜牧做左补阙时，曾作《李甘诗》，追叙李甘的事情，伤悼他以忠直而得罪贬死，其中有一段，描写李甘反对郑注做相而被贬之事：

---

① 唐代诏书用麻纸誊写，有黄、白麻之分，任命宰相的诏书用白麻纸写。

时当秋夜月,日直日庚午。喧喧皆传言,明晨相登注。
予时与和鼎①,官班各持斧。和鼎顾予云:"我死有处所。"
当廷裂诏书,退立须鼎俎。君门晓日开,赭案横霞布。
俨雅千官容,勃郁吾累怒。适属命郦将②,昨之传者误。
明日诏书下,谪斥南荒去。

李甘的被贬在大和九年七月,这时郑注、李训大权在握,杜牧的两个气类相投的朋友李中敏与李甘,都因为反对郑注,一个辞官隐退,一个远贬岭南,杜牧自然也感觉危惧。他后来追述他这时的情况是:

每虑号无告,长忧骇不存。随行唯局蹐,出语但寒暄。

(《昔事文皇帝三十二韵》)

这种心境也实在太苦了,所以不久他就以身体有病为借口,表示不能胜任繁剧,于是朝廷命他以监察御史分司东都。东都就是洛阳,唐朝在东都洛阳设置留台,也有御史中丞、侍御史、殿中侍御史、监察御史等官。不过,这种东都留台的职务是很清闲的。

就在这年十一月,长安朝廷中发生政变,许多官员被杀。事实是这样的:李训既得到文宗的信任,在这一年九月,很快地升为宰相,他同郑注遂布置诛除宦官的工作。郑注出为凤翔节度使(凤翔节度使治所在雍县,今陕西凤翔),作为外援,李训又引用郭行

---

① 原注:"李甘字。"
② 原注:"赵儋。"

餘、王璠、罗立言、韩约等，定好计策。十一月二十一日，文宗到紫宸殿，左金吾卫大将军韩约奏称，金吾大厅后石榴树上夜降甘露，百官称贺。文宗命宰相们去看。李训看过回来奏说："这恐怕不是真甘露，不可宣布。"文宗说："当真是这样吗？"又命宦官仇士良、鱼弘志带其他宦官们去看。李训原来的计划，就是要乘此机会将宦官们杀掉。哪知仇士良到左仗看甘露时，韩约变色流汗，仇士良看出情形不对，又发现附近埋伏有许多兵士，带着武器，于是赶紧跑回，将文宗皇帝拥进宫中，立时派出神策禁兵五百人出来，砍杀朝廷官吏，一时情形大乱。后来李训逃走被杀，郑注在凤翔被监军的宦官所杀。宦官迁怒于朝官，不但将李训的党羽王璠、郭行餘、罗立言、李孝本、韩约等捕杀，并且将宰相王涯、舒元舆、贾𫗧等人都逮捕腰斩，家族也被杀。这就是史书上所说的"甘露之变"。这也可以看出封建统治阶级内部争权夺利的倾轧是如何尖锐。

经过这次事变之后，宦官们的气焰更高，"天下事皆决于北司，宰相行文书而已"。宦官"迫胁天子，下视宰相，陵暴朝士如草芥"（《通鉴·唐纪六十一》文宗大和九年）。在以后一个时期内，朝廷上人心一直是惊惶不安。中书、门下两省官应入直者，都与他们的家人们辞诀，因为说不定随时可能遭到祸害。郑覃、李石继任为宰相，比较负责，能维持纲纪，宦官仇士良仍然很嫉视他们，曾派人在早晨李石入朝时暗杀他。李石受了伤，辞去相位。当时长安朝廷中情况之混乱，可想而知。

这时白居易正以太子宾客分司东都，他作了一首诗，慨叹甘露之变，也就是慨叹封建社会中仕途的风波险恶：

祸福茫茫不可期，大都早退似先知。

当君白首同归日，是我青山独往时。

顾索素琴应不暇，忆牵黄犬定难追。

麒麟作脯龙为醢，何似泥中曳尾龟！

（《九年十一月二十一日感事而作》）

杜牧以监察御史分司东都，算是避去了这一场险恶的风波。

隋炀帝曾兴建洛阳，有宫殿苑囿。唐初废罢，高宗显庆二年（657年），又复建为东都。因为洛阳地处中原，交通便利，江淮一带物资运到洛阳比到长安方便得多。所以从高宗一直到玄宗，都时常到洛阳住一个时期，以解决物资供应的困难。武则天在位的二十年之中，更是经常住在洛阳，并一度改名为神都。洛阳城周围五十二里，有一百十三坊，规模也很宏伟，并且前对伊阙，后倚邙山，涧水在西，瀍水在东，洛水中贯，风景形势也很好。唐代许多做官的人，致仕退休之后，都喜欢住在洛阳。而居高位的达官贵人也往往在洛阳布置园亭。最著名的，如宰相裴度就在洛阳午桥庄建筑了一个别墅，名绿野堂。后来武宗朝的宰相李德裕也在洛阳建筑平泉庄。凡是以中央政府的官而分司东都的，也都是职务清简，正可以多有一些闲暇时间，从事游赏。

大和九年七月，李甘因反对郑注做相而被贬时，杜牧还在长安，杜牧来到洛阳大约在八月中。他来了不久，忽然在洛阳东城遇到一位故人，就是以前在南昌与宣州所熟识的歌女张好好。张好好在宣州时嫁与沈述师为妾，不知为什么，沈述师后来又不要她了，这正是封建士大夫玩弄女子的恶劣行为。张好好流落到洛阳,当垆卖酒。他们互相谈起别后情况,当年一同饮酒的朋友都四散了,就是江西与宣州两府的府主沈传师也已经在本年四月中去世。他们一直谈到天晚,"斜日挂衰柳,凉风生座隅"。杜牧一方面同情张好好的身世,一方面联想到当年许多朋友,尤其哀悼沈传师的死去,不禁"感旧伤怀",作了一首长篇五古《张好好诗》。张好好是一个歌妓,在当时社会上地位是很低的,但是杜牧在这首诗中表示同情,把她当作一个朋友看待。杜牧手写的《张好好诗》真迹仍然保存到现在,收藏在故宫博物院。唐朝许多文人都善于书法,杜牧的书法也很好。清叶奕苞说:"牧之书潇洒流逸,深得六朝人风韵,宗伯(按指董其昌)云:'颜、柳以后,若温飞卿、杜牧之,亦名家也。'"(《金石录补》卷二十二"唐杜牧之赠张好好诗"条)

　　在洛阳,杜牧也还有一些熟朋友,如辞官退居的李中敏、告病假休养的左拾遗韦楚老以及前监察御史卢简求等,杜牧常同他们来往。他们知道杜牧向来是倜傥不羁的,现在做监察御史,应当检点一些,谨慎一些,最好交结长厚有学识的朋友,可以访求得失,对做官有所帮助,因此推荐李处士戡。原来李戡是杜牧一向闻名钦佩而未曾见过面的人。当杜牧考进士时,来往于长安、洛阳,就听人传说,十五年前有一位江西李飞,来考进士,貌古文高,礼部吏点名时,大声叫他的姓名,并且检查他应考的凭证,李飞很不满意,说:"这样对待,还算是选贤吗?"于是他就放弃应考,回江西去了。后来杜牧在江西、宣州两府幕中,和同事萧寘、韩乂、崔寿等品量人物时,常说:"有道、有学、有文如李处士戡的很少了,这就是不屑于考进士的那个名叫李戡的。"杜牧心中一直仰慕李戡的为人,所以当他在大和九年来到洛阳之后,听到朋友推荐李戡,立刻就去拜访,两人谈得很契合,遂常常来往。

大和九年的第二年就是开成元年(836年),这一年春二月,李戡应平卢节度使王彦威之辟为节度巡官;开成二年春,王彦威调职,李戡西归,路上得病,回到洛阳后,病始终没有好,死在友人王广的思恭里宅内。后来杜牧给李戡作了一篇墓志铭。据墓志中所记,李戡自幼勤学,读书很有识见,能"解决微隐,苏融雪释"。墓志中特别记了李戡一段论诗的话:

> 诗者,可以歌,可以流于竹,鼓于丝,妇人小儿,皆欲讽诵,国俗薄厚,扇之于诗,如风之疾速。尝痛自元和已来,有元、白诗者,纤艳不逞,非庄士雅人,多为其所破坏,流于民间,疏于屏壁,子父女母,交口教授,淫言媟语,冬寒夏热,入人肌骨,不可除去。吾无位,不得用法以治之,欲使后代知有发愤者。

这一段话很引起后人一些议论。南宋刘克庄作《后村诗话》,认为杜牧也喜欢作描写男女风情的诗,与元、白差不多,不应当诋毁元、白。《四库全书总目提要》集部别集类四"樊川文集"条则认为,指责元、白诗的一段话乃是杜牧所作李戡墓志中记李戡之言,并非杜牧所说,但是又说:"或牧尝有是语,及为戡志墓,乃借以发之。"我认为这段话可能是李戡的意见,不过杜牧既然把它详细记载下来,大概他也是赞同这种意见的。元、白的诗为何要被人指责呢？因为元稹、白居易所作的那种反映民生疾苦、弹劾时政腐败的乐府体讽谕诗，在当时并未广泛流传。元稹《元氏长庆集》集外文《上令狐相公诗启》中说：这些讽谕诗"辞直气粗，罪尤是惧，固不敢陈露于人"。而所作杯酒光景间小篇碎章，包括艳体诗在内，则流传甚广。白居易《白氏长庆集》卷二十八《与元九书》曾说："今仆之诗，人所爱者，悉不过杂律诗与《长恨歌》已下耳。"甚至于各地少年竞相仿效，称为"元和体"。李戡不满意的大概就是这种诗。他的批评当然是不全面不公平的，但是这也的确是晚唐诗坛中的一个问题。顾陶在宣宗大中年间编《唐诗类选》，不选元、白诗，他在《唐诗类选后序》中说："若元相国稹、白尚书居易，擅名一时，天下称为元白，学者翕然，号'元和诗'。其家集浩大，不可雕摘，今无所取，盖微志存焉。"（《全唐文》卷七百六十五）顾陶不选元、白诗，表面的理由是"家集浩大，不可雕摘"，而下面又说："盖微志存焉。"大概也就是不满意所谓"元和体"诗，然因此而抹杀整个的元、白诗，也是不对的。皮日休则替元、白辩护，他说：

  余尝谓文章之难，在发源之难也。元、白之心，本乎立教，乃寓意于乐府雍容宛转之词，谓之讽谕，谓之闲适。既持是取大名，时士翕然从之，师其词，失其旨，凡言之浮靡艳丽者谓之元、白体。二子规规攘臂解辩，而习俗既深，牢不可破，非二子之心也，所以发源者非也，可不戒哉！
（《全唐文》卷七百九十七皮日休《论白居易荐徐凝屈张祜》）

皮日休是很推崇白居易的,他作《七爱诗》,歌颂了他所最崇敬的七个本朝人物,其中一个就是白居易。他作《正乐府》十首,反映了政治腐败的晚唐时期人民生活中的痛苦情况,完全承继了白居易《秦中吟》与《新乐府》的优良传统。他认为当时人学元、白者"师其词,失其旨",专学他们作品中"浮靡艳丽"的一方面,而忽略了其他更好的一方面,这是学者之弊,不应完全由元、白负责。这个看法比较全面。同时,皮日休自己学白居易,就是学习了白居易思想性强的一类乐府诗,而并无另一方面的所谓"浮靡艳丽"的弊病。这也正是一个很好的足以说明问题的例证。至于杜牧对于白居易的不满,也并非出自公平之心,而是杂有私人的偏见。范摅《云溪友议》卷中《钱塘论》说:"先是李补阙林宗、杜殿中牧与白公辇下较文,具言元、白诗体舛杂,而为清苦者见嗤,因兹有恨也。"以后谈到杜牧与张祜的关系时,还要牵涉到这个问题。

杜牧做一个东都留台分司的监察御史,职务清简,他常在洛阳闲游,凭吊古迹。在唐朝前半期一百多年中,皇帝经常来洛阳住,自安史乱后,皇帝就不来了,宫殿大多荒废。杜牧感慨今昔,作了《洛阳长句二首》,其中第一首云:

> 草色人心相与闲,是非名利有无间。
> 桥横落照虹堪画,树锁千门鸟自还。
> 芝盖不来云杳杳,仙舟何处水潺潺?
> 君王谦让泥金事,苍翠空高万岁山。

杜牧于大和九年秋来到洛阳，第二年是开成元年，开成二年初，即请假离洛阳（详后），在洛阳只住了一年半。此诗作于春日，应是开成元年作，恰在甘露之变以后三四个月之中。头两句诗说明杜牧这时的心境，由于甘露之变，深感到宦海风波的险恶，因此，将是非名利看得若有若无，自己的心与草色一样清闲了。又有一次，杜牧游洛阳怀仁坊的敬爱寺，登楼赋诗：

暮景千山雪，春寒百尺楼。独登还独下，谁会我悠悠？

（《登敬爱寺楼》）

末二句用陈子昂《登幽州台歌》"念天地之悠悠，独怆然而涕下"语意，言外也包含了无限的感慨。

如果再追溯上去，洛阳是一千多年来许多朝代的都城。在西周初年，统治者为了经营东方，镇压殷商残余势力，于是在黄河之南，伊水、洛水之北，建筑了一个城，名曰王城，又名洛邑，又名郏鄏，居于涧水之东，瀍水之西（王城故址在今洛阳市王城公园一带）；后来又在瀍水之东修筑了一个城，名曰成周，也叫下都（成周故址在今洛阳市白马寺东）。周平王东迁居王城，敬王迁居成周，赧王复还王城。西汉时，在王城设立河南县，在成周设立洛阳县。东汉、曹魏、西晋、北魏等朝代建都洛阳者，皆在汉之洛阳县。洛阳与河南二城东西相去四十里，隋炀帝在二城之中营建新都，唐代因之，名曰东都（隋、唐洛阳城在汉洛阳城西十八里，今洛阳旧城当隋、唐故城洛水北瀍水西一小部分），而东汉以来建都之洛阳名曰洛阳故城。洛阳故城在唐代洛阳城东十八里，残址虽存，已很荒凉。杜牧有时来到这里凭吊，想起东汉灵帝时所修筑的毕圭苑与平乐馆，当时何等奢丽，现在只有秋风斜日，又想到东汉的党锢，西晋的清谈，西晋末年以后洛阳经过的许多次兵燹之灾，于是作了一首《故洛阳城有感》诗，发抒他的吊古之怀。

四 再到宣州

开成二年，杜牧因他的弟弟杜𫖮在扬州眼病加重，于是离开洛阳到扬州去看弟弟。

杜𫖮本来在李德裕镇海节度使府做巡官，李德裕贬为袁州长史，杜𫖮即移居于扬州。大和九年六月，朝廷任命杜𫖮为咸阳县尉，直史馆。杜𫖮说："李训、郑注一定要失败，我要慢慢走，等着看。"走到汴州（治所在今河南开封），甘露之变发生，李训、郑注果然都失败。杜𫖮到洛阳，以病辞官，又回到扬州。这时牛僧孺还在扬州做淮南节度使，邀请他入幕府。杜𫖮因为是李德裕的旧幕僚，李德裕与牛僧孺异党相仇，并且李德裕正在贬谪中，杜𫖮不肯负李德裕，所以拒绝了牛僧孺的辟召。杜𫖮自幼时就有眼病，开成二年春，眼病加重，看不见东西，报信给杜牧。杜牧对他弟弟是很友爱的，听到了很着急。杜牧的朋友韦楚老推荐同州（治所在今陕西大荔）眼医石公集医术高明，杜牧告假回长安，迎接石公集，一同东下，到扬州，见到杜𫖮，这时杜𫖮正住在禅智寺。石公集诊视以后说："这种病是由于脑中积蓄了毒热，脑脂融化流下，障塞瞳子，名曰内障，用针刺入白睛穴上，拨去障塞物，就会好了。但是现在还不便医治，等一年之后，脂当老硬如白玉色，才可以攻治。"

扬州本是杜牧旧游之地,当时他歌舞征逐,兴致甚豪,这一次再来,他弟弟正害严重的眼病,杜牧的心境自然不好,不再有当年的豪情逸兴。而且住在扬州城东的禅智寺中,环境清寂,所见无非青苔、白鸟、暮霭、斜阳,简直不像是一个十里珠帘、二分明月的繁华都市。

雨过一蝉噪,飘萧松桂秋。青苔满阶砌,白鸟故迟留。
暮霭生深树,斜阳下小楼。谁知竹西路,歌吹是扬州?

(《题扬州禅智寺》)

唐代制度,"职事官假满百日,即合停解"(《唐会要》卷八十二"休假"条)。杜牧告假已满百日,因为要照顾弟弟,所以就弃去监察御史的官职,不再回洛阳。不过,杜牧也还需要有一个官职,取得俸禄,以维持生计。淮南节度使牛僧孺本来是对杜牧很好的,应当可以照顾他,但是就在这一年五月,牛僧孺调任为检校司空、东都留守。继任为淮南节度使的是李德裕。李德裕与杜颛关系很好,但是不喜欢杜牧。他到任后,又辟召杜颛为淮南支使,试大理评事,兼监察御史。杜颛已经失明,当然不能就职,而杜牧还没有工作。这时恰好有一个熟人崔郸正做宣歙观察使,宣州离扬州不远,崔郸就是杜牧中进士时的座主崔郾之弟。十年前,杜牧应进士举时,也曾将作品投献给崔郸,得到他的称赞,所以这时杜牧又写了一封信给崔郸,并献上新作杂诗一卷。不久,崔郸就辟召杜牧为宣州团练判官,京衔是殿中侍御史、内供奉。这年秋末,杜牧就携带杜颛与眼医石公集由扬州到宣州。当他离开扬州时,作诗一首:

故里溪头松柏双,来时尽日倚松窗。

杜陵隋苑已绝国,秋晚南游更渡江。

(《将赴宣州留题扬州禅智寺》)

宣州的治所宣城县,是一个风景幽美的地方,有山有水。城北十里有敬亭山,千岩万壑,云蒸霞蔚。宛溪源出县城东南峄山,流绕城东,至城东北,与句溪合。南齐著名诗人谢朓曾做过宣城太守,留有谢公楼、谢公亭等古迹,因此宣州亦称为"谢朓城"。李白曾来这里游玩过,作了许多诗。杜牧重来宣州,不像上次随沈传师在宣州时,幕府同僚中有许多熟朋友,时常饮酒宴会,这时情况比较冷落,所以常常一个人出去漫步,欣赏自然景物。宣州有一个开元寺,原是东晋时建筑的,名永安寺,唐开元二十六年(738年)改名开元寺。这个寺建筑得很好,风景也不错,杜牧常来游赏赋诗,他的《题宣州开元寺》诗描写寺中景象说:

楼飞九十尺,廊环四百柱。高高下下中,风绕松桂树。
青苔照朱阁,白鸟两相语。溪声入僧梦,月色晖粉堵。

开成三年(838年)六月中,杜牧在开元寺遇到大雨,想起大和六年,他正在宣州,也曾遇到一次大雨,那时他是"壮气神洋洋",并且是:

东楼耸首看不足,恨无羽翼高飞翔。

但是现在无复当年的豪气了:

> 今年阆茸鬓已白,奇游壮观惟深藏。
> 景物不尽人自老,谁知前事堪悲伤!
>
> (《大雨行》)

杜牧三十三岁在洛阳重遇张好好时,张好好曾经因为他的胡须早白而觉得奇怪,这一年杜牧三十六岁,鬓发也有些白了。又有一次,杜牧登开元寺水阁,观赏四周景物,作了一首很著名的七律:

> 六朝文物草连空,天淡云闲今古同。
> 鸟去鸟来山色里,人歌人哭水声中。
> 深秋帘幕千家雨,落日楼台一笛风。
> 惆怅无因见范蠡,参差烟树五湖东。
>
> (《题宣州开元寺水阁阁下宛溪夹溪居人》)

上文提到,杜牧善于作长篇五古,而七律也是杜牧所擅长的一种诗体。七律虽然只有七言八句,但是唐代诗人善于运用这种体裁,大含细入,变化无方,创作出许多传诵千载的名篇佳什。晚唐时,在这方面最擅胜场的当推杜牧与李商隐。李商隐少时曾模李贺体,其后运用李贺古诗中象征之法于律诗中,去其奇诡而变为芳悱凄美,遂为律诗开一新境界;而杜牧的七律则善于用拗峭之笔,见俊爽之致,譬如这一首诗及上文所举出的《洛阳长句》诗"草色人心相与闲,是非名利有无间。桥横落照虹堪画,树锁千门鸟自还"等句,都是典型的例子。

当沈传师做宣歙观察使时,诗人赵嘏也寄寓宣州。赵嘏有《宛陵寓居上沈大夫》诗,宛陵就是指宣州宣城县,因为宣城县在汉朝名宛陵,而沈大夫就是指沈传师。这时赵嘏既在宣州,可能与杜牧相识。杜牧离开宣州后,赵嘏还留居在这里。杜牧第二次来到宣州,又常与赵嘏来往。有一次宴会上,赵嘏替歌妓作了一首诗赠给杜牧:

> 郎作东台御史时,妾身西望敛双眉。
> 一从诏下人皆羡,岂料恩衰不自知。
> 高阙如天紫晓梦,华筵似水隔秋期。
> 坐来情态犹无限,更向楼前舞柘枝。
>
> (《代人赠杜牧侍御》)①

这个歌妓大概是杜牧第一次在宣州时就熟识的,诗中说,她听到杜牧为监察御史分司东都,又是欢喜,又是怀念,现在又相聚了,所以为杜牧表演柘枝舞。赵嘏后来在武宗会昌四年(844年)举进士及第。他的《早秋》诗中有两句:"残星几点雁横塞,长笛一声人倚楼。"杜牧很欣赏,因此称他为"赵倚楼",并且有《雪晴访赵嘏街西所居三韵》诗送给他,这都是以后的事了。

---

① 此诗见同文书局缩印本《全唐诗》卷二十,题下自注"宣州会中",故知是在宣州时作。

杜牧此次在宣州，也交结了几位新朋友。有一位元处士，在这里隐居，杜牧曾作诗赠他：

陵阳北郭隐，身世两忘者。蓬蒿三亩居，宽于一天下。
樽酒对不酌，默与玄相话。人生自不足，爱叹遭逢寡。

（《赠宣州元处士》）

又有一位沈处士，应苏州刺史李款之招，杜牧作五古一首为他送行。李款曾经弹劾过郑注，与李甘、李中敏等气类相投，也是杜牧的朋友。沈处士也颇有用世之志，所以杜牧诗中对他加以勉励：

处士常有言："残虏为犬豕。常恨两手空，不得一马棰。"
今依陇西公，如虎傅两翅。公非刺史材，当坐岩廊地。
处士魁奇姿，必展平生志。

（《送沈处士赴苏州李中丞招以诗赠行》）

沈处士所谓"残虏"，大概是指燕赵割据的藩镇，他有削平藩镇的志向，这一点是杜牧所赞同的。杜牧又认识了一位卢霈秀才，也是个不平凡的人。卢霈是河北范阳人，自天宝后，他的祖先三代都在卢龙与成德两个节度使辖区内做官。卢霈自少习染了河北藩镇统治区中强悍的风气，不读书求学，年二十岁，还不知道古代有周公、孔夫子那样人物，只知道击球、饮酒、走马、射兔和攻守战斗之事。镇州有一位儒者黄建，为卢霈说明学问的道理，并且告诉他黄河以南唐朝天子统治区内的种种情况。卢霈受到启发，与他弟弟卢云偷骑家中骏马，一天跑了三百里，夜间到达襄国（河北邢台），舍马步行入王屋山，在道士庙中勤苦读书十年，有学问，能文章。他出游到宣州，与杜牧相识，开成三年归王屋山，将赴长安去考进士，杜牧作诗送他。开成四年，卢霈死去。卢霈身为河北藩镇辖区内的人，世代在卢龙、成德两个节度使下做官，却不满意藩镇割据，曾说："丈夫一日得志，天子召于座前，以筯画地，取山东一百二十城，惟我知其甚易尔。"并且能畅谈燕赵间山川险要，教令风俗，三十年来朝廷与藩镇攻战得失。这些都是杜牧所赞赏的，所以卢霈生前，杜牧曾推荐他于公卿间，当他死后，杜牧很痛惜，给他作了一篇墓志。

这几年中，杜牧亲属中也有些生死的变故。开成二年，杜牧长男曹师生。这年十一月，杜牧的堂嫂即杜悰之妻岐阳公主死去。

开成三年冬，杜牧迁官左补阙、史馆修撰。这时已经是一年将尽了，杜牧仍留在宣州过年，预备明年春天往长安就任新职。

第四章 "三守僻左,七换星霜"

一 短期的京官

开成四年一开春,杜牧就要准备启程赴长安了。

这时杜牧有一个难于解决的问题,就是对于他的害眼病失明的弟弟杜顗如何安置。杜牧既然要到长安去,杜顗当然不能留在宣州,无人照应;如果带他一同到长安,在长安居住,费用大,而京官俸薄,杜牧在长安又没有产业,如何供养?恰好他们的堂兄杜慥这时正做江州刺史(江州治所浔阳县,今江西九江市),宣州离江州不远,如果将杜顗与眼医石公集都送到江州,请杜慥照应,并供给一切生活、医疗费用,倒是一个较好的办法。兄弟二人商议定了,所以开成四年初春,杜牧就先送杜顗与眼医石公集赴江州,依靠堂兄杜慥。

杜牧离宣州将赴长安就任新官职时,很有感慨。他自大和二年十月随沈传师到江西幕中,转宣州、扬州,中间曾一度入京为监察御史,数月后即分司东都,后来又到扬州,再入宣州幕府,首尾共历十一年(828—838年)。回想这十一年中,飘荡江湖,虽然不

算得志,但是游赏溪山,流连诗酒,亦有耐人追忆之处,他作了一首诗:

> 潇洒江湖十过秋,酒杯无日不迟留。
> 谢公城畔溪惊梦,苏小门前柳拂头。
> 千里云山何处好?几人襟韵一生休?
> 尘冠挂却知闲事,终把蹉跎访旧游。
>
> (《自宣城赴官上京》)

杜牧自宣州赴江州,先由陆路到长江边,然后乘船溯江而上。当他的船到和州(治所历阳县,今安徽和县)横江渡时,和州刺史裴君偕李、赵二秀才同来迎接,杜牧作了一首七律记此事,兼寄许浑:

> 芳草渡头微雨时,万株杨柳拂波垂。
> 蒲根水暖雁初浴,梅径香寒蜂未知。
> 辞客倚风吟暗淡,使君回马湿旌旗。
> 江南仲蔚多情调,怅望春阴几首诗。
>
> (《初春雨中舟次和州横江裴使君见迎李赵
> 二秀才同来因书四韵兼寄江南许浑先辈》)

张仲蔚是汉代的隐士,好诗赋,闭门养性,不慕荣名。杜牧此诗第七句"江南仲蔚多情调",就是借仲蔚以比许浑。许浑《丁卯集》卷上有《酬杜补阙初春雨中泛舟次横江喜裴郎中相迎见寄》诗:

> 江馆维舟为庾公，暖波微渌雨蒙蒙。
> 红檐迤逦春岩下，朱旆联翩晓树中。
> 柳滴圆波生细浪，梅含香艳吐轻风。
> 郢歌莫问青山吏，鱼在深池鸟在笼。

就是和杜牧此诗之作。许浑也是晚唐著名的诗人，他字用晦，丹阳（江苏丹阳）人，大和六年进士及第。这时他大概正在当涂做县令，所以诗中有"青山吏""鸟在笼"诸语。当涂县（安徽当涂）属宣州，离和州不远。

杜牧还在和州附近凭吊古迹。这里有乌江亭，乌江是项羽兵败自杀之处。杜牧作了一首《题乌江亭》诗，认为项羽应当忍辱再起，不必自寻短见：

> 胜败兵家事不期，包羞忍耻是男儿。
> 江东子弟多才俊，卷土重来未可知。

这里的横江渡口，汉末孙策率兵渡江取江东，西晋初王濬率水军沿江东下灭吴，都从此经过。杜牧作了一首《题横江馆》诗，咏叹当年争王争霸的事业都成陈迹：

> 孙家兄弟晋龙骧，驰骋功名业帝王。
> 至竟江山谁是主，苔矶空属钓鱼郎。

杜牧喜欢用绝句体作论史诗，李商隐也是这样。

由和州再溯江西南行不远，就到芜湖（芜湖，汉旧县，唐代为镇,在今安徽芜湖县境)。以前杜牧随沈传师由江西移镇宣州时,乘船东下,曾夜泊芜湖口,现在再宿芜湖,想起有关沈传师的事迹以及自己同他的情谊,而沈传师已经逝世数年了,真是:

往事惟沙月,孤灯但客船。岘山云影畔,棠叶水声前。

于是作了一首《感旧伤怀因成十六韵》的五言排律。

杜牧携带弟弟杜颛与眼医石公集到了江州,交给堂兄杜慥。二月中,将赴长安,临别时,和他弟弟杜颛执手而哭,劝他不必过于忧虑。

杜牧前数年在扬州幕中调京做监察御史,是乘船由运河北上,溯黄河而西,这是当时江淮一带人士进京通常走的道路;而这一次却走的是另外一条路,乘船溯长江、汉水,经襄阳、南阳、武关、商山而至长安。沿路有山有水,风景很好,又恰是二三月间春光明媚的时候,所以杜牧一路兴致很好,作了许多首诗,描写沿途的情事景物。他泛舟汉江时是:

溶溶漾漾白鸥飞,绿净春深好染衣。

(《汉江》)

他在南阳(河南南阳县)道中时是:

绿树南阳道,千峰势远随。碧溪风澹态,芳树雨馀姿。
野渡云初暖,征人袖半垂。残花不一醉,行乐是何时?

(《途中作》)

有一天，杜牧在南阳乡村道中遇雨，他向道旁农家避雨，这家的主人还预备饭食殷勤招待他，也可以看出乡村中人朴厚的感情：

> 春半南阳西，柔桑过村坞。娉娉垂柳风，点点回塘雨。
> 襄唱牧牛儿，篱窥蒨裙女。半湿解征衫，主人馈鸡黍。
>
> （《村行》）

过了南阳，再向西北行，就要进入武关了。杜牧想起当年楚怀王听信郑袖的谗言，疏远屈原，以至于为秦王所欺骗，诈言相会，而一入武关，秦伏兵绝其后，要劫怀王，以求割地，怀王怒，不听，竟死于秦。这些都是千年以前的事了。现在呢？

> 山墙谷堑依然在，弱吐强吞尽已空。
>
> （《题武关》）

进入武关，就遇到商山。商山在商州（治所上洛县，今陕西商县）东，林壑幽邃，有七盘十二峰。这一带山水萦回，很不好走，每至夏秋，山涧水涨，行旅不能过，极以为苦。德宗贞元七年（791年），商州刺史李西华开辟新道，以避水潦，从商州西至蓝田（陕西蓝田），东到内乡（河南内乡），七百多里，绕山开路，人不病涉，叫作"偏路"。这条路自武关西北行五十里，到桃花铺，又八十里到白杨店子，又八十里到麻涧，又百里到新店子，又百里到蓝田县。杜牧这次就是从"偏路"走的，经过麻涧，他很欣赏这一带的景物：

云光岚采四面合，柔柔垂柳十馀家。

雉飞鹿过芳草远，牛巷鸡埘春日斜。

（《商山麻涧》）

商山有一个富水驿，本名"阳城驿"，与德宗时谏议大夫阳城同名。因为阳城是一位贤者，后人尊敬他，觉得这个驿名犯了他的名讳不好，宪宗元和五年（810年），元稹贬官为江陵士曹时，从此地经过，作《阳城驿》诗云："商有阳城驿，名同阳道州。……我愿避公讳，名为避贤邮。"就有想改名之意，所以后人就改名为"富水驿"。杜牧经过此地，意见不同。他认为阳城是一位清廉正直的人，当时奸佞裴延龄得到德宗的信任，诬谮大臣陆贽等，加以贬黜，没有人敢救他们，阳城上书论裴延龄奸邪、陆贽等无罪。德宗有意用裴延龄为相，阳城公开对人说："如果朝廷用裴延龄为相，我要取白麻毁坏了它。"并且在朝廷上恸哭以表示反对。德宗很生气，后来终于将他贬为道州刺史。杜牧以为像阳城这样刚直敢言反对权奸的人是很少的，正应当保留阳城驿的原名，不必改换，使得凡是来长安做官经过此驿的人，都可以闻风而警惕，于是他作了这样一首诗：

益戆由来未觉贤，终须南去吊湘川。

当时物议朱云小，后代声华白日悬。

邪佞每思当面唾，清贫长欠一杯钱。

驿名不合轻移改，留警朝天者惕然。

（《商山富水驿》）

此外，杜牧还作了《入商山》《除官赴阙商山道中绝句》《题商山四皓庙一绝》诸诗篇。

大约在开成四年春末夏初的时候，杜牧来到了长安，就任左补阙、史馆修撰的新职。左补阙，从七品上，掌供奉讽谏，大事廷议，小则上封事，也是一个相当清要的官职。不过，这时朝廷政局并不好，自甘露之变以后，宦官越发骄横，此时的宰相杨嗣复等也都是庸碌之人，不能有所作为。杜牧看到这种情况，心境当然是郁闷的。

当大和九年杜牧调进京做监察御史之时，李训、郑注专权，杜牧的好友李甘因反对郑注而被贬为封州司马，杜牧也借口有病而分司东都。现在四年过去了，杜牧又来到长安任左补阙，李甘已经死于贬所，杜牧很想上书替李甘雪冤，但是当时朝政混浊，使杜牧仍然多所顾忌，他说：

贤者须丧亡，谗人尚堆堵。予于后四年，谏官事明主。
常欲雪幽冤，于时一裨补。拜章岂艰难，胆薄多忧惧。

所以只好作了一首《李甘诗》："题此涕滋笔，以代投湘赋。"

唐文宗不甘心受制于宦官，但是他对宦官又无可奈何。他曾两次与大臣谋划，诛除宦官，都失败了。自甘露之变以后，宦官更恨文宗，要加强控制，甚至于想把他废掉，所以文宗精神很苦闷，他曾对翰林学士周墀叹息说，自己还不如周赧王、汉献帝，因为周赧王、汉献帝受制于强诸侯，而自己则是受制于家奴。开成五年（840年）春正月，文宗死去。文宗临死前，曾召宰相杨嗣复、李珏至禁中，要他们奉太子李成美监国，而宦官仇士良、鱼弘志矫诏立文宗之弟颖王李瀍为皇太弟。文宗死后，李瀍即位，是为武宗，第二年改元会昌。

武宗之立，非宰相意，所以杨嗣复、李珏相继罢去，召淮南节度使李德裕入朝，九月，至京师，遂受命为门下侍郎，同平章事。此后，终武宗之世（840—846年），六年之中，李德裕一直做宰相，很得到武宗的信任。李德裕在晚唐的宰相中是很有政治才能的，不过，他的入相，也还是宦官杨钦义之力。

开成五年，杜牧升官为膳部员外郎。膳部员外郎，从六品上，属礼部尚书，掌管朝廷的祭器、牲豆、酒膳，辨其品数及藏冰食料之事。这一年冬天，他请假往江州浔阳，看他弟弟杜颛。杜颛的眼病仍然医治无效。杜牧这次请假到江州，本想把杜颛带回长安。杜颛知道杜牧做京官，俸禄薄，无力供养许多人，所以回答说："西归长安，不是办法，只好还是跟随堂兄杜慥，他到哪里，我就到哪里。"杜牧也就暂时在浔阳住下。第二年是武宗会昌元年（841年），四月中，杜慥调任为蕲州（治所蕲春县，今湖北蕲春）刺史，杜牧跟随他一同到蕲州。七月，杜牧归京师。

杜牧归京师之后，大概不久又调任为比部员外郎，第二年，就外放了。

二 出守黄州

武宗会昌二年春天，杜牧由比部员外郎外放为黄州刺史，这时杜牧四十岁。一直到会昌四年九月，才迁池州刺史，在黄州住了两年多。

杜牧为什么由京官外放，史书中无有记载。据杜牧自己的推测，可能是由于宰相李德裕的排挤。杜牧《祭周相公文》中曾说："会昌之政①，柄者为谁？忿忍阴污②，多逐良善。牧实忝幸，亦在遣中。黄岗大泽，葭苇之场。"所谓会昌柄政者，当然是指李德裕了。其后在李德裕执政的数年之中，杜牧由黄州刺史迁池州，始终在外州做刺史。李德裕讨伐泽潞，抵抗回鹘，杜牧都曾上书论用兵方略，李德裕采纳其言，但是不引用其人，显然是很有成见的。李德裕为什么不喜欢杜牧呢？这里边原因复杂，关系微妙。李、杜两家本来是有世交的，李德裕之父李吉甫自称"尝为司徒吏"（《樊川文集》卷八《唐故岐阳公主墓志铭》），所谓"司徒"，就是指杜佑，而杜牧在宣州幕中写信给李德裕，也说"某忝迹门墙"（《樊川文集》卷十六《上淮南李相公状》），可见他们两家关系还是相当密切的。李德裕对于杜牧的弟弟杜颛很器重，屡次辟召他为幕僚，但是他为什么独不喜欢杜牧？可能是由于这样几种原因：一、杜牧虽然出身于高门世族，但是为人倜傥，不拘绳检，与李德裕所标榜的山东士族谨守礼法的标准不合。二、当时牛、李党争，李德裕与牛僧孺是敌对的，而杜牧在牛僧孺淮南节度使府做过掌书记，两人私交很好，李德裕可能认为杜牧是牛党。三、杜牧性情刚直，抱负不凡，不肯逢迎敷衍有权势的人，也许使李德裕觉得他难于接近。

---

① "政"字，本集作"改"，据《全唐文》校改。
② "污"字，本集作"汙"，据《全唐文》校改。

唐代黄州又名齐安郡，管辖黄冈、黄陂、麻城三县，治所在黄冈县（湖北黄冈）。杜牧《黄州刺史谢上表》中说，当时黄州"户不满二万，税钱才三万贯"，据《元和郡县志》，黄州，开元时户一万三千七十三，元和时，户五千五十四。会昌时黄州的户数比元和时是增加了，但是还是一个比较穷僻的小州。杜牧自出仕以来，在使府任幕职，虽有官业，不亲治民，而在朝廷做监察御史及左补阙等官，都为时很短，又遇到朝政浊乱之时，也不能有所作为，现在出来做刺史，要"专断刑罚，施行诏条"（《樊川文集》卷十五《黄州刺史谢上表》）了。在杜牧来说，第一次做亲理民事的地方官，当然毫无经验。不过，杜牧是相当关心民生疾苦的，当他二十几岁时，游澄城县，观察访问，听说神策禁军对于澄城县西京畿附近人民的骚扰，非常愤慨，曾撰文记其事。还有一次，当他行路经过乡村时，看到农民生活的穷苦，很表同情，曾作过《题村舍》这样一首诗：

三树稚桑春未到，扶床乳女午啼饥。
潜销暗铄归何处？万指侯家自不知。

这一次他自己做了亲民之官，当然要尽个人力量所能办到的，做一些有利于人民的事情。

原来黄州临近蔡州，当淮西节度使李氏、吴氏相继跋扈抗命之时，黄州是用兵之地，所以多用武人做刺史，军需孔急，自不免横征暴敛，而胥吏亦借端渔利，于是弊政丛生。蔡州平定以后，还未能完全革除，杜牧一个一个地加以改善。譬如每逢伏腊节序，祭祀庆祝所用的酒肉及一切杂物，刺史衙门的胥吏百馀人公然向人民要，而乡村里胥更是加十倍地勒索，人民缴纳的这些东西，几乎相当公租之半，杜牧调查出来，全都除去。黄州境内乡正村长有三百人之多，大都是豪强充当，他们假借地位，鱼肉人民，杜牧也加以甄别、清除；还有州县吏收租时，额外加征，譬如一两丝要加二铢，一斗粟要加一升，杜牧也将这些陋规除去。他并且告诫州县吏，购买民间的东西要公平，人民来告状时，要使他们能尽量陈诉自己的冤屈。杜牧到任后十六个月之内，做了这些事情。

晚唐的政治是腐败的，当时人民所受的压迫剥削很重，杜牧在短期的黄州刺史任上区区的改善，也只如杯水车薪，收效有限。两年之后，杜牧离开黄州赴任池州时，作了一首《即事黄州作》诗，说到当时民生的情况是"萧条井邑如鱼尾"，《诗经·周南·汝坟》篇："鲂鱼赪尾，王室如毁。"鱼劳则尾赤，以比喻人民之苦于虐政。杜牧即用此句之意慨叹当时民生的困苦。

杜顗的眼病是杜牧所非常关心的。会昌二年，杜牧在京时，曾访问一位做过虢州刺史的庾君，因为庾君也害过眼病，庾君推荐同州眼医周师达，说他比石公集医术更好。杜牧到黄州后，就派人以重币卑词迎接周师达，同他一齐到蕲州。周师达一看杜顗的病，说："眼中有赤脉。凡内障凝脂，如果有赤脉，针拨不能去，赤脉不除，施针无效。要除赤脉，必有良药，但是我还不知道。石公集医道浅，不明此理，妄自施针两次，也没有用。"周师达不施针而去。这时杜牧的堂兄杜悰新调任为淮南节度使，于是杜牧与杜顗兄弟二人商议："扬州是大郡，为天下通衢，异人术士，多游其间。现在到扬州去,正值堂兄悰为节度使,有势力,可为久安之计,并且希望能够遇到治好眼病的机会。"这年秋天,杜𫖮携家东下,住在扬州。

杜牧自二十六岁进士及第,制策登科,从事仕宦,到会昌二年已经十五年了。其中十年为幕府吏,两度做京官,现在四十岁,做一个小州的刺史。杜牧是有政治抱负的,但是他不屑于钻营奔走,不肯苟合取容,因此在仕途上是不得意的。他在长安时,曾拜谒御史中丞李回,送文章给他看,很得到赏识。到黄州后,杜牧回想十五年中仕宦不得意的情况,上书给李回,倾吐怀抱,书信中说:

> 某入仕十五年间,凡四年在京,其间卧疾乞假,复居其半。嗜酒好睡,其癖已痼,往往闭户,便经旬日,吊庆参请,多亦废阙。至于俯仰进趋,随意所在,希时徇势,不能逐人。是以官途之间,比之辈流,亦多困踬。自顾自念,守道不病,独处思省,亦不自悔。

书信后半自述志业说:

> 某世业儒学,自高、曾至于某身,家风不坠,少小孜孜,至今不怠。性颛固不能通经,于治乱兴亡之迹,财赋兵甲之事,地形之险易远近,古人之长短得失,中丞即归廊庙,宰制在手,或因时事,召置堂下,坐之与语,此时回顾诸生,必期不辱恩奖。

(《樊川文集》卷十二《上李中丞书》)

这年秋天,有一次正当凉雨初晴,菊花盛开,杜牧一个人在刺史衙署的书斋中饮酒遣闷,回思往事,也不免有许多感慨,于是作了一首《郡斋独酌》诗,诗中最后一段也说到自己的抱负:

往往自抚己,泪下神苍茫。御史诏分洛,举趾何猖狂!
阙下谏官业,拜疏无文章。寻僧解幽梦,乞酒缓愁肠。
岂为妻子计,未去山林藏?平生五色线,愿补舜衣裳。
弦歌教燕赵,兰芷浴河湟。腥膻一扫洒,凶狠皆披攘。
生人但眠食,寿域富农桑。孤吟志在此,自亦笑荒唐。
…………

由这篇书信与这首诗看来,杜牧此时心中是很愤懑的。他有才能,有抱负,承继了祖父杜佑经世致用之学,研究"治乱兴亡之迹,财赋兵甲之事,地形之险易远近,古人之长短得失",但是因为不能"希时徇势",所以宦途困踬,虽然自省不悔,而政治抱负亦不得施展。他做监察御史,又做左补阙,都迫于环境,不能有所作为,只好"寻僧解幽梦,乞酒缓愁肠"。但是他不肯归隐山林,岂是只为贪图官俸以养妻子呢?不是,他是有政治抱负的,他愿意辅佐君主,治国安民,"平生五色线,愿补舜衣裳"。他认为当时最重要的事情就是削平藩镇,加强统一,收复河湟,巩固边防,即所谓"弦歌教燕赵,兰芷浴河湟",而最终目的是要"生人但眠食,寿域富农桑",使人民能安居乐业,生产得以发展。这种忧国忧民的思想情怀,与杜甫的"致君尧舜上,再使风俗淳","穷年忧黎元,叹息肠内热",是颇为相近的。

当然,杜牧这种进步的思想还是有它的局限性。杜牧究竟是封建地主阶级的士大夫,所以他总是要依靠君主,对于统治者寄有幻想,他想:"平生五色线,愿补舜衣裳。"事实上,晚唐君主的昏庸,政治的混浊,使人民的苦难一天一天地加深,而杜牧自己的抱负也总没有施展的机会。事实的教训,幻想的破灭,使他产生消极的情绪,这就是杜牧思想中的矛盾。所以就在会昌二年这一年,他又作了一首《自遣》诗:

四十已云老,况逢忧窭馀?且抽持板手,却展小年书。
嗜酒狂嫌阮,知非晚笑蘧。闻流宁叹吒?待俗不亲疏。
遇事知裁剪,操心识卷舒。还称二千石,于我意何如?

这首诗表现了消极的情绪,也可以说是怀才不遇、直道不容的一种牢骚。这种情绪在杜牧晚年的诗中表现得更多些。

会昌二年秋,回鹘乌介可汗骚扰北方边境。回鹘就是回纥[①],本是突厥族的一支,8世纪中叶,国势渐盛,其境域东西数千里,但与唐朝始终保持友好关系,曾两度出兵帮助唐朝平定安史之乱,与唐贸易,卖马于唐而换得唐朝的绢与茶。当唐文宗末年,回鹘境内连年天灾,羊马多死,统治阶级内部又发生内乱,这时黠戛斯兴起,乘机攻回鹘,大破之,把他们的牙帐几乎烧完,回鹘诸部逃

---

① 6世纪初称回纥,公元788年改称回鹘。

散,厖驳可汗被杀。可汗的弟弟嗢没斯等率众到天德军塞下[①],请内附。会昌元年二月,回鹘馀部立乌希特勤为乌介可汗。黠戛斯破回鹘时,得唐大和公主,遣达干十人送公主回唐。回鹘乌介可汗引兵邀击达干,尽杀之,劫公主为质,南渡大漠,屯天德军境上,向唐求粮,并求借振武城[②],又求借天德城。乌介可汗往来于天德、振武之间,剽掠寄居塞下的党项与吐谷浑人,又屯杷头烽北。唐朝屡次派遣使者告谕他,要他退回去,乌介可汗不予理会。会昌二年八月,乌介可汗率众过杷头烽南,突入大同川,转战到云州(山西大同市)城门。唐朝下诏发陈、许、徐、汝、襄阳诸处兵屯太原及振武、天德,准备第二年春天击退回鹘。

杜牧想到北方边境人民因为回鹘统治者带兵南下,仓皇逃难,颠沛流离,他很同情他们,写了一首《早雁》诗:

> 金河秋半虏弦开,云外惊飞四散哀。
> 仙掌月明孤影过,长门灯暗数声来。
> 须知胡骑纷纷在,岂逐春风一一回?
> 莫厌潇湘少人处,水多菰米岸莓苔。

作诗的方法是多种多样的,杜牧所作忧时感事之诗,有许多是直陈其事,而这一首则是通体用比兴之法,借雁以寄慨,以高妙的艺术

---

① 唐天德军本安德都护,旧治西受降城。天宝中,于大同川西筑城,移治于此,名曰天安军,乾元后改为天德军,西南移治永清栅,元和八年,复移治于大同川之旧城,故址在今内蒙古自治区乌喇特旗西北。

② 唐振武军治所在今内蒙古自治区和林格尔。

表达深厚的同情，更耐人玩诵。

这一年冬天，黄州下雪，有一尺厚。杜牧又想到自己平日研究兵法，这时边塞用兵，正是报国的机会，并且自信有具体的策略，可以制胜回鹘，但是君主与宰相不肯信任自己，有什么办法呢？于是作了一首《雪中书怀》诗：

腊雪一尺厚，云冻寒顽痴。孤城大泽畔，人疏烟火微。
愤悱欲谁语，忧愠不能持。天子号仁圣，任贤如事师。
凡称曰治具，小大无不施。明庭开广敞，才俊受羁维。
如日月缅升，若鸾凤葳蕤。人才自朽下，弃去亦其宜。
北房坏亭障，闻屯千里师。牵连久不解，他盗恐旁窥。
臣实有长策，彼可徐鞭笞。如蒙一召议，食肉寝其皮。
斯乃庙堂事，尔微非尔知。向来蹑等语，长作陷身机。
行当腊欲破，酒齐①不可迟。且想春候暖，瓮间倾一卮。

总之，会昌二年，杜牧已经四十岁了，正当边防多警、国家用人之际，而自己独怀才不遇，出守江边僻郡，有志难展。所以这年秋天，他作了好几篇诗，忧时伤事，倾吐胸怀。因为内容的充实，情绪的激昂，所以更能动人，使他的诗境也更进一步。

会昌三年（843年）四月，昭义（又称泽潞）节度使刘从谏卒。刘从谏临死时，想效法河北三镇，与诸将谋划布置，令其侄刘稹继任节度使。刘从谏死后，刘稹秘不发丧，逼迫监军崔士康奏称刘从

---

① 原注："去声。"

谏疾病，请命刘稹为留后。武宗同宰相们商议泽潞之事，宰相们多以为回鹘骚扰北方，边境还要警备，如果再讨泽潞，兵力不支，请求允许以刘稹权知军事。谏官及群臣上言者也多如此主张。宰相李德裕独持异议，他认为泽潞事体与河北三镇不同，河北三镇跋扈，由来已久，累朝以来，置之度外，泽潞近处心腹，向来对朝廷忠顺，刘从谏才跋扈难制。今垂死之际，又以兵权擅付竖子，朝廷如果从其所请，则四方诸镇效法起来，统一就将完全破坏了。武宗同意李德裕的意见，不允许刘稹的请求，命他护送刘从谏之丧归东都。刘稹抗命，于是朝廷下诏削夺刘从谏、刘稹的官爵，命河阳节度使王茂元、河东节度使刘沔、河中节度使陈夷行进兵攻讨，又命成德节度使王元逵、魏博节度使何弘敬皆为招讨使，与王茂元合力进攻刘稹。杜牧一向反对代宗、德宗以来朝廷姑息藩镇的政策，而主张加强统一，削平抗命的藩镇，所以对于这一次朝廷讨伐泽潞，他是很赞同的。他上书于宰相李德裕，陈述用兵方略，他说，自己当大和二年在京为校书郎时，曾问过淮西吴氏的旧将董重质，为何当年淮西抗命时，能以三州之众，抵抗官军，四岁不破。董重质认为，由于朝廷征兵太杂，诸道兵数少，不能自成一军，必须帖附当地主军，心志不一，故多致败亡。现在泽潞情况却与淮西不同。淮西抗拒朝廷，前后五十年，风习强悍，根深蒂固；而泽潞一镇，一向忠于朝廷，经常与河北抗命的藩镇作战。自从刘悟死后，其子从谏要求继任，赞同他的，只有郓州随来的军队二千人而已。宝历以来到现在才二十多年，风俗未改，故老尚存，刘稹虽欲使之反抗朝廷，人民必不用命。杜牧认为若使河阳万人为垒，塞天井之口（天井关在今山西晋城县南太行山上),高壁深堑,勿与之战,只以忠武(陈、许)、武宁(徐州)两军,帖以青州五千精甲,宣、润二千弩手,直捣上党(唐潞州治所上党县,今山西长治市,泽潞节度使即居此),不过数月,必定能够覆其巢穴。(《樊川文集》卷十一《上司徒李公论用兵书》)杜牧这段论兵之言是很切于事情的,后来李德裕处置泽潞军事,颇采用杜牧的意见。会昌三年岁暮,杜牧作了一首《东兵长句十韵》诗,咏讨伐泽潞之事,最末两句:"凯歌应是新年唱,便逐春风浩浩声。"希望次年春初能平定泽潞。结果,会昌四年春初虽然未能告捷,但是到了秋天,泽潞节度所属的邢、洺、磁三州都降了官军,泽潞大将郭谊杀刘稹降,泽潞平。

杜牧在黄州两年多的时间,心境是很郁闷孤寂的。他除去忧念国事、自伤不遇之外,也还常常想起自己的家人与朋友。当他初到黄州的那一年,也就是会昌二年,冬至日作了一首诗,寄小侄阿宜。阿宜究竟是杜牧哪一位堂兄弟的儿子,已不可考。杜牧这首诗一开头描述阿宜,颇有风趣:

> 小侄名阿宜,未得三尺长。头圆筋骨紧,两脸明且光。
> 去年学官人,竹马绕四廊。指挥群儿辈,意气何坚刚!
> 今年始读书,下口三五行。随兄旦夕去,敛手整衣裳。

以下又夸述家世,勉励阿宜好好地读书:

> 我家公相家,剑佩尝丁当。旧第开朱门,长安城中央。
> 第中无一物,万卷书满堂。家集二百编,上下驰皇王。

多是抚州写,今来五纪强。尚可与尔读,助尔为贤良。
经书括根本,史书阅兴亡。高摘屈宋艳,浓熏班马香。
李杜泛浩浩,韩柳摩苍苍。近者四君子,与古争强梁。
愿尔一祝后,读书日日忙。一日读十纸,一月读一箱。
朝廷用文治,大开官职场。愿尔出门去,取官如驱羊。
…………
大明帝宫阙,杜曲我池塘。我若自潦倒,看汝争翱翔。
总语诸小道,此诗不可忘。

(《冬至日寄小侄阿宜诗》)

杜牧夸述家世,除去提出"公相家""剑佩丁当"之外,特别写家中"万卷书满堂",又郑重点出:"家集二百编,上下驰皇王。多是抚州写,今来五纪强。"这就是指的杜佑所撰著的《通典》,一直藏在家中,还是杜佑做抚州刺史时写录的清本,到这时已有六十多年了。可见杜牧认为祖宗事业中可以夸耀的不仅是官位之高,而且还有这种经世致用的伟著。他教阿宜读经史以及文学书籍,对于本朝作家,特别推重李、杜、韩、柳,认为他们可以"与古争强梁",这也是杜牧相当正确的见解。不过,他诗中勉励阿宜"取官如驱羊",这又透露了高门世家子弟庸俗的思想。

上文曾经提到,杜牧与李方玄是很好的朋友。开成五年春,杜牧出京赴江州时,李方玄曾给他饯行。会昌元年七月,杜牧复返长安,李方玄已经出为池州刺史。他出官之由是"勇于为义"(《樊川文集》卷十三《上池州李使君书》),大概也是因为直道不容于朝廷而外放的。会昌二年，杜牧在黄州写了一封长信给李方玄（《樊川文集》卷十三《上池州李使君书》），在这封信中，杜牧向知己的朋友倾吐怀抱，发抒愤慨。信中一开头就说：

> 仆之所禀，阔略疏易，轻微而忽小，然其天与。其心知邪柔利己，偷苟谀谄，可以进取。知之而不能行之，非不能行之，抑复见恶之，不能忍一同坐与之交语。故有知之者，有怒之者。怒不附己者，怒不恬言柔舌道其盛美者，怒守直道而违己者；知之者皆齿少气锐，读书以贤才自许，但见古人行事真当如此，未得官职，不睹形势，洁洁少辈之徒也。怒仆者足以裂仆之肠，折仆之胫；知仆者不能持一饭与仆。仆之不死已幸，况为刺史，聚骨肉妻子，衣食有馀，乃大幸也，敢望其他？

在这段话中，杜牧说明他生平性情刚直，厌恶邪柔谀谄，不肯媚世苟合以求进取，因此有怒之者，有知之者。怒之者多是有权位有势力的人，可以排挤压抑他，而知之者则是"齿少气锐""未得官职，不睹形势"的"少辈"，不能对他有所帮助。以杜牧这样耿介的人，在当时官场中，他觉得做一个僻左小郡的刺史已经是很幸运了，还敢希望其他的吗？这一段话充满了愤世嫉俗之思。下边杜牧又谈到他们二人"齿各甚壮，为刺史，各得小郡"，"有衣食，无为吏之苦"，应当勉励为学。

杜牧的书信中提到自己二十多年来所留心的学问：

仆自元和巳来,以至今日,其所见闻,名公才人之所论讨,典刑制度,征伐叛乱,考其当时,参于前古,能不忘失而思念,亦可以为一家事业矣。但随见随忘,随闻随废,轻目重耳之过,此亦学者之一病也。

杜牧所注重的是典章制度之学,要"考其当时,参于前古",也就是通贯古今,以求实用,仍然是他祖父杜佑撰著《通典》的家学传统。

黄州是"葭苇之场",杜牧在这里很寂寞,朋友的书信也不多,而李方玄常常给杜牧写信,他的信总是情辞恳挚,对杜牧多所规诫劝勉,使杜牧很受感动。会昌五年李方玄死后,杜牧给他作的祭文中还提到李方玄的信是"辞意纤悉,勉我自强。笔我性情,补短裁长。一函每发,沉忧并忘"(《樊川文集》卷十四《祭故处州李使君文》)。

大约在会昌四年,杜牧又想起了久未会晤的旧友韩乂。韩乂,越州(治所在今浙江绍兴市)人,杜牧在沈传师幕中的旧同事。大和八年,杜牧有事到越州,曾会见他,欣佩他恬淡的志操,到现在差不多十年没有见面了,很怀念他,于是作了一首诗寄给他:

　　　　一笑五云溪上舟,跳丸日月十经秋。
　　　　鬓衰酒减欲谁泥?迹辱魂惭好自尤。
　　　　梦寐几回迷蛱蝶?文章应广《畔牢愁》。
　　　　无穷尘土无聊事,不得清言解不休。

　　　　　　　　　　　(《寄浙东韩乂评事》)

黄州附近有些名胜、古迹，杜牧也曾去游玩。在黄州城东南有一条河，名叫兰溪，即是今日的浠水，源出今湖北英山县，西南流入长江，入江之处是兰溪镇，距离黄州城约七十里。兰溪镇东一里多路，有竹林磴，为箬竹山群峰之一，那里生长着许多兰花。当春天兰花盛开的时候，杜牧曾来游玩。他因兰花而想到屈原，屈原本有改善楚国政治的抱负，但是忠而得谤，信而见疑，被楚王流放于江南。杜牧同情屈原，感伤自己，作了一首《兰溪》诗：

兰溪春尽碧泱泱，映水兰花雨发香。
楚国大夫憔悴日，应寻此路去潇湘。

黄州城西北百五十里有木兰山，南齐时曾在此设县，名木兰县，梁朝改名曰梁安县，隋又改为木兰县，唐朝并入黄冈县。北朝有一首民间故事诗，名《木兰诗》，写木兰女扮男装，代父从军，在塞外征战十二年胜利归来的英勇故事。木兰是北方人，本与黄州无关，大概在木兰故事流传之后，有好事者，因木兰山木兰县之名与木兰相同，于是加以附会，立庙于此，以祀木兰。杜牧也曾来此游赏，作了一首《题木兰庙》诗：

弯弓征战作男儿，梦里曾经与画眉。
几度思归还把酒，拂云堆上祝明妃。

杜牧在黄州两年多的时间内，也常作些写景抒情的小诗，在这些诗中也可以看出杜牧日常的生活。黄州雨量大概是不小的，所以杜牧的诗中常常提到雨。有时在连雨沉闷的日子里，他只好以饮酒自遣，他在《雨中作》这首诗中说：

贱子本幽慵，多为俊贤侮。得州荒僻中，更值连江雨。
一褐拥秋寒，小窗侵竹坞。浊醪气色严，蟠腹瓶罂古。
酣酣天地宽，恍恍嵇刘伍。但为适性情，岂是藏鳞羽？

有时当晚秋之际，他也抒写一些闲逸之思：

柳岸风来影渐疏，使君家似野人居。
云容水态还堪赏，啸志歌怀亦自如。
雨暗残灯棋欲散，酒醒孤枕雁来初。
可怜赤壁争雄渡①，唯有蓑翁坐钓鱼。

（《齐安郡晚秋》）

这首诗中有"雨暗残灯棋欲散"之句，可见杜牧有时也喜欢下围棋消遣。他有一首《送国棋王逢》诗，其中有"得年七十更万日"句，宋马永卿因此推算杜牧作此诗时年四十二三（《嬾真子》卷四），可能也就是在黄州刺史任上所作。诗是这样的：

玉子纹楸一路饶，最宜檐雨竹萧萧。
羸形暗去春泉长，拔势横来野火烧。

---

① "赤壁争雄"指孙权、刘备联兵抗击曹操于赤壁之事。赤壁之战的地方是今湖北嘉鱼之赤壁，而不是黄冈之赤壁，杜牧此处偶尔疏误。

> 守道还如周伏柱,鏖兵不羡霍嫖姚。
> 得年七十更万日,与子期于局上销。

这首诗称赞国手王逢棋艺的高妙,也表达了杜牧对于下棋的体会。他主张下棋应当用老子道家之术,如欲取先予、以退为进、以柔克刚等等策略,制服对方,而不可以像霍去病作战时那样短兵相接,硬杀硬打,这也是很有心得的话。杜牧也有时流连光景,作一些描写景物的绝句:

> 菱透浮萍绿锦池,夏莺千啭弄蔷薇。
> 尽日无人看微雨,鸳鸯相对浴红衣。
>
> （《齐安郡后池绝句》）

> 两竿落日溪桥上,半缕轻烟柳影中。
> 多少绿荷相倚恨,一时回首背西风。
>
> （《齐安郡中偶题》）

杜牧观察力锐敏,善于捕捉自然景物中美的形象,用绝句体的小诗加以描写,含蓄精练,情景交融,在短短的两句或四句诗中,写出一个完整而幽美的景象,宛如一幅画图。所以杜牧的七言绝句诗也是很有名的,许多情韵清美、意境深远的篇章为后人所传诵。黄州离长安有数千里之远,杜牧有时登在城楼上,凭栏而望,不免触动思乡的情绪:

鸣轧江楼角一声,微阳潋潋落寒汀。
不用凭栏苦回首,故乡七十五长亭。

(《题齐安城楼》)

杜牧在黄州做刺史时,感触多端,心情抑郁,黄州又多雨,更使他觉得沉闷。黄州小郡,公务不忙,杜牧在无聊中很想在学问方面有所努力。后来他离开黄州,还常回忆这两年多的生活:

平生睡足处,云梦泽南州。一夜风欺竹,连江雨送秋。
格卑常汩汩,力学强悠悠。终掉尘中手,潇湘钓漫流。

(《忆齐安郡》)

总之,杜牧在黄州,仕宦不得志,政治抱负也不能施展,而在诗歌创作上则颇有收获。内容是多方面的,或感慨国事,发布壮怀;或抒写闲情,描绘景物;或思念亲友,远寄篇章;或吊古览胜,借以自慨。体裁也是多样的,有长篇五古,有绝句小诗,也有工整的律体。所以这两年多的时间,是杜牧诗歌创作较多的时期。

当杜牧很不得意地在黄州做刺史时,他的堂兄杜悰却是官运亨通。会昌四年闰七月,杜悰由淮南节度使入为守尚书右仆射,兼门下侍郎、同平章事,仍判度支,充盐铁转运使。他做宰相约十个月,到会昌五年五月,罢为尚书右仆射。至于杜牧的弟弟杜顗,则仍然住在扬州。

三 "继来池阳"

会昌四年九月，杜牧由黄州迁池州刺史，这一年他四十二岁。

唐代池州又名池阳郡，管辖四县：秋浦、青阳、至德、石埭。池州治所秋浦县（安徽贵池），沿长江，在黄州之东。池州元和时户数一万七千五百九十一（《元和郡县志》卷二十八），也是一个小州。前面说过，当杜牧由比部员外郎出为黄州刺史时，他的好友李方玄已经出为池州刺史。会昌四年秋，李方玄罢官，所以杜牧迁池州是接李方玄之任。杜牧是九月上任的，他后来所作的《祭故处州李使君（即李方玄）文》中曾提道："幸会交代，沿楫若飞。江山九月，凉风满衣。"就是描写这次上任时的情况。

李方玄既然是杜牧生平相知的好友，多年不见，这一次相会，是很难得的，所以纵酒畅谈了十天，谈公事，也谈私事。李方玄允许将他的小女许配给杜牧的长子，可见他们二人情谊的亲厚。次年李方玄死去，杜牧作祭文，曾追叙此次欢会的情况：

> 为别几时，多少欢悲。志业益广，不可窥知。
> 长人之术，酋为吏师。纵酒十日，舞袖僛垂。
> 语公之馀，且及其私。许以季女，配我长儿。
> 莫云稚齿，可以指期。
>
> （《樊川文集》卷十四《祭故处州李使君文》）

李方玄在池州做刺史也是颇有政绩的。当时各地徭役，多不公平，胥吏作弊，尽摊在贫苦人民身上。李方玄创立"籍簿"，凡是应当服徭役者，都清楚可查，按籍征发；不应当服役者，吏不得舞弊。李方玄曾说："使天下知造籍役民，民庶稍活。"他又清理户税，查出以前因豪强猾吏舞弊，而贫弱户受到横征暴敛者有七千户，都免除其横加的赋税。这些政绩，杜牧都记载在他给李方玄所作的墓志铭中。造户籍以均差役这件事，杜牧也是很注意的。杜牧以前由江淮一带入京，乘船经过汴河，他看到汴河两岸牵船夫最苦，大寒大热的天气，牵船奔走，往往死去。牵船夫是地方政府征发的，因为官吏舞弊，徭役不均，有钱的人家可以避免，而牵船苦役都落在穷人身上。当时有一位襄邑（河南睢县）县令李式，年少有吏才，他造了一本户籍簿，每年按照户籍簿，轮流差遣，无论贫富，都要服役，一年之中，一县人户不至于两度服役，如有远户不能来者，可以纳钱，在近河雇人。因为县令自己掌握户籍簿，所以县吏虽然狡猾，也不能作弊。杜牧路过襄邑时，看到县令李式这种办法，认为很好。后来他自己做刺史时，凡是役夫及竹木砖瓦工匠之类，全都自置籍簿，若要役使，即自检自差，不下文帖付县，免去许多骚扰与弊端。杜牧并且曾写信给汴州从事，介绍襄邑令李式及自己的办法与经验，劝汴州从事采纳。他在书信中说："今为治，患于差役不平。……长吏不置簿籍，一一自检，即奸胥贪冒求取，此最为甚。"（《樊川文集》卷十三《与汴州从事书》）这也是杜牧注意民生疾苦，常想在自己能力范围之内一定程度上加以解除的一个例证。

杜牧自会昌四年九月来到池州做刺史,到会昌六年九月迁睦州刺史,在池州整两年。

这时唐朝抵抗回鹘乌介可汗的南下,已取得了相当的胜利。会昌三年正月,石雄大破回鹘于杀胡山,乌介可汗逃去,迎大和公主以归。回鹘虽然基本上被打败了,然而他们的统治者率领残部,犹在边境游弋,宰相李德裕很关心这件事。杜牧也曾上书于李德裕,论对付回鹘残部的方策。他先分析回鹘残部的情况,然后认为:

> 今者征中国之兵,与之首尾,久戍则有师老费财之忧,深入则有大寒瘴坠之苦,示戎狄之弱,生奸杰之心。今者不取,恐贻后患。

于是他建议一个方策:

> 以某所见,今若以幽、并突阵之骑,酒泉教射之兵,整饬①诫誓,仲夏潜发……五月节气,在中夏则热,到阴山尚寒,中国之兵,足以施展。行军于枕席之上,玩寇于掌股之中……一举无频,必然之策。今冰合防秋,冰销解戍,行之已久,虏为长然。出其意外,实为上策。
>
> (《樊川文集》卷十六《上李太尉论北边事启》)

这也足见杜牧是一贯地关心边防,喜论兵事。

这时回鹘既已衰弱,吐蕃也发生内乱,所以朝廷想乘机收复河

---

① "饬"字据《全唐文》校改。

湟。在本书第一章中已经提到,自唐肃宗以来,因为西北边防军内调平安史之乱,吐蕃统治者乘机派兵东进,占据河西、陇右,代宗时,吐蕃兵曾一度进入长安,而陇右、河西一带人民受吐蕃统治者的压迫奴役,也无日不盼望朝廷收复河湟,加强统一。沈亚之到过西北,耳闻目击,他在制科考试对策中说:

> 臣尝仕于边,又尝与戎降人言。自轮海已东,神鸟、燉煌、张掖、酒泉,东至于金城、会宁,东南至于上邽、清水,凡五十郡、六镇、十五军,皆唐人子孙,生为戎奴婢,田牧种作,或丛居城落之间,或散处野泽之中,及霜露既降,以为岁时,必东望啼嘘,其感故国之思如此。

(《沈下贤集》卷十《贤良方正能直言极谏策》)

唐代宗时,元载因为曾做过西州(唐西州治所在今新疆吐鲁番)刺史,熟悉河西、陇右山川形势,大历八年(773年),元载向代宗建议说:"现在国家西境在潘原(甘肃平凉市东四十里),而吐蕃戍摧沙堡,原州(治所高平县,在今宁夏固原)居其中间,其西草肥水美,平凉(甘肃平凉市西三十五里)在其东,独耕一县,可以供给军粮。原州旧营垒尚存,吐蕃弃而不居,如果将它修筑起来,将京西军队移戍原州,将郭子仪的军队移戍泾州(治所在今甘肃泾川),分兵守石门、木峡两关(都在原州境内),渐开陇右,进达安西,据吐蕃腹心,朝廷可以高枕无忧。"并且图画地形献于代宗,但是代宗并未能实行元载的计划。宪宗观看天下地图,看到河西、陇右一带为吐蕃统治者所占据,常想恢复,但是也未能实行,他就死了。杜牧关心边防,痛伤河西、陇右为吐蕃统治者所占领,怀念当地受奴役的人民,所以他曾作《河湟》诗,对于代宗时元载划策及宪宗时有意收复河湟,而都未能实行,深深地表示惋惜:

> 元载相公曾借箸,宪宗皇帝亦留神。
> 旋见衣冠就东市,忽遗弓剑不西巡。
> 牧羊驱马虽戎服,白发丹心尽汉臣。
> 唯有凉州歌舞曲,流传天下乐闲人。

武宗会昌四年,"朝廷以回鹘衰微,吐蕃内乱,议复河湟四镇十八州,乃以给事中刘濛为巡边使,使之先备器械糗粮及诇吐蕃守兵众寡"(《通鉴·唐纪六十三》)。杜牧听到这个消息之后,非常兴奋,他作了一首《皇风》诗歌颂武宗,并寄托他对于武宗的期望:

> 仁圣天子神且武,内兴文教外披攘。
> 以德化人汉文帝,侧身修道周宣王。
> 远蹴巢穴尽窒塞,礼乐刑政皆弛张。
> 何当提笔待巡狩,前驱白旆吊河湟!

但是武宗并没有能够如杜牧所期望的完成收复河湟的事业。一直到宣宗时,河西、陇右才重归朝廷,主要还是靠当地人民起义,驱逐吐蕃统治者。晚唐国势不振,政府兵力对于收复河湟已经无能为力了。

会昌五年（845年）秋，武宗下诏毁禁佛教。唐朝自开国以来，承继南北朝的风尚，佛教盛行，寺庙与僧尼很多。唐代前期施行均田制时，僧尼也照例受田，但是并不担负规定的租庸调，两税法施行后，僧人仍然可以不纳税。同时，寺庙因为皇帝的赏赐，贵族、显宦、富室的布施以及自行购置，拥有大量土地。唐代度人为僧尼，都要纳钱领牒，公度之钱归于国库，私度之钱则归于地方官吏及寺庙所有，政府或寺庙往往多度僧尼，增加收入；许多人因为要逃避赋役，就出家为僧，所以僧人数目日渐增多。寺庙所有的大量土地不纳租税，众多僧人不从事生产，而赖农民供养，这是当时社会经济上的一个大问题，对于国计民生是很大的蠹害。唐中宗时，辛替否说：“今天下之寺盖无其数，一寺当陛下一宫，壮丽之甚，是十分之财而佛有其六七。”代宗时，都官员外郎彭偃说：“一僧衣食，岁计约三万有馀，五丁所出不能致此。举一僧以计天下，其费可知。”①可以想见此问题性质的严重。唐文宗注意到这个问题，他曾对宰相说：“古者三人共食一农人，今加兵、佛，一农人乃为五人所食，其间吾民尤困于佛。”（《樊川文集》卷十《杭州新造南亭子记》）但是文宗并没有什么实际的措施。武宗也看到这些问题，有意毁禁佛教，同时，武宗相信道士，道教与佛教自来有冲突，道士赵归真等又乘机劝诱，所以武宗于会昌五年七月下诏，先毁山野招提兰若（官赐额者为寺，私造者为招提兰若），敕上都、东都两

---

① 这一段关于唐代寺庙经济的意见及资料皆采自金毓黻先生《从榆林窟壁画耕作图谈到唐代寺院经济》一文，载《考古学报》1957年第2期。

街各留二寺，每寺留僧三十人，节度、观察使治所及同、华、商、汝州各留一寺，分为三等，上等留僧二十人，中等留十人，下等五人，馀僧及尼并大秦穆护祆僧，皆勒归俗。寺非应留者，立期令所在毁撤，并遣御史分道督促。财货田产并没官，寺材以葺公廨、驿舍，铜像、钟磬以铸钱。八月，武宗下诏陈佛教之弊，宣告中外。凡天下所毁寺四千六百馀区，归俗僧尼二十六万五百人，大秦穆护祆僧二千多人，毁招提兰若四万馀区，收良田数千万顷、奴婢十五万人。奴婢与还俗僧徒皆充两税户。

武宗毁禁佛教，其主观上是为了统治者的利益，就是要将寺庙所占有的大量土地与财富收归政府所有，同时，使僧人还俗，充当两税户，又增多了政府剥削的对象，但是在客观上也减轻了人民供养僧尼的负担。唐朝士大夫中许多是好佛的，可能对于毁禁佛教之事不以为然，但是杜牧非常赞成这个措施。在宣宗大中年间，他作《杭州新造南亭子记》，详细记载武宗毁禁佛教之事，并表示赞同。在这篇记中，杜牧还发抒了一段精辟的议论：

> 为工商者，杂良以苦，伪内而华外，纳以大秤斛，以小出之，欺夺村闾戇民，铢积粒聚，以至于富。刑法钱谷小胥，出入人性命，颠倒埋没，使簿书条令不可究知，得财买大第豪奴，如公侯家。大吏有权力，能开库取公钱，缘意恣为，人不敢言。是此数者，心自知其罪，皆捐己奉佛以求救，月日积久，曰："我罪如是，贵富如所求，是佛能灭吾罪，复能以福与吾也。"有罪罪灭，无福福至，生人惟罪福

耳,虽田妇稚子,知所趋避。今权归于佛,买福卖罪,如持左契,交手相付。

统治者、剥削者做了许多损害人民的事情,他们以为信奉佛教可以减去罪恶,求得福祐,更"心安理得"地加强作恶。杜牧对于这种隐微而卑鄙的心理加以深刻而尖锐的揭发,指出他们之所以舍财奉佛是要"买福卖罪"。南朝齐、梁时杰出的唯物论者范缜作《神灭论》,曾指出当时佞佛之人"竭财以赴僧,破产以趋佛",是因为当时僧人们"惑以茫昧之言,惧以阿鼻之苦,诱以虚诞之词,欣以兜率之乐"。换句话说,就是多用钱奉佛以买福赎罪。杜牧这段议论与范缜的说法相似,在唐代士大夫佞佛的风气中,这种见解还是不可多得的。

杜牧在池州,也有朋友唱和。有一位故交孟迟,这时来到池州看杜牧。孟迟是池州青阳县人,有诗名,尤工绝句。当开成三年夏天,杜牧在宣州幕中时,孟迟曾来到宣州,两人会面一谈,很契合,于是常在一起游玩。这一年秋八月,他们又同游宣州当涂县的牛渚山,远望大江吞天,风帆远去,颇有豪情胜慨。次年,杜牧到长安任左补阙,孟迟也来应进士举,但是没有考上。这时杜牧在朝做官也不得志,于是两人常到寺庙同游,风雪之夜,就住在庙中。会昌二年春,杜牧出为黄州刺史,与孟迟分别。会昌四年九月,杜牧迁池州刺史,孟迟又来看他,杜牧非常高兴,于是他贡举孟迟与另一位秋浦人卢嗣立同赴长安应进士举。第二年,孟迟与卢嗣立都举进士及第。当孟迟离池州赴长安时，杜牧作了一首长诗送他。这首诗中追叙他与孟迟旧日同游的事迹与交谊，结尾处发抒了一段悒郁的情怀：

> 人生直作百岁翁，亦是万古一瞬中。我欲东召龙伯翁，上天揭取北斗柄；蓬莱顶上斡海水，水尽到底看海空。月于何处去？日于何处来？跳丸相趁走不住，尧舜禹汤文武周孔皆为灰。酌此一杯酒，与君狂且歌。离别岂足更关意，衰老相随可奈何！

（《池州送孟迟先辈》）

"跳丸相趁走不住，尧舜禹汤文武周孔皆为灰"，这二句与杜牧在池州所作的《九日齐山登高》诗"古往今来只如此，牛山何必独沾衣"意思相似。杜牧少年时有高才壮志，很想有所作为，而政治腐败，直道不容，并不能如自己所理想的，所以在四十岁后出守小郡时悒郁的情怀，便是这种心情的表现。

更值得特笔描述的是杜牧与张祜在池州的会合。

张祜字承吉，清河（河北清河）人。他擅长乐府与宫词，是当时很有名的诗人。他是杜牧的前辈，杜牧久闻其名，也读过他的诗，但是没有会过面。张祜这时寄居在丹阳（江苏丹阳），听说杜牧调到池州做刺史，于是乘船溯长江而上来拜访杜牧，路过牛渚时，先寄来一首诗：

> 牛渚南来沙岸长,远吟佳句望池阳。
> 野人未必非毛遂,太守还须是孟尝。
>
> （《江上旅泊呈杜员外》）①

这首诗说,自己贸然来访,如同毛遂自荐,推想杜牧一定是会如孟尝君之好客的。

杜牧读了这首诗,很高兴,立刻作了一首诗,酬答张祜,欢迎他的到来:

> 七子论诗谁似公?曹刘须在指挥中。
> 荐衡昔日知文举②,乞火无人作蒯通。
> 北极楼台长挂梦,西江波浪远吞空。
> 可怜"故国三千里",虚唱歌辞满六宫③。
>
> （《酬张祜处士见寄长句四韵》）

这首诗气势矫健,音节高亮,是杜牧精心结撰的作品,里边充满了对张祜的称赞与同情。当穆宗时,令狐楚上表推荐张祜,穆宗问元稹:"张祜为人怎样?"元稹说:"张祜雕虫小巧,如果皇帝奖励他,恐怕风教变坏。"于是穆宗遂不用张祜。此诗三、四两句就是说的这件事,借用孔融（文举）与蒯通的故事,对于令狐楚推荐张祜而元稹加以阻挠之事表示惋惜。

---

① 此处及以下所引张祜诗均见同文书局缩印本《全唐诗》卷十九。
② 原注:"令狐相公曾表荐处士。"
③ 原注:"处士诗曰:'故国三千里,深宫二十年。一声河满子,双泪落君前。'"

过了几天,张祜来到池州,杜牧很殷勤地接待他。他们两人常在一起饮酒、谈心、论诗。杜牧把许多旧作拿出来给张祜看,张祜特别欣赏那首长篇五古《杜秋娘诗》,于是题了一首七绝,其中有这样两句:"可知不是长门闭,也得相如第一词。"(《读池州杜员外杜秋娘诗》)

杜牧与张祜以前虽不相识,但是彼此闻名已久,互相倾慕,这次在池州相会,谈得非常契合。杜牧酬和张祜的诗中提到他以前曾被令狐楚推荐而受到元稹阻挠之事,表示惋惜,张祜很受感动,因为张祜以前对这件事也是耿耿于怀,曾在《寓怀寄苏州刘郎中》诗中发过感慨:"天子好文才自薄,诸侯力荐命犹奇。贺知章口徒劳说,孟浩然身更不疑。"

有一天,他们二人又谈起这件事来,杜牧对张祜自然有许多安慰,张祜叹了一口气,说:"我平生失意之事,还不止于此。"杜牧稍微惊讶地问:"还有什么事呢?"张祜说:"你没有听到过我在杭州与白居易的那件公案么?"杜牧说:"我也约略听到一点,但是不知其详。"张祜说:"那也是穆宗长庆年间的事情。白居易正做杭州刺史,我到杭州,请他贡举我去应进士考试,这时徐凝也来了,白居易就出题考我们,诗题是《馀霞散成绮》,赋题是《长剑倚天外赋》。考试完毕之后,他取徐凝为解元,我很不服气。白居易是很有诗名的,他为什么不能明辨高下呢?"杜牧本来对于白居易怀有偏见,听了张祜的话,自然也就很容易认为白居易评判不公,而为张祜抱屈。后来他登池州九峰楼,作了一首律诗寄给张祜,后半篇是这样四句:

睫在眼前长不见,道非身外更何求?

谁人得似张公子,千首诗轻万户侯。

(《登池州九峰楼寄张祜》)

"睫在眼前长不见"句是用古人所谓"见豪毛而不见其睫"的成语,说白居易不免有所蔽,以下是安慰张祜,说他的诗自有价值,身外的得失也就不必去管了。

张祜固然没有杜牧那种经邦济世的抱负,也没有他那种论政谈兵的才能,不过,张祜终究是一个有文学才华的人,当时有许多才学不如他的人,都得到政府的任用,张祜为什么独遭遗弃呢?杜牧自己是怀才不遇的,所以他非常同情张祜。在池州城南三里多路有十几个山峰,其高齐等,名叫"齐山"。在九月初九重阳节那一天,杜牧与张祜登齐山游玩,同在山中石壁上题名。[①]杜牧作了一言《九日齐山登高》诗:

江涵秋影雁初飞,与客携壶上翠微。

尘世难逢开口笑,菊花须插满头归。

但将酩酊酬佳节,不用登临恨落晖。

古往今来只如此,牛山何必独沾衣!

这首诗从表面看来,好像是看破一切,是极旷达的思想,而实际上是发抒愤慨,这里边包括了他们二人怀才不遇、同病相怜之

---

① 魏泰《临汉隐居诗话》:"池州齐山石壁有刺史杜牧、处士张祜题名。"

感。张祜也和了一首:

> 秋溪南岸菊霏霏,急管繁弦对落晖。
> 红叶树深山径断,碧云江净浦帆稀。
> 不堪孙盛嘲时笑,愿送王弘醉夜归。
> 流落正怜芳意在,砧声徒促授寒衣。
>
> (《和杜牧之齐山登高》)

张祜这次来池州与杜牧相会,总算遇到了一个知己,两人都作了一些赠答酬和的诗,晚唐诗坛,传为佳话。当时诗人郑谷曾说:"张生'故国三千里',知者惟应杜紫微。"(《高蟾先辈以诗笔相示抒成寄酬》,见同文书局缩印本《全唐诗》卷二十五)

杜牧在池州任上,也有一些物质上的建设。他根据王易简传授给他的刻漏图,命工人制造刻漏,设置于池州城南门楼,并作了一篇记。他又重修池州刺史衙署内七十年前萧复所建的大楼,又在池州城南门外建筑了一个亭,取李白"饮弄水中月"诗句之意,名曰"弄水亭"。

唐武宗相信道士赵归真等,吃他们所炼的金丹,后来金丹毒发,会昌六年(846年)春,病势沉重。宦官马元贽等在禁中秘密定策,矫诏立武宗的叔父光王李怡为皇太叔,改名忱,准备继承帝位。三月中,武宗死去,李忱即位,是为宣宗。第二年改元大中。

武宗在位数年之中,倚任李德裕为相。李德裕虽然很有政治才能,巩固边防,削平叛镇,做了几件有益的事情,但是他办事专断,好徇个人爱憎,也得罪了许多人。宣宗没有做皇帝时,已经厌恶李德裕的专权，即位后第二个月，也就是会昌六年四月，就罢免李德裕的相位，任命他为荆南节度使，同时，以翰林学士兵部侍郎白敏中同平章事。八月中，武宗时被贬逐的牛僧孺、李宗闵等五位宰相同时奉诏北还。宣宗讨厌李德裕，而原来牛僧孺、李宗闵一党的人也恨李德裕，白敏中乘上下之怒，竭力排挤，于是在短短的两年之中，李德裕连遭贬谪为崖州司户，大中三年（849年）十二月，死于贬所。牛僧孺也在大中二年死去。四十年的牛李党争，到此算是告一结束。

杜牧于会昌二年由比部员外郎出为黄州刺史，可能是受李德裕的排挤，他对李德裕是不满意的。宣宗即位后，这一番政局的变动，杜牧认为是"收①拾冤沉，诛破罪恶"（《樊川文集》卷十四《祭周相公文》）。会昌六年九月，杜牧接到迁睦州刺史的新任命。

四 "更迁桐庐"

会昌六年九月，杜牧由池州刺史调任睦州，这一年他四十四岁。在睦州约两年，到宣宗大中二年八月，内升为司勋员外郎、史馆修撰，才离开睦州赴长安。

睦州又名新定郡，管辖建德、寿昌、桐庐、分水、遂安、还淳等六县，治所在建德县（浙江建德），沿富春江（钱塘江的上游）。睦州，元和时户数九千五十四（《元和郡县志》卷二十五），也是

---

① "收"，本集作"牧"，据《全唐文》校改。

一个穷僻的小州。

杜牧这次由池州迁睦州，完全是走的水路。从池州乘船沿大江东行，到润州，转运河南下，到杭州，再溯富春江而上，路途遥远曲折，并且富春江一段，更是风涛险恶。后来杜牧在《祭周相公文》中追述这一段行程时，有这样几句话："东下京江，南走千里。曲屈越嶂，如入洞穴。惊涛触舟，几至倾没。"路过杭州时，曾停留了一下，认识了诗人龚轺，听他弹琴。由池州赴睦州，一路同舟的有卢生，也可以稍慰寂寞。

杜牧自从会昌二年春离开长安，在黄州做刺史两年多，迁到池州做刺史又是两年，到会昌六年秋冬间，又迁睦州。这时他离开故乡已经五年了，并且越迁官越向东走，距离长安越远，所以他的乡思越发浓厚起来。他在上任的途中作了一首诗，透露了思乡之情：

无端偶效张文纪，下杜乡园别五秋。
重过江南更千里，万山深处一孤舟。

（《新定途中》）

张文纪即张纲，东汉时人，顺帝时，官御史，上书弹劾权奸梁冀及其弟梁不疑，被出为广陵太守。杜牧以张纲自比，意思是说，他也是因为性情刚直，得罪权臣，而被排挤，出守远郡，一转眼间，离开下杜乡园已经五年，万山深处，孤舟独行，更引起寂寞思乡之感。

睦州是一个沿江的小郡，四周多山，很是荒僻。杜牧在《祭周相公文》中对于睦州有这样一段描写："万山环合，才千馀家。夜有哭鸟,昼有毒雾。病无与医,饥不兼食。抑喑逼塞,行少卧多。逐者纷纷,归轸相接。"所以杜牧更是常想起他家乡樊川朱坡的别墅:

秋草樊川路,斜阳覆盎门。猎逢韩嫣骑,树识馆陶园。
带雨经荷沼,盘烟下竹村。如今归不得,自戴望天盆。

(《忆游朱坡四韵》)

故国池塘倚御渠,江城三诏换鱼书。
贾生辞赋恨流落,只向长沙住岁馀①。

(《朱坡绝句三首》其一)

樊川朱坡一带有竹村、荷沼,景物清美,贾谊远谪长沙,犹有召还之期,而自己在外州做刺史,更换了三个地方,还不知道何日才能重回长安,看看自己故乡的别墅。

杜牧《樊川文集》中又有《初冬夜饮》一首:

淮阳多病偶求欢,客袖侵霜与烛盘。
砌下梨花一堆雪,明年谁此凭栏干?

这首诗情思凄惋。第一句以汲黯自比。西汉汲黯因为刚直敢言,屡次切谏,不得久留于朝廷,出为东海太守,汲黯多病卧,不治事。有一次,汲黯又被任命为淮阳太守,他对汉武帝说:"臣常有

---

① 原注:"文帝岁馀思贾生。"

狗马病，力不能任郡事。"结果武帝还是要他去做淮阳太守。杜牧用"淮阳多病"的典故，说出自己出任外郡之不得已。第三、四两句慨叹屡次迁徙，大有不知明年又在何处之意。这首诗可能也是在睦州所作，因为杜牧由黄州迁池州，再迁睦州，已经三迁了，所以有流转无定之感。

睦州临山傍水，风景很好，杜牧也有描写睦州景物之作：

州在钓台边，溪山实可怜。有家皆掩映，无处不潺湲。
好树鸣幽鸟，晴楼入野烟。残春杜陵客，中酒落花前。

（《睦州四韵》）

睦州治所建德县东北约百里，有桐庐县。桐庐县西三十里，也就是建德县东北七十里，有富春山，一名严陵山，前临富春江，是汉朝严子陵垂钓之处，有钓台，是著名的名胜古迹，诗中所谓"钓台"，即指此。

这时杜牧的旧友邢群正做歙州（治所在今安徽歙县）刺史。歙州与睦州东西相去三百里，他们二人时常作诗相寄，也都吐露了思乡之情。邢群怀念他的洛阳旧居，而杜牧思念他的长安故里，所以许浑《丁卯集》卷上《酬邢杜二员外》诗中有这样两句：

未归嵩岭暮云碧，久别杜陵春草青。

杜牧这时已经四十五岁左右了，他除去思念故乡樊川以外，也常常回忆往事。杜牧本来是很有政治抱负的，他在文宗大和末年曾官监察御史,开成中,又为左补阙,两度在朝为官,而左补阙又是专掌讽谏之职,按说他很可以直陈时政得失,发抒自己的抱负了。但是大和末年正是郑注、李训专权之时,而开成中宦官势焰更盛,杜牧的好友李甘、李中敏等,都因为反对权臣郑注及宦官仇士良而遭到贬谪。杜牧回想那时朝中贪污的风气是:"亿万持衡价,锱铢挟契论。堆时过北斗,积处满西园。"权臣与宦官及其爪牙们,是"狐威假白额,枭啸得黄昏"。自己在这种污浊的政治环境中,不但不能有所作为,而且还要时常忧惕:"每虑号无告,长忧骇不存。随行唯局蹐,出语但寒暄。"杜牧因为是"刚肠者",受到权臣与宦官的嫉视,也曾经触犯过"蛋尾"。这些事现在回想起来,足以发人深慨,所以他作了一首《昔事文皇帝三十二韵》的五言排律。

大中二年秋,杜牧接到吏部尚书高元裕寄给他的一封信。高元裕字景圭,渤海人。文宗大和中,高元裕为中书舍人,当时郑注入翰林,高元裕撰郑注制辞,说他以医药奉君亲,郑注很生气,后来找了高元裕一个错处,终于把他贬为阆州刺史。会昌五年五月,宣歙观察使韦温死去,高元裕继任,这时杜牧正做池州刺史,是他的属下。大中元年,高元裕入朝为吏部尚书;第二年,他给杜牧一封信,表示关怀慰问之意,杜牧很是感激。因为杜牧自从出守黄州以来,迁池、迁睦,首尾七年,很少有朝中达官与他通书问的,现在接到吏部尚书高元裕的一封书信,真有空谷足音之感。于是他写回信给高元裕,一开头就发了一顿牢骚:

某启：人惟朴樕，材实朽下，三守僻左，七换星霜，拘挛莫伸，抑郁谁诉？每遇时移节换，家远身孤，吊影自伤，向隅独泣。将欲渔钓一壑，栖迟一丘，无易仕之田园，有仰食之骨肉。当道每叹，末路难循，进退唯艰，愤悱无告。

(《樊川文集》卷十六《上吏部高尚书状》)

在武宗会昌中，李德裕当权，杜牧是不得升进的。会昌六年，武宗死去，宣宗即位，李德裕失势，政局变动，杜牧应当有升进的希望了。但是这年秋冬间，他仅是由池州刺史调任睦州，换了一个地方，在睦州又将两年，到大中二年秋，仍然没有迁官的消息，所以他给高元裕的书信中提道："三守僻左，七换星霜，拘挛莫伸，抑郁谁诉？"觉得"进退唯艰，愤悱无告"。高元裕为吏部尚书，对于杜牧是有汲引之力的，他远道写信慰问杜牧，可见是很关怀，杜牧回信中也表示了自己的感激，但是高元裕不久就出为山南东道节度使，所以也没有来得及援引杜牧。

就在大中二年八月，杜牧终于接到内升为司勋员外郎、史馆修撰的新任命，这是由于宰相周墀援引之力。周墀字德升，汝南人。长庆二年举进士及第，能作古文，有吏才。宣宗即位，他由义成军节度、郑滑观察等使被召入朝为兵部侍郎，大中二年三月，以本官平章事。周墀与杜牧关系很深，杜牧少时，即受到周墀的赏识，所以他做宰相之后，就提拔杜牧。杜牧接到新命，作了一篇启寄给周墀，表示感谢：

伏以睦州治所，在万山之中，终日昏氛，侵染衰病。自量忝官已过，不敢率然请告，唯念满岁，得保生还。不意相公拔自污泥，升于霄汉，却收斥锢，令厕班行，仍授名曹，帖以重职。当受震骇，神魂飞扬，抚己自惊，喜过成泣。

（《樊川文集》卷十六《上周相公启》）

杜牧于大中二年九月初由睦州乘船启程赴长安就新职。他动身的时候，作了一首《除官归京睦州雨霁》诗，这时正是"节近重阳"，秋雨初霁，清光万里，"水声侵笑语，岚翠扑衣裳"，杜牧的心情是喜悦的。但是他又想到自己做官多年，并无积蓄，而家累多，负担重，这次回京做官，应当学世故一些，不要像以前那样刚肠，以至于直道不容，所以在篇末，他唱了这样四句：

姹女真虚语，饥儿欲一行。浅深须揭厉，休更学张纲。

这种衰靡颓废的情思与杜牧少壮时那种发扬蹈厉以天下为己任的气概大不相同了。在中国古代封建社会中，有才华、有抱负、有正义感的士大夫，经过许多挫折，看到许多无可奈何之事，到晚年往往趋于消极。这固然是由于不合理的封建社会制度所造成的，同时也可以看出，即便是有正义感的封建士大夫，其本身也往往具有不同程度的软弱性。

杜牧路过金陵，作了一首《江南怀古》诗：

车书混一业无穷，井邑山川今古同。
戊辰年向金陵过，惆怅闲吟忆庾公。

大中二年是戊辰年，杜牧这一年路过金陵，金陵是六朝的都城建康，因此联想到梁朝末年侯景反叛，围困建康，也恰是在太清二年戊辰（548年），所谓"怀古"，即指此事，并且又联想到庾信。庾信是南北朝末年一位杰出的文学家，他晚年流落在北朝，伤感梁末侯景之乱以及梁元帝江陵政府之灭于西魏，曾作《哀江南赋》，是一篇很有名的文学作品。十一月，杜牧路过宋州（治所在今河南商丘市），作了一篇《宋州宁陵县记》，叙述刘昌守宁陵斩孤甥张俊拒李希烈事。后来宋人叶梦得加以辨正，他说，考之史传，李希烈围宁陵时，守将是高彦昭，刘昌乃其副，李希烈围城急，刘昌想弃城而逃，向刘元佐请兵，高彦昭坚意守城，保全了宁陵，功在高彦昭而不在刘昌。他批评杜牧不审虚实，不免好奇之过。（《避暑录话》卷三"杜牧记刘昌守宁陵"条）

杜牧于大中二年十二月到长安，就司勋员外郎的新职。

大中二年十月二十七日，牛僧孺卒于洛阳，年六十九。文宗大和中，杜牧在牛僧孺淮南节度使府中做掌书记，很受到器重爱护，所以杜牧很感激牛僧孺，但是在政治主张上，并不附和牛僧孺姑息藩镇的政策，这也说明杜牧不以私情影响公义。不过，就私人关系说，杜牧对牛僧孺是有知己之感的，所以他为牛僧孺所作的墓志铭，还是不免有揄扬溢美之处。

第五章 晚年

一 "人间惟有杜司勋"

宣宗大中三年,杜牧在京做司勋员外郎、史馆修撰,年四十七岁。司勋员外郎,从六品上,属吏部尚书,掌管官员的勋绩。

这年正月,宣宗召集宰相于延英便殿,讲论政事,谈到元和时循吏,宣宗问当时循吏谁为第一。宰相周墀举从前江西观察使韦丹以对,其他宰相白敏中、马植等也同意周墀所说的。于是宣宗命江西观察使纥干臮(古"暨"字)将韦丹治绩资料进上来,同时,又下诏命杜牧撰写《唐故江西观察使武阳公韦公遗爱碑》。

杜牧奉诏撰《唐故江西观察使武阳公韦公遗爱碑》,主要叙述他在江西时的几件有利于人民的事迹,如:

> 派湖入江,节以斗门,以走暴涨。辟开广衢,南北七里,荡潕污壅。筑堤三尺,长十二里,堤成明年,江与堤平。凿六百陂塘,灌田一万顷。益劝桑苎,机织广狭,俗所未习,教劝成之。

此外，还有一件重要事情。洪州城内外居民多以茅竹为屋，容易发生火灾。韦丹教人民烧瓦伐木，"人能为屋，取官材瓦，免其半赋，徐责其直，自载酒食，以勉其劳。初若艰勤，日成月就，不二周岁，凡为瓦屋万四千间，楼四千二百间"。《唐故江西观察使武阳公韦公遗爱碑》撰成之后，杜牧将碑文进呈于宣宗，并附带上了一个表，说明自己撰述碑文是"事必直书，辞无华饰"。

在大中三年这一年，另一位晚唐著名的诗人李商隐也在长安做官，他作了两首诗送给杜牧：

> 杜牧司勋字牧之，清秋一首《杜秋诗》[①]。
> 前身应是梁江总，名总还曾字总持。
> 心铁已从干镆利，鬓丝休叹雪霜垂。
> 汉江远吊西江水，羊祜韦丹尽有碑[②]。
>
> （《赠司勋杜十三员外》）

[①] 冯浩《玉谿生诗笺注》作"清秋一首杜陵诗"，并注云："按《戊签》作'杜陵'，他本作'杜秋'。朱氏曰：'一作陵，误。'今详味诗情，必'杜陵'是也。"按此句应以作"杜秋"者为是，冯浩从《戊签》改为"杜陵"，不妥。冯浩认为，杜牧《将赴吴兴登乐游原一绝》即是李商隐所谓"杜陵诗"，按杜牧出守吴兴在大中四年秋，而李商隐此诗是大中三年春杜牧奉诏撰《唐故江西观察使武阳公韦公遗爱碑》时所作，见李诗自注，当然不可能提到杜牧大中四年的诗。再说，杜牧出守吴兴时已迁官吏部员外郎，也不会再称他为"杜牧司勋"了。《杜秋诗》虽是杜牧十多年前的旧作，大概这首诗在当时很出名，是杜牧得意之作，张祜在池州时，杜牧也曾出以相示，张祜还作诗称赞，所以此时李商隐也特别提出《杜秋诗》，是称赞杜牧的代表作。

[②] 原注："时杜奉诏撰韦碑。"

高楼风雨感斯文,短翼差池不及群。

刻意伤春复伤别,人间惟有杜司勋!

(《杜司勋》)①

李商隐字义山,怀州河内(河南沁阳)人。生于宪宗元和七年②,比杜牧小九岁。文宗开成二年,李商隐举进士及第,曾在王茂元泾原节度使府中做幕僚。开成末,为秘书省校书郎,调补弘农尉,后辞官南游江乡。武宗会昌二年,李商隐又以书判拔萃重入秘书省为郎。不久,居母丧。宣宗大中元年二月,郑亚为桂管防御观察使,辟李商隐为掌书记,遂赴桂州。大中二年,郑亚以李德裕之党被贬为循州刺史,李商隐北还长安。大中三年,选为盩厔尉,京兆尹奏署掾曹,令典章奏。杜牧与李商隐虽然是同时人,他们二人在大中三年以前似乎没有会过面,也许彼此都闻名,并且互相读过作品,因为在唐代,名诗人的作品,都是很容易传诵的。大中三年,杜牧、李商隐二人都到长安做官,有机会相识,所以李商隐作这两首诗送给杜牧。他提到杜牧的代表作《杜秋诗》,而"刻意伤春复伤别,人间惟有杜司勋"两句,点出杜牧诗的特点,并备致倾倒之意。当然,杜牧的诗方面还多,不仅是"伤春伤别",而李商隐所以要标出这一特点来,大概因为李商隐自己也喜欢作伤春伤别的诗,而杜牧这一类的诗恰是投其所好。不过,李商隐诗的风格意境与杜牧不同。杜牧作这类的诗,在风华流美之中,有英爽俊拔之

---

① 李商隐赠杜牧的两首诗均见《玉谿生诗笺注》卷三。
② 据张采田先生《玉谿生年谱会笺》。

致,而李商隐诗则是深婉蕴藉,含情绵邈,二人是异曲同工。李商隐自谓"短翼差池不及群",而称赞"人间惟有杜司勋",可以看出他的谦虚与对于杜牧的钦佩。杜牧接到这两首赠诗之后,似乎应当有诗酬答,但是我们今日从杜牧外甥裴延翰所编的《樊川文集》中,或是从宋人所辑的《樊川别集》与《外集》中,或是在《全唐诗》所补收的杜牧诗篇中,都找不到赠李商隐的诗。杜牧或者是没有作,或者是作过而亡佚了,我们不知道。这两位晚唐杰出而齐名的诗人,自从这一次接触之后,也不再见有往还的痕迹。

杜牧是一向注重研究兵法的。他说,他二十岁时,读《尚书》《毛诗》《左传》《国语》、十三代史书,"见其树立其国,灭亡其国,未始不由兵也"。因此知道:"为国家者,兵最为大,非贤卿大夫不可堪任其事"。于是他就搜求自古以来的兵书,凡十数家,认为其中孙武所著的十三篇最好,"自武死后,凡千岁,将兵者有成者,有败者,勘其事迹,皆与武所著书一一相抵当,犹印图模刻,一不差跌。武之所论,大约用仁义使机权也"。曹操善用兵,曾注《孙子》十三篇。杜牧"因取孙武书,备其注,曹之所注,亦尽存之,分为上中下三卷"。(以上引文均见《樊川文集》卷十《注孙子序》)大中三年春间,杜牧上书于宰相周墀,说到大儒在位应当知兵,将他自己所注的《孙子》十三篇呈献给周墀,他说,这部书"虽不能上穷天时,下极人事,然上至周秦、下至长庆、宝历之兵,形势虚实,随句解析",也是一部很有用的著作。(《樊川文集》卷十二《上周相公启》)后来杜牧五十岁时自撰墓铭也说:"某平生好读书,为文亦不出人。曹公曰:'吾读兵书战策多矣,孙武深矣。'因注其书十三篇,乃曰:上穷天时,下极人事,无以加也,后当有知之者。"可见杜牧对于他所著的《孙子注》是很自负的。杜牧的《孙子注》三卷,《新唐书·艺文志》《郡斋读书志》《直斋书录解题》皆著录。晁公武《郡斋读书志》卷三"杜牧注《孙子》三卷"条中说:"世谓牧慨然最喜论兵,欲试而不得,其学能道春秋、战国时事,甚博而详,知兵者将有取焉。"宋吉天保集曹操以后注《孙子》者十家,为《孙子十家会注》,杜牧注亦收入其中。

河西、陇右一带,自唐肃宗以后,逐渐被吐蕃统治者所占据,到宣宗大中时,已经有九十年左右了。武宗会昌中,吐蕃统治阶级内部发生矛盾。吐蕃达磨赞普用一个幸臣为相。达磨卒,无子,佞相立达磨妃綝氏兄尚延力之子乞离胡为赞普,国人不服。洛门川①讨击使论恐热是一个有野心的人,他以举义兵为名,实际上是想夺取政权。他率兵南行,自渭州至松州(四川松潘),所过残灭。这时吐蕃尚婢婢镇鄯州(青海乐都),沉勇有谋略。论恐热畏忌尚婢婢,恐怕他暗袭自己的后路,想先灭掉他,所以就同尚婢婢打起仗来。尚婢婢传檄河湟,数责论恐热残虐之罪,并且对当地居民说:"你们都是唐人,可以归唐,不要被论恐热所驱使。"论恐热与尚婢婢连年战争,互有胜负,吐蕃对陇右一带的控制力当然削弱。大中三年二月,被吐蕃占领的秦、原、安乐三州及石门等七关②的人民

---

① 《通鉴·唐纪六十二》会昌二年胡注:"洛门川在渭州陇西县东南。"今甘肃陇西县境。

② 秦州治所在今甘肃天水市,原州治所在今宁夏固原,安乐州治所在今宁夏中卫。石门等七关即是石门、驿藏、制胜、石峡、木靖、木峡、六盘诸关,都在原州境内。

起义归唐。宣宗命太仆卿陆耽为宣谕使,诏泾原、灵武、凤翔、邠宁、振武诸节度使皆出兵应接。六月,泾原节度使康季荣取原州及石门、驿藏、木峡、制胜、六盘、石峡六关。七月,灵武节度使朱叔明取安乐州,邠宁节度使张君绪取萧关,凤翔节度使李玭取秦州。八月,河湟诸州老幼一千多人来到长安,宣宗登皇城东北角的延喜门楼接见他们,他们都欢呼跳舞,脱去胡服,换上汉族的冠带,观看的人都呼"万岁"。杜牧这时正在长安做官,大概亲眼看到此种情况,他是一向关心收复河湟的,现在如愿以偿,非常高兴,所以作了一首诗表示祝贺:

> 捷书皆应睿谋期,十万曾无一镞遗。
> 汉武惭夸朔方地,宣王休道太原师。
> 威加塞外寒来早,恩入河源冻合迟。
> 听取满城歌舞曲,凉州声韵喜参差。
> （《今皇帝陛下一诏征兵不日功集河湟诸郡
> 　　次第归降臣获睹圣功辄献歌咏》）

三州、七关收复以后,宣宗下诏:募百姓垦辟三州、七关土田,五年不收租税;京城罪人应配流者,皆配于三州、七关等处;泾原、邠宁、灵武、凤翔四道将吏,能于镇戍之地营田者,政府给予牛及种粮;三州、七关镇戍的兵士,都加倍给衣粮,仍然是两年一替换;道路建置堡栅,有商旅往来贸易及戍卒子弟通传家信,关镇不得留难。这些措施,都是为了充实新收复的河湟地区以巩固边防。并且下诏:山南、剑南边境,有没蕃州县,亦应量力收复。大中五年春,沙州(治所在今甘肃敦煌)人张义潮乘吐蕃内乱,率领沙州人民起义,驱逐吐蕃统治者,张义潮遂摄沙州刺史事,奉表归朝。宣宗任命张义潮为沙州防御使。就在这一年,张义潮发兵平定瓜、伊、西、甘、肃、兰、鄯、河、岷、廓等十州,派遣他的哥哥张义泽奉十一州图籍入见,朝廷置归义军于沙州,以张义潮为节度使。到这时,被吐蕃统治者所占据的河西、陇右地区算是完全收复了。

在这年中,杜牧曾经将自己所作的文章抄写了二十篇,呈献给刑部崔尚书,并且给他一封信,信中概括地叙述了自己十馀年来读书为文的情况:

> 某启:某比于流辈,疏阔慵怠,不知趋向。惟好读书,多忘;为文,格卑。十年为幕府吏,每促束于簿书宴游间。刺史七年,病弟孺妹百口之家经营衣食,复有一州赋讼,私以贫苦焦虑,公以愚恐败悔,仍有嗜酒多睡厕于其间。是数者相遭于多忘、格卑之中,书不得日读,文不得专心,百不逮人,所尚业复不能尺寸铢两自强自进,乃庸人辈也,复何言哉!

(《樊川文集》卷十六《上刑部崔尚书状》)

这篇信中所谓"惟好读书,多忘;为文,格卑",虽然是杜牧自谦之词,但是也发抒了他十馀年来宦途既不得意而学问文章又未能达到自己所期望的成就的一种不满情绪。

大中四年(850年)春,杜牧作《长安杂题长句六首》,这里选录其中前四首:

觚棱金碧照山高,万国珪璋捧赭袍。
舐笔和铅欺贾马,赞功论道鄙萧曹。
东南楼日珠帘卷,西北天宛玉扈豪。
四海一家无一事,将军携镜泣霜毛。

晴云似絮惹低空,紫陌微微弄袖风。
韩嫣金丸莎覆绿,许公鞍汗杏粘红。
烟生窈窕深东第,轮撼流苏下北宫。
自笑苦无楼护智,可怜铅槧竟何功。

雨晴九陌铺江练,岚嫩千峰叠海涛。
南苑草芳眠锦雉,夹城云暖下霓旄。
少年羁络青纹玉,游女花簪紫蒂桃。
江碧柳深人尽醉,一瓢颜巷日空高。

束带谬趋文石陛,有章曾拜皂囊封。
期严无奈睡留癖,势窘犹为酒泥慵。
偷钓侯家池上雨,醉吟隋寺日沉钟。
九原可作吾谁与?师友琅琊邴曼容。

这几首诗写当时长安城中朝廷粉饰太平，权贵争为豪侈，士女耽于游赏，而自己则避远权势，淡泊自守，自比安居陋巷的颜回、铅椠著书的扬雄，而想效法养志自修、做官不肯过六百石的邴曼容。

杜牧虽然是宰相之孙，但是因为他父亲死得早，又未做大官，所以没有多少遗产。杜牧少年时的经济生活，并不很优裕，上文都叙述过了。他后来虽然中了进士，做官多年，但在长安可能未置田产。当开成三年冬，他由宣歙观察使幕僚内升左补阙时，考虑是否与弟弟杜顗同归长安，曾有"此即家也，京中无一亩田，岂可同归"的话，可见他在长安附近没有土地。《樊川文集》卷二有《李侍郎于阳羡里富有泉石某亦于阳羡粗有薄产叙旧述怀因献长句四韵》诗，卷四《正初奉酬》诗也有"明时刀尺君须用，幽处田园我有涯。一壑风烟阳羡里，解龟休去路非赊"之句，杜牧在阳羡[①]是置有田产的，大概也不很多。他的经济负担很重，除去供养自己的妻子以外，还要供给罢官闲居长安的堂兄杜慥以及患眼病住在扬州的弟弟杜顗与李氏寡妹。唐朝自代宗以来，京官俸钱薄而外官俸钱厚。杜牧做刺史时，所得官俸能够供养四处家人，现在调进京来做员外郎，官俸减少，不敷开支。所以杜牧于大中三年闰十一月十四日上书给宰相，请求外放为杭州刺史。这时周墀已经罢相，做宰相

[①] 阳羡即今江苏宜兴，唐为常州义兴县。此地邻近太湖，山水清美，土地肥沃，所以唐朝士大夫喜欢在这里建立田庄别墅。《唐诗纪事》卷二十七"李幼卿"条："幼卿……大历中，以右庶子领滁州，别业在常州义兴，曰玉潭庄。"同文书局缩印本《全唐诗》卷五刘长卿《酬滁州李十六使君见赠》诗，题下自注："李公与予俱于阳羡山中新营别墅。"可见李幼卿、刘长卿都在义兴营置别墅。

的是白敏中、崔铉、魏扶，他们没有允许杜牧的请求。

大中四年夏天，杜牧迁官为吏部员外郎。唐代吏部员外郎有二员，其一掌判南曹，审查每年选人解状簿书、资历考课，杜牧所迁的正是此职，是员外郎中比较重要的。但是杜牧又三次上宰相启，请求外放为湖州刺史。第一篇启中，杜牧首先说明，有人对他说："吏部员外郎照例不做州刺史，你不可以请求外放。假使已经请求了，千万不要坚持，至于再三。"他说，这是不对的，这是急于进趋之徒自为其说。然后他叙述他的弟弟杜顗聪明俊杰，非寻常人，不幸失明废弃，穷居海上，只有一兄，仰以为命，复不得一郡以供其衣食与医药，是很可同情的。第二启中谈到自己早衰多病，今年四十八岁，已经耳聋齿落，不敢以寿考自期，愿未死前早得一郡，能求异人术士为杜顗治病。第三启中写他的病弟孀妹寓居扬州，生活困窘，自己必须以官俸接济，听说今年七月湖州刺史出缺，所以敢启请外放。

这一次杜牧请求出守湖州，连上三启，情辞恳挚。唐朝士大夫做官，重内轻外，以为京官清要，愿做京官而不愿做外官，但是杜牧独以京官而力求外放，他是为的解决经济负担问题，有不得已之苦衷。宰相了解这些情况，所以允许外放他为湖州刺史。

杜牧屡次上书给宰相，请求外放，表面上是提出经济的原因，但是骨子里还可能另有隐衷，就是不满意当时的朝政，觉得在朝也不能有所作为，由上面所提到的《长安杂题长句六首》诸诗可以参悟其中消息。所以当大中四年初秋暑退，杜牧准备到湖州上任去的时候，他到乐游原游赏，作了一首绝句诗，更透露了对时政的不满：

清时有味是无能，闲爱孤云静爱僧。

欲把一麾江海去，乐游原上望昭陵。

（《将赴吴兴登乐游原一绝》）

这首诗用笔深婉，宋叶梦得说："此盖不满于当时，故末有'望昭陵'之句。"（中华书局影印元刊本《叶先生诗话》卷中）昭陵是唐太宗的坟墓，杜牧诗中说"乐游原上望昭陵"，言外之意，就是认为当时政治不好，不如贞观之世，所以思念唐太宗。

杜牧将赴湖州刺史任时，诗中曾说："捧诏汀洲去，全家羽翼飞。"（《新转南曹未叙朝散初秋暑退出守吴兴书此篇以自见志》）又想，将来到湖州之时，黄柑方嫩，紫蟹初肥，正是好季节，而秋兰也正在开放，"遥知渡江日，正是撷芳时"（《将赴湖州留题亭菊》）。他的心情是相当愉快的。

二 "出守吴兴"

唐代湖州又名吴兴郡，管辖五县：乌程、武康、安吉、德清、长城，治所在乌程县（浙江湖州市）。元和时，湖州户数四万三千四百六十七（《元和郡县志》卷二十五），是一个相当富庶的大州。

杜牧自大中四年秋到湖州做刺史，大中五年（851年）秋内升为考功郎中、知制诰，在湖州整一年。

湖州不但富庶，而且风景清美，人物俊秀。苕溪、霅溪环绕州城，州城北十八里有卞山，州所属长城县（浙江长兴）有顾渚山，是产茶名地，旁有二山相对，号明月峡，绝壁峭立，大涧中流。这些都可供杜牧公馀游赏。在中唐时，湖州出过一位著名的文人沈亚之，在杜牧来到湖州时，尚有后进诗人严恽等，杜牧凭吊前贤，结识新友，这一年的诗兴是相当好的。

沈亚之字下贤。元和中，至长安，与李贺交游，举进士不第，李贺作诗送他，有"吴兴才人怨春风"之句。后来他于元和十年举进士及第。大和初，为殿中侍御史，后又为德州行营使者柏耆的判官。柏耆得罪，沈亚之亦被贬为南康尉，后终于郢州掾。沈亚之善于作诗，李贺称赞他工为情语，有窈窕之思，后来李商隐也曾作《拟沈下贤》诗。沈亚之又能为古文，曾游韩愈之门，颇受些影响；他的古文风格奇崛，在孙樵、刘蜕之间。他也能作传奇小说，有《湘中怨》《异梦录》《秦梦记》诸篇，"皆以华艳之笔，叙恍忽之情"（鲁迅《中国小说史略》第八篇《唐之传奇文》上）。沈亚之与杜牧的堂兄杜憶（杜式方之子，杜悰的哥哥）熟识，《沈下贤文集》卷九有《送杜憶序》一篇，文中说，他自己在扬州与鲍溶交情很好，曾听到鲍溶谈及杜憶学何、虞诗，"于其音往往能自振激"。后来沈亚之到长安，与杜憶兄弟等同游，"其相乐之爱，故与溶等"。那时大概杜牧年纪还小，所以没有与沈亚之相识。大中时，杜牧来湖州做刺史，沈亚之已经死去了。乌程县西南二十里有小敷山，沈亚之曾在这里住过。杜牧平日也钦佩沈亚之的才名，所以特地到小敷山凭吊，作了一首诗：

斯人清唱何人和？草径苔芜不可寻。
一夕小敷山下梦，水如环佩月如襟。

（《沈下贤》）

这时有一位诗人李郢，字楚望，住在馀杭（浙江馀杭），他的诗清丽，善于写景抒怀。杜牧于大中四年冬至日作了一首诗寄给他：

行乐及时时已晚，对酒当歌歌不成。
千里暮山重叠翠，一溪寒水浅深清。
高人以饮为忙事，浮世除诗尽强名。
看着白蘋芽欲吐，雪舟相访胜闲行。

（《湖南正初招李郢秀才》）①

李郢也依韵和了一首，末二句是："多愧龙门重招引，即抛田舍棹舟行。"（同文书局缩印本《全唐诗》卷二十二李郢《和湖州杜员外冬至日白蘋洲见忆》）大概李郢就来到湖州看望杜牧。后来到大中十年，李郢举进士及第，那时杜牧已经死了。

湖州有一位少年诗人严恽，字子重，他作了一首《落花》诗：

春光冉冉归何处？更向花前把一杯。
尽日问花花不语，为谁零落为谁开？

（同文书局缩印本《全唐诗》卷二十）

---

① 冯集梧《樊川诗集注》谓诗题中"湖南"应是"湖州"之误。

杜牧相当欣赏这首诗，依韵和了一首：

共惜流年留不得，且环流水醉流杯。
无情红艳年年盛，不恨凋零却恨开。

(《和严恽秀才落花》)

这位严恽虽有诗才，但是他后来考进士一直没有考中。当懿宗咸通十一年（870年），皮日休在苏州，严恽带了诗来见他。皮日休童年在乡校时，已经读过杜牧的《樊川集》，见到和严恽的诗，心中久记其名，所以这一次很高兴地接见了他。当皮日休读了严恽的作品之后，认为他工于七言，"清便柔媚"，尤其欣赏他的《落花》诗，并且对于屡考进士不第之事替他抱屈。严恽见皮日休后回湖州，两月之后，就病死了。皮日休很惋惜，曾作诗伤悼他。

湖州属县长城西北四十多里有顾渚山，产茶极佳，名紫笋茶。德宗贞元以后，每年要将顾渚出产的茶进贡于皇帝。采茶时，湖州刺史要亲自来监督，所以大中五年暮春，正当采茶之时，杜牧就来到顾渚山，曾到山旁的明月峡游玩，在村舍门扉上题了一首诗：

从前闻说真仙景，今日追游始有因。
满眼山川流水在，古来灵迹必通神。

宋朝苏舜钦（子美）的祖父苏国老做乌程县令时，听说杜牧有此题字，托人取来，奉为传家之宝，一直到他的曾孙苏泌，仍然保存,曾拿出给王得臣看,字体遒媚,隐出木间,是希世的墨宝。①

大中五年秋,杜牧内升为考功郎中、知制诰。

杜牧卸任以后,继续在湖州住了一个时期。他于八月八日游湖州城北卞山旁的玲珑山。玲珑山多奇石,嵌空奇峻,有归云洞,有石梁,三尺多宽,横绕两石间,名定心石。杜牧在此题名:"前湖州刺史杜牧大中五年八月八日来。"(周密《癸辛杂识》前集"吴兴园圃"条)八月十二日,杜牧移居于霅溪馆,他作了一首诗,写出了卸任后的闲逸情致:

> 万家相庆喜秋成,处处楼台歌板声。
> 千岁鹤归犹有恨,一年人住岂无情?
> 夜凉溪馆留僧话,风定苏潭看月生。
> 景物登临闲始见,愿为闲客此闲行。

(《八月十二日得替后移居霅溪馆因题长句四韵》)

此后不久,杜牧就离湖州赴长安了。他在道中作了一首诗:

> 镜中丝发悲来惯,衣上尘痕拂渐难。
> 惆怅江湖钓竿手,却遮西日向长安。

(《途中一绝》)

---

① 此事载于王得臣《麈史》卷中"武功苏泌进之"条。按此段文中谓:"国老云:'杜罢牧吴兴,游长兴之明月峡,留字于村居门扉。'"稍误。杜牧罢牧吴兴在大中五年秋。而其题村居门扉诗曰:"暮春因游明月峡,故留题。"时节不合。杜牧游明月峡应即在大中五年三月在顾渚监督采茶之时。

当他取道汴河乘船西行时,又作《隋堤柳》诗:

夹岸垂杨三百里,只应图画最相宜。
自嫌流落西归疾,不见东风二月时。

杜牧这时的心情是相当复杂的。他自少时即有政治上的抱负,发扬蹈厉,论政谈兵,很想削平藩镇,收复河湟,使国家安宁,民生康乐。但是晚唐时期,君昏政乱,宦官专权,朋党相争,杜牧的谠言正论,统治者是不会理会的。他自己浮沉宦途,忽尔做京官,忽尔做外官,只是得点俸禄以供养家人就是了,施展抱负是谈不到的,加以杜牧本身的软弱性,渐渐地也就消沉下来。这一年他已经四十九岁了,因为体弱多病,更影响到心情的衰飒。他由吏部员外郎外放为湖州刺史,这次又内调为考功郎中、知制诰,官是升了,但是杜牧并不重视,认为这还是同以往一样,照例的浮沉而已,所以明明是升官赴京,而他却说是"流落西归",至于"惆怅江湖钓竿手,却遮西日向长安"两句,又蕴藏着激壮不平的情思。

大中五年这一年,有两件事使杜牧伤心,就是他最友爱的弟弟杜顗以及有知遇之感的好友周墀两个人的死去。杜顗自从患眼病屡治不效,于会昌二年移住扬州之后,不再提治眼的事。日常使人在旁读十三代史书,一听全能记住,有客人来,在一起谈论,引证诸书,听者忘倦。大中五年二月二十五日卒,年四十五;男麟师,年十岁,女晷儿,年五岁。大中六年二月,归葬于万年县祖墓。杜牧给他作了一篇墓志铭。杜牧对于杜顗是很友爱的,所以杜顗之死,杜牧非常悲痛,他在墓志最后说:"某今年五十,假使更生十年,为六十人,不夭矣,与君别止三千六百日尔。况早衰多病,敢期六十人乎?"周墀于大中三年四月罢相之后,出为剑南东川节度使,大中五年二月十七日,卒于任所。杜牧闻讣之后,在这一年七月,作了一篇祭文,并派湖州军事押衙司马素到洛阳致祭。因为杜牧是受周墀援引的,"爰自稚齿,即蒙顾许,及在宦途,援挈益至",所以这篇祭文作得非常沉痛。大中六年二月,周墀的灵柩在河南县祖墓安葬,杜牧又给他作了一篇墓志铭。

三 终于中书舍人

杜牧于大中五年秋末冬初时来到长安,就考功郎中、知制诰的新职,第二年迁官中书舍人。考功郎中,从五品上,属吏部尚书,掌内外文武官吏的考课;知制诰就是为皇帝起草诏诰。起草诏诰本是中书舍人之职,玄宗开元初,以其他的官掌诏敕册命,谓之知制诰。兼知制诰者,多是工于文章的人,所以杜牧有此资格。中书舍人,正五品上,属中书省,"掌侍奉进奏,参议表章,凡诏旨敕制及玺书册命,皆按典故起草进画,既下则署而行之"(《旧唐书》卷四十三《职官志》),是一个相当重要的官职。

长安城南下杜樊乡,有杜佑修筑的别墅,杜牧从幼小时就常在此游玩。大中五年冬,杜牧自湖州刺史回朝任京官,将湖州刺史任上积蓄的俸钱拿出来,修理樊川别墅。别墅修理好了,杜牧邀集亲朋来游赏饮酒,酒酣,杜牧对他外甥裴延翰①说:"司马迁说过:'自

---

① 裴延翰是杜牧姐夫裴俦之子(《新唐书·宰相世系表》)。

古富贵其名磨灭者,不可胜纪。'我幼小的时候,就在这里游玩,现在做官得到俸禄,将这个别墅重新修治好,不久我老了,成为樊上翁。我虽然不期望富贵,也留有数百篇文章,将来你替我作序,号《樊川集》。这样,我对着樊川的一禽鱼、一草木,就可以没有遗憾了,以便千百年后这些文章能够不随着它们而消失。"此后,每逢公馀之暇,杜牧常邀亲友同来别墅游赏。这时沈传师的儿子沈询也做中书舍人,与杜牧同僚,大中六年秋,杜牧曾邀沈询同游樊川,沈询因公事忙没有来,杜牧作了一首诗:

邀侣以官解,泛然成独游。川光初媚日,山色正矜秋。
野竹疏还密,岩泉咽复流。杜村连漭水,晚步见垂钩。

(《秋晚与沈十七舍人①期游樊川不至》)

大中六年(852年),杜牧五十岁了。这一年元旦,他上朝回来,口中吟诗一首:

星河犹在整朝衣,远望天门再拜归。
笑向春风初五十,敢言知命且知非?

(《岁日朝回口号》)

晚唐诗人中,李商隐与温庭筠都是很有名的。杜牧大中三年在京做司勋员外郎时,与李商隐相识,李商隐并且有赠杜牧的诗,前面已经提过;而温庭筠与杜牧似乎一直没有机会认识,到大中六

---

① 沈十七舍人即沈询,见岑仲勉先生《唐人行第录》。

年杜牧做中书舍人时,才与温庭筠相识。温庭筠字飞卿,生于元和七年[1],比杜牧小九岁。他辞章敏捷,诗作得很华艳,同时又精音律,"能逐弦吹之音,为侧艳之词"(《旧唐书》卷一百九十下《文苑·温庭筠传》),在填词方面也很努力。词是唐代新兴的一种配合音乐的诗歌体裁,本名"曲子词",后人简称为"词"。唐代燕乐盛行,最初以五、七言绝句入乐,但是诗句整齐而乐谱参差,配合起来还要费一番事,所以渐渐有人按着各个乐谱的曲折,作成相配合的长短句歌辞,以便歌唱。这种办法创始于民间,根据敦煌曲子的资料,大概唐玄宗时已经有了。中唐时,文人韦应物、白居易、刘禹锡等也开始按拍填词,作为尝试,而温庭筠是唐代文人中第一个专力作词的人。他能试用新兴体裁,创造风格,开辟途径。他的词名《金荃集》,已经失传了,后蜀赵崇祚所编的《花间集》中收入他的词六十六首。温庭筠虽然工于诗赋,但是考进士屡不中第。宣宗大中元年,温庭筠三十六岁,在京应进士举,不第,大概就留居在长安。大中六年,杜牧做中书舍人时,温庭筠作了一篇启,呈献给杜牧,启中说:

> 某闻物乘其势,则彗汜(泛)画涂,才戾于时,则荷戈入棘。必由贤达之门,乃是坦夷之径。是以陆机行止,惟系张华;孔闿文章,先投谢朓(胱)。遂得名高洛下,价重江南。……李郢秀奉扬仁旨,窃味昌言。岂知沈约扇中,犹题

---

[1] 据夏承焘先生《唐宋词人年谱》中《温飞卿系年》。

拙句；孙宾车上，欲引凡姿。进不自期，荣非始望。今者末涂悒怅，羁宦萧条，陋容须托于媒扬，沈痼宜蠲于医缓。亦尝临铅信史，鼓箧遗文，颇知甄藻之规，粗达显微之趣。倘使阁中撰述，试传名臣，楼上妍媸，暂陪诸隶，微回木铎，便是云梯。敢露诚情，辄干墙仞。

（《全唐文》卷七百八十六温庭筠《上杜舍人启》）

就这篇启看来，杜牧大概很欣赏温庭筠的诗，李郢秀将这事对温庭筠说了，所以温庭筠作这篇启给杜牧，希望他加以援引。温庭筠又有《华清宫和杜舍人》诗（顾嗣立《温飞卿诗集笺注》卷九），即是和杜牧《华清宫三十韵》诗，因此也可以知道杜牧这首诗是做中书舍人时所作的。诗中咏唐玄宗晚年荒淫召乱，颇含讽刺：

雨露偏金穴，乾坤入醉乡。玩兵师汉武，回手倒干将。
鲸鬣掀东海，胡牙揭上阳。喧呼马嵬血，零落羽林枪。
倾国留无路，还魂怨有香。蜀峰横惨澹，秦树远微茫。

另外，杜牧还作了《过华清宫绝句三首》，不知是哪时所作，也是讽刺唐玄宗的：

长安回望绣成堆，山顶千门次第开。
一骑红尘妃子笑，无人知是荔枝来。

新丰绿树起黄埃,数骑渔阳探使回。
霓裳一曲千峰上,舞破中原始下来。

万国笙歌醉太平,倚天楼殿月分明。
云中乱拍禄山舞,风过重峦下笑声。

  杜牧任知制诰及中书舍人时,作了许多朝廷除官的制书,《樊川文集》第十七、十八、十九、二十诸卷中,有数十篇这类的文章,都是这时作的。

  大中五年,湖南大饥,许多农民没有饭吃,于是邓裴率领饥饿的农民起义,或据深山,或闭官道,声势相当大。湖南地方官派兵镇压,于大中六年夏四月打败起义军,擒住邓裴。①朝廷许多官吏要上表庆贺,这个表是由杜牧作的。杜牧虽然也反对腐败的政治,同情人民的疾苦,但是当人民起义动摇封建统治的时候,他就要维护封建统治,赞成镇压人民了。这就是他的阶级局限性,他对邓裴起义的态度,也是一个例证。

  大中六年冬天,杜牧得病,相当沉重,自己以为是不能好了,于是作了一篇墓志铭,叙述自己平生的经历。又作了一首诗,献给宰相裴休:

---

  ① 邓裴起义事,新、旧《唐书·宣宗纪》均未载。《通鉴·唐纪六十五》,大中六年夏四月,"湖南奏,团练副使冯少端讨衡州贼帅邓裴,平之"。故知邓裴起义在大中五六年间。《旧唐书·宣宗纪》:大中五年,"是岁湖南大饥"。与杜牧表中所说的情况相合。

> 贤相辅明主,苍生寿域开。青春辞白日,幽壤作黄埃。
> 岂是无多士?偏蒙不弃才。孤坟一尺土,谁可为培栽?
>
> (《忍死留别献盐铁裴相公二十叔》)

不久即死去,年五十岁。[①]

杜牧的夫人,河东裴氏,朗州刺史裴偃之女,死在杜牧之前。至于杜牧的儿女,根据他在大中六年《自撰墓铭》所记,共有五人:"长男曰曹师,年十六,次曰柅柅,年十二;别生二男曰兰、曰兴,一女曰真,皆幼。"杜牧临死前,有《留诲曹师等诗》云:

> 万物有丑好,各一姿状分。唯人即不尔,学与不学论。
> 学非探其花,要自拔其根。孝友与诚实,而不忘尔言。
> 根本既深实,柯叶自滋繁。念尔无忽此,期以庆吾门。

曹师、柅柅都是小名,曹师名晦辞,柅柅名德祥。晦辞位终淮南节度判官,德祥昭宗时为礼部侍郎,知贡举,亦有名声。

  杜牧生平所作诗文很多,大中六年冬得病时,自己检阅一下,大部分都烧掉,只留下十分之二三。他的外甥裴延翰,自幼小时,读书学文,受到杜牧的教导;杜牧生平所作诗文,无论大篇、短章,往往不远数千里,都抄写寄给裴延翰,所以他收藏的杜牧作

[①] 关于杜牧卒年,有两种说法:钱大昕《疑年录》谓杜牧卒于大中六年,而岑仲勉先生《李德裕会昌伐叛集编证》谓杜牧卒于大中七年。实则仍以钱说为确,详拙撰《杜牧卒年考》,载1962年中华书局上海编辑所出版的《樊川诗集注》附录中。

品,比杜牧焚烧后的剩稿多十分之七八。杜牧死后,裴延翰将杜牧诗文四百五十首编为一集,共二十卷,名曰《樊川文集》,这个取名,是遵照杜牧当年所嘱托的。杜牧在当时负有盛名,所以他的集子流传得很快。皮日休《伤进士严子重诗序》说:"余为童在乡校时,简上抄杜舍人牧之集,见有与进士严恽诗。"(同文书局缩印本《全唐诗》卷二十三)皮日休大约生于文宗开成末年,当公元839年左右,[①]假定按公元839年出生计算,到公元854年、855年,亦即是大中八九年时,皮日休十六七岁,正是所谓"为童"时,那时《樊川文集》已经传播,所以皮日休在乡校中就能够看到杜牧的集子。

　　杜牧虽然有忧国伤时之心、济世经邦之志,研究政治、兵谋,慷慨论天下事,然而并未能施展抱负,只得以空文自见。他擅长诗歌与古文,而诗歌的造诣尤其好,在唐朝开国二百年后诗歌昌盛、名家如林之时,他能创造英发俊爽的风格,独树一帜于晚唐诗坛之中。他的古文也笔势峭健、内容充实,其中多关系国计民生,有相当进步的思想与史料的价值。一个作家兼长诗歌与古文,这样的人在唐朝并不多,据洪亮吉的意见,"有唐一代,诗文兼擅者,惟韩、柳、小杜三家"(《北江诗话》卷二)。此外,杜牧还会填词,又能书、画。中晚唐诗人渐采用民间曲子作词,然多是短调,即所谓小令,而杜牧曾作《八六子》词(见《尊前集》),全首九十字,杜

[①] 详拙著《皮日休的事迹思想及其作品》,载《四川大学学报(社会科学版)》1955年第2期,后收入《唐诗研究论文集》,1959年人民文学出版社出版。

牧应是第一个采用民间曲子中长调作词者,也就是第一个作慢词的人。①杜牧所写《张好好诗》真迹,流传于今日,笔致潇洒。他又曾摹顾恺之所画维摩像,米芾称其"精彩照人"(《画史》)。所以杜牧可谓多才多艺者。

  杜牧诗文之所以能有较高的成就,除去他的文学才华与修养之外,他平生忧国忧民的政治抱负,应当是一个重要的因素。全祖望《杜牧之论》:"杜牧之才气,其唐长庆以后第一人耶!读其诗、古文、词,感时愤世,殆与汉长沙太傅相上下。"(《鲒埼亭集外编》卷三十七)以杜牧比贾谊,这个看法颇有道理。不过,从另一方面来看,杜牧生平浪漫的生活、声色的嗜好,以及时时流露出来的消沉、颓靡的思想,也不容忽视。反映在他的诗歌作品中,内容就显得异常驳杂。对于这一份文学遗产,我们必须加以审慎的剔抉,清除其糟粕,有批判有选择地吸收他的创作成果。

---

  ① 一般说法,都认为北宋中叶柳永是最早作慢词的人。

后 记

杜牧是晚唐时著名的诗人与古文家。他有进步的政治见解,所撰《樊川文集》,其中有许多篇诗文能反映一定的唐代历史现实,也有不少个人写意抒情之作,艺术性是相当高的,具有独特风格。

这本传记,就是要写杜牧的生平,着重在他的政治见解、思想情况、文学创作、交游关系(偏重论述他与同时代作家的关系及评论诗文的意见)等等。写传记,应当学习运用马列主义、毛泽东思想的理论,对传主生平加以描述论断。我对于杜牧的事迹及其作品,虽然曾经用过些功夫,但是学习理论很不够,因此,在论述一个古代文学作家时,如何分析衡量,惬心贵当,是很不敢自信的。传记是属于历史性质的书,却又要有文学的情趣。因为是历史,所以要求无征不信,而完全据事直书,容易失于质朴,需要相当的驰骋想象,但是又不允许虚构,传记毕竟不同于历史小说。这个分寸也颇不易掌握。这本传记在写法上所做的尝试,一定也有不妥之处。

关于杜牧生平事迹与诗文编年的种种考证,均详于拙著《杜牧年谱》中,我写这本传记时,为求体例爽净,所有这些考证,都没有加入附注。《杜牧年谱》一书,将来出版时,可供参看。

这本传记于1964年定稿。我双眼患白内障已经七年,看书写字，都很困难，无法再多做修改，只能略加删订。书中疏漏错误之处，请读者多赐指正。

缪钺写于四川大学历史系　1977年6月

杜牧年谱

杜牧字牧之，唐京兆万年（陕西西安市）人。京兆杜氏为魏晋以来数百年之高门世族，兹参考《元和姓纂》《新唐书·宰相世系表》、新旧《唐书·杜佑传》、《权载之文集·唐故金紫光禄大夫守太保致仕赠太傅岐国公杜公墓志铭》（以下简称《岐国公杜公墓志铭》），列杜牧世系如下（非杜牧直系祖先均不注官职）：

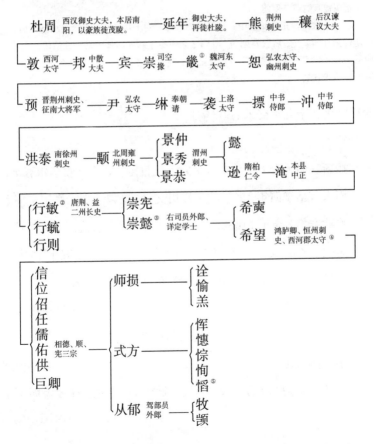

① 自延年至畿，各书所载世次不同。兹从《新唐书·宰相世系表》，延年至畿共八世。《元和姓纂》卷六杜氏："延年孙笃，笃入《后汉书·文苑传》，笃曾孙畿。"则延年至畿共六世，以年代计之，世数似嫌太少。岑仲勉《元和姓纂四校记》卷六杜氏"笃曾孙畿"条下云："考笃生光武之世，畿仕曹魏，以年代计之，断非笃之曾孙也。"

② 逊生淹，淹生行敏，乃据《新唐书·宰相世系表》。《元和姓纂》作"生赚，赚生行敏"。岑仲勉《元和姓纂四校记》谓其为传刻之误。

③ 《元和姓纂》作"崇懿"，百衲影宋刊本《新唐书·宰相世系表》作"崇殼"，殿本作"崇懿"，《权载之文集·岐国公杜公墓志铭》作"愨"。兹从《元和姓纂》。

④ 《权载之集·岐国公杜公墓志铭》记希望官职为鸿胪卿、恒州刺史、西河郡太守，《旧唐书·杜佑传》同，兹从之。《元和姓纂》与《新唐书·宰相世系表》均谓希望曾官陇右节度使、太仆卿。

⑤ 杜牧《樊川文集》中常提及"堂兄憿"，卷十六有《为堂兄慗求澧州启》。杜憿曾为江州刺史，后罢官闲居。杜憿之名不见于新、旧《唐书·杜佑传》及《新唐书·宰相世系表》，"憿"字命名从心旁，与式方之子恽、憓、悰、惼等同，然则杜憿殆式方之子欤？

唐德宗贞元十九年癸未（803年）

杜牧生。

按新、旧《唐书·杜佑传》附《杜牧传》皆言杜牧卒年五十，而未言卒于何年。考杜牧《樊川文集》（以后引《樊川文集》均称本集）卷九《唐故淮南支使试大理评事兼监察御史杜君墓志铭》作于大中六年（852年），文中有"某今年五十"之语，则杜牧应生于本年。出生月日无考，生地盖在长安。

杜牧家第宅在长安安仁坊（《旧唐书·杜佑传》附《杜式方传》、本集卷十六《上宰相求湖州第二启》），在朱雀门街东第一街从北第三坊，正居长安城中心，杜牧《冬至日寄小侄阿宜诗》所谓"旧第开朱门，长安城中央"者也。杜牧盖即生于此宅。

二月，祖佑自淮南节度使来朝；三月，拜检校司空、同中书门下平章事。（《旧唐书·德宗纪》）

是年孟郊五十三岁，韩愈三十六岁，白居易、刘禹锡皆三十二岁，柳宗元三十一岁，元稹、牛僧孺皆二十五岁，李德裕十七岁，贾岛十六岁，李贺十四岁，周墀十一岁。

贞元二十年甲申（804年）

杜牧二岁。

父从郁为太子司议郎。

《旧唐书·杜佑传》附《杜从郁传》："以荫贞元末再迁太子司议郎。"姑系于本年。

贞元二十一年即顺宗永贞元年乙酉（是年八月改元。805年）

正月，德宗卒。太子李诵即位，是为顺宗。顺宗多病，王叔文执政，引用柳宗元、刘禹锡等，欲革新政治，裁抑宦官，数月之中，颇多善政。宦官俱文珍等恶王叔文，强迫顺宗传位于太子李纯。八月，李纯即皇帝位，是为宪宗。顺宗称太上皇。王叔文、柳宗元、刘禹锡等均遭贬谪。次年，王叔文赐死。（参《资治通鉴》，下文简称《通鉴》）

杜牧三岁。

祖佑于顺宗即位后摄冢宰，寻进位检校司徒，兼度支盐铁等使，依前平章事，旋又加弘文馆大学士。（《旧唐书·杜佑传》）

宪宗元和元年丙戌（806年）

正月，太上皇顺宗卒。去岁八月，西川节度使韦皋卒，支度副使刘辟自为留后，时宪宗初立，力未能讨，即授以西川节度副使，知节度事。本年正月，刘辟又求兼领三川，朝廷不许，辟发兵围东川节度使李康于梓州。宪宗命左神策行营节度使高崇文将兵讨之。九月，高崇文入成都，擒刘辟，送至京师，斩之。（参《通鉴》）先是夏绥节度使韩全义入朝，以其甥杨惠琳知留后，朝廷以李演为夏绥节度使。三月，杨惠琳据城抗命，朝廷讨斩之。（参《通鉴》）

杜牧四岁。

祖佑拜司徒，同平章事，封岐国公。（《旧唐书·杜佑传》）

父从郁转左补阙，改授左拾遗，又改为秘书丞。

《旧唐书·杜佑传》附《从郁传》："元和初，转左补阙。谏官崔群、韦贯之、独孤郁等以从郁宰相子，不合为谏官，乃降授左拾遗。群等复执曰：'拾遗之与补阙，虽资品有殊，皆名谏列。父为宰相，子为谏官，若政有得失，不可使子论父。'乃改为秘书丞。"按所谓"元和初"者，未指明在何年，姑系于此。

元和二年丁亥（807年）

十月，镇海军浙西节度使李锜反，宪宗命淮南节度使王谔率诸道兵进讨。润州大将张文良等执李锜，送长安，斩之。（《旧唐书·宪宗纪》）

杜牧五岁。

弟顗生。

据本集卷九《唐故淮南支使试大理评事兼监察御史杜君墓志铭》，牧长顗四岁，故顗应生于本年。

元和三年戊子（808年）

四月，策试贤良方正直言极谏科举人，牛僧孺、皇甫湜、李宗闵等指陈时政之失，无所避，考策官署为上第。宰相李吉甫恶之，诉于宪宗，宪宗为之贬试官；牛僧孺等亦久不得调。（参《通鉴》）

杜牧六岁。

王易简常来杜家，杜牧识之，盖在此数年中。

本集卷十《池州造刻漏记》："某为童时，王处士年七十，常来某家，精大演数与杂机巧，识地有泉，凿必涌起，韩文公多与之游。"按此记又云："大和四年，某自宣城使于京师，处士年馀九十。"大和四年，杜牧二十八岁，王处士已九十馀，则所谓"某为童时，王处士年七十，常来某家"，盖在杜牧八岁以前六岁左右。王处士名易简，亦见记中。

元和四年己丑（809年）

杜牧七岁。

元和五年庚寅（810年）

杜牧八岁。

三月辛丑朔，祖佑与同列宴于樊川别墅，宪宗遣中使赐酒馔。（《旧唐书·宪宗纪》）

杜佑樊川别墅在长安城南，汉高祖赐樊哙食邑于此，故名樊川。权德舆《权载之文集》卷三十一《司徒岐公杜城郊居记》："神京善地，启夏南出，凡十有六里，而仁智之居在焉。"（长安城南面三门，东曰启夏门。）裴延翰《樊川文集序》："长安南下杜樊乡，郦元注《水经》，实樊川也，延翰外曾祖司徒岐公之别墅在焉。"《旧唐书·杜佑传》："佑城南樊川有佳林亭，卉木幽邃，佑每与公卿宴集其间。"杜牧儿时亦常来此游戏。（裴延翰《樊川文集序》）

元和六年辛卯（811年）

杜牧九岁。

元和七年壬辰（812年）

杜牧十岁。

六月，祖佑守太保，致仕。十一月十六日辛未，卒于长安安仁坊宅中，年七十八。册赠太傅，谥曰安简。（《旧唐书·杜佑传》、《权载之文集》卷二十二《岐国公杜公墓志铭》）

《旧唐书·杜佑传》："佑性敦厚强力，尤精吏职，虽外示宽和，而持身有术。为政弘易，不尚曒察，掌计治民，物便而济，驭戎应变，即非所长。性嗜学，该涉古今，以富国安人之术为己任。初，开元末，刘秩采经史百家之言，取《周礼》六官所职,撰分门书三十五卷,号曰《政典》,大为时贤称赏,房琯以为才过刘更生。佑得其书,寻味厥旨,以为条目未尽,因而广之,加以《开元礼乐》,书成二百卷,号曰《通典》。贞元十七年,自淮南使人诣阙献之。……优诏嘉之,命藏书府。其书大传于时,礼乐刑政之源,千载如指诸掌,大为士君子所称。佑性勤而无倦,虽位极将相,手不释卷,质明视事,接对宾客,夜则灯下读书,孜孜不怠。与宾佐谈论,人惮其辩而伏其博。设有疑误,亦能质正。始终言行无所玷缺,唯在淮南时,妻梁氏亡后,升嬖妾李氏为正室,封密国夫人。亲族子弟言之,不从,时论非之。"

杜佑卒时,杜牧虽仅十岁,但以后杜牧甚重视其祖父经世致用之学而能继承。杜牧在《冬至日寄小侄阿宜诗》中云:"旧第开朱门。长安城中央。第中无一物,万卷书满堂。家集二百编,上下驰皇王。"夸耀家中藏有万卷书,而特笔提出"家集二百编,上下驰皇王",即指杜佑所撰《通典》二百卷。杜牧生平留心当世之务,论政谈兵,卓有见地,在《上李中丞书》中自谓"于治乱兴亡之迹,财赋兵甲之事,地形之险易远近,古人之长短得失",最所究心,此正是继承其祖父杜佑作《通典》,考明历代典章制度以施诸实用之家学传统。

李商隐生。(据张采田先生《玉谿生年谱会笺》)

温庭筠生。(据夏承焘先生《唐宋词人年谱》中《温飞卿系年》)

元和八年癸巳（813年）

杜牧十一岁。

四月初三日乙酉，祖佑葬于长安城南少陵原祖茔。是时佑长子师损官司农少卿，次子式方官昭应县令，少子从郁官驾部员外郎。（《权载之文集·岐国公杜公墓志铭》）

元和九年甲午（814年）

杜牧十二岁。

七月，从兄悰选配宪宗女岐阳公主，加银青光禄大夫、殿中少监、驸马都尉。

《旧唐书·宪宗纪》：元和九年"秋七月……戊辰，以太子司议郎杜悰为银青光禄大夫、殿中少监、驸马都尉，尚岐阳公主"。《旧唐书·杜佑传》附《杜悰传》："式方……子㦂、憓、悰、恂。㦂嗣，富平尉。憓，兴平尉。悰，以荫三迁太子司议郎。元和九年，选尚公主，召见于麟德殿。寻尚岐阳公主，加银青光禄大夫、殿中少监、驸马都尉。岐阳，宪宗长女，郭妃之所生。自顷选尚，多于贵戚或武臣节将之家；于时翰林学士独孤郁，权德舆之女婿，时德舆作相，郁避嫌辞内职，上颇重学士，不获已，许之，且叹德舆有佳婿，遂令宰臣于卿士家选尚文雅之士可居清列者。初于文学后进中选择，皆辞疾不应，惟悰愿焉。"本集卷八《唐故岐阳公主墓志铭》："宪宗皇帝即位八年，出嫡女册封岐阳公主，下嫁于今工部尚书判度支杜公悰。"记岐阳公主出嫁在元和八年，与《旧唐书·宪宗纪》及《杜悰传》所载在元和九年者不同,或杜牧误记也。

杜悰生卒年,据《新唐书·杜佑传》附《杜悰传》,悰懿宗时罢相,后为凤翔、荆南节度使,卒年八十,又据吴廷燮《唐方镇年表》引《南楚新闻》,杜悰节度江陵,咸通十四年七月十三日卒。杜悰卒于咸通十四年(873年),年八十,则应生于德宗贞元十年(794年),长杜牧九岁,选配公主时年二十一。

孟郊卒,年六十四。

元和十年乙未(815年)

去年闰八月,彰义(淮西)节度使吴少阳卒,其子元济自为留后,纵兵四出侵掠,及于东畿。本年正月,诏发宣武等十六道兵讨吴元济。平卢(淄青)节度使李师道、成德节度使王承宗均助吴元济。(参《通鉴》)

杜牧十三岁。

沈亚之(字下贤)举进士及第。(晁公武《郡斋读书志》卷四《沈亚之集》条、辛文房《唐才子传》卷六《沈亚之传》)

元和十一年丙申(816年)

成德节度使王承宗纵兵四掠。正月,诏发河东等六道兵讨之。(参《通鉴》)

杜牧十四岁。

李贺卒,年二十七。

元和十二年丁酉（817年）

讨吴元济三年，久无功。八月，以宰相裴度为彰义节度使，仍充淮西宣慰处置使，督率诸军。十月，唐随邓节度使李愬入蔡州，擒吴元济，淮西平。（参《通鉴》）

杜牧十五岁。

父从郁大约卒于是年之前。从郁卒后数年之中，杜牧兄弟幼小，不善持家，卖宅还债，奴婢多散去。

从郁卒于何年，已无可考。《旧唐书·杜佑传》附《杜式方传》谓从郁"少多疾病"，又谓其"夭丧"，杜牧亦自称"某幼孤贫"。（本集卷十六《上宰相求湖州第二启》）从郁之卒，盖在杜佑卒后不久，约当杜牧十五岁以前。杜牧《上宰相求湖州第二启》中自述十馀岁时生活情况曰："某幼孤贫，安仁旧第置于开元末，某有屋三十间而已。（"而已"二字，据《全唐文》校增）去元和末，酬偿息钱，为他人有，因此移去，八年中凡十徙其居，奴婢寒饿，衰老者死，少壮者当面逃去。不能呵制。止（"止"字据《全唐文》校增）有一竖，恋恋悯叹，挈百卷书随而养之，奔走困苦无所容，归死延福私庙，支拄欹坏而处。长兄以驴游丐于亲旧，某与弟顗食野蒿藿，寒无夜烛，默念（"念"字据《全唐文》校增）所记者，凡三周岁。"

从郁乃杜佑季子，既未更显仕，而又早丧，故遗产不丰。杜牧文中所谓："安仁旧第置于开元末，某有屋三十间而已。"盖在安仁坊杜氏第宅中，从郁一房只有三十间，从郁卒后，杜牧以偿债卖去。杜牧、杜顗兄弟二人，以十馀岁之幼年，自不善于经理家务,故奴婢散去,生计不裕也。

元和十三年戊戌（818年）

正月,李师道表献沂、海、密三州。四月,王承宗献德、棣二州,赦其罪。李师道又悔献三州,七月,诏发宣武等五道兵讨之。（参《通鉴》）

杜牧十六岁。

本集卷十《注孙子序》:"某幼读《礼》,至于'四郊多垒,卿大夫辱也',谓其书真不虚说。年十六时,见盗起圜二三千里,系戮将相,族诛刺史及其官属,尸塞城郭,山东崩坏,殷殷焉声震朝廷。当其时,使将兵行诛者,则必壮健善击刺者。卿大夫行列进退,一如常时,笑歌嬉游,辄不为辱,非当辱不辱,以为山东乱事非我辈所宜当知。某自此谓幼所读《礼》,真妄人之言,不足取信,不足为教。"按是年讨李师道,所谓"盗起圜二三千里"者,殆指李师道也。

元和十四年己亥（819年）

二月,李师道为部将刘悟所杀,淄、青等十二州皆平。"自广德以来,垂六十年,藩镇跋扈河南北三十馀州,自除官吏,不供贡赋,至是尽遵朝廷约束。"（《通鉴》卷二百四十一《唐纪五十七》元和十四年）

杜牧十七岁。

柳宗元卒,年四十七。

元和十五年庚子（820年）

正月，宪宗为宦官陈弘志等所杀，宦官梁守谦等共拥立太子李恒，是为穆宗。（参《通鉴》）

杜牧十八岁。

李中敏举进士及第。

> 《旧唐书·李中敏传》："元和末，登进士第。"徐松《登科记考》列于元和十五年，兹从之。

穆宗长庆元年辛丑（821年）

三月，翰林学士李德裕恶中书舍人李宗闵对策时讥其父吉甫（事见本谱元和三年），借贡举事与元稹等倾之，自是德裕、宗闵各分朋党，更相倾轧，垂四十年。（参《通鉴》）七月，卢龙军乱，囚节度使张弘靖，立朱克融为帅。成德兵马使王廷凑杀节度使田弘正，诏诸道兵讨之。十二月，赦朱克融，以为卢龙节度使。（参《通鉴》）

杜牧十九岁。

长庆二年壬寅（822年）

正月，魏博将史宪诚逼杀节度使田布，自称留后，朝廷不能讨，以史宪诚为魏博节度使。二月，朝廷讨王廷凑久无功，不得已，以王廷凑为成德节度使。"由是再失河朔，迄于唐亡，不能复取。"（《通鉴》卷二百四十二《唐纪五十八》长庆二年）

杜牧二十岁。读《尚书》《毛诗》《左传》《国语》、十三代史书,知兵事关系于国家之兴亡,贤卿大夫均宜知兵。

本集卷十《注孙子序》:"及年二十,始读《尚书》《毛诗》《左传》《国语》、十三代史书,见其树立其国,灭亡其国,未始不由兵也。主兵者圣贤材能多闻博识之士,则必树立其国也;壮健击刺不学之徒,则必败亡其国也。然后信知为国家者兵最为大,非贤卿大夫不可堪任其事,苟有败灭,真卿大夫之辱,信不虚也。"

四月,伯父式方卒于桂管观察使任所,赠礼部尚书。(据《旧唐书·穆宗纪》及《杜佑传》附《杜式方传》。惟《杜式方传》谓卒于三月,今从《穆宗纪》)

《旧唐书·杜佑传》附《杜式方传》:"式方性孝友,弟兄尤睦。季弟从郁,少多疾病,式方每躬自煎调,药膳水饮,非经式方之手,不入于口。及从郁夭丧,终年号泣,殆不胜情,士友多之。"

长庆三年癸卯(823年)

杜牧二十一岁。

长庆四年甲辰(824年)

正月,穆宗卒,太子李湛即位,是为敬宗。

杜牧二十二岁。

李甘举进士及第。(王定保《唐摭言》卷十《韦庄奏请追赠不及第人近代者》篇中引《登科记》)

韩愈卒，年五十七。

　　韩愈晚年在长安为京兆尹及吏部侍郎，卒时杜牧二十二岁，不知二人是否相识，但两家集中均不见有往还之迹。韩愈提倡古文，转移风气，并以其作散文之方法运用于诗歌中，树立奇崛雄肆之风格。杜牧对韩愈甚为推崇，《冬至日寄小侄阿宜诗》云："李杜泛浩浩，韩柳摩苍苍。近者四君子，与古争强梁。"《读韩杜集》云："杜诗韩集愁来读，似倩麻姑痒处抓。"杜牧作古文与长篇五言古诗均受韩愈之影响。

敬宗宝历元年乙巳（825年）

杜牧二十三岁。

敬宗即位时，年十六，好击球，喜手搏，大治宫室，沉溺声色。杜牧作《阿房宫赋》，假借秦事以讽之。（本集卷十六《上知己文章启》："宝历大起宫室，广声色，故作《阿房宫赋》。"）

　　本集卷一《阿房宫赋》曰："嗟乎，一人之心，千万人之心也。秦爱纷奢，人亦念其家；奈何取之尽锱铢，用之如泥沙！……使天下之人不敢言而敢怒。独夫之心，日益骄固。戍卒叫，函谷举；楚人一炬，可怜焦土。灭六国者，六国也，非秦也；族秦者，秦也，非天下也。……秦人不暇自哀而后人哀之，后人哀之而不鉴之，亦使后人而复哀后人也。"

作《上昭义刘司徒书》，劝其讨河北叛镇朱克融、王廷凑、史宪诚，并对其恃功骄恣，加以规讽。

　　按"昭义刘司徒"即昭义节度使刘悟，长庆元年，朝廷授以"检校司徒"之虚衔。(《旧唐书》卷一百六十一《刘悟传》)故杜牧称之为刘司徒。刘悟本李师道部将,元和末,朝廷讨李师道时,刘悟擒师道,斩首以献。朝廷赏其功,授义成节度使,后又移镇昭义。长庆元年,卢龙大将朱克融叛,朝廷调刘悟为卢龙节度使,望其讨朱克融,刘悟不从,反代朱克融求情,此后朝廷讨伐朱克融与王廷凑,刘悟亦不出兵,且渐学河北三镇之跋扈抗命,故杜牧作此书遗之,责以大义,并加规劝。按朱克融、王廷凑之叛在长庆元年七月,而刘悟卒于本年九月,(《旧唐书·刘悟传》)是书中责悟曰:"今默而处者,四五岁矣。"故系于本年。本集卷十六《上知己文章启》曰:"诸侯或恃功,不识古道,以至于反侧叛乱,故作《与刘司徒书》。"

〔编年文〕 《阿房宫赋》(卷一。编年诗文凡见于《樊川文集》者,只注卷数)、《上昭义刘司徒书》(卷十一)

宝历二年丙午(826年)

十二月,宦官刘克明、击球军将苏佐明等杀敬宗,宦官王守澄等拥立敬宗弟江王李涵,更名昂,是为文宗。(参《通鉴》)

杜牧二十四岁。

李方玄举进士及第。(本集卷八《唐故处州刺史李君墓志铭》)

文宗大和元年丁未(827年)(按文宗年号,各书中或作"大和",或作"太和",应以作"大和"为是,钱大昕《潜研堂金石文跋尾》卷八《李渤留别南溪诗》跋语中已明辨之。)

去年四月，横海节度使李全略卒。（《旧唐书·敬宗纪》记李全略之卒在四月，《通鉴》记于三月，今从《敬宗纪》）其子同捷自为留后。本年五月，以乌重胤为横海节度使、李同捷为兖海节度使。李同捷不受诏。八月，命乌重胤、王智兴等各率本军讨之。（参《通鉴》）

杜牧二十五岁。春，游同州澄城县（陕西澄城县），遇谭宪，谈其兄谭忠事，作《燕将录》。又访问地方风俗，民生疾苦，深慨法令隳弛，权豪势要扰害平民，作《同州澄城县户工仓尉厅壁记》。

本集卷六《燕将录》："谭忠者，绛人也。……明年春，刘总出燕，卒于赵。忠护总丧来，数日亦卒，年六十四，官至御史大夫。忠弟宪，前范阳安次令，持兄丧归葬于绛，常往来长安间。元年孟春，某遇于冯翊属县北徵中，因吐其兄之状。某因直书其事。"按《汉书·地理志》，冯翊徵县，颜师古注："即今之澄城县。"（《元和郡县志》卷二同州澄城县："汉徵县也。韦昭云：'徵音惩，徵澄同声，后人误为澄。'"）故杜牧文中所谓"冯翊属县北徵"，即是唐之澄城县。又按刘总卒于长庆元年（《通鉴》），谭忠之卒，亦在是年，而文中所谓"元年孟春"遇忠弟宪于冯翊属县北徵中，未记年号。长庆以后，终杜牧之世，有宝历、大和、开成、会昌、大中诸年号。开成元年春，杜牧为监察御史，分司东都，在洛阳，会昌元年春，杜牧在浔阳，大中元年春，杜牧为睦州刺史（均详本谱），均不可能来至澄城县，故文中所谓"元年"，盖指宝历或大和，兹姑以此事系于大和元年。谭忠为卢龙节度使刘总部将时，能说河北诸藩镇不反抗朝廷。杜牧反对藩镇割据，故赞同谭忠之行为，作文记其事。

本集卷十有《同州澄城县户工仓尉厅壁记》，盖亦本年所作。文中述澄城县耆老之言曰："西四十里，即畿郊也。至（本集作'主'，据《全唐文》校改）如禁司东西军、禽坊、龙厩、彩工、梓匠、善声、巧手之徒，第番上下，互来进取，挟公为首，缘一以括十。民之晨炊夜舂，岁时不敢尝，悉以仰奉，父伏子走，尚不能当其意，往往击辱而去。……征民幸脱此苦者，盖以西有通涧巨壑，叉牙交吞，小山峭径，驰鞍马张机置者不便于此，是以绝迹不到。……民所以安（本集'安'字下衍'安'字，据《全唐文》校删）活输赋者殆由此。"杜牧在文末说："嗟乎，国家设法禁，百官持而行之，有尺寸害民者，率有尺寸之刑，今此咸堕地不起，反使民以山之涧壑自为防限，可不悲哉！"

游涔阳（涔阳即唐澧州，今湖南澧县），路出荆州松滋县（湖北松滋），摄令王淇为言窦桂娘事，作《窦列女传》。

本集卷六《窦列女传》："大和元年，予客游涔阳，路出荆州松滋县，摄令王淇（原作'洪'，但本篇下文两见，均作'淇'，故校改）为某言桂娘事。"按《新唐书·杜佑传》附《杜悰传》，杜悰大和初为澧州刺史，杜牧游澧州，盖访其从兄悰也。

因讨李同捷事，感安史以来藩镇割据之祸，作《感怀诗一首》。

本集卷一《感怀诗一首》自注："时沧州用兵。"所谓"沧州用兵"者，即指讨横海李同捷事，横海节度使治所在沧州。按《通鉴》，大和元年八月讨李同捷，大和三年四月，官兵攻入沧州，斩李同捷，《感怀诗一首》中杜牧自称"贱男子"，杜牧于大和二年春进士及第，制策登科，授官，此后即不应自称"贱男子"矣，故知此诗应作于大和元年。

《感怀诗一首》追述安史乱后藩镇跋扈之祸，影响边防空虚，外族入侵，急征厚敛，民生凋敝："急征赴军须，厚赋资凶器。因隳画一法，且逐随时利。流品极蒙茸，网罗渐离弛。夷狄日开张，黎元愈憔悴。邈矣远太平，萧然尽烦费。"此下即叙述宪宗削平抗命之藩镇，天下人喁喁望治，而穆宗时君相昏庸，措置乖方，又失河北。最后发抒感愤曰："关西贱男子，誓肉虏杯羹。请数系虏事，谁其为我听？……往往念所至，得醉愁苏醒。韬舌辱壮心，叫阍无助声。聊书感怀韵，焚之遗贾生。"此诗可见杜牧忧国之情怀与政治之抱负。

〔编年诗〕　《感怀诗一首》（卷一）、《登澧州驿楼寄京兆韦尹》（外集）

〔编年文〕　《燕将录》（卷六）、《窦列女传》（卷六）、《同州澄城县户工仓尉厅壁记》（卷十）

大和二年戊申（828年）

杜牧二十六岁。春，在东都洛阳应进士举，以第五人及第，礼部侍郎崔郾主试。

本集卷十三《投知己书》："大和二年，小生应进士举。"《郡斋读书志》卷四"杜牧樊川集"条谓杜牧"大和二年进士"。《唐才子传》卷六《杜牧传》："杜牧……大和二年韦筹榜进士。"皆可证杜牧举进士及第在大和二年。至于本集卷九《唐故平卢军节度巡官陇西李府君墓志铭》中杜牧自谓："大和元年，举进士及第，乡贡上都，有司试于东都。"所谓"大和元年，举进士及第"，盖偶尔误记也。大和二年进士及第者三十三人。(《登科记》作"三十七人"，徐松《登科记考》据杜牧《及第后寄长安故人》诗"东都放榜未花开，三十三人走马回"之句，以为应作"三十三人"，《登科记》误。)及第进士中姓名可考者，杜牧之外，尚有韦筹(状元)、厉元、锺辂、崔黯、郑溥。(《登科记考》)是科诗题为《猴山月夜闻王子晋吹笙》。(赵璘《因话录》)

唐代考进士本在京都长安，但有时亦在东都洛阳举行。《旧唐书·文宗纪》："(大和元年七月)辛巳，敕今年权于东都置举。"唐代考进士照例在正月，大和元年七月敕于东都置举，即是准备大和二年进士考试在东都举行。是科主试者为礼部侍郎崔郾。《旧唐书》卷一百五十五《崔邠传》附《崔郾传》："转礼部侍郎。东都试举人，凡两岁掌贡士，平心阅试，赏拔艺能，所擢无非名士。"

唐代考进士，无糊名之法，主试者在试前可以采取誉望，他人亦可以公开推荐。《唐摭言》卷六《公荐》篇载吴武陵在考试前推荐杜牧之事云:"崔郾侍郎既拜命于东都试举人,三署公卿皆祖于长乐传舍,冠盖之盛,罕有加也。时吴武陵任太学博士,策蹇而至。郾闻其来,微讶之,乃离席与言。武陵曰:'侍郎以峻德伟望,为明天子选才俊,武陵敢不薄施尘露?向者偶见太学生十数辈,扬眉抵掌,读一卷文书,就而观之,乃进士杜牧《阿房宫赋》,若其人,真王佐才也。侍郎官重,必恐未暇披览。'于是擿笏朗宣一遍。郾大奇之。武陵曰:'请侍郎与状头。'郾曰:'已有人。'曰:'不得已,即第五人。'郾未遑对。武陵曰:'不尔,即请此赋。'郾应声曰:'敬依所教。'既即席,白诸公曰:'适吴太学以第五人见惠。'或曰:'为谁?'曰:'杜牧。'众中有以牧不拘细行间之者,郾曰:'已许吴君,牧虽屠沽,不能易也。'"吴武陵,信州人,元和初举进士及第,(《新唐书·艺文志·吴武陵传》)与柳宗元交厚,柳宗元谓其"才气壮健,可以兴西汉之文章"(《柳先生集》卷三十《与杨京兆凭书》)。

《唐摭言》卷三《慈恩寺题名游赏赋咏杂纪》篇:"大和二年,崔郾侍郎东都放榜,西都过堂,杜牧有诗曰:'东都放榜未花开,三十三人走马回。秦地少年多酿酒,已将春色入关来。'"按唐代考进士在正月,二月放榜,故曰"未花开"。"西都过堂"谓过关试。唐进士之及第者,未能即解褐入仕,尚有试吏部一关。(《文献通考》卷二十九《选举考》)杜牧此时已进士及第,尚未过关试,故"未花开"又有双关之意。唐人往往谓过关试为"春色"。《唐摭言》卷一《述进士》下篇小

注:"近年及第未过关试,皆称新及第进士,所以韩中丞仪尝有《知闻近过关试仪以一篇纪之》曰:'短行纳了付三铨,休把新衔恼必先。今日便称前进士,好留春色与明年。'"

三月,在长安应制举贤良方正能直言极谏科,以第四等及第,授官为弘文馆校书郎,试左武卫兵曹参军。

本集卷十《自撰墓铭》:"牧进士及第,制策登科,弘文馆校书郎、试左武卫兵曹参军。"《旧唐书》本传:"既以进士擢第,又制举登乙第,解褐弘文馆校书郎,试左武卫兵曹参军。"《旧唐书·文宗纪》:"(大和二年三月)辛巳,上御宣政殿,亲试制策举人,以左散骑常侍冯宿、太常少卿贾𬱖、库部郎中庞严为考制策官。"《通鉴》卷二百四十三《唐纪五十九》:"(大和二年闰三月)甲午,贤良方正裴休、李郃、李甘、杜牧、马植、崔玙、王式、崔慎由等二十二人中第,皆除官。"杜牧此次应制科考试,以第四等及第,见《唐大诏令集》卷一百六《放制举人敕》。按制科在唐代为一种特殊科目,《通典》卷十五《选举》:"其制诏举人,不有常科,皆标其目而搜扬之。试之日,或在殿廷,天子亲临观之。试已,糊其名于中考之。文策高者授以美官,其次与出身。"故杜牧制科及第后,即授官为弘文馆校书郎,试左武卫兵曹参军。此次制科策问题,见《唐大诏令集》卷一百六。本年制策登科者,贤良方正能直言极谏科有李郃、裴休、裴素、南卓、李甘、杜牧、马植、郑亚、崔博、崔玙、王式、罗邵京、崔渠、韩宾、崔慎由、苗愔、韦昶、崔焕、崔谠,此外,详明吏理科有宋混,军谋宏达科有郑冠、李式。(《文献通考》卷三十三《选举考》)三科共二十二人。

游城南文公寺。

孟棨《本事诗·高逸》:"杜舍人牧,弱冠成名。当年制策登科,名振京邑。尝与一二同年城南游览,至文公寺。有禅僧拥褐独坐,与之语,其玄言妙旨咸出意表。问杜姓字,具以对之。又云:'修何业?'傍人以累捷夸之。顾而笑曰:'皆不知也。'杜叹讶,因题诗曰:'家在城南杜曲傍,两枝仙桂一时芳。禅师都未知名姓,始觉空门意味长。'"

为校书郎时,曾诣董重质,问淮西四岁不破之由。

本集卷十一《上李司徒相公论用兵书》:"某大和二年,为校书郎,曾诣淮西将军董重质,诘其以三州之众四岁不破之由。重质自夸勇敢多算之外,复言其不破之由,是征兵太杂耳。"杜牧生平,极注意兵事,此可见其随时随地留心也。董重质乃吴元济旧将,颇为吴氏出力,抵抗官军。李愬入蔡州,擒吴元济,董重质降,朝廷授以官。大和二年,董重质正在长安为右领军卫大将军。(《旧唐书·文宗纪》:大和三年十二月"戊午,以右领军卫大将军董重质充神策西川行营都知兵马使"。可知大和三年十二月以前一两年中,董重质正在长安为右领军卫大将军。)

十月,尚书右丞沈传师为江西观察使,辟杜牧为江西团练巡官、试大理评事,随沈传师赴洪州。(江西观察使治所在洪州南昌县,今江西南昌市。)

《旧唐书·文宗纪》:"(大和二年冬十月)癸酉……以右丞沈传师为江西观察使。"《旧唐书》本传:"沈传师廉察江西、宣州,辟牧为从事、试大理评事。"《新唐书》本传:"沈传师表为江西团练使府巡官。"江西观察使之全衔为江西都团练观察处置等使,故幕僚中有团练巡官。唐代幕职,例带京衔,试大理评事,乃所带京衔也。

本集卷十二《与浙西卢大夫书》:"某年二十六,由校书郎入沈公幕府。自应举得官,凡半岁间,既非生知,复未涉人事,齿少意锐,举止动作,一无所据。至于报效施展,朋友与游,吏事取舍之道,未知东西南北,宜所趋向。此时郎中六官一顾怜之,手携指画,一一诱教,丁宁纤悉。两府六年,不嫌不怠。使某无大过而粗知所以为守者,实由郎中之力也。"按书中所谓"郎中六官",指卢弘止。(《新唐书·卢弘止传》作"卢弘止"。《宰相世系表》作"弘正"。《唐郎官石柱题名》均作"弘止"。《通鉴》会昌四年《考异》谓作"弘止"为是。)时为江西团练副使。(《新唐书》卷一百七十七《卢弘止传》)沈传师字子言,苏州吴县人。父沈既济,博通群书,尤工史笔,曾撰《建中实录》,又能作传奇小说,撰《枕中记》《任氏传》等。沈传师与杜牧有通家之谊。本集卷十四《唐故尚书吏部侍郎赠吏部尚书沈公行状》:"我烈祖司徒岐公与公先少保友善,一见公,喜曰:'沈氏有子,吾无恨矣。'因以冯氏表生女妻之。"故文中又曰:"牧分实通家,义推先执。"沈传师居官廉静,尤慎选僚属。《新唐书》卷一百三十二《沈传师传》:"传师性夷粹无竞,更二镇十年,无书贿入权家。初拜官,宰相欲以姻私托幕府者,传师固拒曰:'诚尔,愿罢所授。'故其僚佐如李景让、萧寘、杜牧,极当时选云。"

〔编年诗〕 《及第后寄长安友人》(外集)、《赠终南兰若僧》(外集)

大和三年己酉(829年)

四月,横海节度使李祐克德州,李同捷请降。柏耆入沧州执李同捷,寻杀之。(按平沧州李同捷事,《旧唐书·文宗纪》作"五月",兹从《新唐书·文宗纪》及《通鉴》。)

杜牧二十七岁。在江西幕中。

本集卷十《池州造刻漏记》:"某大和(本集"大"下脱"和"字,据《全唐文》校补)三年,佐沈吏部江西府。暇日,公与宾吏环城,见铜壶银箭,律如古法,曰:'建中时,嗣曹王皋命处士王易简为之。'"

邢群举进士及第。

按本集卷八《唐故歙州刺史邢君墓志铭》谓邢群大中三年卒(本集原作"大和","和"是误字,兹校改),年五十,又谓"三十登进士"。大中三年当公元849年,故邢群三十岁进士及第应在本年。

大和四年庚戌(830年)

杜牧二十八岁。在江西幕中。

正月，牛僧孺自武昌节度使召还守兵部尚书、同平章事，杜牧有诗寄之。

《旧唐书》卷一百七十二《牛僧孺传》："凡镇江夏五年。大和三年，李宗闵辅政，屡荐僧孺有才，不宜居外。四年正月，召还，守兵部尚书、同平章事。"本集卷四有《寄牛相公》诗云："汉水横冲蜀浪分，危楼点的拂孤云。六年仁政讴歌去，柳远春堤处处闻。"当是本年牛僧孺由江夏入相时寄赠之作。

九月，沈传师迁宣歙观察使，杜牧从至宣州。（宣歙观察使治宣州宣城县，今安徽宣城。）

《旧唐书·文宗纪》："（大和四年九月）丁丑，以大理卿裴谊……充江西观察使，代沈传师，以传师为宣歙观察使。"

奉沈传师命使于京师，见王易简，问造刻漏法。

本集卷十《池州造刻漏记》："大和四年，某自宣城使于京师，处士（按处士谓王易简）年馀九十，精神不衰，某拜于床下，言及刻漏，因图授之。"

〔编年诗〕　《寄牛相公》（卷四）

大和五年辛亥（831年）

文宗与宰相宋申锡谋诛宦官，事泄，宦官王守澄等诬奏宋申锡谋立漳王李凑，欲杀之，群臣力争。三月，贬宋申锡为开州司马，降漳王李凑为巢县公。（参《通鉴》）

杜牧二十九岁。在宣州幕中。十月，作《李贺集序》。

本集卷十《李贺集序》："大和五年十月中半夜时，舍外有疾呼传缄书者,某曰:'必有异,亟取火来。'及发之,果集贤学士沈公子明书一通,曰:'吾亡友李贺,元和中义爱甚厚,日夕相与起居饮食。贺且死,尝授我平生所著歌诗,杂为四编,凡千首。……子厚于我,与我为贺集序。'……某因不敢辞,勉为贺叙。"按本集卷一《张好好诗序》述张好好至宣城后,"为沈著作述师以双鬟纳之",诗中"飘然集仙客"句下自注:"著作尝任集贤校理。"《李贺集序》中之沈子明亦是集贤学士,且与杜牧同在宣歙使府幕中,可见沈子明即是沈述师,盖名述师,字子明也。《元和姓纂》卷七"吴兴沈氏"条:"既济,进士,唐翰林学士,生传师、弘师、述师。"沈述师乃沈传师之弟,随其兄在宣州。

李贺字长吉,乃中唐时异军特起之诗人,对于晚唐诗坛颇有影响。杜牧作《李贺集序》,用九种比况称赞李贺诗艺术之美,最后则谓,李贺之诗,"盖《骚》之苗裔,理虽不及,辞或过之"。所谓"理",指诗之思想性,即序中所谓"《骚》有感怨刺怼,言及君臣理乱,时有以激发人意",能密切联系当时政治而有所揭发讽刺。李贺诗辞采虽有独到之处,而在"理"方面则不如《离骚》。杜牧论文学,首重思想内容,本集卷十三《答庄充书》曰:"凡为文以意为主,气为辅,以辞彩章句为之兵卫。"故论李贺诗,虽称赞其独创之风格与奇丽之辞采,但亦指出其思想性不强。

八月,从兄悰为京兆尹。(《旧唐书·文宗纪》)

元稹卒,年五十三。

〔编年文〕 《李贺集序》（卷十）

大和六年壬子（832年）

杜牧三十岁。在宣州幕中。

赵嘏寓居宣城，可能与杜牧相识。

同文书局缩印本《全唐诗》卷二十，赵嘏有《宛陵寓居上沈大夫》诗。宛陵即是宣城县之古地名，沈大夫指沈传师，唐代观察使常兼带御史大夫衔也。沈传师观察宣歙时，赵嘏寓居宣城，可能与杜牧相识。杜牧离去宣城为监察御史时，赵嘏仍留居于此。杜牧第二次来宣城时，又与赵嘏往还，赵嘏有《代人赠杜牧侍御》诗，自注："宣州会中。"（见缩印本《全唐诗》卷二十）赵嘏亦晚唐诗人，于会昌四年举进士及第。赵嘏《早秋》诗中有"残星几点雁横塞，长笛一声人倚楼"之句，杜牧赏之，称为"赵倚楼"。（《唐摭言》卷七《知己》篇）本集卷二亦有《雪晴访赵嘏街西所居三韵》诗，盖同在长安时所作。

弟颛举进士及第。

本集卷九《唐故淮南支使试大理评事兼监察御史杜君墓志铭》："年二十五，举进士，二十六，一举登上第。时贾相国餗为礼部之二年，朝士以进士干贾公，不获，有杰强毁嘲者，贾公曰：'我只以杜某敌数百辈足矣。'"按杜牧长颛四岁，杜颛二十六岁举进士及第，应在本年。

六月，从兄悰兼御史大夫。（《旧唐书·文宗纪》）

许浑举进士及第。（《郡斋读书志》卷四"许浑丁卯集"条）

〔编年诗〕 《赠沈学士张歌人》(卷二。按沈学士指沈述师,张歌人盖即张好好。本集卷一《张好好诗序》谓张好好本江西歌妓,沈传师移镇宣城,复置好好于宣城籍中,"后二岁,为沈著作述师以双鬟纳之"。沈传师移镇宣城在大和四年,后二岁,则应在本年)、《和宣州沈大夫登北楼书怀》(外集。此诗不知何年所作,诗中有"帐开红旆照高秋"之句,盖秋日所作,明年四月,沈传师内召为吏部侍郎,故此诗至迟应是本年作品)

大和七年癸丑(833年)

杜牧三十一岁。在宣州幕中。春,奉沈传师命至扬州(唐淮南节度使治所,今江苏扬州市)聘淮南节度使牛僧孺,往来于润州(江苏镇江市),闻杜秋娘流落事,作《杜秋娘诗》。

本集卷八《唐故歙州刺史邢君墓志铭》:"亡友邢涣思,讳群。牧大和初,举进士第于东都,一面涣思,私自约曰:'邢君可友。'后六年,牧于宣州事吏部沈公,涣思于京口事王并州,俱为幕府吏。……后一年,某奉沈公命北渡扬州,聘丞相牛公,往来留京口。"按牛僧孺于大和六年十二月由宰相出为淮南节度使(《旧唐书·文宗纪》),而沈传师于本年四月即内召为吏部侍郎,杜牧奉沈传师命聘牛僧孺应是本年春间事。

本集卷一《杜秋娘诗序》:"杜秋,金陵女也。年十五,为李锜妾。后锜叛灭,籍之入宫,有宠于景陵。穆宗即位,命秋为皇子傅姆。皇子壮,封漳王。郑注用事,诬丞相欲去己者,指王为根。王被罪废削,秋因赐归故乡。予过金陵,感其穷且老,为之赋诗。"按宦官王守澄之客郑注诬宰相宋申锡谋立漳王，漳王得罪，事在大和五年，杜秋放归，盖亦在此时。序中所谓"金陵"，乃指润州，即是京口。冯集梧《樊川诗集注》引《至大金陵志》，证明唐人有时称润州亦曰金陵。故《杜秋诗序》中所谓"予过金陵"，即指本年过润州事。

四月，沈传师内召为吏部侍郎。杜牧应牛僧孺之辟，赴扬州，为淮南节度推官、监察御史里行，转掌书记。

《旧唐书·文宗纪》："（大和七年夏四月）甲申，以江西观察使裴谊为歙池观察使（按'歙池'上脱'宣'字），代沈传师，以传师为吏部侍郎。"本集《自撰墓铭》："转监察御史里行、御史，淮南节度掌书记。"《旧唐书》本传："又为淮南节度推官、监察御史里行，转掌书记。"《新唐书》本传："又为牛僧孺淮南节度府掌书记。"杜牧盖自本年四月沈传师内召后，即应牛僧孺之辟，为淮南使府幕僚也。

本集卷九《唐故平卢军节度巡官陇西李府君墓志铭》，杜牧自述云："事故吏部沈公于钟陵、宣城为幕吏，两府凡五年间。"按杜牧于大和二年十月入沈传师幕府，至大和七年四月，约计五年。"钟陵"即指南昌。南昌县隋时名豫章县，唐肃宗宝应元年六月改为钟陵县，十二月，改为南昌县。（《元和郡县志》卷二十八）

杜牧友人李方玄随裴谊自江西移宣城，与杜牧相遇。本集卷八《唐故处州刺史李君墓志铭》："后以协律郎为江西观察支使裴谊判官。……裴公移宣城，授大理评事、团练判官。"本集卷十四《祭故处州李使君文》："我于宣城，忝（本集作'恭'，据《全唐文》校改）迹宾吏。君随幕府，东下继至。复与友人，故薛子威。邂逅释愿，如相为期。放论剧谈，各持是非。攻强讨深，张矛彀机。怒或衉赫，终成笑嬉。"李方玄字景业。李逊之子。

三月，从兄悰为凤翔陇右节度使。（《旧唐书·文宗纪》）

罗隐生。

〔编年诗〕 《杜秋娘诗》（卷一）、《宣州留赠》（外集。诗中有"满面春风虽似玉，四年夫婿恰如云"之句，按杜牧于大和四年从沈传师至宣州，本年离去，首尾四年，故知此诗是本年所作）

大和八年甲寅（834年）

杜牧三十二岁。在淮南幕中。

本集卷十《淮南监军使院厅壁记》作于本年十月，文中云："某谬为相国奇章公幕府掌书记。"故知杜牧本年仍在牛僧孺淮南节度幕中。

曾有事至越州（浙江绍兴市）。见韩乂。

本集卷十六《荐韩乂启》："大和八年，自淮南有事至越，见韩君于境（本集作'镜'，据《全唐文》校改）上。"韩乂曾与杜牧同在沈传师幕中。

愤河北三镇之桀骜，而朝廷专事姑息，乃作《罪言》，陈述削平河北三镇之策略。

《新唐书》本传："牧追咎长庆以来朝廷措置亡术，复失山东，巨封剧镇，所以系天下轻重，不得承袭轻授，皆国家大事，嫌不当位而言，实有罪，故作《罪言》。"本集卷十六《上知己文章启》亦云："往年吊伐之道，未甚得所，故作《罪言》。"按《罪言》中有"自元和初至今二十九年间"之语，自元和元年起，下数二十九年，适为本年，故系于此。《通鉴》录于大和七年，嫌早一年，《新唐书》本传叙于再为宣州团练判官之后，则在开成二三年间，又嫌太晚矣。

本集卷五《罪言》："国家大事，牧不当官，言之实有罪，故作《罪言》。生人常病兵，兵祖于山东，胤于天下，不得山东，兵不可死。……山东，王者不得，不可为王；霸者不得，不可为霸；猾贼得之，足（本集作'是'，据《新唐书》本传校改）以致天下不安。国家天宝末，燕盗徐起，出入成皋、函、潼间，若涉无人地。郭、李辈常以兵五十万不能过（本集作'遇'，据《唐文粹》校改）邺，自尔一百馀城，天下力尽，不得尺寸，人望之若回鹘、吐蕃，义无有敢窥者。国家因之畦河，修障戍，塞其街蹊。齐、鲁、梁、蔡，被其风流，因亦为寇。以里拓表，以表撑里，混濽回转，颠倒横斜，未尝五年间不战。生人日顿委，四夷日猖炽，天子因之幸陕、幸汉中，焦焦然七十馀年矣。呜呼，运遭孝武，浣衣一肉，不畋不乐，自卑冗中拔取将相，凡十三年，乃能尽得河南、山西地，洗削更革，罔不顺适，惟山东不服，亦再攻之，皆不利以返。岂天使生人未至于帖泰耶？岂其人谋未至耶？何其艰哉！何其艰哉！

今日天子圣明，超出古昔，志于平理，若欲悉使生人无事，其要在于去兵。不得山东，兵不可去，是兵杀人无有已也。今者上策莫如自治。何者？当贞元时，山东有燕、赵、魏叛，河南有齐、蔡叛，梁、徐、陈、汝、白马津、盟津、襄、邓、安、黄、寿春，皆成厚兵，凡此十馀所，才足自护治所，实不辍一人以他使，遂使我力解势弛，熟视不轨者，无可奈何。阶此，蜀亦叛，吴亦叛，其他未叛者，皆迎时上下，不可保信。自元和初至今二（本集作'一'，据《唐文粹》及《新唐书》本传校改）十九年间，得蜀、得吴、得蔡、得齐，凡收郡县二百馀城，所未能得，惟山东百城耳。土地、人户、财物、甲兵，校之往年，岂不绰绰乎亦足以自为治也？法令制度，品式条章，果自治乎？贤才奸恶，搜选置舍，果自治乎？障戍镇守，干戈车马，果自治乎？井间阡陌，仓廪财赋，果自治乎？如不果自治，是助虏为虏。环土三千里，植根七十年，复有天下阴为之助，则安可以取？故曰：上策莫如自治。中策莫如取魏。魏于山东最重，于河南亦最重。何者？魏在山东，以其能遮赵也，既不可越魏以取赵，固不可越赵以取燕，是燕、赵常取重于魏，魏常操燕、赵之性命也，故魏在山东最重。黎阳距白马津三十里（本集作'重'，据《唐文粹》校改），新乡距盟津一百五十里（原注：黎阳、新乡并属卫州），陴垒相望，朝驾暮战，是二津，虏能溃一，则驰入成皋不数日间，故魏于河南间亦最重。今者愿以近事明之。元和中，纂天下兵诛蔡、诛齐，顿之五年，无山东忧者，以能得魏也（原注：田弘正来降）。昨日诛沧，顿之三年，无山东忧者，亦以能得魏也（原注：史宪诚来降）。长庆初，诛赵，一日五诸侯兵四出溃解，以失魏也（原注：田布死）。昨日诛赵，罢如长庆时，亦以失魏也（原注：李听败）。故河南、山东之轻重常悬在魏，明白可知也。非魏强大能致如此，地形使然也。故曰：取魏为中策。最下策为浪战，不计地势，不审攻守是也。兵多粟多，驱人使战者，便于守；兵少粟少，人不驱自战者，便于战。故我常失于战，虏常困于守。山东之人叛且三五世矣，今之后生所见，言语举止，无非叛也，以为事理正当如此，沉酗入骨髓，无以为非者。指示顺向，诋侵族脔，语曰：叛去酋酋起矣。至于有围急食尽，啖尸以战，以此为俗（本集此下尚有'俗'字，据《唐文粹》校删），岂可与决一胜一负哉！自十馀年来，凡三收赵，食尽且下，尧山败（原注：郗尚书），赵复振，下博败（原注：杜叔良），赵复振，馆陶败（原注：李听），赵复振。故曰：不计地势，不审攻守，为浪战，最下策也。"

本集卷五《罪言》之后，尚有《原十六卫》《战论》《守论》三篇，皆结合唐代情势，发抒论兵意见。《原十六卫》谓府兵为良法美制，自府兵制坏，国家之兵，居外则叛，居内则篡。《战论》指出唐朝用兵讨伐藩镇有五失：一、"不搜练"；二、"不责实料食"；三、"赏厚"；四、"轻罚"；五、"不专任责成"。《守论》则揭发大历、贞元时朝廷姑息藩镇之弊。杜牧所作《罪言》等四篇，论唐代藩镇问题及用兵方略，切于事情，深中肯綮，故司马光修《通鉴》时皆摘要采录。《原十六卫》亦本年所作（详后编年文），至于《战论》《守论》，是否本年所作，不可确考。

扬州繁华，杜牧供职之馀，亦颇好宴游。

《太平广记》卷二百七十三《杜牧》篇引《唐阙文》（"文"字疑是"史"字之误）："唐中书舍人杜牧，少有逸才，下笔成咏，弱冠擢进士第，复捷制科。牧少隽，性疏野放荡，虽为检刻，而不能自禁。会丞相牛僧孺出镇扬州，辟节度掌书记。牧供职之外，唯以宴游为事。扬州，胜地也，每重城向夕，倡楼之上，常有绛纱灯万数，辉罗耀列空中，九里三十步街中，珠翠填咽，邈若仙境。牧常出没驰逐其间，无虚夕。复有卒三十人，易服随后潜护之，僧孺之密教也。而牧自谓得计，人不知之，所至成欢，无不会意。如是且数年。及征拜侍御史，僧孺于中堂饯，因戒之曰：'以侍御史气概远驭，固当自极夷涂，然常虑风情不节，或至尊体乖和。'牧因谬曰：'某幸常自检守，不至贻尊忧耳！'僧孺笑而不答，即命侍儿取一小书簏，对牧发之，乃街卒之密报也。凡数十百，悉曰：'某夕，杜书记过某家，无恙。''某夕，宴某家，亦如之。'牧对之大惭，因泣拜致谢，而终身感焉。故僧孺之薨，牧为之志，而极言其美，报所知也。"按文中所描述者，虽有夸饰，要之杜牧出身贵家，疏荡少检，不甘寂寞，颇好宴游，此亦其生平不良之癖习也。

洪迈《容斋随笔》卷九"唐扬州之盛"条："唐世盐铁转运使在扬州，尽斡利权，判官多至数十人，商贾如织，故谚称'扬一益二'，谓天下之盛，扬为一而蜀次之也。杜牧之有'春风十里''珠帘'之句,张祜诗云:'十里长街市井连,月明桥上看神仙。人生只合扬州死,禅智山光好墓田。'王建诗云:'夜市千灯照碧云,高楼红袖客纷纷。如今不似时平日,犹自笙歌彻晓闻。'徐凝诗云:'天下三分明月夜,二分无赖是扬州。'其盛可知矣。"按杜牧《扬州》诗云:"炀帝雷塘土,迷藏有旧楼。谁家唱水调?明月满扬州。骏马宜闲出,千金好暗游。喧阗醉年少,半脱紫茸裘。"又云:"秋风放萤苑,春草斗鸡台。金络擎雕去,鸾环拾翠来。蜀船红锦重,越橐水沉堆。处处皆华表,淮王奈却回。"亦可想见当时扬州之繁盛。

六月,从兄悰为忠武军节度使。(《旧唐书·文宗纪》)

十一月,李德裕为镇海节度使(《旧唐书·文宗纪》),辟杜牧弟杜𫖮为巡官,杜牧有诗送之。

本集卷九《唐故淮南支使试大理评事兼监察御史杜君墓志铭》:"李丞相德裕出为镇海军节度使,辟君试协律郎,为巡官。后贬袁州,语亲善曰:'我闻杜巡官言晚十年,故有此行。'"(据《旧唐书·文宗纪》,李德裕贬袁州长史,在大和九年四月)《樊川外集》有《送杜𫖮赴润州幕》诗云:"少年才俊赴知音,丞相门栏不觉深。直道事人男子业,异乡加饭弟兄心。还须整理韦弦佩,莫独矜夸玳瑁簪。若去上元怀古去,谢安坟下与沉吟。"盖即此时所作,镇海节度使治所在润州,故称"润州幕"也。

〔编年诗〕 《扬州三首》(卷三)、《牧陪昭应卢郎中在江西宣州佐今吏部沈公幕罢府周岁公宰昭应牧在淮南縻职叙旧成

二十韵用以投寄》(外集。按卢郎中即卢弘止)、《送杜颙赴润州幕》(外集)

〔编年文〕 《罪言》(卷五)、《原十六卫》(卷五)、《淮南监军使院厅壁记》(卷十)、《上知己文章启》(卷十六。按启中云:"伏以侍郎,文师也,是敢谨贡七篇,以为视听之污。"又云:"自四年来,在大君子门下,恭承指顾,约束于政理簿书间。"则杜牧所上书之"知己",盖即沈传师。沈传师于大和七年四月内擢为吏部侍郎,大和九年四月卒。而此启中所献之文有《罪言》《原十六卫》等,故此启之作,必在本年已撰诸文之后,而启中又云:"上都有旧第,唯书万卷,终南山下有旧庐,颇有水树。……他日捧持一游门下,为拜谒之先,或希一奖。"又可知此启之作,必在杜牧大和九年进京之前,故定为本年作)

大和九年乙卯(835年)

文宗与李训、郑注谋诛宦官。十一月壬戌(二十一日),文宗御紫宸殿,李训嘱左金吾卫大将军韩约诈称左金吾厅事后石榴有甘露降。文宗命中尉仇士良帅诸宦官往视之,李训欲因以杀诸宦官。事泄,仇士良诬宰相王涯、贾𫟹、舒元舆等与李训、郑注谋反,皆杀之,自是宦官之权愈大。(参《通鉴》)

杜牧三十三岁。转真监察御史,赴长安供职。秋七月,侍御史李甘因反对郑注、李训,被贬为封州司马,杜牧即移疾,分司东都。

《自撰墓铭》:"拜真监察御史,分司东都。"《旧唐书》本传:"俄真拜监察御史,分司东都。"《新唐书》本传:"擢监察御史,移疾,分司东都。"

按本集卷一《李甘诗》云:"大和八九年,训注极虓虎。……九年夏四月,天诫若言语。烈风驾地震,狞雷驱猛雨。夜于正殿阶,拔去千年树。吾君不省觉,二凶日威武。……时当秋夜月,日直日庚午。喧喧皆传言,明晨相登注。予时与和鼎(按和鼎,李甘字),官班各持斧。和鼎顾予云:'我死有处所。'当廷裂诏书,退立须鼎俎。君门晓日开,赭案横霞布。俨雅千官容,勃郁吾累怒。适属命廊将(原注:赵耽),昨之传者误。明日诏书下,谪斥南荒去。"观此诗所述,则大和九年秋,杜牧尚在长安为监察御史,李甘贬后,盖恶李训、郑注之专权,即移疾,分司东都也。(《唐会要》卷六十《东都留台》云:"旧制:中都留台官,自中丞已下,元额七员,中丞一员,侍御史一员,殿中侍御史二员,监察御史三员。"又云:"元和十三年三月,以权知御史中丞崔元略为东都留台,自后但以侍御史、殿中侍御史、监察御史共主留台之务,而三院御史亦不尝备焉。")李甘亦当时贤士大夫,尚气节,敢直言,与李中敏、杜牧气类相合。《旧唐书》卷一百七十一《李中敏传》谓中敏"性刚褊敢言,与进士杜牧、李甘相善,文章趣向,大率相类"。同书同卷《李甘传》记李甘大和中为侍御史,因反对郑注为相,贬封州司马。李甘旋即卒于贬所,开成四年,杜牧作《李甘诗》以悼念之。

与李戡相识。

本集卷九《唐故平卢军节度巡官陇西李府君墓志铭》中杜牧自叙曰："大和九年，为监察御史，分司东都。今谏议大夫李中敏、左拾遗韦楚老、前监察御史卢简求，咸言于某曰：'御史法当检谨，子少年，设有与游，宜得长厚有学识者，因访求得失，资以为官，洛下莫若李处士戡。'某谢曰：'素所恨未见者。'即日造其庐，遂旦夕往来。"

在洛阳东城遇江西歌妓张好好，感旧伤怀，作《张好好诗》。

本集卷一《张好好诗序》："牧大和三年，佐故吏部沈公江西幕，好好年十三，始以善歌舞来乐籍中。后一岁，公移镇宣城，复置好好于宣城籍中，后二岁，为沈著作述师以双鬟纳之。后二岁，于洛阳东城重睹好好，感旧伤怀，故题诗赠之。"按大和三年后一岁，是大和四年，又后二岁，是大和六年，又后二岁，应是大和八年。然是年杜牧在扬州，并未到洛阳，且诗中"门馆恸哭后"，谓沈传师已卒，据《旧唐书·文宗纪》，沈传师卒于大和九年四月，亦足证明此诗是大和九年所作，而绝不能是大和八年。杜牧手书《张好好诗》墨迹（今存故宫博物院），亦作"后一岁""后二年""又二岁"，则知非传刻之误。窃疑诗序中所谓"后二岁，于洛阳东城重睹好好"句中之"后二岁"，盖应是"后三岁"，而杜牧误数也。

四月，沈传师卒。（据《旧唐书·文宗纪》。《旧唐书·沈传师传》谓传师卒于大和元年，"元"字应是"九"字之误。杜牧后为沈传师作行状，见本集卷十四。）

六月，弟𫖮授咸阳尉，直史馆，以疾辞，居扬州。

本集卷九《唐故淮南支使试大理评事兼监察御史杜君墓志铭》："大和九年夏，君客扬州。六月，授咸阳尉，直史馆。君曰：'训、注必乱，可徐行俟之。'至汴，二凶败。及洛，以疾辞，东下，居扬州龙兴寺。"

十月，从兄惊为陈许节度使。（《旧唐书·文宗纪》）

〔编年诗〕 《张好好诗》（卷一）、《赠别二首》（卷四。此诗盖杜牧离扬州时与妓女赠别之作）

开成元年丙辰（836年）

杜牧三十四岁。为监察御史，分司东都。

本集卷十六《上宰相求湖州第二启》："文宗皇帝改号初年，某为御史，分察东都。"故知杜牧本年仍为监察御史分司东都。

同文书局缩印本《全唐诗》卷十八李绅《拜宣武军节度使》诗序："开成元年六月二十六日，制授宣武军节度使。七月三日，中使刘泰押送旌节，止洛阳；五日，赴镇，出都门，城内少长士女相送者数万人，至白马寺，涕泣当车者不可止。少尹严元容鞭胥吏市人，怒其恋慕，留台御史杜牧使台吏遮欧百姓，令其废祖帐。"按李绅于开成元年为河南尹，六月，迁宣武节度使，见《旧唐书》卷一百七十三《李绅传》。

十月，崔郾卒于浙西观察使治所。（据杜牧所作崔郾行状，见本集卷十四。《旧唐书·文宗纪》：开成元年十一月"庚辰，浙西观察使李郾卒"。"李郾"应是"崔郾"之误，卒时作十一月庚辰，与行状不合,应从行状为是。)

韦庄生。(据夏承焘先生《唐宋词人年谱》中《韦端己年谱》)

〔编年诗〕 《洛中送冀处士东游》(卷一。诗中有"我作八品吏,洛中如系囚。忽遭冀处士,豁若登高楼"之句,故知是监察御史分司东都时作,又有"饯酒载三斗,东郊黄叶稠"之句,盖作于秋日,而观诗中所述,不似初至洛阳时情况,故定为本年作)、《洛阳长句二首》(卷三)、《东都送郑处诲校书归上都》(卷三)、《洛中二首》(别集。杜牧于大和九年秋至洛阳,开成二年春,即以弟病去官,居洛阳仅一年半,以上五诗皆作于春夏,故知为本年作)、《兵部尚书席上作》(别集。孟棨《本事诗·高逸》篇曾记此诗本事,乃杜牧在"李司徒"席上所作。惟所谓"李司徒"者,未言何名。《太平广记》卷二百七十三《杜牧》篇引《唐阙文》〔按"唐阙文"疑是"唐阙史"之误,但今本《唐阙史》中又无此文〕及《唐诗纪事》卷五十六,均记此事,则作"李司徒愿"。考《旧唐书》卷一百三十三《李愿传》,李愿卒于宝历元年,在杜牧以监察御史分司东都之前十年,则所谓"李司徒",决非李愿。李愿弟李听,大和初,曾为检校司徒、邠宁节度使,"〔大和〕九年,改陈许节度,未至镇,复除太子太保分司。开成元年,出为河中尹、河中晋慈隰节度使……赠司徒"。〔《旧唐书》卷一百三十三《李听传》〕李听曾为检校司徒,卒后又赠司徒,而其罢镇闲居,以太子太保分司东都时,又在大和九年、开成元年中,正是杜牧以监察御史分司东都之时,然则《本事诗》中所谓"李司徒"者,盖是李听,而杜牧此诗应作于大和九年或开成元年矣)、《故洛阳城有感》(卷三)、《题敬爱寺楼》(卷三。敬爱寺在东京怀仁坊,见《唐会要》卷四十八。以上两诗皆作于秋冬,难确定为上年或本年所作,姑附于此)、《金谷园》(别集。按石崇金谷园故址,在唐洛阳城东北。此诗亦杜牧居洛阳时所作,诗作于春日,盖在开成元年或二年春间,姑附于此)

开成二年丁巳(837年)

杜牧三十五岁。春,弟颢患眼疾,不能见物,居扬州禅智寺。杜牧迎同州眼医石生至洛阳,告假百日,与石生东赴扬州,视弟颢眼病。假满百日,依例去官。秋末,应宣歙观察使崔郸之辟,为团练判官、殿中侍御史内供奉,携弟颢同往宣州。

本集卷十六《上宰相求湖州第二启》:"文宗皇帝改号初年,某为御史,分察东都,颢为镇海军幕府吏。至二年间,颢疾眼暗,无所睹。故殿中侍御史韦楚老曰:'同州有眼医石公集,剑南少尹姜泲丧明,亲见石生针之,不一刻而愈,其神医也。'某迎石生至洛,告满百日,与石(本集作'王',据《全唐文》校正)生俱东下,见病弟于扬州禅智寺。石曰:'是状也,脑积毒热,脂融流下,盖塞瞳子,名曰内障。法以针旁入白睛穴上,斜拨去之,如蜡塞管,蜡去管明。然今未可也,后一周岁,脂当老硬如白玉色,始可攻之。某世攻此疾,自祖及父,某所愈者不下二百人,此不足忧。'其年秋末,某载病弟与石生自扬州南渡,入宣州幕。"按本集卷三《将赴宣州留题扬州禅智寺》诗,乃是本年秋由扬州赴宣州时所作,诗云:"故里溪头松柏双,来时尽日倚松窗。杜陵隋苑已绝国,秋晚南游更渡江。"似杜牧本年乃自长安故里到扬州者,岂杜牧赴同州迎眼医石生时,曾先回长安,一探故乡欤?又按,杜牧自扬州赴宣州幕在假满百日去官之后,时已秋晚,则本年离洛阳应在春间。

《自撰墓铭》:"以弟病去官,授宣州团练判官、殿中侍御史内供奉。"《旧唐书》本传:"以弟𫖮病目弃官,授宣州团练判官、殿中侍御史内供奉。"《新唐书》本传:"以弟𫖮病弃官,复为宣州团练判官,拜殿中侍御史内供奉。"

按唐制:职事官假满百日,即合停解(《唐会要》卷八十二《休假》),故杜牧因视弟疾,假满百日,即须去官也。又按杜牧是年入宣州幕,盖应崔郸之辟。崔郸于本年正月为宣歙观察使。(据《旧唐书·文宗纪》与《崔郸传》。惟《文宗纪》作"崔鄂","鄂"是"郸"字之误。)本集卷十三有《上宣州崔大夫书》云:"某也于流辈无所知识,承风望光,徒有输心效节之志,今谨录杂诗一卷献上,非敢用此求知,盖欲导其志,无以为先也。"盖即是年上崔郸者,有望其援引之意,至秋间遂应辟入幕也。崔郸乃杜牧考进士时座主崔郾之弟。

长男曹师生。

《自撰墓铭》:"长男曰曹师,年十六。"按墓志作于杜牧卒之岁,年五十,时曹师十六,则应生于是年。

十一月,从嫂岐阳公主卒。(即杜悰之妻,后杜牧为作墓志铭,见本集卷八。)

十二月,从兄惊为工部侍郎,判度支。(《旧唐书·文宗纪》)

李戡卒。后杜牧为撰墓志,记其评元、白诗之语。

本集卷九《唐故平卢军节度巡官陇西李府君墓志铭》:"开成元年春二月,平卢军节度使王公彦威闻君名,挈卑辞于简,副以币马,请为节度巡官。明年春,平卢府改,君西归,病于路,卒于洛阳友人王广思恭里第,享年若干。……所著文数百篇,外于仁义,一不关笔。尝曰:'诗者,可以歌,可以流于竹,鼓于丝,妇人小儿,皆欲讽诵,国俗薄厚,扇之于诗,如风之疾速。尝痛自元和已来,有元、白诗者,纤艳不逞,非庄士雅人,多为其所破坏,流于民间,疏于屏壁,子父女母,交口教授,淫言媟语,冬寒夏热,入人肌骨,不可除去。吾无位,不得用法以治之。'欲使后代知有发愤者。因集国朝已来,类于古诗,得若干首,编为三卷,目为《唐诗》,为序以导其志。"此文中所载李戡之言,颇引起后人之评议。刘克庄《后村诗话后集》谓:"牧风情不浅……青楼薄幸之句,街吏平安之报,未知去元、白几何,以燕伐燕,元、白岂肯心服?"《四库全书总目提要》卷一百五十一"樊川文集"条则谓:"此论乃戡之说,非牧之说,或牧尝有是语,及为戡志墓,乃借以发之。"按此段议论当是李戡之言,但杜牧既载于志中,盖亦赞同其说。元、白诗所以遭受指责者,盖元稹、白居易所作陈述民生疾苦、弹劾时政腐败之乐府体讽谕诗,在当时并未广泛流传(元稹《元氏长庆集》集外文《上令狐相公诗启》中谓:此等讽谕诗,"词直气粗,罪尤是惧,固不敢陈露于人"),而所作杯酒光景间小篇碎章,包括艳体诗在内,则流传甚广。(白居易《白氏长庆集》卷二十八《与元九书》谓:"今仆之诗,人所爱者,悉不过杂律诗与《长恨歌》已下耳。")甚至于各地少年,竞相仿效,称为"元和体"。李戡所讥者,盖即此等诗。仅据此即抹煞元、白,其批评自非允当也。(参看陈寅恪先生《元白诗笺证稿》中〔丁〕"元和体诗"条)

李商隐举进士及第。(《新唐书·李商隐传》)

司空图生。

〔编年诗〕 《洛中监察病假满送韦楚老拾遗归朝》(卷三)、《题扬州禅智寺》(卷三。杜牧于大和七八年间,亦曾居扬州,此诗所以断为本年作者,以杜牧弟顗方在禅智寺养疾,杜牧至扬州,盖亦居此也。)、《将赴宣州留题扬州禅智寺》(卷三)

〔编年文〕 《上宣州崔大夫书》(卷十三)

开成三年戊午(838年)

杜牧三十六岁。在宣州幕中。冬,迁左补阙、史馆修撰,但本年并未启程赴京,仍留宣州度岁。

本集卷十六《上宰相求湖州第二启》:"至三年(按谓开成三年)冬,某除补阙。石生自曰:'明年春,眼可针矣。'视瞳子中脂色玉白,果符初言。堂兄慆守浔阳,溯流不远,刺史之力也,复可以饱石生所欲,令其尽心,此即家也。京中无一亩田,岂可同归?遂如浔阳。"按本集卷三《宣州送裴坦判官往舒州时牧欲赴官归京》诗,有"日暖泥融雪半销,行人芳草马声骄"之句,又曰:"同来不得同归去,故国逢春一寂寥。"盖作于初春。以此知杜牧本年冬在宣州度岁,翌年初春携弟颛赴浔阳,二月即由浔阳西行赴京都也。

《自撰墓铭》:"迁左补阙、史馆修撰。"《旧唐书》本传:"迁左补阙、史馆修撰。"《新唐书》本传同。

周紫芝《竹坡诗话》:"杜牧之尝为宣城幕,游泾溪水西寺,留二小诗,其一云:'李白题诗水西寺,古木回岩楼阁风。半醒半醉游三日,红白花开山雨中。'此诗今载集中。其一云:'三日去还住,一生焉再游。含情碧溪水,重上粲公楼。'此诗今榜壁间,而集中不载,乃知前人好句零落多矣。"按此事未详何年,姑附于此。

〔编年诗〕 《送沈处士赴苏州李中丞招以诗赠行》(卷一。冯集梧《樊川诗集注》谓李中丞即李款。按《旧唐书·李甘传》:李款"开成中累官至谏议大夫,出为苏州刺史"。同书《文宗纪》:"(开成四年九月)以苏州刺史李颖〔款〕为江西观察使。"则此诗之作,必在开成四年九月之前。杜牧于开成二年秋末由扬州赴宣州幕,三年在宣州,四年初春即离去,此诗曰:"山城树叶红,下有碧溪水。溪桥向吴路,酒旗夸酒美。"与宣州情景相合,故定为本年作)、《题宣州开元寺》(卷一。据《大雨行》自注,知为本年作)、《大雨行》(卷一。原注:"开成三年,宣州开元寺作")、《题宣州开元寺水阁阁下宛溪夹溪居人》(卷三)、《句溪夏日送卢霈秀才归王屋山将欲赴举》(卷三。本集卷九《唐故范阳卢秀才墓志》:"开成三年,来京师举进士")、《宣州开元寺南楼》(外集)、《卢秀才将出王屋高步名场江南相逢赠别》(外集)、《赠宣州元处士》(卷一。此诗及以下两首均在宣州作。杜牧生平凡两次居宣州,此三诗作于第一次居宣州时,抑或第二次居宣州时,不能确定,姑附于此)、《题元处士高亭》(卷四。原注:"宣州")、《有感》(外集)

〔编年诗〕 《上淮南李相公状》(卷十六。淮南李相公,李德裕也。按《旧唐书》卷一百七十四《李德裕传》,德裕于开成二年五月镇淮南,五年七月内召,杜牧此状,盖本年在宣州幕中所作,状中所谓"当州人吏往来",指宣州也)

开成四年己未(839年)

杜牧三十七岁。将赴京供职,先于春初携弟颛赴浔阳(唐江州刺史治所,在今江西九江市),依从兄江州刺史慥(说见上年)。二月,自浔阳溯长江、汉水,经南阳、武关、商山而至长安,就左补阙、史馆修撰新职。

本集卷十六《上宰相求湖州第二启》:"四年(按谓开成四年)二月,某于浔阳北渡赴官,与弟颛决,执手哭曰:'我家世德,汝复无罪,其疾也,岂遂痼乎?然有石生,慎无自挠。'" 按杜牧本年初春江行赴浔阳,舟次和州(安徽和县),本集卷四《初春雨中舟次和州横江裴使君见迎李赵二秀才同来因书四韵兼寄江南许浑先辈》《和州绝句》《题乌江亭》《题横江馆》四诗,盖是时作。《和州绝句》云"江湖醉度十年春",杜牧自二十六岁赴沈传师江西幕,至本年三十七岁,十一年矣,年时正合也。许浑《丁卯集》卷上有《酬杜补阙初春雨中泛舟次横江喜裴郎中相迎见寄》诗,亦可互证,许浑称杜牧为补阙,其为本年作明矣。许浑诗云:"江馆维舟为庾公,暖波微渌雨蒙蒙。红樯迤逦春岩下,朱旆联翩晓树中。柳滴圆波生细浪,梅含香艳吐轻风。郢歌莫问青山吏,鱼在深池鸟在笼。"许浑字用晦,丹阳人,大和六年进士,曾官当涂与太平县令。又按,杜牧本年由浔阳赴官,盖溯长江、汉水,经南阳、武关、商山而至长安。本集卷四《商山麻涧》《商山富水驿》《丹水》《题武关》《除官赴阙商山道中绝句》《汉江》《途中作》(有"绿树南阳道"句)诸诗,皆是本年路中所作。所以知者,杜牧生平自外郡除官赴京凡四次,大和九年,由淮南节度掌书记除监察御史,大中二年八月,由睦州刺史除司勋员外郎,大中五年秋,由湖州刺史除考功郎中,皆由扬州取道汴、宋入京。(大中二年十一月曾作《宋州宁陵县记》,大中五年有《隋堤柳》诗,皆可证。)惟本年二月由浔阳赴京,可以溯长江、汉水而上,经丹水、南阳、武关、商山,故知所谓"除官赴阙",定指此次,且诗中所写皆春景,与本年情事亦合也。

范摅《云溪友议》卷中"澧阳宴"篇:"杜牧侍郎罢宣城幕,经陕圻,有录事肥而且巨,而謇其词,牧为诗以挫焉。……《赠肥录事》,杜紫微:'盘古当时有远孙,尚令今日逞家门。一车白土将泥项,十幅红旗补破裈。瓦官寺里逢行迹,华岳山前见掌痕。不须啼哭愁难嫁,待与将书报乐坤。'"杜牧未尝为侍郎,且是年罢宣城幕入京,道出武关,亦不经陕圻,诗亦不见集中,盖传闻附会之说,不足信也。

荐邢群于御史中丞孔温业。

本集卷八《唐故歙州刺史邢君墓志铭》:"今吏部侍郎孔温业自中书舍人以重名为御史中丞,某以补阙为贺客。孔吏部曰:'中丞得以御史为重轻,补阙宜以所知相告。'某以涣思言。(按涣思,邢群字。)中丞曰:'我不素知,愿闻其为人。'某具以京口所见对。后旬日,诏下为监察御史。"

〔编年诗〕 《李甘诗》(卷一。按诗中叙大和九年李甘忤郑注被贬事,而云:"予于后四年,谏官事明主。"则当作于本年为左补阙时)、《自宣州赴官入京,路逢裴坦判官归宣州,因题赠》(卷一)、《村行》(卷一。诗中有"春半南阳西"之语,按时间与地点,应是本年过南阳时所作)、《宣州送裴坦判官往舒州时牧欲赴官归京》(卷三)、《自宣城赴官上京》(卷三)、《往年随故府吴兴公夜泊芜湖口今赴官西去再宿芜湖感旧伤怀因成十六韵》(卷四。此诗盖本年杜牧由宣州赴浔阳夜泊芜湖时所作)、《商山麻涧》(卷四)、《商山富水驿》(卷四)、《丹水》(卷四)、《题武关》(卷四)、《除官赴阙商山道中绝句》(卷四)、《汉江》(卷四)、《途中作》(卷四)、《初春雨中舟次和州横江裴使君见迎李赵二秀才同来因书四韵兼寄江南许浑先辈》(卷四)、《和州绝句》(卷四)、《题乌江亭》

（卷四）、《题横江馆》（卷四）、《入商山》（卷四）、《题商山四皓庙一绝》（卷四）、《送牛相公出镇襄州》（外集。《旧唐书·文宗纪》：开成四年八月"癸亥，以左仆射牛僧孺检校司空、同平章事，兼襄州刺史，充山南东道节度使"）

〔编年文〕 《唐故范阳卢秀才墓志》（卷九。按墓志中言，卢秀才需于开成四年客游代州，南归，至霍邑，被盗所杀，京师友人资其弟云至霍邑取其丧来长安。杜牧"常以生之材节荐生于公卿间，闻生之死，哭之，因志其墓"。故此志殆即本年所作）

开成五年庚申（840年）

正月，文宗卒，弟颖王李瀍立，是为武宗。召淮南节度使李德裕。九月，以李德裕为吏部尚书，同中书门下平章事，寻兼门下侍郎。（按李德裕拜相，《旧唐书·武宗纪》及《通鉴》均记于开成五年九月，《玉谿生年谱会笺》考定在四月，岑仲勉《玉谿生年谱会笺平质》辨其不确，故今仍从《旧唐书》与《通鉴》。）

杜牧三十八岁。为膳部、比部员外郎，皆兼史职。冬，乞假往浔阳视弟颛疾，仍取道汉上，曾经襄阳，见卢简求，至浔阳，拟取弟颛西归，颛不肯，仍愿留浔阳随从兄慥。

本集卷十六《上宰相求湖州第二启》："五年冬，某为膳部员外郎，乞假往浔阳，取颛西归。颛固曰：'归不可议，俟兄慥所之而随之。'"

《自撰墓铭》："转膳部、比部员外郎，皆兼史职。"《旧唐书》本传:"转膳部、比部员外郎,并兼史职。"《新唐书》本传:"改膳部员外郎。"

本集卷十二《与浙西卢大夫书》:"去岁乞假,路由汉上。员外七官以某尝获知于郎中,惠然不疑,推置于肺肝间。某恃郎中之知,亦敢自道其志。公私谋议,各悉所怀,一俯一仰,如久而深者。"按文中"去岁乞假,路由汉上"云云,即指本年乞假往浔阳事。"郎中"谓卢弘止,曾与杜牧同在沈传师幕中(详本谱大和二年),"员外七官"谓弘止之弟简求。《旧唐书》卷一百六十三《卢简求传》:"牛僧孺镇襄汉,辟为观察判官,入为水部、户部二员外郎。"牛僧孺于开成四年八月出镇襄阳,会昌二年罢(《旧唐书·牛僧孺传》),则杜牧开成五年过襄阳,简求正在牛幕中也。

〔编年诗〕　《襄阳雪夜感怀》(卷四。此诗盖本年冬乞假出京过襄阳时所作)

武宗会昌元年辛酉(841年)

上年黠戛斯攻回鹘,杀𪟝驳可汗,部众四散。本年,回鹘残部立乌希特勤为乌介可汗,南渡大漠,屯天德军境上,来往天德、振武二城间,剽掠党项、吐谷浑。(参《通鉴》)

杜牧三十九岁。仍在浔阳。四月,从兄慥自江州刺史迁蕲州刺史,杜牧与弟𫖮均随至蕲州(湖北蕲春)。七月,归长安。

本集卷十六《上宰相求湖州第二启》:"会昌元年四月,兄慥自江守蕲,某与𫖮同舟至蕲。某其年七月,却归京师。"

次子梘梘生。

据《自撰墓铭》，杜牧五十岁时，梘梘年十二，则应生于本年。

〔编年诗〕 《奉和门下相公送西川相公兼领相印出镇全蜀诗十八韵》（卷二。冯集梧《樊川诗集注》："《唐书·宰相表》，开成四年七月，太常卿崔郸同中书门下平章事，十一月，郸为中书侍郎，会昌元年十一月，郸检校吏部尚书，同平章事，剑南西川节度使。案开成二年十月，李固言以宰相出镇西川，大中元年八月，李回亦以宰相出镇西川。据此诗云：'盛业冠伊唐，台阶翊戴光。'当为武宗以弟继兄初立时事；郸尝副杜元颖西川节度府，故有'往事甘棠'之语；且郸以中书侍郎出镇，亦合所云'池留旧凤凰'者；又崔郸为崔郾之弟，牧之于郾下及第，又与'曾依数仞墙'之语为合。至此时为门下侍郎者，李德裕及陈夷行二人，据《旧唐书·郸传》云，会昌初，李德裕用事，与郸弟兄素善云云，兹诗有'石友''河梁'等语，知门下相公之为德裕无疑也。"钺按，诗中"忝逐三千客，曾依数仞墙"句，盖指杜牧曾在崔郸宣歙观察使府为幕僚之事，冯注谓指杜牧于崔郸之兄崔郾下及第事，似不确切）

〔编年文〕 《与浙西卢大夫书》（卷十二。文中云："去岁乞假，路由汉上。"指开成五年冬自膳部员外郎乞假往浔阳事，故知此书为本年作。浙西卢大夫谓卢简辞，乃弘止、简求之兄。《新唐书》卷一百七十七《卢简辞传》谓简辞曾为浙西观察使，《旧唐书·卢简辞传》漏载，又卢简辞任浙西观察使在本

年,吴廷燮《唐方镇年表》系于会昌二年,亦误)

会昌二年壬戌(842年)

八月,回鹘乌介可汗率众突入大同川,驱掠人口、牛马,转战至云州城门。朝廷下诏发陈、许、徐、汝、襄阳诸处兵屯太原及振武、天德间,以抗御回鹘。(参《通鉴》)

杜牧四十岁。春,出为黄州刺史。(黄州又名齐安郡,治所黄冈县,今湖北黄冈。)

按本集卷十六《上宰相求湖州第二启》:"会昌元年四月,兄恺自江守蕲,某与颛同舟至蕲。某其年七月,却归京师。明年七月,出守黄州。"据此,则杜牧出守黄州应在会昌二年七月。而本集卷十四《黄州准赦祭百神文》云:"会昌二年,岁次壬戌,夏四月乙丑朔,二十三日丁亥……大赦天下。……牧为刺史,实守黄州。夏六月甲子朔,十八日辛巳,伏准赦书,得祭诸神。"则会昌二年四月杜牧已守黄州矣,与《上宰相求湖州第二启》中所谓会昌二年"七月,出守黄州"者,显然舛忤。考本集卷十四《祭城隍神祈雨第二文》(文中有"黄境邻蔡"语,故知为守黄时作)云:"今旱已久,恐无秋成。"盖作于六七月间,而文中有"牧为刺史凡十六月"之语,若七月上任,至翌年六七月,甫十二三月,不得云十六月,若二三月间上任,至翌年六七月,适为十六月,且与《祭百神文》中所言四月守黄州事亦合。盖《上宰相求湖州第二启》"明年七月"句中之"七月",本作"二月"或"三月",后人传抄,因涉上文"其年七月"而误作"七月"也。

本集卷十四《祭周相公文》："会昌之政（'政'字本集作'改'，据《全唐文》校改），柄者为谁？忿忍阴污（'污'字本集作'汗'，据《全唐文》校改），多逐良善。牧实忝幸，亦在遣中，黄岗大泽，葭苇之场。"据此数语，可见杜牧之出守黄州，自以为是受李德裕排挤之故。

本集卷十五《黄州刺史谢上表》："臣某自出身已来，任职使府，虽有官业，不亲治人。及登朝二任，皆参台阁，优游无事，止奉朝谒。今者蒙恩擢授刺史，专断刑罚，施行诏条，政之善恶，唯臣所系。素不更练，兼之昧愚，一自到任，忧惕不胜，动作举止，唯恐罪悔。伏以黄州在大江之侧，云梦泽南，古有夷风，今尽华俗，户不满二万，税钱才三万贯，风俗谨朴，法令明具，久无水旱疾疫，人业不耗，谨奉贡赋，不为罪恶，臣虽不肖，亦能守之。"

遣人迎同州眼医周师达至蕲州，为弟颛视目疾，周不能治。秋，杜颛赴扬州依从兄悰，时悰为淮南节度使。

本集卷十六《上宰相求湖州第二启》："明年（指会昌二年）七月，出守黄州。在京时，诣今虢州庾使君，问庾使君眼状。庾云：'同州有二眼医，石公集是一也。复有周师达者，即石之姑子，所得当同，周老石少，有术甚妙，似石不及。某常病内障，愈于周手，岂少老间工拙有异？'某至黄州，以重币卑词致周至蕲。周见弟眼，曰：'嗟乎，眼有赤脉！凡内障脂凝，有赤脉缀之者，针拨不能去赤脉，赤脉不除，针不可施。除赤脉必有良药,某未知之。是石生业浅,不达此理,妄再施针。'周不针而去。时西川相国兄始镇扬州,弟兄谋曰:'扬州大郡,为天下通衢,世称异人术士,多游其间,今去,值有势力,可为久安之计,冀有所遇。'其年秋,颛遂东下,因家扬州。"按所谓"西川相国兄"者,指杜悰,杜悰时为淮南节度使。(《新唐书·杜佑传》附《杜悰传》)

杜牧少负济世经邦之志,最喜论政谈兵,乃自二十六岁入仕,迄今十馀年,抱负未得施展,年已四十,出守远郡,颇有抑郁不平之意,作《上李中丞书》及《郡斋独酌》《雪中书怀》诸诗以发抒之。

本集卷十二《上李中丞书》:"某入仕十五年间,凡四年在京,其间卧疾乞假,复居其半。嗜酒好睡,其癖已痼,往往闭户,便经旬日,吊庆参请,多亦废阙,至于俯仰进趋,随意所在,希时徇势,不能逐人。是以官途之间,比之辈流,亦多困踬。自顾自念,守道不病,独处思省,亦不自悔。然分于当路,必无知己,默默成戚,守日待月,冀得一官,以足衣食。一自拜谒门馆,似蒙奖饰,敢以恶文,连进机案,特遇采录,更不因人,许可指教,实为师资,接遇('遇'字,本集作'过',据《全唐文》校改)之礼过等,询问之辞悉纤,虽三千里僻守小郡,上道之日,气色济济,不知沉困之在己,不知升腾之在人,都门带酒,笑别亲戚,斯乃大君子之遇难逢,世途之不偶常事,虽为远宦,适足自宽。某世业儒学,自高、曾至于某身,家风不坠,少小孜孜,至今不怠。性颛固不能通经,于治乱兴亡之迹，财赋兵甲之事，地形之险易远近，古人之长短得失，中丞即归廊庙，宰制在手，或因时事，召置堂下，坐之与语，此时回顾诸生，必期不辱恩奖。今者志尚未泯，齿发犹壮，敢希指顾，一罄肝胆，无任感激血诚之至。"按书中云："某入仕十五年间，凡四年在京。"杜牧自大和二年制策登科入仕为校书郎，下数至会昌二年，恰为十五年（828—842年）。（所谓"凡四年在京"者，盖谓大和九年入为监察御史，是年秋即分司东都，在京一年，开成四年入为左补阙，转膳部、比部员外郎，至会昌二年出守黄州，凡三年，合前一年，恰为四年也。）书中所云"虽三千里僻守小郡"，盖谓出守黄州，故知此书为本年作。李中丞即是李回。据《旧唐书》卷一百七十三《李回传》，李回于会昌初，以户部侍郎兼御史中丞，泽潞平后，以本官同平章事，故知此书之李中丞即是李回。此书可见杜牧平生志业行性，故备录之。

本集卷一《郡斋独酌》诗："前年鬓生雪，今年须带霜。时节序鳞次，古今同雁行。……往往自抚己，泪下神苍茫。御史诏分洛，举趾何猖狂！阙下谏官业，拜疏无文章。寻僧解幽梦，乞酒缓愁肠。岂为妻子计，未去山林藏？平生五色线，愿补舜衣裳。弦歌教燕赵，兰芷浴河湟。腥膻一扫洒，凶狠皆披攘。生人但眠食，寿域富农桑。孤吟志在此，自亦笑荒唐。"按此诗题下原注："黄州作。"杜牧守黄州凡三年，所以定为本年作者，因诗中云："我爱朱处士，三吴当中央。……我昔造其室，羽仪鸾鹤翔。……问'今天子少，谁人为栋梁？'我曰'天子圣,晋公提纪纲。联兵数十万,附海正诛沧。谓言大义小不义,取易卷席如探囊。犀甲吴兵斗弓弩,蛇矛燕骑驰锋铓。岂知三载几百战,钩车不得望其墙!'……尔来十三岁,斯人未曾忘。"按文宗大和元年八月讨沧景,大和三年四月,沧景平。此诗叙与朱处士谈论时事,有"岂知三载几百战,钩车不得望其墙"之语,是战事已历三载,而乱尚未平,盖在大和三年春间,时杜牧二十七岁,下又云"尔来十三岁",则正当四十岁时也,故定为本年作。诗中"平生五色线"八句,乃杜牧一生志向之所在,即削平藩镇,收复河湟,使生民安居、农业发展也。

本集卷一《雪中书怀》诗:"腊雪一尺厚,云冻寒顽痴。孤城大泽畔,人疏烟火微。愤悱欲谁语,忧愠不能持。天子号仁圣,任贤如事师。凡称曰治具,小大无不施。明庭开广敞,才俊受羁维。如日月缅升,若鸾凤葳蕤。人才自朽下,弃去亦其宜。北虏坏亭障,闻屯千里师。牵连久不解,他盗恐旁窥。臣实有长策,彼可徐鞭笞。如蒙一召议,食肉寝其皮。斯乃庙堂事,尔微非尔知。向来蹶等语,长作陷身机。行当腊欲破,酒齐(原注:'去声。')不可迟。且想春候暖,瓮间倾一卮。"按诗中所谓"北虏坏亭障,闻屯千里师",即指本年八月回鹘乌介可汗侵扰云州,朝廷发陈、许、徐、汝等处兵防边之事,而"孤城大泽畔,人疏烟火微",则谓黄州也,故知此诗为本年作。

杜牧系出名家,连登高第,才华发越,为世所知,自二十六岁入仕，至是十五年。时武宗初立，任李德裕为相，励精图治，适值回鹘南侵，北边多警，朝廷方拟诛讨，而杜牧素有论兵大计，正宜引参谋议，展其长才，乃不预朝官，远守僻郡，观其《上李中丞书》及《郡斋独酌》《雪中书怀》诸诗，实不免有牢落不偶之感。杜牧开成中在宣州幕中上李德裕书有"迹忝门墙"之语，而其弟颛又曾佐李德裕浙西幕府，极见知遇，则杜牧与李德裕并非素无渊源；其后平泽潞，讨回鹘，杜牧皆上书于李德裕，论列兵事，李德裕颇采其言，则又非不知其才具，而终李德裕为相五六年中，杜牧未蒙援引，殆以其先为牛僧孺所厚，不免朋党之见欤？此全祖望《杜牧之论》（《鲒埼亭集》外编卷三十七）所以责李德裕之褊心也。

与池州刺史李方玄书，倾吐怀抱，谈论学术。

本集卷十三《上池州李使君书》："仆之所禀，阔略疏易，轻微而忽小，然其天与。其心知邪柔利己，偷苟谀谄，可以进取。知之而不能行之，非不能行之，抑复见恶之，不能忍一同坐与之交语。故有知之者，有怒之者。怒不附己者，怒不恬言柔舌道其盛美者，怒守直道而违己者；知之者皆齿少气锐，读书以贤才自许，但见古人行事真当如此，未得官职，不睹形势，洁洁少辈之徒也。怒仆者足以裂仆之肠，折仆之胫；知仆者不能持一饭与仆。仆之不死已幸，况为刺史，聚骨肉妻子，衣食有馀，乃大幸也，敢望其他？……今者齿各甚壮，为刺史，各得小郡，俱处僻左，幸天下无事，人安谷熟，无兵期军须逋负浄诉之勤，足以为学，自强自勉于未闻未见之间。……

今之言者必曰：'使圣人微旨不传，乃郑玄辈为注解之罪。'仆观其所解释，明白完具，虽圣人复生，必挈置数子坐于游、夏之位。若使玄辈解释不足为师，要得圣人复生如周公、夫子亲授微旨，然后为学，是则圣人不生，终不为学，假使圣人复生，即亦随而猾之矣。此则不学之徒好出大言，欺乱常人耳！"按此书中有"年四十，为刺史"语，故知为本年作。李使君即李方玄。本集卷十四《祭故处州李使君文》："及我南去，君刺池阳。我守黄冈，葭苇之场。唯君书信，前后相望。辞意纤悉，勉我自强。笔我性情，补短裁长。一函每发，沉忧并忘。"亦可见杜牧为黄州刺史时与好友李方玄时常通书互倾怀抱之情况。又按，此书中论学一段意见，乃针对中唐以来治经之风气而发。唐玄宗末年，有啖助者，治《春秋》，主张直探孔子之意旨，弟子赵匡、陆质承其师说，韩愈《寄卢仝》诗所谓"《春秋》三传束高阁，独抱遗经究终始"者，即指此一派。当时治经者，屏弃传注，独探经旨，成为风气，不独治《春秋》者如此。据《新唐书·儒学传·啖助传》："大历时，（啖）助、（赵）匡、（陆）质以《春秋》，施士匄以《诗》，仲子陵、袁彝、韦彤、韦茝以《礼》，蔡广成以《易》，强蒙以《论语》，皆自名其学。"均此种风气下之治经者。杜牧盖不赞同此种风气，故谓郑玄之注有功于诸经，不可废弃。李慈铭《越缦堂日记》同治六年丁卯七月初二日曾引杜牧此书中论学之意见而评之曰："此等议论，唐中叶以后人所罕知。樊川文章风概，卓绝一代，其学问识力，亦复如是。予向推为晚唐第一人,非虚诬也。"清代汉学家推尊郑玄,李氏之言代表此派人之意见。

赵嘏举进士及第。(《唐才子传》卷七《赵嘏传》)

刘禹锡卒,年七十一。

〔编年诗〕 《郡斋独酌》(卷一)、《冬至日寄小侄阿宜诗》(卷一。按诗中云:"去岁冬至日,拜我立我旁。……今年我江外,今日生一阳。"杜牧去年七月归京师,冬间在京,本年出守黄州,故云"今年我江外",情事正合,故定为本年作)、《雪中书怀》(卷一)、《自遣》(卷二)、《早雁》(卷三。本年八月,回鹘南侵,杜牧忧念北边人民受回鹘侵扰,借雁以寄慨)

〔编年文〕 《上门下崔相公书》(卷十一。就书中所论彭城事核之,此崔相公盖谓崔珙,珙曾继王智兴、高瑀之后为武宁军节度使也。崔珙于开成五年五月入相,会昌三年二月罢相〔《新唐书·武宗纪》〕,杜牧此书有"某僻守荒郡,亦被陶钧"语,殆作于本年出守黄州时也)、《上李中丞书》(卷十二)、《上池州李使君书》(卷十三)、《黄州准赦祭百神文》(卷十四)、《黄州刺史谢上表》(卷十五)

会昌三年癸亥(843年)

二月,河东将石雄大败回鹘于杀胡山,乌介可汗遁去。(据《旧唐书·武宗纪》)四月,昭义节度使(昭义一称泽潞,治所在潞州)刘从谏卒,三军以其侄稹为留后,抗拒朝命。八月,诏河中、河阳、太原等五道兵讨刘稹。(《旧唐书·武宗纪》记讨刘稹在会昌三年九月,《玉谿生年谱会笺》考订为八月,兹从之。)

杜牧四十一岁。为黄州刺史。上书于宰相李德裕,论泽潞兵事,德裕制置泽潞,颇采其言。

《通鉴》卷二百四十七《唐纪六十三》:会昌三年四月,"黄州刺史杜牧上李德裕书,自言尝问淮西将董重质以三州之众四岁不破之由。重质以为由朝廷征兵太杂,客军数少,既不能自成一军,事须帖付地主,势羸力弱,心志不一,多致败亡。故初战二年,战则必胜,是多杀客军。及二年已后,客军殚少,止与陈许、河阳全军相搏,纵使唐州兵不能因虚取城,蔡州事力亦不支矣。其时朝廷若使鄂州、寿州、唐州只保境,不用进战,但用陈许、郑滑两道全军,帖以宣、润弩手,令其守隘,即不出一岁,无蔡州矣。今者上党之叛,复与淮西不同。淮西为寇,仅五十岁,其人味为寇之腴,见为寇之利,风俗益固,气焰已成,自以为天下之兵,莫与我敌,根深源阔,取之固难。夫上党则不然。自安史南下,不甚附隶,建中之后,每奋忠义,是以郊公抱真能窘田悦,走朱滔,常以孤穷寒苦之军,横折河朔强梁之众。以此证验,人心忠赤,习尚专一,可以尽见。刘悟卒,从谏求继,与扶同者,只郓州随来中军二千耳。值宝历多故,因以授之。今才二十馀岁,风俗未改,故老尚存,虽欲劫之,必不用命。今成德、魏博,虽尽节效顺,亦不过围一城,攻一堡,系累稚老而已。若使河阳万人为垒,窒天井之口,高壁深堑,勿与之战,只以忠武、武宁两军,帖以青州五千精甲,宣、润二千弩手,径捣上党,不过数月,必覆其巢穴矣。时德裕制置泽潞，亦颇采牧言"（按《通鉴》以杜牧上李德裕书系于本年四月，似嫌稍早，应在本年八月下诏讨刘稹之后）。《新唐书》本传亦云："会刘稹拒命，诏诸镇兵讨之。牧复移书于德裕。……俄而泽潞平，略如牧策。"

守黄州一年馀，就己力所能及者，减除弊政。

本集卷十四《祭城隍神祈雨第二文》："牧为刺史凡十六月。未尝为吏，不知吏道。黄境邻蔡，治出武夫，仅五十年，今行一切，后有文吏，未尽削除。伏腊节序，牲醪杂须，吏仅百辈，公取于民，里胥因缘，侵窃十倍，简料民费，半于公租，刺史知之，悉皆除去。乡正村长，强为之名，豪者尸之，得纵强取，三万户多五百人，刺史知之，亦悉除去。茧丝之租，两耗其二铢，税谷之赋，斗耗其一升（'升'字本集作'斗'，据《全唐文》校改），刺史知之，亦悉除去。吏顽者笞而出之，吏良者勉而进之。民物吏钱，交手为市。小大之狱，面尽其词。弃于市者，必守定令。人户非多，风俗不杂。刺史年少，事得躬亲，疽抉其根矣，苗去其莠矣，不侵不蠹，生活自如。"按此文可见杜牧在黄州之治绩。

贾岛卒，年五十六。

〔编年诗〕　《东兵长句十韵》（卷二。此咏讨泽潞事也。据《新唐书·武宗纪》，泽潞平在会昌四年八月，此诗有"凯歌应是新年唱，便逐春风浩浩声"之句，盖作于会昌三年岁暮，望次年春初泽潞可平也）

〔编年文〕 《上李司徒相公论用兵书》(卷十一)、《祭城隍神祈雨文》(卷十四)、《第二文》(卷十四)

会昌四年甲子(844年)

三月,朝廷以吐蕃内乱,议复河湟,以给事中刘濛为巡边使,使之备器械糗粮,并诇吐蕃守兵众寡。(《通鉴》)八月,昭义军将郭谊杀刘稹以降,泽潞平。(参《通鉴》)

杜牧四十二岁。为黄州刺史。九月,迁池州刺史(池州又名池阳郡,治所秋浦县,今安徽贵池),代李方玄之任。

本集卷十四《祭故处州李使君文》:"及我南去,君刺池阳。我守黄冈,葭苇之场。……幸会交代,沿楫若飞。江山九月,凉风满衣。为别几时,多少欢悲!志业益广,不可窥知。长人之术,首为吏师。纵酒十日,舞袖傞垂。语公之馀,且及其私。许以季女,配我长儿。莫云稚齿,可以指期。"李使君即李方玄,据祭文所云,知杜牧迁池州,盖接李方玄之任,而其赴任之期,则在九月,文中虽未言在何年,然据《池州造刻漏记》及《池州重起萧丞相楼记》(俱见本集卷十),会昌五年四五月间,杜牧已在池州,而李方玄亦卒于会昌五年四月(本集卷八李方玄墓志),则祭文中所谓"九月"者,必指会昌四年之九月无疑。杜牧自会昌二年春出守黄州,至此将满三年矣。

上宰相李德裕书,论防御回鹘事,德裕称善。

《旧唐书》本传:"牧……尝自负经纬才略。武宗朝,诛昆夷鲜卑，牧上宰相书，论兵事，言胡戎入寇，在秋冬之间，盛夏无备，宜五六月中击胡为便。李德裕称之。"

《新唐书》本传："会昌中，黠戛斯破回鹘，回鹘种落溃入漠南。牧说德裕，不如遂取之，以为两汉伐虏，常以秋冬，当匈奴劲弓折胶，重马兔乳，与之相较，故败多胜少；今若以仲夏发幽、并突骑及酒泉兵，出其意外，一举无类矣。德裕善之。"

本集卷十六《上李太尉论北边事启》论攻回鹘之策曰："今若以幽、并突阵之骑，酒泉教射之兵，整饬（'饬'字本集作'饰'，据《全唐文》校改）诫誓，仲夏潜发……五月节气，在中夏则热，到阴山尚寒，中国之兵，足以施展，行军于枕席之上，玩寇于股掌之中，轵輣悬瓶，汤沃晛雪，一举无频，必然之策。"按李德裕为太尉在会昌四年八月（《旧唐书·武宗纪》《新唐书·宰相表》），此启中既称德裕为太尉，则必作于会昌四年八月之后。启中有"诸侯无异心，百姓无怨气"，及"今者四海九州，同风共贯，诸侯用命，年谷丰熟"之语，亦必在平泽潞之后。《通鉴》卷二百四十八《唐纪六十四》：会昌四年九月，"李德裕奏，据幽州奏事官言，诇知回鹘上下离心，可汗欲之安西，其部落言，亲戚皆在唐，不如归唐，又与室韦已相失，计其不日来降，或自相残灭。望遣识事中使赐仲武诏，谕以镇、魏已平昭义，惟回鹘未灭，仲武犹带北面招讨使，宜早思立功。"可见平泽潞之后，李德裕惟以回鹘未灭为念。杜牧此书，盖作于会昌四年八月之后，会昌五年五月之前，望李德裕仲夏出师击回鹘也，故系于本年。《新唐书》本传叙此事于平泽潞之前，殆稍疏矣。

闰七月，从兄悰由淮南节度使入为守尚书右仆射，兼门下侍郎、同平章事，仍判度支，充盐铁转运等使。（杜悰入相，《旧唐书·武宗纪》记于七月，《新唐书·宰相表》记于闰七月，《唐大诏令集》卷四十九《杜悰平章事制》亦书闰七月，今从之。）

〔编年诗〕　《皇风》（卷一。此诗盖闻朝廷以刘濛为巡边使准备收复河湟而作，收复河湟乃杜牧极关心之事）、《池州送孟迟先辈》（卷一。《唐诗纪事》卷五十四：孟迟"登会昌五年进士第"。是诗盖本年送其入都，以备次年应试也。诗云："三年未为苦，两郡非不达。"杜牧于会昌二年春守黄州，本年秋移池州，情事正合）、《重送》（卷一。诗有"爬头峰北正好去，系取可汗钳作奴"句，盖回鹘犹未退，与《上李太尉论北边事启》正合）、《即事黄州作》（卷三。诗有"因思上党三年战"句，又有"莫笑一廛东下计，满江秋浪碧参差"句，盖作于泽潞平后，将移池州时也）、《将赴池州道中作》（别集）、《雨中作》（卷一。诗曰："得州荒僻中，更值连江雨。"盖守黄州时作。以下诸诗，皆在黄州所作，难定何年，姑附于此）、《齐安郡晚秋》（卷三）、《齐安郡中偶题二首》（卷三）、《齐安郡后池绝句》（卷三）、《题齐安城楼》（卷三）、《兰溪》（卷三。吴曾《能改斋漫录》卷九："杜牧之诗：'兰溪春尽水泱泱'，盖蕲州之兰溪也。杜守黄州作此诗，黄承兰溪下流故耳"）、《黄州竹径》（卷三）《题木兰庙》（卷四。《太平寰宇记》谓，黄州黄冈县，木兰山在县西一百五十里,旧废县,取此为名。今有庙,在木兰乡)、《偶见黄州作》(别集)、《寄浙东韩乂评事》(卷四。杜牧于大和八年有事至越州,曾见韩乂,此诗云:"一笑五云溪上舟,跳丸日月十经秋。"自大和八年下数十年,应是本年,惟诗中所谓"十年",多约略之词,亦不必恰是十年,姑系于此)

〔编年文〕 《上李太尉论北边事启》(卷十六)、《贺中书门下平泽潞启》(卷十六)、《塞废井文》(卷六。此文乃在黄州所作,未定何年,姑附于此)

会昌五年乙丑(845年)

七月,敕毁天下佛寺,勒僧尼归俗。东西两都、节度观察治所及同、华、商、汝四州,酌留佛寺及僧人。凡毁寺四千六百馀区,僧尼归俗二十六万馀人,毁招提、兰若四万馀区,收良田数千万顷,奴婢十五万人。(参《通鉴》)

按杜牧对于会昌五年毁佛寺勒僧尼归俗之事,甚表赞同,详所作《杭州新造南亭子记》(本集卷十)中,记中抉发当时富贵之人如官吏商人等所以佞佛者,乃是因生平多行不义,希望"买福卖罪"。

杜牧四十三岁。为池州刺史。上书于宰相李德裕,论江贼事。

本集卷十一《上李太尉论江贼书》:"伏以江淮赋税,国用根本,今有大患,是劫江贼耳。某到任才九月,日寻穷询访,实知端倪。夫劫贼徒上至三船、两船,百人、五十人,下不减三二十人,始肯行劫。劫杀商旅,婴孩不留。……亦有已聚徒党,水劫不便,逢遇草市,泊舟津口,便行陆劫。白昼入市,杀人取财,多亦纵火,唱棹徐去。去年十月十九日,劫池州青阳县市,凡杀六人。……自十五年来,江南江北,凡名草市,劫杀皆遍。……濠、亳、徐、泗、汴、宋州贼多劫江西、淮南、宣、润等道,许、蔡、申、光州贼多劫荆、襄、鄂、岳等道。劫得财物,皆是博茶,北归本州货卖。循环往来,终而复始。……为江湖之公害,作乡间之大残,未有革厘,实可痛恨。今若令宣、润、洪、鄂各一百人,淮南四百人,每船以三十人为率,一千二百人分为四十船,择少健者为之主将;仍于本界江岸创立营壁,置本判官专判其事,拣择精锐,牢为舟棹,昼夜上下,分番巡检,明立殿最,必行赏罚,江南北岸,添置官渡,百里率一,尽绝私载,每一宗船,上下交送。(原注:同阻风,风便同发,名为一宗。)是桴鼓之声,千里相接,私渡尽绝,江中有兵,安有乌合蚁聚之辈敢议攻劫?”按此书中虽未明著年月,然有“某到任才九月”及“去年十月十九日,劫池州青阳县市”诸语,故知为会昌五年在池州刺史任中所作。
张祜来池州,与杜牧唱和甚欢,九月九日,同游齐山,并赋诗。
《云溪友议》卷中《钱塘论》篇:“杜舍人之守秋浦,与张生为诗酒之交,酷吟祜宫词,亦知钱塘之岁,自有非之论,怀不平之色,为诗二首以高,则曰:'谁人得似张公子,千首诗轻万户侯?'又云:'如何故国三千里,虚唱歌词满六宫。'张君诗曰:'故国三千里,深宫二十年。一声河满子,双泪落君前。'此歌宫娥讽念思乡而起长门之思也。”《唐诗纪事》卷五十二

《张祜》亦载此事云:"杜牧之守秋浦,与祜游,酷吟其宫词,亦知乐天有非之之论,乃为诗曰:'睫在眼前人不见,道超身外更何求!谁人得似张公子,千首诗轻万户侯?'"

按张祜之来池州访晤杜牧,盖在本年。同文书局缩印本《全唐诗》卷十九张祜《江上旅泊呈杜员外》诗曰:"牛渚南来沙岸长,远吟佳句望池阳。野人未必非毛遂,太守还须是孟尝。"此诗盖张祜来池州访杜牧时途中所作。杜牧《酬张祜处士见寄长句四韵》,即答此诗者,诗云:"七子论诗谁似公?曹刘须在指挥中。荐衡昔日知文举(原注:令狐相公曾表荐处士),乞火无人作蒯通。北极楼台长挂梦,西江波浪远吞空。可怜'故国三千里',虚唱歌辞满六宫。(原注:处士诗曰:'故国三千里,深宫二十年。一声河满子,双泪落君前。')"张祜字承吉,清河人,寓居丹阳。元和中,即以乐府诗得名。穆宗时,令狐楚表荐之。穆宗以问元稹,稹对曰:"张祜雕虫小巧,壮夫耻而不为者,或奖激之,恐变陛下风教。"穆宗遂不用张祜。(《唐摭言》卷十一《荐举不捷》篇)前引杜牧《酬张祜》诗中第三四两句即指此事。白居易守杭州时,张祜与徐凝均至杭州,求居易贡举。白居易试以《长剑倚天外赋》《馀霞散成绮》诗,试讫解送,以徐凝为元,张祜次之。张祜甚不平。(《云溪友议》卷中《钱塘论》篇)杜牧赠张祜诗中"睫在眼前"四句,即是讽白慰张之意。

本集卷三《九日齐山登高》诗:"江涵秋影雁初飞,与客携壶上翠微。尘世难逢开口笑,菊花须插满头归。但将酩酊酬佳节,不用登临恨落晖。古往今来只如此,牛山何必独沾衣!"齐山在池州城南三里许。据宋魏泰《临汉隐居诗话》:"池州齐山石壁有刺史杜牧、处士张祜题名。"可见杜牧此次游齐山乃与张祜同来,诗中所谓"与客携壶上翠微"之"客",即指张祜也。杜牧此诗外示旷达,内含愤慨,隐寓杜、张二人怀才不遇,同病相怜之感。张祜有《和杜牧之齐山登高》诗云:"秋溪南岸菊霏霏,急管繁弦对落晖。红叶树深山径断,碧云江净浦帆稀。不堪孙盛嘲时笑,愿送王弘醉夜归。流落正怜芳意在,砧声徒促授寒衣。"(《唐诗纪事》卷五十二)即同游之和作。

四月,李方玄卒于宣城客舍,年四十三。(本集卷八《唐故处州刺史李君墓志铭》)

李方玄为池州刺史时,创造簿籍,以均徭役。本集卷八《唐故处州刺史李君墓志铭》记其事曰:"出为池州刺史。始至,创造簿籍,民被徭役者,科品高下,鳞次比比,一在我手,至当役,役之,其未及者,吏不得弄。"杜牧对于造簿籍以均徭役事亦甚注意,本集卷十三《与汴州从事书》中谓:"汴州境内,最弊最苦,是牵船夫。大寒虐暑,穷人奔走,毙踣不少。某数年前赴官入京,至襄邑县,见县令李式,甚年少,有吏才,条疏牵夫,甚有道理,云:'某当县万户已来,都置一板簿,每年轮检自差,欲有使来,先行文帖,克期令至,不拣贫富职掌,一切均同。计一年之中,一县人户不著两度夫役。'……某每任刺史,应是役夫及竹木瓦砖工巧之类,并自置板簿,若要使役,即自检自差,不下文帖付县。……今为治,患于差役不平。《诗》云:'或栖迟偃仰,或王事鞅掌。'此盖不平之故。长吏不置簿籍,一一自检,即奸胥贪冒求取,此最为甚。"

五月,从兄悰罢为尚书右仆射(《新唐书·宰相表》),旋出为剑南东川节度使。(《新唐书·杜悰传》)

〔编年诗〕 《登池州九峰楼寄张祜》(卷三)、《九日齐山登高》(卷三)、《池州李使君殁后十一日处州新命始到后见归妓感而成诗》(卷三。李使君即李方玄也)、《游池州林泉寺金碧洞》(卷三。诗有"携茶腊月游金碧"句,按会昌六年冬,杜牧已由池迁睦,故知此诗为本年作)、《酬张祜处士见寄长句四韵》(卷四)

〔编年文〕 《唐故宣州观察使御史大夫韦公墓志铭》(卷八)、《池州造刻漏记》(卷十)、《池州重起萧丞相楼记》(卷十)、《上李太尉论江贼书》(卷十一)、《祭故处州李使君文》(卷十四)

会昌六年丙寅(846年)

三月,武宗卒,皇太叔光王李忱即位,是为宣宗。四月,宰相李德裕罢为荆南节度使。(《旧唐书·宣宗纪》)

杜牧四十四岁。为池州刺史。

《唐诗纪事》卷六十五《杜荀鹤》:"荀鹤有诗名,号九华山人。大顺初擢第,授翰林学士,主客员外郎、知制诰,序其文为《唐风集》。或曰:荀鹤,牧之微子也。牧之会昌末自齐安移守秋浦，时年四十四，所谓'使君四十四，两佩左铜鱼'者也。时妾有妊，出嫁长林乡正杜筠，而生荀鹤，擢第时年四十六矣。"《苕溪渔隐丛话后集》卷十五引《艺苑雌黄》，亦记此事，与《唐诗纪事》略同。《四库全书总目提要》卷一百五十一"唐风集"条谓杜荀鹤为杜牧子之事盖出于依托附会，不可凭信。（清薛雪《一瓢诗话》："周必大曰：'《池阳集》载杜牧之守郡时，有妾怀妊而出之，以嫁州人杜筠，生子即荀鹤也。此事人罕知之。余过池，尝有诗云：千古风流杜牧之，诗材犹及杜筠儿。向来稍喜《唐风集》，今悟樊川是父师。'是成何语！且必欲证实其事，是诚何心！污蔑樊川，已属不堪，于彦之尤不可忍。杨森嘉树曾引《太平杜氏宗谱》辨之，殊合鄙意。"）

九月，移睦州刺史（睦州又名新定郡，治所建德县，今浙江建德），乘船沿江东下，转运河入浙。十二月，经钱塘（浙江杭州市）。

本集卷九《唐故进士龚轺墓志》："会昌五年十二月，某自秋浦守桐庐，路由钱塘，龚轺袖诗以进士名来谒。"按"五年"应为"六年"之误，盖杜牧由池移睦，应在会昌六年也。兹列四证以明之。本集卷三《春末题池州弄水亭》诗云："使君四十四，两佩左铜鱼。"会昌六年，杜牧四十四岁，是年春末尚在池州，则不得于五年移桐庐，其证一也。本集卷十四《祭木瓜神文》，作于会昌六年，文中有"使池之人敬仰不怠"语，是杜牧会昌六年尚在池州，其证二也。本集卷三《新定途中》

诗云:"无端偶效张文纪,下杜乡园别五秋。重过江南更千里,万山深处一孤舟。"盖迁睦州时途中所作。杜牧于会昌二年春自长安出守黄州,至会昌六年,恰为五秋,若会昌五年移睦,不得云"别五秋",其证三也。本集卷十四《祭周相公文》云:"会昌之政('政'字本集作'改',据《全唐文》校改),柄者为谁?忿忍阴污('污'字本集作'汗',据《全唐文》校改),多逐良善。牧实忝幸,亦在遣中。黄岗大泽,葭苇之场。继来池阳,西在孤岛。僻左五岁,遭逢圣明。收('收'字本集作'牧',据《全唐文》校改)拾冤沉,诛破罪恶。牧于此际,更迁桐庐。"此亦足见杜牧迁睦州在会昌六年武宗卒宣宗立之后,其证四也。又按本集卷十《送卢秀才赴举序》云:"去岁九月,余自池改睦。"盖杜牧接移睦之命在九月,而十二月中则已路过钱塘矣。

《祭周相公文》又云:"东下京江,南走千里,曲屈越嶂,如入洞穴。惊涛触舟,几至倾没。万山环合,才千馀家,夜有哭鸟,昼有毒雾。病无与医,饥不兼食。抑喑逼塞,行少卧多。逐者纷纷,归轸相接。惟牧远弃,其道益艰。"可见当时睦州之荒僻。

白居易卒,年七十五。

白居易在中、晚唐时,诗名甚盛,影响亦大。白居易卒时,杜牧已四十四岁,二人时代相及,但两家集中不见有往还之迹。《云溪友议》卷中《钱塘论》篇:"先是李补阙林宗、杜殿中牧与白公辇下较文,具言元、白诗体舛杂,而为清苦者见嗤,因兹有恨也。"似乎杜牧对白居易诗曾有所不满。惟《云溪友议》所记仅寥寥数语，详情不可考，且亦不见于他书记载。杜牧为李戡作墓志，记其讥评白居易诗之言。（见本谱开成元年）李戡所论，殊欠公允，而杜牧详著于篇，岂对白居易诗固夙有偏见欤？杜牧自谓："某苦心为诗，本求高绝，不务奇丽，不涉习俗，不今不古，处于中间。"（本集卷十六《献诗启》）当杜牧之时，元稹、白居易之"元和体"与李贺瑰奇幽艳之作，在诗坛中均颇有影响，杜牧所谓"奇丽"，盖指李贺之诗风，而所谓"习俗"，盖指元、白风靡一时之"元和体"，杜牧不受此两派之影响，摆脱时尚，自创风格，故曰"不今不古，处于中间"也。

〔编年诗〕　《春末题池州弄水亭》（卷三）、《新定途中》（卷三）、《题池州弄水亭》（卷一。按以下诸诗，均在池州所作，难以确定何年，姑附于此）、《池州春送前进士蒯希逸》（卷三）、《池州清溪》（卷三）、《题池州贵池亭》（卷三）、《见吴秀才与池妓别因成绝句》（卷三）、《秋浦途中》（卷四）、《送薛邦二首》（外集。诗中有"明年未去池阳郡，更乞春时却重来"之句，盖守池时所作）、《登九峰楼》（外集）。

〔编年文〕　《祭木瓜神文》（卷十四）、《上白相公启》（卷十六。白相公，白敏中也。据《旧唐书·宣宗纪》，会昌六年四月，白敏中拜相，此启盖白敏中拜相后，杜牧所上）

宣宗大中元年丁卯（847年）

闰三月，令会昌五年所废寺听僧尼修复。"是时君相务反会昌之政，故僧尼之弊，皆复其旧。"（《通鉴》）

杜牧四十五岁。为睦州刺史。

〔编年诗〕 《初春有感寄歙州邢员外》（卷四。邢员外即邢群，字涣思。本集卷八《唐故歙州刺史邢君墓志铭》："涣思罢处州，授歙州，某自池转睦，歙州相去直西东三百里。"故知此诗乃本年所作）、《正初奉酬歙州刺史邢群》（卷四。邢群《郡中有怀寄上睦州员外十三兄》诗，旧混入《樊川文集》中，冯集梧注本据《全唐诗》正之。许浑《丁卯集》卷上有《酬邢杜二员外》诗，序云："新安邢员外怀洛下旧居，新定杜员外思关中故里，各蒙缄示，因寄二诗以酬"）、《送卢秀才一绝》（卷四。本集卷十《送卢秀才赴举序》云："去岁九月，余自池改睦，凡同舟三千里，复为余留睦七十日，今之去，余知其成名而不丐矣。"盖即此卢秀才也）

〔编年文〕 《送卢秀才赴举序》（卷十）

大中二年戊辰（848年）

九月，贬李德裕为崖州司户，至是德裕已四贬。（《旧唐书·李德裕传》谓德裕贬崖州司户在大中二年冬，《唐大诏令集》卷五十八《李德裕崖州司户制》注："大中二年九月。"今从之。《旧唐书·宣宗纪》记于大中三年九月，误。）

杜牧四十六岁。为睦州刺史。与吏部尚书高元裕书，又与刑部崔尚书书，发抒抑郁之怀。

本集卷十六《上吏部高尚书状》："某启：人惟朴樕，材实朽下，三守僻左，七换星霜，拘挛莫伸，抑郁谁诉？每遇时移节换，家远身孤，吊影自伤，向隅独泣。将欲渔钓一壑，栖迟一丘，无易仕之田园，有仰食之骨肉，当道每叹，末路难循，进退唯艰，愤悱无告。"按状中有"三守僻左，七换星霜"之语，杜牧于会昌二年守黄州，其后移池、移睦，至本年恰为七年，故知此文乃本年所作。状中又云："江山绝域，登临已秋，猿吟鸟思，草衰木坠。"盖作于初秋尚未奉到内擢之敕之时。吏部高尚书即高元裕，高元裕于会昌五六年间为宣歙观察使，大中元年，入授吏部尚书，大中二年，出为山南东道节度使。（新旧《唐书·高元裕传》、吴廷燮《唐方镇年表》）杜牧此文，盖作于大中二年高元裕在朝为吏部尚书、未出为节度使之时。

本集卷十六《上刑部崔尚书状》："某启：某比于流辈，疏阔慵怠，不知趋向，惟好读书，多忘，为文，格卑。十年为幕府吏，每促束于簿书宴游间。刺史七年，病弟孀妹百口之家经营衣食，复有一州赋讼，私以贫苦焦虑，公以愚恐败悔，仍有嗜酒多睡厕于其间，是数者相遭于多忘、格卑之中，书不得日读，文不得专心，百不逮人，所尚业复不能尺寸铢两自强自进，乃庸人辈也，复何言哉！"文中亦有"刺史七年"之语，情思与《上吏部高尚书状》相似，盖亦本年所作。

八月，内擢为司勋员外郎、史馆修撰，盖宰相周墀援引之力。

九月初，自睦州启程，取道金陵（江苏南京市）、宋州（河南商丘市），十二月，至长安。

按本集卷十六《上宰相求杭州启》，作于大中三年（详后），启中云："自去年八月，特（'特'字本集作'时'，据《全唐文》校改）蒙奖擢，授以名曹郎官，史氏重职，七年弃逐，再复官荣。……去年十二月至京。"则杜牧内擢在大中二年八月，故本集卷三《除官归京睦州雨霁》诗有"秋半吴天霁"及"溪山侵两越，时节到重阳"之语，而本集卷十《宋州宁陵县记》作于大中二年十一月，题云："尚书司勋员外郎史馆修撰杜某。"盖途中作也。然本集卷十六《上周相公启》云："伏奉三月八日敕，除尚书司勋员外郎、史馆修撰。"与《上宰相求杭州启》所云"八月"者不合。周相公即周墀，周墀为相，《旧唐书·宣宗纪》记于大中二年三月己酉，《新唐书·宣宗纪》记于大中二年五月己未，《新唐书·宰相表》则又系于大中二年正月己卯，三处记载不同。本集卷七《唐故东川节度检校右仆射兼御史大夫赠司徒周公墓志铭》则云："二年五月，以本官平章事。"《通鉴》亦作"五月"，盖以"五月"为是。杜牧内擢，周墀之力。（《上周相公启》云："不意相公拔自污泥，升于霄汉。"《祭周相公文》云："相公怜悯，极力掀拔。爰及作相，首取西归，授之名曹，帖以重职。"）若周墀五月始为相，则无由于三月中援引杜牧，故《上周相公启》中"三月八日"盖本作"八月三日"，而后人传抄，日月误倒也。

杜牧自睦州启程赴京，在九月初。本集卷三《除官归京睦州雨霁》诗有"时节到重阳"之句，《秋晚早发新定》诗有"解印书千轴,重阳酒百缸"句,可证。

《自撰墓铭》:"出守黄、池、睦三州,迁司勋员外郎、史馆修撰。"《旧唐书》本传:"出牧黄、池、睦三郡,复迁司勋员外郎、史馆修撰。"《新唐书》本传:"历黄、池、睦三州刺史,入为司勋员外郎,常兼史职。"

妻兄裴希颜卒。

> 杜牧娶裴氏,朗州刺史裴偃之女。(《自撰墓铭》)裴偃为东眷裴氏,代宗朝宰相裴冕之侄。裴偃曾为盩厔、河西令,道、朗二州刺史。杜牧作《唐故邕府巡官裴君墓志铭》(本集卷九)谓裴希颜为人"温良柔友,穷居鄠县,饥寒馀二十年,未尝出一言以愠不足。司农卿裴及为邕府经略使,辟君为从事,得南方疾归。大中二年某月日,卒于其家"。

二月,从兄悰徙西川节度使。(《玉谿生年谱会笺》)

十月,牛僧孺卒于东都,年六十九。(杜牧后为牛僧孺撰墓志铭,见本集卷七。)

〔编年诗〕 《江南怀古》(卷三。诗有"戊辰年向金陵过"句,故知为本年作,盖自睦州入京,道出金陵也)、《秋晚早发新定》(卷三)、《除官归京睦州雨霁》(卷三)、《夜泊桐庐先寄苏台卢郎中》(卷三)、《朱坡绝句三首》(卷二。诗中有"故国池塘倚御渠,江城三诏换鱼书"句,杜牧自黄迁池,自池迁睦,三州皆临江,故云"江城",故知此诗为守睦时作,惟作于何年则不可考,姑附于此,以下诸诗并同)、《忆游朱坡四韵》(卷二。此与《朱坡绝句》殆同时作)、《昔事文皇帝三十二韵》(卷二。冯集梧《樊川诗集注》云:"此诗牧之在睦州时作,盖为李中敏等发也")、《睦州四韵》(卷三)、《题新定八松院小石》(卷三)

〔编年文〕 《宋州宁陵县记》(卷十)、《上周相公启》(卷十六)、《上吏部高尚书状》(卷十六)、《上刑部崔尚书状》(卷十六)

大中三年己巳(849年)

二月,吐蕃内乱,陇西人民以秦、原、安乐三州及石门等七关来归。以太仆卿陆耽为宣谕使,诏泾原、灵武、凤翔、邠宁、振武皆出兵应接。六月,泾原节度使康季荣取原州及石门等六关。七月,灵武节度使朱叔明取安乐州,邠宁节度使张君绪取萧关,凤翔节度使李玭取秦州。(参《通鉴》)

杜牧四十七岁。为尚书司勋员外郎、史馆修撰。正月,奉诏撰故江西观察使韦丹遗爱碑。

本集卷七《唐故江西观察使武阳公韦公遗爱碑》:"皇帝召丞相延英便殿,讲议政事,及于循吏,且称元和中兴之盛,言理人者谁居第一。丞相墀言:'臣尝守土江西,目睹观察使韦("韦"字,本集误作"契",兹校改)丹有大功德,被于八州,殁四十年,稚老歌思,如丹尚存。'丞相敏中、丞相植皆曰:'臣知丹之为理,所至人思,江西之政,熟于听闻。'乃命守臣纥干臬上丹之功状,大中三年正月二十日诏书,授史臣尚书司勋员外郎杜牧曰:'汝为丹序而铭之,以美大其事。'"

《通鉴》卷二百四十八《唐纪六十四》："(大中)三年,春正月,上与宰相论元和循吏孰为第一。周墀曰:'臣尝守土江西,闻观察使韦丹功德被于八州,没四十年,老稚歌思,如丹尚存。'乙亥,诏史馆修撰杜牧撰丹遗爱碑以纪之。"

李商隐时在长安,作两诗赠杜牧,致钦佩之意。

冯浩《玉谿生诗笺注》卷三《赠司勋杜十三员外》诗:"杜牧司勋字牧之,清秋一首《杜秋诗》。('杜秋',冯浩校改为'杜陵',并注云:'按《戊签》作"杜陵",他本作"杜秋"。朱氏曰:"一作陵,误。"今详味诗情,必"杜陵"是也。'按此句应以作'杜秋'者为是,冯浩从《戊签》改为'杜陵',不妥。冯浩以为杜牧《将赴吴兴登乐游原一绝》即是李商隐所谓'杜陵诗'。按杜牧出守吴兴在大中四年秋〔详后〕,而李商隐此诗乃大中三年春杜牧奉诏撰韦丹碑时所作,见李诗自注,自不能预先提到杜牧大中四年之诗,且杜牧出守吴兴时已迁官吏部员外郎,亦不能再称之为'杜牧司勋'矣。《杜秋诗》虽是杜牧十馀年前旧作,此诗在当时盖甚出名,乃杜牧得意作品。张祜在池州时,杜牧亦曾出以相示,张祜作《读池州杜员外杜秋娘诗》加以称赞曰:'可知不是长门闭,也得相如第一词。'〔同文书局缩印本《全唐诗》卷十九〕故此时李商隐亦特提出《杜秋诗》,称赞杜牧之代表作。)前身应是梁江总,名总还曾字总持。心铁已从干镆利,鬓丝休叹雪霜垂。汉江远吊西江水,羊祜韦丹尽有碑(原注:时杜奉诏撰韦碑)。"同书同卷又有《杜司勋》诗:"高楼风雨感斯文,短翼差池不及群。刻意伤春复伤别,人间惟有杜司勋!"

据冯浩《玉谿生年谱》(《玉谿生诗笺注》卷首),李商隐于大中二年自桂州北还长安,大中三年,选为盩厔尉,京兆尹奏署掾曹,令典章奏,故居长安。李商隐为晚唐重要之诗人,以前与杜牧盖不相识,本年始结交也。(李商隐《述德抒情诗》称杜悰为外兄,则与杜家似亦有戚谊。)

以所著《孙子注》献于宰相周墀。

本集卷十二《上周相公启》:"伏以大儒在位,而未有不知兵者,未有不能制兵而能止暴乱者,未有暴乱不止而能活生人定国家者。……长庆兵起,自始至终,庙堂之上,指踪非其人,不可一二悉数。……不教人之(《唐文粹》无'之'字)战,是谓弃之;则谋人之国,不能料敌,不曰弃国可乎?某所注《孙武》十三篇虽不能上穷天时,下极人事,然上至周、秦,下至长庆、宝历之兵,形势虚实,随句解析,离为三编,辄敢献上,以备阅览。"周相公即周墀。按周墀为相在大中二年五月(说详上年),其罢相,据《旧唐书·宣宗纪》,在大中三年三月,《新唐书·宣宗纪》在大中三年四月,《宰相表》同,《通鉴》亦在四月,则当以四月为是。杜牧于大中二年十二月抵京,则此书盖作于本年四月以前也。杜牧重视兵法,曾搜求自古以来之兵书,凡十数家,以为孙武所著十三篇最佳,因为之注。(本集卷十《注孙子序》)杜牧对于所作《孙子注》颇自负,曾曰:"某平生好读书,为文亦不出人。曹公曰:'吾读兵书战策多矣,孙武深矣。'因注其书十三篇,乃曰:上穷天时，下极人事，无以加也，后当有知之者。"(《自撰墓铭》)晁公武《郡斋读书志》卷三"杜牧注《孙子》三卷"条谓："世谓牧慨然最喜论兵，欲试而不得，其学能道春秋、战国时事，甚博而详，知兵者将有取焉。"宋吉天保集曹操以后注《孙子》者十家，为《孙子十家会注》，杜牧注亦收入其中。李慈铭《越缦堂日记》同治壬申年五月十一日："校《孙子十家注》。曹公、李筌以外，杜牧最优，证引古事，亦多切要，知樊川真用世之才，其《罪言》《原十六卫》等篇，不虚作也。"

八月，河陇收复后，老幼千馀人来长安，脱胡服，易汉服，宣宗登延喜门楼见之，皆舞蹈呼万岁。杜牧亲睹其盛，作诗歌颂。

《通鉴》卷二百四十八《唐纪六十四》：大中三年八月乙酉，"河陇老幼千馀人诣阙。己丑，上御延喜门楼见之，欢呼舞跃，解胡服，袭冠带，观者皆呼万岁"。本集卷二《今皇帝陛下一诏征兵不日功集河湟诸郡次第归降臣获睹圣功辄献歌咏》诗："捷书皆应睿谋期，十万曾无一镞遗。汉武惭夸朔方地，宣王休道太原师。威加塞外寒来早，恩入河源冻合迟。听取满城歌舞曲，凉州声韵喜参差。"

唐代自肃宗以后，河西陇右逐渐为吐蕃统治者所侵据，边防前线止于邠州、陇州，距京都长安仅数百里。代宗时，吐蕃曾一度侵入长安，而陇右河西人民受吐蕃统治者之压迫奴役，亦无日不望收复失地，重归唐朝。杜牧对于国事最关心者，即是削平藩镇，收复河湟，《郡斋独酌》诗自述志向，所谓"弦歌教燕赵，兰芷浴河湟"者也。曾作《河湟》诗，慨叹代宗时元载建议收复河湟，其后宪宗亦有收复河湟之志，惜均未实现。武宗稍能振作，拟复河湟，杜牧作《皇风》诗，寄托希望。大中初，陇右收复，故杜牧作诗表示欢庆也。

闰十一月，上书于宰相求杭州刺史，因京官俸薄，不如刺史俸禄之厚，不能供养病弟与孀妹也。

本集卷十六《上宰相求杭州启》："某启：某于京中唯安仁旧第三十间支屋而已。长兄恺罢三原县令，闲居京城，弟颛一举进士及第，有文章时名，不幸得痼疾，坐废十三年矣，今与李氏孀妹寓居淮南，并仰某微官以为糇命。某前任刺史七年，给弟妹衣食有馀，兼及长兄，亦救不足，是某一身作刺史，一家骨肉四处安活。自去年八月，特（'特'字本集作'时'，据《全唐文》校改）蒙奖擢，授以名曹郎官，史氏重职，七年弃逐，再复官荣，归还故里，重见亲戚，言于鄙诚，已满素志。自去年十二月至京，以旧第无屋，与长兄异居。今秋已来，弟妹频以寒馁来告。某一院家累亦四十口，狗为朱马，缊作由袍，其于妻儿，固宜穷饿。是作刺史则一家骨肉四处皆泰，为京官则一家骨肉四处皆困。谋于知友曰：'杭州大郡，今月满可求，欲干告吾相，次活家命，以为如何？'皆曰：'子七年三郡，今始归复，相国知子，必欲次第叙用，子今复求刺史，得不生相国疑怪乎？'某答曰：'是何言与？某惟恃吾相之知，始敢干求。今天下以江淮为国命，杭州户十万，税钱五十万，刺史之重，可以杀生，而有厚禄，朝廷多用名曹正郎有名望而老于为政者而为之。某今官为外郎,是官位未至也;前三任刺史,无异政闻于吾相,是为政无取也;今若得遂所求,非惟超显,兼活私家,某若不恃吾相之知而求之,是狂躁妄庸人也。'坠井者求出,执热者愿濯,古人以此二者譬喻所切也。某今所切,是坠于绝壑而衣挂于树杪,覆在鼎中,下有热火,而水将沸,与古所喻,则复过之。辄敢具疏血诚,上干尊重,冀垂恩怜,或赐援拯。偻偻丹恳,不胜惶惧恳悃之至。谨启。"按本集卷十六《上宰相求湖州启》作于大中四年(详后),而《第三启》中云:"某去岁闰十一月十四日,辄书微恳,列在长启,干黩尊重,乞守钱塘。"故知《上宰相求杭州启》作于本年闰十一月。时周墀已罢相,为相者乃白敏中、崔铉、魏扶也。(《新唐书·宰相表》)

六月,邢群卒于洛阳,年五十。(后杜牧为撰墓志铭,见本集卷八。墓志中云:"大和三年六月八日卒。""大和"应是"大中"之误。)

十二月,李德裕卒于崖州贬所,年六十三。(李德裕之卒,《旧唐书·宣宗纪》与《李德裕传》皆记于大中三年十二月,《通鉴》于大中三年末书:"己未,崖州司户李德裕卒。"脱去纪月。据陈垣先生《二十史朔闰表》,大中三年十二月庚戌朔,则己未应是十二月初十日。张采田先生《玉谿生年谱会笺》引冯浩说曰:"《通鉴》书'己未,李德裕卒',而脱去纪月,今检其上文,'闰十一月丁酉',下书'甲戌',而又书'己未',已阅八十三日,则己未当入明年正月矣。"于是定李德裕卒年在大中四年正月。

按冯说非是。大中三年闰十一月辛巳朔,丁酉是闰十一月十八日,己未上距丁酉仅二十二日,是十二月初十日,至于甲戌,则在己未之后十五日,应是大中三年十二月二十五日。甲戌本在己未之后,《通鉴》误书于前,不能据此以疑李德裕之卒年也。苟如冯氏之说,《通鉴》所书"己未李德裕卒"之"己未"乃在甲戌后者,今按甲戌为大中三年十二月二十五日,上文已考明,则甲戌后之己未,相距四十五日,应是大中四年二月初十日〔是年二月庚戌朔〕,《通鉴》不至于将大中四年二月之己未误书于大中三年末也。故今仍从《旧唐书·宣宗纪》与《李德裕传》,书李德裕之卒于大中三年十二月。)

〔编年诗〕 《今皇帝陛下一诏征兵不日功集河湟诸郡次第归降臣获睹圣功辄献歌咏》(卷二)、《奉和白相公圣德和平致兹休运岁终功就合咏圣明呈上三相公长句四韵》(卷二。据冯集梧《樊川诗集注》,白相公诗乃贺收复河湟者,故知杜牧和诗乃本年所作)、《送容州中丞赴镇》(卷二。容州中丞,唐持也。据《唐方镇年表》,唐持于大中三年自工部郎中出为容州刺史、御史中丞、容管经略招讨使)、《夏州崔常侍自少常亚列出领麾幢十韵》(卷二。《唐方镇年表》,夏绥节度使,大中元、二年阙,大中三年下引杜牧此诗为证,崔常侍出为夏绥节度使。)

〔编年文〕 《唐故江西观察使武阳公韦公遗爱碑》(卷七)、《唐故太子少师奇章郡开国公赠太尉牛公墓志铭》(卷七。按牛僧孺之葬在大中三年五月,见《唐文粹》李珏所撰牛僧孺神道碑,李商隐《樊南文集》卷七《樊南乙集序》云:"是岁葬牛太尉,天下设祭者百数。他日尹言:'吾太尉之薨,有杜司勋之志。'"故知杜牧作牛僧孺墓志盖在本年)、《上周相公启》(卷十二)、《进撰故江西韦大夫遗爱碑文表》(卷十五)、《为中书门下请追尊号表》(卷十五。按《旧唐书·宣宗纪》,追尊号在大中三年十二月)、《谢许受江西送彩绢等状》(卷十五)、《上宰相求杭州启》(卷十六)

大中四年庚午(850年)

杜牧四十八岁。转吏部员外郎。夏,三上宰相启求湖州。

秋,出为湖州刺史。(湖州又名吴兴郡,治所乌程县,今浙江湖州市。)

本集卷十六有《上宰相求湖州第一启》《第二启》《第三启》三篇。《第二启》中有"某今生四十八年矣"之语,故知为本年作,又有"当盛暑时,敢以私事及政事堂启干丞相"语,故知为夏间作。《第一启》云:"人有爱某者,言于某曰:'吏部员外郎,例不为郡。'"故知杜牧本年已转吏部员外郎。本集卷三有《新转南曹,未叙朝散,初秋暑退,出守吴兴,书此篇以自见志》诗,故知杜牧本年秋出守湖州。按《新唐书·百官志》,吏部员外郎二人,一人判南曹。文散阶二十九,从五品下,曰朝散大夫。杜牧盖以吏部员外郎判南曹,其官为从六品上,而阶则可至从五品下也。杜牧之求湖州,仍为供养病弟。其《第三启》云:"伏以病弟孀妹,因缘事故,寓居淮南,京中无业,今者不复西归,遂于淮南客矣。……食不继月,用不给日,闭门于荒僻之地,取容于里胥游徼之辈。……所可仰以为命者,在三千里外一郎吏尔。复有衣食生生之所须,悉多欠阙,欲其安活而无叹咤悲恨,不可得也。……今年七月,湖州月满,敢辄重书血诚,再干尊重,伏希怜悯,特赐比拟。某伏念骨肉,悉皆早衰多病,常不敢以寿考自期,今更得钱三百万,资弟妹衣食之地,假使身死,死亦无恨。湖州三考,可遂此心。湖州名郡也,私诚难遂也,不遇知己,岂得如志?沥血披肝,伏纸进泪,伏希殊造,或赐济活。下情无任恳悃惶惧之至。"

《自撰墓铭》:"转吏部员外郎,以弟病乞守湖州。"《旧唐书》本传:"转吏部员外郎,又以弟病免归,授湖州刺史。"(按"以弟病免归"句与事实不合。)《新唐书》本传:"改吏部,复乞为湖州刺史。"

杜牧屡次上书于宰相,请求外放,所提出之原因是刺史官俸厚,可以供养病弟孀妹,但其中可能另有隐衷,即是不满于当时朝政,以为在朝亦不能有所作为,故愿外出也。观本集卷二《长安杂题长句六首》写当时长安城中朝廷粉饰太平,权贵争为豪侈,而自己则淡泊自守,"自笑苦无楼护智,可怜铅椠竟何功","江碧柳深人尽醉,一瓢颜巷日空高",以及《将赴吴兴登乐游原一绝》诗"清时有味是无能,闲爱孤云静爱僧。欲把一麾江海去,乐游原上望昭陵"(叶梦得《叶先生诗话》卷中,谓杜牧此诗盖不满于当时,故末有"昭陵"之句),可以参悟其中消息矣。

《太平广记》卷二百七十三《杜牧》篇引《唐阙文》(《唐阙文》疑是《唐阙史》之误，但此段文中字句又与今本《唐阙史》不同)记杜牧守湖州之逸事，大旨谓：大和末，牧复自侍御史出佐沈传师江西、宣州幕，闻湖州名郡，风物妍好，且多奇色，因甘心游之。湖州刺史某乙，牧素所厚者，为之张水嬉，两岸观者如堵。将罢，舟舣岸，于丛人中有里姥引鸦头女，年十馀岁。杜牧熟视曰："此真国色。"因使语其母，约为后期。姥曰："他年失信，复当何如？"杜牧曰："吾不十年，必守此郡；十年不来，乃从尔所适可也。"母许诺，因以重币结之，为盟而别。故杜牧归朝，颇以湖州为念。然以官秩尚卑，殊未敢发。寻拜黄州、池州，又移睦州，皆非意也。杜牧素与周墀善，会墀为相，乃并以三笺干墀，乞守湖州，意以弟颛目疾，冀于江外疗之。大中三年，始授湖州刺史。比至郡，则已十四年矣，所约者已从人三载而生三子。牧既即政，函使召之。其母惧其见夺，携幼以同往。杜牧诘其母曰："曩既许我矣，何为反之？"母曰："向约十年，十年不来而后嫁，嫁已三年矣。"杜牧俯首移晷曰："其词也直，强之不祥。"乃厚为礼而遣之。因赋诗以自伤曰："自是寻春去校迟，不须惆怅怨芳时。狂风落尽深红色，绿叶成阴子满枝。"按此段所记是否事实，甚可疑，以其与杜牧行迹及史事颇有舛忤，且于情理亦不合也。杜牧出守湖州在大中四年，非三年，其时周墀已罢相，杜牧自不能以三笺干墀。杜牧平生凡两佐宣州幕，第一次在大和五年，从沈传师，第二次在开成二年，从崔郸，若自守湖州时上溯十四年，应指第二次佐宣州幕时，时沈传师已卒矣，不得云出佐沈传师江西、宣州幕也。杜牧在大中三、四两年中，四次上书于宰相，请求外放，先求杭州，不能得，始求湖州，亦并非专求湖州。此皆其可疑之点。且杜牧如欲得此女，自可以践约为名，遣人迎致，不必定求为湖州刺史。唐制：地方官吏娶百姓女为妻妾，"有逾格律"（《旧唐书》卷一百七十三《吴汝讷传》）。以刺史而娶本地民女为妾，乃违犯官纪之事，杜牧何为必欲出此？此亦于情理不合者。杜牧生平不拘礼教，而"自是寻春去校迟"一诗（此诗不见于杜牧外甥裴延翰所编之《樊川文集》中，宋人所编《樊川外集》中有之，题曰《叹花》），又似有所寄托，或好事者因此诗附会而成此故事，未必可信也。

姊夫裴俦为江西观察使。（《唐方镇年表》）

〔编年诗〕 《长安杂题长句六首》（卷二。诗有"谁识大君谦让德"句。原注："圣上不受徽号。"冯集梧《樊川诗集注》曰："《唐会要》：文宗太和七年十二月，宰臣王涯等请册徽号，不许。开成二年二月，宰相郑覃等频表请，上固谦抑，不允；宣宗大中三年十二月，群臣以河湟既复，请加尊号，上深执谦让，三表不许。此云不受徽号，未知是文是宣，然六诗以'四海一家无一事'起，而以'一豪（毫）名利斗蛙蟆'结之，其为收复河湟后作与？"按冯说是也。大和七年、开成二年，杜牧均不在京都，大中三四年间则在京都，四年秋始出守湖州，观诗中语似春日所作，故定为大中四年）、《题永崇西平王宅太尉愬院六韵》

（卷二。诗中末二句："陇山兵十万，嗣子握雕弓。"自注："今凤翔李尚书，太尉长子。"按"凤翔李尚书"盖谓李玭。据《唐方镇年表》，李玭为凤翔节度使在大中三四年时，此诗当是此时所作，故系于本年）、《题桐叶》（卷二。诗云"去年桐落故溪上"，又云："三吴烟水平生念，宁向人间道所之？"盖大中四年守湖州时所作。大中三年杜牧在长安，故曰"去年桐落故溪上"）、《道一大尹存之学士庭美学士简于圣明自致霄汉皆与舍弟昔年还往牧支离穷悴窃于一麾书美歌诗兼自言志因成长句四韵呈上三君子》（卷二。冯集梧《樊川诗集注》谓："此存之学士当是毕諴。"又据《旧唐书·宣宗纪》，大中二年八月，中书舍人充翰林学士毕諴为刑部侍郎，及《新唐书·毕諴传》，諴拜刑部侍郎，出为邠宁节度使，谓"毕諴居学士即在大中元、二年间"。钺按，毕諴自学士出镇，《新唐书·毕諴传》未言在何年，据《通鉴》，则在大中六年六月，《通鉴》又谓："上欲重其资履，六月壬申，先以諴为刑部侍郎，癸酉，乃除邠宁节度使。"是毕諴于大中六年出镇时始拜刑部侍郎，以前则为学士，《旧唐书·宣宗纪》中所记大中二年八月毕諴为刑部侍郎，盖有疏误。大中四年杜牧出守湖州时，毕諴正为学士也）、《将赴吴兴登乐游原一绝》（卷二）、《寄李起居四韵》（卷三。诗有"前溪碧水冻醪时"之句，前溪在湖州，故知为守湖州时作。冯集梧注谓"李起居当是郢"，非是。杜牧在湖州赠李郢诗称"李郢秀才"，是李郢此时并未做官，不得又称之为"李起居"〔起居舍人是官名〕也）、《新转南曹未叙朝散初秋暑退出守吴兴书此篇以自见志》（卷三）、《题白蘋洲》（卷三。白蘋洲在湖州城东南，诗作于秋日，殆本年初到任时欤）、《将赴湖州留题亭菊》（卷三）、《湖南正初招李郢秀才》（卷三。冯集梧《樊川诗集注》曰："李郢有《和湖州杜员外冬至日白蘋洲见忆》诗云：'白蘋亭上一阳生，谢朓新诗锦绣成。千嶂雪消溪影绿，几家梅绽海波清。已知鸥鸟长来狎，可许汀洲独有名。多愧龙门重招引，即抛田舍棹舟行。'与杜牧此诗用韵并同。惟李题云'冬至'，而此云新正，然两诗语意相直，兼杜用'白蘋'，亦是湖州故事，知此题'湖南'当是'湖州'之误。"钺按，冯说是也。惟题中"正初"，固应解释为新正，但李郢和诗题明言"冬至日"，而杜牧诗中用"寒水""雪舟"，亦似冬日口气，"白蘋芽欲吐"，可能指冬至阳生而言，故"正初"二字疑亦有误）、《题吴兴消暑楼十二韵》（外集。诗有"燕任随秋叶"及"楚鸿行尽直"之句，盖本年秋初到任时所作）、《奉送中丞姊夫俦自大理卿出镇江西叙事书怀因成十二韵》（外集）、《中丞业深韬略志在功名再奉长句》（外集）

〔编年文〕　《上河阳李尚书书》（卷十三。河阳李尚书，盖李拭也。《旧唐书·宣宗纪》："（大中四年）九月，以朝请大夫、检校礼部尚书、孟州刺史、河阳三城节度使李拭为太原尹。"是李拭节度河阳，在大中四年九月以前。按文中有"已筑七关，取陇城，缉为郡县"之语，取七关在大中三年六七月间，则此书之作，必在大中三年七月之后，大中四年秋之前，故系于本年。时杜牧方求外放，故书中曰："某多病早衰，志在耕钓，得一二郡，

资以退休,以活骨肉")、《上宰相求湖州第一启》(卷十六)、《第二启》(卷十六)、《第三启》(卷十六)

大中五年辛未(851年)

正月,沙州人张义潮逐吐蕃,摄州事,奉表来报,命为沙州防御使。(《通鉴》)四月,党项粗定,诏绥抚之。(参《通鉴》)十月,张义潮略定瓜、伊、西、甘等十州,遣兄张义泽入献图籍。十一月,置归义军于沙州,以张义潮为节度使、十一州观察使。(《通鉴》)

杜牧四十九岁。为湖州刺史。三月,至顾渚山督采春茶,游明月峡。

本集卷三有《题茶山》《茶山下作》《入茶山下题水口草市绝句》《春日茶山病不饮酒因呈宾客》诸诗。冯集梧注引《西清诗话》云:"唐茶品虽多,惟湖州紫笋入贡。紫笋生顾渚,在湖常二郡之间。当采茶时,两郡守毕至,最为盛会。唐杜牧诗所谓'溪尽停蛮棹,旗张卓翠苔'。刘禹锡'何处人间似仙境,春山携妓采茶时'。皆以此。"故知此诸诗乃本年守湖州至顾渚山督采茶时所作。《题茶山》诗有"景物残三月,登临怆一杯"之句,故知在三月间也。

《元和郡县志》卷二十五湖州长城县:"顾山在县西北四十二里,贞元以后,每岁以进奉顾山紫笋茶,役工三万人,累月方毕。"(按,顾渚山一名顾山。)尤袤《全唐诗话》卷二"袁高"条:"唐制:湖州造贡茶最多,谓之顾渚贡焙,岁造一万八千四百斤，大历后始有进奉。"赵彦卫《云麓漫钞》卷四引陆羽《茶经》云："浙西湖州为上，常州次之。湖州出长城（原注：今长兴）顾渚山中，常州出义兴（原注：今宜兴）君山悬脚岭北岸下。"

王得臣《麈史》卷中"书画"条："武功苏泌进之，子美子也。任湖北运判，按行至鄂，予时守郡，苏出其曾王父国老所收杜牧之村舍门扉之墨迹，隐然突起，良可怪也。其所书曰：'暮春因游明月峡，故留题，前雪纠史杜牧。从前闻说真仙景，今日追游始有因。满眼山川流水在，古来灵迹必通神。'国老云：'杜罢牧吴兴，游长兴之明月峡，留字于村居门扉，至今二百年。予壬子岁宰乌程，闻此说，托陈骧往彼得之，字体遒媚，隐出木间，真希世之墨宝也。'"据《读史方舆纪要》卷九十一，浙江湖州府长兴县顾渚山，"傍又有二山相对，号明月峡，绝壁峭立，大涧中流，产茶绝佳"。故杜牧游明月峡，盖即在本年春来顾渚山督采茶时。《麈史》中述苏国老之言，谓杜牧游明月峡在"罢牧吴兴"时，盖揣度之词，不足据。杜牧罢郡在本年八月间（详后），如罢郡来游，不应题曰"暮春因游明月峡"也。（游明月峡绝句诗，本集及外集、别集均未收。）

秋，拜考功郎中、知制诰。罢郡得替后，曾游玲珑山，旋即赴京供职。

本集卷三有《八月十二日得替后移居雪溪馆因题长句四韵》诗，故知杜牧内擢考功郎中、知制诰当在七八月间。

《自撰墓铭》："拜考功郎中、知制诰。"《旧唐书》本传："入拜考功郎中、知制诰。"

周密《癸辛杂识》前集"吴兴园圃"条："玲珑山，在卞山之阴，嵌空奇峻，略如钱塘之南屏及灵隐、芎林，皆奇石也。有洞曰归云，有张谦中篆书于石上，有石梁，阔三尺许，横绕两石间，名定心石，傍有唐杜牧题名云：'前湖州刺史杜牧大中五年八月八日来。'"

《太平广记》卷一百四十四引《感定录》："唐杜牧……自湖州刺史拜中书舍人，题汴河云：'自怜流落西归疾，不见春风二月时。'自郡守入为舍人，未为流落，至京果卒。"（按谓"杜牧自湖州刺史拜中书舍人"，误。杜牧于大中六年始由考功郎中知制诰迁中书舍人也。）

修治长安城南樊川别墅，常召亲友，同往游赏。

裴延翰《樊川文集序》："长安南下杜樊乡，郦元注《水经》，实樊川也，延翰外曾祖司徒岐公之别墅在焉。上五年冬，仲舅自吴兴守拜考功郎中、知制诰，尽吴兴俸钱创治其墅，出中书直，亟召昵密，往游其地，一旦，谈啁酒酣，顾延翰曰：'司马迁云：自古富贵其名磨灭者，不可胜纪。我适稚走于此，得官受俸，再治完具。俄及老为樊上翁，既不自期富贵，要有数百首文章，异日尔为我序，号《樊川集》；如此，顾樊川一禽鱼，一草木，无恨矣。庶千百年未随此磨灭邪！'"按裴延翰字伯甫，乃杜牧姊夫裴俦之子。（《新唐书·宰相世系表》）

二月，弟颛卒，年四十五。（大中六年二月，归葬先茔，杜牧为撰墓志铭，见本集卷九。）

二月，周墀卒于东川节度使任所，年五十九。（大中六年二月，归葬河南县先茔，杜牧为撰墓志铭，见本集卷七。）

〔编年诗〕　《沈下贤》（卷二。沈下贤乃吴兴人，诗中所云小敷山，乃沈故居，在吴兴西南二十里，故知此诗为守湖州时作）、《题茶山》（卷三）、《茶山下作》（卷三）、《入茶山下题水口草市绝句》（卷三）、《春日茶山病不饮酒因呈宾客》（卷三）、《早春赠军事薛判官》（卷三）、《代吴兴妓春初寄薛军事》（卷三）、《八月十二日得替后移居霅溪馆因题长句四韵》（卷三）、《隋堤柳》（卷三）、《途中一绝》（卷四。冯集梧注引《郡阁雅谈》谓杜牧舍人罢任浙西，道中有诗云云）、《和严恽秀才落花》（外集。据同文书局缩印本《全唐诗》卷二十三皮日休《伤进士严子重诗序》，严恽乃湖州人）

〔编年文〕　《唐故进士龚䇇墓志》（卷九）、《上盐铁裴侍郎书》（卷十三。裴侍郎即裴休。《旧唐书·宣宗纪》，大中五年二月，以户部侍郎裴休充诸道盐铁转运使）、《祭周相公文》（卷十四）、《祭龚秀才文》（卷十四）、《贺平党项表》（卷十五）、《裴休除礼部尚书裴谂除兵部侍郎等制》（卷十七。据《旧唐书·宣宗纪》，裴休除礼部尚书，裴谂除兵部侍郎，均在大中五年九月）、《李文举除睦州刺史制》（卷十八。据《旧唐书·宣宗纪》，李文举贬睦州刺史，在大中五年十二月）、《张直方授左骁卫将军制》（卷十九。《通鉴·唐纪六十五》：大中五年十一月"右羽林统军张直方坐出猎累日,不还宿卫,贬左骁卫将军"),《姜阅贬岳州司马等制》(卷二十。《旧唐书·宣宗纪》:大中五年"十二月,盗斫景陵神门戟……贬宗正卿李文举睦州刺史、陵令吴阅岳州司马、奉先令裴让隋州司马"。吴阅,杜牧文中作"姜阅","姜"与"吴"二字必有一误)、《朱能裕除景陵判官制》(卷二十。朱能裕除景陵判官,盖即在大中五年十二月景陵令吴阅被贬之时)、《沙州专使押衙吴安正等二十九人授官制》(卷二十。按吴安正等盖即张义潮所遣随张义泽入朝献图籍者)、《敦煌郡僧正慧菀除临坛大德制》(卷二十)

大中六年壬申(852年)

衡州民邓裴举兵起义。四月,湖南团练副使冯少端镇压之。(按邓裴在衡州起义事,新、旧《唐书·宣宗纪》均失载,兹据《通鉴》。)

杜牧五十岁。迁中书舍人。

《自撰墓铭》:"周岁,拜中书舍人。"《旧唐书》本传:"岁中,迁中书舍人。"《新唐书》本传:"逾年,以考功郎中、知制诰迁中书舍人。"

见温庭筠诗,赏之。温庭筠致书于杜牧,望其汲引。

《全唐文》卷七百八十六温庭筠《上杜舍人启》:"某闻物乘其势,则彗氾(泛)画涂,才戾于时,则荷戈入棘。必由贤达之门,乃是坦夷之径。是以陆机行止,惟系张华;孔闳文章,先投谢眺（朓）。遂得名高洛下，价重江南。……李郢秀奉扬仁旨，窃味昌言。岂知沈约扇中，犹题拙句；孙宾车上，欲引凡姿。进不自期，荣非始望。今者末涂怊怅，羁宦萧条，陋容须托于媒扬，沈痼宜镯于医缓。亦尝临铅信史，鼓箧遗文，颇知甄藻之规，粗达显微之趣。倘使阁中撰述，试传名臣，楼上妍媸，暂陪诸隶，微回木铎，便是云梯。敢露诚情，辄干墙仞。"杜舍人盖即杜牧，观启中所言，杜牧盖颇欣赏温庭筠诗，曾托人致意，故庭筠上书于杜牧，望其汲引。温庭筠亦晚唐著名诗人，大中元年，应进士举不第（据夏承焘先生《唐宋词人年谱》中《温飞卿系年》），盖即留居长安。顾嗣立《温飞卿诗集笺注》卷九集外诗有《华清宫和杜舍人》，即是和杜牧《华清宫三十韵》诗。杜牧与温飞卿往还之迹仅见于此。

十一月，病卒于长安安仁坊宅中。

《自撰墓铭》："去岁（按谓大中五年）七月十日在吴兴，梦人告曰：'尔当作小行郎。'复问其次，曰：'礼部考功为小行矣（按考功郎中属吏部，"礼"字疑误），言其终典耳。'今岁九月十九日归，夜困，亥初就枕，寝得被势，久酣而不梦，有人朗告曰：'尔改名毕。'十月二日，奴顺来言：'炊将熟，甑裂。'予曰：'皆不祥也。'十一月十日，梦书片纸：'皎皎白驹，在彼空谷。'傍有人曰：'空谷非也，过隙也。'予生于角星，昴毕于角为第八宫，曰病厄宫，亦曰八杀宫，土星在焉。火星继木星。工杨晞曰：'木在张于角为第十一福德宫，木为福德，大君子救于其旁，无虞也。'予曰：'自湖守不周岁迁舍人，木还福于角足矣。土、火还死于角，宜哉！'复自视其形，视流而疾，鼻折山根，年五十，斯寿矣。某月某日，终于安仁里。"

外集有《留诲曹师等诗》："万物有丑好，各一姿状分。唯人即不尔，学与不学论。学非探其花，要自拨其根。孝友与诚实，而不忘尔言。根本既深实，柯叶自滋繁。念尔无忽此，期以庆吾门。"（刘崇远《金华子杂编》卷上："杜紫薇牧，位终中书舍人……临终留诗，诲其二子曹师、柅柅。"）又有《忍死留别献盐铁裴相公二十叔》诗："贤相辅明主，苍生寿域开。青春辞白日，幽壤作黄埃。岂是无多士？偏蒙不弃才。孤坟一尺土，谁可为培栽！"皆临终之作。

新、旧《唐书·杜牧传》皆谓"卒年五十"，而未言卒于何年，杜牧《自撰墓铭》乃大中六年临终时所作，亦云"年五十"，故杜牧应卒于大中六年，年五十岁。钱大昕《疑年录》即用此说。近人岑仲勉作《李德裕会昌伐叛集编证》（中山大学《史学专刊》第二卷第一期），其中考证杜牧卒年与旧说不同。岑氏据《樊川文集》卷十七有《归融册赠左仆射制》，又有《崔璪除刑部尚书苏涤除左丞崔玙除兵部侍郎等制》，又据《旧唐书·宣宗纪》，归融之卒在大中七年正月，崔璪诸人除官均在大中七年七月，因此推定杜牧之卒不得早于大中七年七月，如卒于大中七年，则应是五十一岁。按岑氏之说亦不足据。《旧唐书》诸帝纪中所载各官除授年月，皆据《实录》，似应可信，但宣宗以后，无有《实录》，五代时人修《旧唐书》，对于宣宗以后事迹，多方采获，补苴而成，其中难免疏舛(参看赵翼《廿二史札记》卷十六"《旧唐书》源委"条及"《唐实录》《国史》凡两次散失"条),故考订杜牧卒年,不能全信《旧唐书·宣宗纪》。兹举一事以明之。《樊川文集》卷十八有《李讷除浙东观察使兼御史大夫制》,而《旧唐书·宣宗纪》记李讷除浙东观察使在大中十年正月,如全信《旧唐书·宣宗纪》,则杜牧卒年不但不应早于大中七年七月,而且至大中十年正月仍然健在,能撰写除官制书。此既决非事实,可见《旧唐书·宣宗纪》之常有舛误矣。吴廷燮《唐方镇年表考证》引《绍兴志》,唐浙东观察使李讷,大中六年任;又引《嘉泰会稽志》,大中六年八月,李讷自华州刺史授浙东,九年九月,贬潮州;而《通鉴》亦记,大中九年七月,浙东军乱,逐李讷;因此推断李讷除浙东观察使应在大中六年八月,而《旧唐书·宣宗纪》所载者非是。按吴廷燮之说甚确,李讷除浙东观察使在大中六年八月,时杜牧为中书舍人,故能撰李讷除官制。举此一例,说明《旧唐书·宣宗纪》所记除官年月,不免疏误,非尽可信,不能据以考订杜牧卒年。又如《樊川文集》卷十八有《郑液除通州刺史李蒙除陈州刺史等制》,而《旧唐书·宣宗纪》谓"(大中十二年)春正月,以晋阳令郑液为通州刺史",盖亦有误,不能据此谓杜牧大中十二年犹健在也。故关于杜牧卒年,仍应据新、旧《唐书》本传及《自撰墓铭》,定为大中六年,年五十岁。至于岑氏所引《旧唐书·宣宗纪》所载归融之卒在大中七年正月,崔璪等三人除官在大中七年七月,盖均有舛误,不能据此以怀疑杜牧之卒年也。

杜牧兼长诗文，著有《樊川文集》二十卷，并工书画，亦曾填词。

杜牧兼长诗歌与古文，洪亮吉《北江诗话》卷二曰："中唐以后，小杜才识，亦非人所及，文章则有经济，古近体诗则有气势，倘分其长，亦足以了数子。"又曰："有唐一代，诗文兼擅者，惟韩、柳、小杜三家。"杜牧所著《樊川文集》二十卷，乃其甥裴延翰所编。延翰所作序中谓：杜牧于大中六年冬，"始少得恙，尽搜文章，阅千百纸，掷焚之，才属留者十二三。延翰自撮发读书学文，率承导诱，伏念始初出仕，入朝三直太史笔，比四出守，其间馀二十年，凡有撰制，大手短章，涂稿醉墨，硕伙纤屑，虽适僻阻，不远数千里，必获写示，以是在延翰久藏蓄者，甲乙签目，比校焚外，十多七八，得诗、赋、传、录、论辩、碑志、序记、书启、表制，离为二十编，合为四百五十首，题曰《樊川文集》"。宋人又编次《樊川外集》与《别集》，因鉴别不精，其中杂入他人之作，如李白、张籍、王建、张祜、赵嘏、李商隐、许浑诸人之诗，前人多已指出。（《樊川别集》乃北宋田概所编次，有熙宁六年序，外集亦北宋人所搜集。南宋刘克庄《后村诗话》谓《樊川续别集》三卷，其中十之八九是许浑诗。《四库全书总目提要》别集类四"樊川文集"条，以今所传本《别集》只一卷，较刘克庄所见者少二卷，遂疑为后人删定。杨守敬作景苏园影宋刊本《樊川文集序》，对此问题加以解释曰："《别集》有熙宁六年田概序,明云五十九首,编为一卷,此本一一相合,安得有删削之事?则知后村所见《续别集》更为后人所辑,反不如此本之古。《全唐诗》编牧诗为八卷,其第七、八两卷皆此本所无,而与许《丁卯集》复者五首,当即后村所见之《续别集》中诗。")《樊川文集》二十卷、《外集》一卷、《别集》一卷,有宋刊本,藏日本枫山官库,景苏园刊本《樊川文集》即据此影印者(杨守敬景苏园影宋本《樊川文集序》)。又有明刊本,《四部丛刊》曾据以影印。清冯集梧注《樊川诗集》四卷。

杜牧工书法,所书《张好好诗》真迹今存故宫博物院。叶奕苞云:"牧之书潇洒流逸,深得六朝人风韵。宗伯(按宗伯指董其昌)云:'颜、柳以后,若温飞卿、杜牧之,亦名家也。'"(《金石录补》卷二十二"唐杜牧赠张好好诗"条)杜牧亦能画,米芾《画史》谓:"颍州公库,顾恺之维摩百补,是唐杜牧之摹寄颍守本者,置在斋龛,不携去,精采照人。"又曾填词,《尊前集》录杜牧《八六子》词,全首九十字。词体兴于民间曲子,有长调与短调。中、晚唐诗人作词皆用短调,即所谓小令,至北宋柳永始大量用长调作词,故后世均谓慢词(即长调)始于柳永。今观杜牧所作《八六子》词,有九十字,是则杜牧应为最早采用民间曲子中长调作词者。

杜牧妻河东裴氏,朗州刺史偃之女,先杜牧卒。子四人,女一人。长子晦辞,官终淮南节度判官,次子德祥,昭宗时为礼部侍郎。

《自撰墓铭》："妻河东裴氏，朗州刺史偡之女，先某若干时卒。长男曰曹师，年十六；次曰柅柅，年十二；别生二男曰兰、曰兴，一女曰真，皆幼。"《旧唐书》本传："子德祥，官至丞郎。"《金华子杂编》："杜紫薇牧，位终中书舍人。……临终留诗，诲其二子曹师（原注：晦辞）、柅柅（原注：德祥）等云……晦辞终淮南节度判官。德祥，昭宗朝为礼部侍郎，知贡举，甚有声望。"（据《金华子杂编》，曹师即晦辞，乃杜牧长子，柅柅即德祥，乃杜牧次子。但《新唐书·宰相世系表》谓杜牧三子：承泽字浚之，晦辞字行之，左补阙，德祥字应之，礼部侍郎，是杜牧长子名承泽，而曹师应是承泽，与《金华子杂编》不同。）

〔编年诗〕　《华清宫三十韵》（卷二。顾嗣立《温飞卿诗集笺注》卷九集外诗有《华清宫和杜舍人》诗，即是和杜牧此诗，故是杜牧《华清宫》诗是为中书舍人时所作）、《早春阁下寓直，萧九舍人亦直内署，因寄书怀四韵》（卷二）、《秋晚与沈十四舍人期游樊川不至》（卷二。杜牧于大中五年冬到京，修治樊川别墅，此诗应是本年作。据岑仲勉《唐人行第录》，沈十七舍人即沈询，沈传师之子）、《留诲曹师等诗》（外集）、《忍死留别献盐铁裴相公二十叔》（外集）、《岁日朝回口号》（外集。诗云："笑向春风初五十，敢言知命且知非？"）

〔编年文〕　《唐故东川节度检校右仆射兼御史大夫赠司徒周公墓志铭》（卷七）、《唐故淮南支使试大理评事兼监察御史杜君墓志铭》（卷九）、《自撰墓铭》（卷十）、《贺生擒衡州草贼邓裴表》（卷十五）、《代裴相公让平章事表》（卷十五。裴休同平章事，《旧唐书·宣宗纪》在大中六年四月，《新唐书·宣宗纪》在八月，《宰相表》同，《通鉴》同）、《又代谢赐批答表》（卷十五）、《又谢赐告身鞍马状》（卷十五）、《论阁内延英奏对书时政记状》（卷十五。按请宰相人自为记，合付史官，乃裴休事，见《新唐书·裴休传》，此状盖代休作也）、《高元裕除吏部尚书制》（卷十七。《新唐书》卷一百七十七《高元裕传》："入授吏部尚书，拜山南东道节度使。……在镇五年，复以吏部尚书召，卒于道，年七十六。"按高元裕出镇山南东道在大中二年，由二年至六年，首尾五年，故其内召应在本年）、《毕诚除刑部侍郎制》（卷十七。据《通鉴》，毕诚为刑部侍郎，在大中六年六月）、《李珏册赠司空制》（卷十七）、《李讷除浙东观察使兼御史大夫制》（卷十八）、《薛逵除秦州刺史制》（卷十八。《旧唐书·宣宗纪》："（大中）六年春正月戊辰，以陇州防御使薛逵为秦州刺史、天雄军使，兼秦成两州经略使"）、《卢籍除河东副使李推贤殿中丞高湜除湖南推官薛廷傑桂管支使等制》（卷十九。按文中云"长沙始安"，盖指大中六年四月镇压衡州邓裴起义之事）、《赖师贞除怀州长史周少廓除虢州司马王桂直除道州长史等制》（卷二十。按文中云："湖外饥人，相聚为寇，荡覆乡县，势如燎火，盖不得已，遂至翦伐。"盖指大中六年四月镇压衡州邓裴起义之事）、《冯少端等湖南军将授官制》（卷二十。按冯少端即是本年四月率兵镇压衡州邓裴起义者）、《张直方贬恩州司户制》(卷二十。《通鉴》:大中六年十月"骁卫将军张直方坐以小过屡杀奴婢贬恩州司户")

按本集卷十七、十八、十九、二十,均是除官制书,皆杜牧于大中五年冬至大中六年冬为考功郎中、知制诰与中书舍人时所作。凡不能确定为大中五年或六年所撰者,均未列入编年文中。

后　记

　　杜牧为晚唐杰出诗人，兼长古文。当时藩镇割据，边防虚弱，杜牧主张加强统一，巩固边防，论政言兵，颇多卓见；其诗感时伤事，豪宕激壮，抒情写景，俊爽清新，与李商隐并峙诗坛，堪称双璧。李商隐诗，后人研治者众，为之撰年谱者，有朱鹤龄、冯浩、张采田诸家，可供知人论世之助；而杜牧年谱独付阙如。余窃不自揆，于1940年撰成《杜牧之年谱》初稿，刊布于《浙江大学文学院集刊》第一、二两集。时在抗战期中，僻居遵义，参考乏书，疏误不少。后复旁稽群籍，续加校订，纠正疵谬，补其遗阙，或作或辍，绵历岁时，于1964年写定清本，较初稿殆增一倍。藏置箧中，又逾十稔。余久患目疾，读写艰难，愧不能复加修订，仅口述撰著始末，倩人写录，作为后记。书中疏误之处，乞读者教之。

　　　　　　　　　　　　　　　　　　　　缪　钺

　　　　　　　　　　　　　　　　　　　1979年1月